Wetten van de wildernis

Vertaald door Marga van den Herik

Francesca Marciano

WETTEN VAN DE WILDERNIS

1998 Uitgeverij Bert Bakker Amsterdam

Oorspronkelijke titel *Rules of the Wild*

Omslagontwerp Erik Prinsen, Zaandam
Foto achterplat Marion Ettlinger
ISBN 90 351 1979 7

Uitgeverij Bert Bakker is een onderdeel van Uitgeverij Prometheus

Ik vond, dat als je echt in Afrika wilde wonen, je in staat moest zijn ernaar te kijken en te zeggen: dit is de weg van de liefde, deze kant op. Kijk er heel goed naar; hier zal het je naar toe brengen. Ik denk dat je zult weten wat ik bedoel als ik je vertel dat liefde niets waard is, totdat zij door haar eigen nederlaag is beproefd. Ik had het gevoel dat mij gevraagd werd lief te hebben zonder bang te zijn voor de gevolgen. Ik realiseerde me dat liefde, zelfs als die in een nederlaag eindigt, je een soort eergevoel geeft; maar zonder liefde, heb je helemaal geen eergevoel.

RIAN MALAN

I

ADAM

I

Wanneer men ontwaakt tijdens het ochtendgloren, een vlo in de prairie van rots en steen, iedere morgen, realiseert men zich dat de eigen belangrijkheid iets is wat men schromelijk overschat. Na een jaar van zulk ontwaken was men inderdaad gek. Als men nu terugkijkt, realiseert men zich dat.

GERALD HANLEY

Eigenlijk is alles hier tweedehands.

Je neemt een auto van iemand over die heeft besloten om het land te verlaten, en jij verkoopt die dan weer aan een van je vrienden. Je trekt in een huis waar je al eens bent geweest toen iemand anders er nog geweldige feesten organiseerde, waar je ongelooflijk dronken bent geworden, en als jij weer vertrekt, zal er iemand anders die je kent gaan wonen. Je gaat naar bed met iemand die met al je vrienden heeft geslapen.

Er zal nooit echt iets nieuws zijn in je leven. Het is een soort grote rommelmarkt waar je de ene keer iets koopt en dan weer iets verkoopt. Toen je hier voor het eerst kwam, voelde je je nieuw en fris, iedereen om je heen was levendig en vol aandacht, je kon het je niet voorstellen dat je je ooit op je gemak zou voelen op deze plek. Het voelde zo vreemd en alles was zo moeilijk te begrijpen. Je wilde er zo graag deel van uitmaken, het veroveren, het overleven, er je vlag planten, en je wilde vooral dat dat gevoel van vervreemding snel verdween. Je wilde dat je een knop kon omzetten om het gevoel te hebben dat je er je hele leven al woonde, alle wegen, winkels, monteurs en trucjes kende, en de namen van elk dier en elke inheemse boom. Je vond het vreselijk om een vreemdeling te zijn, je wilde je aan je omgeving aanpassen als een kameleon, bij de groep horen en voorgoed geaccepteerd worden. Je wilde niet dat ze je onder de loep namen. Je verleden was niet meer van belang, je wilde alleen nog maar aan de toekomst denken.

Je was blijkbaar knettergek om te denken dat dit je zomaar zou lukken zonder dat er iets tegenover stond.

Het is zeven uur 's ochtends en ik rook met een misselijkmakend genoegen mijn eerste sigaret in de aankomsthal van het Jomo Kenyattavliegveld in Nairobi.

Ze arriveert met de eerste vlucht van British Airways.

Haar naam is Claire en ik heb haar nog nooit gezien. Ik heb gehoord dat ze blond en sexy is en lange benen heeft. Ze zal naar mij uitkijken. Waarschijnlijk hebben ze haar gezegd dat ze moet letten op een donkerharige kettingrookster die eruitziet als een psychopate, want dat is nou eenmaal de enige eerlijke beschrijving die vandaag de dag op mij van toepassing is.

Ik haat Claire, ze is mijn vijand, ook al hebben we elkaar nog nooit ontmoet. Toch ben ik hier om haar af te halen en te verwelkomen als lid van onze familie, de groep bavianen waarvan ik me het gedrag eindelijk eigen heb gemaakt. Ik denk dat dit mijn straf is.

Ze heeft hier nog niet eerder gewoond, maar ze komt om voorgoed te blijven. Na verloop van tijd zal ze alle regels kennen en in een andere soort veranderen, net zoals wij allemaal. Dat is wat iedereen moet leren om hier te overleven. Ze komt hier om met de man van wie ik hou te gaan samenwonen, een man die ik niet bij me heb kunnen houden. Weer zoiets wat me door mijn vingers is geglipt om door een volgende voorbijganger opgepakt te worden.

De toeristen beginnen nu door de hekken te stromen, ze duwen piepende karretjes voor zich uit die zijn volgeladen met Samsonite-koffers. Ze dragen allemaal rare kleren, alsof ze een kostuum hebben aangetrokken dat staat voor de ideale persoonlijkheid die ze op deze Afrikaanse reis willen zijn. De Avonturier, de Blanke Jager, de Romantische Koloniaal, de Surfer. Ze nemen allemaal even vakantie van zichzelf.

Ze komt een beetje verloren op me aflopen. Ik zie haar dunne lange benen, het blonde haar dat stevig in een vlecht is gebonden. Haar huid is bleek, nog gewend aan de Londense mist. Ze draagt een gebloemde jurk en een dikke blauwe wollen trui erover, waardoor ze er een beetje kinderlijk uitziet. Ik zwaai naar haar en haar gezicht licht op. Het is waar: ze ís mooi. Ze heeft mijn leven verwoest.

Het is net een stoelendans, dit tweedehands spelletje. Als de muziek ophoudt, valt een van ons met zijn gat op de grond. Dit keer was het mijn beurt.

Ik loop met haar door de aankomsthal naar mijn oude landrover.

'Heb je een goeie reis gehad?' Ik probeer een moederlijke toon.

'O, ja hoor... Ik ben als een blok in slaap gevallen. Ik voel me prima.' Ze haalt diep adem. 'Bedankt dat je me zo vroeg af wilde halen. Ik heb tegen Hunter gezegd dat ik best een taxi kon nemen.'

'Dat zou ik maar niet te hard zeggen. Er is niks ergers dan over een taxirit te moeten bakkeleien als je ergens net aankomt. Ik vind dat je mensen van vliegvelden af moet halen. Dat is gewoon een soort regel.'

'Nou, bedankt.' Ze glimlacht vriendelijk. 'Jee, ríj jij echt met deze auto?'

'Tuurlijk.' Ik stap in en doe het portier aan de passagierskant open terwijl ik de kruier een briefje van tien shilling in zijn handen stop. 'Kijk uit, er ligt nogal wat rotzooi. Gooi alles maar op de achterbank.'

Claire wordt een beetje overrompeld door de troep in de auto. Lege Tusker-bierblikjes op de grond, modderige laarzen, een *panga* op het dashboard, muskietennetten, vuile sokken, roestige moersleutels.

'Ik kom net terug van safari,' zeg ik zo nonchalant mogelijk, terwijl ik de hoofdweg oprijd.

'O.'

Ze kijkt uit het raam naar de grijze hemel die laag boven de acacia's hangt. Haar eerste indruk van Afrika.

'Wat ruikt het hier lekker. Zo zoet.'

Ze is even stil, laat alles bezinken, haar vermoeidheid vermengt zich met haar verwachtingen. Haar nieuwe leven staat op het punt te beginnen. Ik voel een steek in mijn maag. Ik had niet gedacht dat het zo moeilijk zou zijn. Zoals gewoonlijk heb ik mezelf weer eens overschat.

'Heb je nog iets van Hunter gehoord? Hij zit toch nog in Oeganda?' vraag ik, terwijl ik dondersgoed weet waar hij is. Ik ken het telefoonnummer van zijn hotel uit mijn hoofd.

'Ja. Hij zei dat-ie volgende week terugkomt, behalve als er bij de grens problemen zijn met de Soedanese troepen. In dat geval gaat hij eropaf.'

Ze klinkt zo doorgewinterd in de manier waarop ze het broodschrijversjargon gebruikt, alsof het uitbreken van een oorlog net zoiets is als de opening van een nieuwe nachtclub. Gewoon een verhaaltje in de krant, weer tweeduizend gedrukte woorden.

'Laten we hopen van niet,' voeg ik er, nog steeds op moederlijke toon, aan toe. 'Je vindt het vast niet leuk om hier zo lang alleen te zijn.'

'Ik denk dat dat wel meevalt. Het is hier allemaal nog zo nieuw, ik zal me vast niet vervelen.' Ze draait zich naar me toe en ik voel hoe ze me opneemt.

'Toen hij me vroeg hier bij hem te komen wonen, wist ik dat hij vaak weg zou zijn,' voegt ze er nonchalant aan toe.

Ze is een taaie, dat heb ik al gezien. Onder die blanke huid en die blonde haren zit een harde kern. Ze is zo iemand die krijgt wat ze wil.

'Jij woont samen met Adam, hè?' Gewoon om me even op mijn plaats te zetten.

'Ja. Hij zit nog in het noorden, in het kamp met de toeristen. Ik kom er net vandaan. Je zult hem wel ontmoeten als hij zaterdag terugkomt.'

'Ik heb van Hunter al zoveel over hem gehoord. Hij lijkt me geweldig.'

'Hij ís geweldig.'

We nemen de Langata Road richting Karen. Ze kijkt uit het raam en neemt alles in zich op: het hoge gras dat glanst in de eerste stralen van de ochtendzon die door de wolken is gedrongen, de oude dieseltruck vol Afrikaanse werklui die een zwarte rookwolk onze kant op blaast, de enorme gaten in het wegdek. Ze zal leren hoe ze een grote auto moet besturen, hoe ze de weg moet vinden in de stad, ze zal de namen van de bomen en de dieren leren kennen.

'Ik zet je bij je huis af en zal je even laten zien hoe je het warme water aan moet zetten en zo. Daarna moet je maar even gaan uitrusten. Als je iets nodig hebt, kun je me altijd bellen, ik woon om de hoek.'

'Dank je, Esmé, dat vind ik aardig van je.'

Ze zal in slaap vallen in het bed dat ik zo goed ken en dat nu van haar is.

Ik wil haar zo graag haten. Nu ga ik naar huis, waar ik waarschijnlijk in tranen uitbarst.

Dit is een land van ruimte en toch wonen we allemaal in een minuscule microkosmos om onszelf juist daartegen te beschermen. We wagen ons naar buiten en vinden het een prettig gevoel om te denken dat we gemakkelijk zouden kunnen verdwalen om nooit meer teruggevonden te worden. Maar we keren altijd terug naar de geruststellende warmte van onze blanke buurt in modern Afrika. Die ligt vlak buiten Nairobi, aan de voet van de Ngongheuvels waar de boerderij van Karen Blixen lag. De Masai noemen de plek 'Langata, de plek waar het vee drinkt'.

Er is geen ontsnapping mogelijk, hier weet iedereen alles van elkaar. Je ziet een bekende auto voorbijrijden, of geparkeerd staan onder de bomen in de tuin van een minnaar, voor de bank of de kruidenier, of volgetankt worden bij het benzinestation. Er is hier altijd veel getoeter en gezwaai op de weg. Je komt elkaar onophoudelijk tegen bij het boodschappen doen, bij het postkantoor als je je rekeningen betaalt, in het ziekenhuis als je wacht op je malariaprik die iedereen van dezelfde sexy Italiaanse dokter krijgt, of op het vliegveld als je een vriend afhaalt, of bij de garage.

Zelfs als je op safari bent, duizenden kilometers bij de bewoonde wereld vandaan, en een groene landrover je tegemoet komt rijden, ga je ervan uit dat je de chauffeur kent en meestal is dat ook zo. Het is een geruststellende obsessie. Zo veel ruimte om je heen en toch slechts dat ene groepje bavianen dat er rondzwerft.

Dit is onze eigen grote speeltuin, de laatste plek op aarde waar je nog kunt spelen als kinderen die doen alsof ze volwassen zijn.

Hoewel we doen alsof we ze achter ons hebben gelaten, hanteren we hier strenge regels. We snuffelen wantrouwig aan nieuwkomers, evalueren bij voorbaat de gevolgen die hun komst voor de groep zou kunnen hebben. Angst voor mogelijke verstoring van het evenwicht, opwinding over mogelijke paring, al naargelang het geslacht. Altijd een stil onrust. Om de beurt wordt een van ons de verschoppeling, en dan ontstaan er nieuwe bondgenootschappen. Iedereen liegt. Er is altijd wel een geheime overeenkomst die voorafgaat aan de overeenkomst die jij nu stiekem aangaat. Vrouwen spannen samen tegen een nieuw vrouwelijk exemplaar als ze een bedreiging voor het gezin vormt, maar aarzelen niet elkaar de oorlog te verklaren als er grenzen worden overschreden. Het gaat allemaal om afbakening en verovering, een eindeloze competitie om grondgebied te bezetten en te regeren.

Je hebt jezelf altijd beter gevonden dan de anderen, op een bepaalde manier minder gecorrumpeerd door het Afrikaanse leven. Je beschouwde jezelf als een volmaakt beschaafd, belezen en meevoelend menselijk wezen, dat zich altijd aan de sociale regels hield. Je wordt woedend wanneer je tot de ontdekking komt dat ook jij zo'n beest bent geworden. Eerst voel je je vernederd door je eigen meedogenloosheid, dan raak je er bijna door gefascineerd. Door de pure oprechtheid van die basale grofheid voel je je op de een of andere manier sterker. Je realiseert je dat er geen plaats en geen tijd is voor morele verontwaardiging.

Dat dit eenvoudigweg een manier van overleven is.

Nicole en ik zitten te lunchen in een tent vlak bij River Road, waar je vegetarische Gujarati-maaltijden kunt krijgen. Je eet met je vingers van een aluminium bord. Er hangt veel felgekleurd plastic langs de muren, er zijn ventilatoren, vliegen en een decor dat regelrecht uit een gestoorde David Lynchfilm lijkt te komen. *Wazungus*, blanken, komen hier zelfs in hun stoutste dromen niet en dat is precies de reden waarom wij er wel heen gaan, omdat het idee van twee blanke meisjes die een lunchafspraak hebben aan de verkeerde kant van de stad ons wel aanstaat.

'Je ziet eruit alsof je ziek bent,' zegt Nicole terwijl ze haar chapati en dal naar binnen schrokt. Haar huid is net iets te bleek voor iemand die in Afrika woont en bedekt met een dun laagje zweet. Ze is hoekig en op een vreemde manier mooi.

'Ik bén ook ziek.'

'Je moet je eroverheen zetten. Ik kan er niet tegen om je zo te zien.'

Ze heeft net haar nagels laten doen in de schoonheidssalon van het Norfolk Hotel en ze zijn nu in een bloedrode kleur gelakt. Ze draagt dezelfde kleur lippenstift, die nu ook op het papieren servet en de chapati zit, een kort rokje en een doorschijnend T-shirt. Ze ziet eruit alsof ze net heeft gesolliciteerd voor een acteerklusje in de Polo Lounge in Hollywood en helemaal in haar open sportwagentje naar de evenaar is gereden.

'Je hoefde haar toch niet van het vliegveld te halen. Ik bedoel, iemand anders had haar kunnen...'

'Ik denk dat ik mezelf op de proef wilde stellen. En op de een of andere manier was het symbolisch.'

'Heeft Hunter je gevraagd haar op te halen?'

'Ja.' Ik knik snel. Maar het is niet waar.

'Ik kan het niet geloven. Hij is ook zo'n...'

'Nou, eigenlijk was het mijn idee.'

'Je bent écht ziek.'

'Daar heb je gelijk in. Maar het hoort allemaal bij onze kleine privé-oorlog.'

Nicole zucht en neemt nog een hap van de groentecurry. Haar golvende haar hangt in het bord.

'Wat doet ze? Ik bedoel, wat wil ze hier gaan doen?'

'Ik heb geen flauw idee. Misschien artikeltjes schrijven voor *Huis en Tuin*? Misschien zet ze een workshop op voor Kikuyu-vrouwen om ze manden te laten vlechten voor Pier One. Ze ziet er creatief genoeg uit...'

'O, alsjeblieft zeg.' Nicole lacht en steekt een sigaret op waarbij ze met haar gelakte nagels door de lucht zwaait. 'Ze heeft vast meer in haar mars dan dát.'

Ik adem diep in en vecht tegen de golf van benauwdheid die me dreigt te verstikken. Ik ben in feite verdoofd door de rauwe pijn. Het is bijna een genoegen om die pijn te voelen, als een snijdende wind op een zeilboot, waardoor ik ieder moment schipbreuk kan lijden. Als ik deze pijn overleef, zal die me uiteindelijk naar de andere kust brengen. Als er al een andere kust bestaat.

Ik heb het gevoel alsof ik alles ben kwijtgeraakt. Niet alleen Hunter. Ik ben ook Adam kwijtgeraakt, en mijzelf en het ergste is nog dat ik de dwaze droom over mijn leven hier uiteen heb laten spatten. Ik ben Afrika ook kwijtgeraakt.

'Toen ik haar vanmorgen zag,' ik moet dit zeggen om er niet langer over te lopen piekeren, 'de manier waarop ze naar alles keek, zo vol opwinding... je weet wel, alles moet zo nieuw en zo anders hebben gevoeld... toen moest ik aan mezelf denken toen ík hier voor het eerst kwam. Aan de kracht die ik toen nog had. Ik voelde me als Napoleon op zijn veldtocht, ik wilde mijn legers hiernaar toe verplaatsen, begrijp je wat ik bedoel?'

Ze knikt, ze heeft dit al zo vaak gehoord, maar ze heeft besloten om geduld met me te hebben omdat ze van me houdt, denk ik. Ze wist van tevoren dat deze lunch een extra dosis begrip van haar zou vergen.

'Ze zal haar eigen strijd leveren en het genoegen leren smaken van het inlijven van nieuwe gebieden. En dat bedoel ik niet alleen in seksuele zin. Ze zal zich ongelooflijk vrij gaan voelen, terwijl ik hier al een gevangene ben. Net zoals jij en alle anderen. We vochten, we dachten dat we iets gewonnen hadden, maar uiteindelijk zijn we hier allemaal krijgsgevangenen. En we zijn er nog steeds niet uit wie nou de vijand is.'

'O, alsjeblieft, doe niet zo onheilspellend. Je hebt gewoon een slechte bui. Volgens mij ben je aan vakantie toe. Misschien moet je een poosje teruggaan naar Europa.'

'Nicole, hoe komt het dat we na al die tijd nog geen één Afrikaanse vriend hebben? Kun je me daar antwoord op geven? Ik bedoel, als je erover nadenkt...'

'Wat heeft dat te maken met...'

'Het heeft er alles mee te maken. We zijn net geesten in dit land, we kunnen nergens aan bijdragen, we dienen werkelijk geen enkel doel. We gelóven niet in dit land. We zijn hier alleen vanwege de schoonheid. Het is gewoon afschuwelijk. Vind je ook niet?'

Nicole pakt mijn zonnebril van tafel en zet hem op zonder ergens naar te kijken.

'Nou moet je eens goed luisteren, het heeft geen enkele zin om hier weer over te beginnen. Ik heb er een ontzettende hekel aan wanneer iemand zo pessimistisch en irrationeel gaat doen en begint te schreeuwen over hoe het wel niet is om hier te wonen.'

Ze staart me vanachter de donkere glazen aan, zet de bril dan af en begint de glazen met een papieren servet schoon te vegen.

'Zie jij het patroon dan niet? We zijn net een manisch-depressief stelletje. Het ene moment denken we nog dat we in het paradijs wonen, en het volgende moment komen we tot de ontdekking dat het in een enorme valkuil is veranderd waar we wanhopig uit proberen te klimmen.'

'Ja,' zeg ik. 'Het is net een achtbaan.'

'Ik denk dat we allemaal onze angsten projecteren, en het hele verdomde continent er de schuld van geven. Dat is altijd Hunters stokpaardje geweest en je hebt gewoon te lang naar hem geluisterd. Hij vindt het heerlijk om het voor iedereen te verpesten omdat hij er niet tegen kan in zijn eentje ongelukkig te zijn. Hij zal het voor Claire ook verpesten, wacht maar af.'

Deze laatste opmerking doet me goed. Ik kan op het moment niet zeggen dat ik me verheug op het toekomstige geluk van wie dan ook, want ik ben nu veel te egocentrisch. Ik gedraag me net zoals Hunter: ik doe mijn best zó veel ellende om me heen te creëren dat ik me er niet alleen in voel.

Nicole glimlacht.

'Kom, we gaan naar de plee. Daarna neem ik je mee naar Biashara Street. Wat jij nodig hebt, is even lekker winkelen.'

In het roze Gujarati-toilet schuift Nicole een lijntje coke op het spiegeltje van haar poederdoos. Ik ben soms jaloers op haar manier om altijd volledig onaangedaan te lijken door haar omgeving, en in de derde wereld te wonen alsof ze gewoon in de uitverkoop van derdewereldspullen bij Harrods rondstruint.

Ze snuift snel, haar krullen achter haar hoofd bij elkaar houdend.

'Wauw! Het is ontzettend slecht spul, maar wat maakt het uit...'

Ze kijkt naar me terwijl ik mijn portie rattengif opsnuif en glimlacht dan ondeugend.

'We zullen Claire deze slechte coke geven tot ze verslaafd raakt, op die manier zullen we haar wegwerken. We achtervolgen haar tot ze bloedneuzen krijgt.'

Eindelijk begin ik te lachen. De roes verwarmt me. Ik zou Nicole graag omhelzen, maar ze kijkt plotseling ernstig.

'Weet je Esmé, ik heb het je nooit verteld, maar ik denk dat ik het nu toch moet zeggen...'

'Wat?'

'Ik ben ook met Hunter naar bed geweest. Lang voordat jij hier kwam.'

'O.'

Ze heeft nu een blos op haar wangen. Ik kijk de andere kant op.

'Ik dacht al zoiets,' zeg ik. De onthulling heeft me niet echt geschokt of gekwetst.

'Hoezo?'

'Gewoon omdat... o, ik weet het niet. Door een bepaalde intimiteit die er altijd tussen jullie was.'

'Vind je het vervelend dat ik het je nu pas vertel?'

'Nee. Het doet er niet toe. Echt niet.'

We zwijgen en glimlachen naar elkaar. Ik voel dat mijn hart als een razende tekeergaat en verlang plotseling hevig naar een sigaret. Maar ik weet dat het door de cocaïne komt en niet door haar onthulling. Vreemd genoeg voel ik me plotseling meer met haar verbonden. Ze steekt twee sigaretten op en geeft er een aan mij. We staan met onze rug tegen de roze tegels geleund en inhaleren de rook en de geur van schuurpoeder.

'Ik ben me heel goed bewust van wat je daarstraks zei, hoor. We zitten hier allemaal gevangen in een soort idioot spel van blanken,' zegt ze zacht. 'Maar ik wil gewoon niet in zo'n soort ontevredenheid verstrikt raken omdat ik geen enkel alternatief heb.'

'Wat bedoel je?'

'Ik zou op dit moment niet terug naar Europa kunnen gaan en daar kunnen functioneren. Daarom voelde ik me zo ongelukkig toen ik met Hunter naar bed was geweest, nu ik erover nadenk. Ik voelde dat hij voortdurend mijn energie opslokte. Zijn bitterheid was als gif, daarom ben ik bij hem weggegaan.'

'Mmm... Ik denk dat ik nu degene ben die vergiftigd is.'

We zwijgen en roken onze sigaretten op.

'Ik zal je precies vertellen wat er zo'n pijn doet, Nicole. De absolute zekerheid dat ik niet, en jij waarschijnlijk evenmin, de vastberadenheid, nee, wacht even... het gelóóf heb om iemand zoals Hunter daarvan te verlossen. We laten ons liever vergiftigen dan dat we proberen hem te ontgiften. Ik heb nooit geloofd dat ik de kracht had om hem gelukkig te maken. Is dat niet vreemd?'

'Waarom denk je dat dit meisje het wel kan?'

'Zij heeft die kracht. Ze haalt hem gewoon uit het diepe dal waar hij in zit en brengt hem naar de oppervlakte. Ze zal van hem houden, zo simpel is het.'

'Jij houdt ook van hem.'

'Maar zij is onbevreesd. Jong. En ze zal zijn kinderen baren.'

'Ja. Ze is een fokkoe...'

'Precies. Wij niet.'

'Nee. Wij snuiven liever coke in de plee.'

We zwijgen en denken even na. We nemen nog een lijntje en dan gaan we winkelen.

Ik moet een stapje terug doen om de dingen op een rijtje te zetten. Zodat ik wat excuses voor mezelf kan bedenken.

Je hebt al eens geprobeerd te vertrekken.

Je werd midden in de winter wakker in je bed, de regen kletterde hard op het *mabati*-dak en je had het gevoel dat alles, inclusief je hersenen, beschimmeld raakte. Je vindt het een vreselijk idee om zo ver weg te zijn, vergeten door je vrienden thuis, geen flauw idee van de politieke veranderingen in de wereld. Je realiseert je hoe je naar tijdschriften hongert, naar intellectuele gesprekken, films en mooie kleren. De man die naast je ligt, is iemand die hier is geboren, voor wie de rest gewoon niet bestaat. Voordat hij in slaap viel, heeft hij je nog gezegd hoe gek hij is op het geluid dat de regen 's nachts op het blikken dak maakt, hoezeer hem dit aan zijn jeugd doet denken. Je hoort hem vredig ademen, in een deken gewikkeld terwijl jij krankzinnig wordt. 's Morgens loop je de tuin in, je houdt de beker hete koffie dicht bij je kin, je laatste paar fatsoenlijke laarzen zinkt diep weg in de dikke modder. Je hebt het gevoel alsof je hele ziel wegzinkt. Alles om je heen heeft de bittere smaak van verval: de mango's die in de mand liggen te rotten, de corrupte politieagent bij de wegblokkade die smeergeld wil voordat hij je doorlaat, de koppen in de krant over nieuwe stammenslachtingen in de woestijn en stapels lichamen die vloeibaar worden in de hitte. Plotseling onthult de hardheid van Afrika zich voor je. Alles lijkt zinloos en reddeloos.

Als je in de spiegel kijkt ziet je gezicht er afgeleefd uit, harder, er is geen spoortje luchtigheid meer over. Je ziet er ouder uit. Dat is het moment waarop je denkt dat er misschien nog tijd is om jezelf te redden.

Je wilt weg. En je weet zeker dat je nooit meer terug zult komen.

Niemand is blij met jouw ontsnapping, want iedereen deelt de symptomen van je ziekte. Iemand zal je ontevreden naar het vliegveld brengen, zoals dat in Kenia gaat, nog steeds in shorts en sandalen en het ene Tusker-biertje na het andere opentrekkend, het lipje tegen de deurknop gooiend en het nog druppelende lege blikje op de achterbank. Ze zullen slingeren en vloeken als ze onderweg *matatu*-bussen inhalen, ze zullen grof uitvallen tegen de kruiers die te langzaam je bagage pakken.

Het kan je niets schelen.

Je bent in gedachten al aan de andere kant van de zee, beschermt door wat er over is van je mooie Europese kleren en de lijst met nummers van degenen die je morgen moet bellen.

Je bent al weg.

Met een glimlach check je in, je geeft de aantrekkelijke stewardess in haar vlekkeloze uniform je ticket, de efficiëntie van Europa verwelkomt je al bij de balie van de luchtvaartmaatschappij.

Je weet zeker dat je terug zult komen, maar gewoon als toerist, om je vrienden en je ex-minnaars te bezoeken. Om alle plekken waarvan je houdt weer te zien. De Chyuluheuvels, het Turkanameer, het strand van Lamu, de Ewaso Nyirorivier.

Je weet dan nog niet dat je niet in staat bent om te vertrekken.

Zo veel mensen hebben al geprobeerd het gevoel te omschrijven dat de Fransen definiëren als *le mal d'Afrique*, het gevoel dat ook echt een ziekte is. De Engelsen hebben er nooit een definitie voor gehad, ik denk dat ze nooit wilden toegeven dat ze op wat voor manier dan ook door dit continent bedreigd werden. Ze hielden blijkbaar meer van het idee dat ze het regeerden dan dat zij door het continent geregeerd werden.

Pas nu realiseer ik me dat dat gevoel een vorm van corruptie is. Het is als een scheurtje dat langzaam in het hout verschijnt. Met het verstrijken van de jaren wordt het dieper en dieper, totdat er uiteindelijk een volledige breuk plaatsvindt. Op een dag word je wakker en je ontdekt dat je op jezelf staat, je bent een onafhankelijk eiland geworden, afgesloten van het vaderland, van je morele thuisbasis. Alles heeft zich voltrokken toen je sliep en nu is het te laat om er nog iets aan te doen: je staat er alleen voor, er is geen weg terug meer. Dit is een enkele reis.

Je wordt gedwongen te ervaren dat je vol euforisch afgrijzen rondzweeft in de leegte, je ankers zijn voor altijd losgeslagen. Het is een emotie die langzaam al je banden heeft weggevreten, maar het is ook een constante desoriëntatie waaraan je nooit gewend raakt.

Daarom moet je op een dag terugkomen. Omdat je nu nergens meer thuishoort. Op geen enkel adres, huis of telefoonnummer, in geen enkele stad. Omdat wanneer je hier eenmaal bent geweest, zwevend in het Grote Niets, je nooit meer in staat zult zijn je longen vol genoeg te zuigen.

Afrika heeft je opgenomen en heeft je losgemaakt van wie je daarvoor was.

En daarom zul je altijd willen vertrekken maar zul je altijd moeten terugkomen.

Dan is er natuurlijk nog de hemel.

Nergens ter wereld is de hemel zo groot als hier. Hij hangt als een gigantische paraplu boven je, en beneemt je de adem. Je wordt platgedrukt tussen de immense lucht boven je en de solide aarde. Je wordt er volledig door omringd, 360 graden: hemel en aarde, het één de luchtspiegeling van het ander. Hier is de horizon geen platte lijn, maar een eindeloze cirkel die je duizelig maakt. Ik heb geprobeerd achter de truc van dit mysterie te komen, want ik zie niet in waarom er op de ene plek meer hemel zou zijn dan op de andere. Toch ben ik er nog niet in geslaagd te ontdekken welke optische illusie de Afrikaanse hemel zo anders maakt dan elke andere hemel die je in je leven hebt gezien. Het zou de bepaalde hoek van de planeet bij de evenaar kunnen zijn, of misschien de manier waarop de wolken drijven, niet hoog boven je hoofd, maar recht voor je neus, op de onderste rand van de grote paraplu, net boven de horizon. Die zwevende wolken die voortdurend van vorm veranderen: in één oogopslag zie je in het noorden een regenstorm ontstaan en in het oosten de zon schijnen, terwijl in het westen de grijze luchten ieder moment blauw kunnen worden. Het is alsof je voor een gigantisch tv-scherm naar een kosmisch weerbericht zit te kijken.

Je reist naar het noorden, naar het NFD, het legendarische North Frontier District, en plotseling is het alsof je door het verkeerde eind van een verrekijker naar het landschap kijkt. De maximale groothoeklens die het oneindige binnen je gezichtsveld samenperst. Je ogen hebben nooit zo ver gezien. Vlak land dat tot aan het verre paarse profiel van de Matthews Range loopt en dan, net toen je dacht dat er een einde aan de ruimte kwam, op het moment dat je je voorstelde hoe het landschap zich weer om je heen zou sluiten, zodat je je minder kwetsbaar voelde, wordt er nog een gordijn opgehaald om meer oneindigheid te onthullen en kunnen je ogen het einde niet meer zien.

Nog meer land strekt zich gedwee onder je autobanden uit en biedt zich aan om betreden te worden. Je sporen worden de eindeloze vlag van je verovering. Je zuigt je longen vol met de droge geur van hete rotsen en stof en je hebt het gevoel alsof je het universum inademt.

Je ziet jezelf terwijl je door deze weidse geometrie van het absolute rijdt: je bent slechts een klein stipje, een nietig deeltje dat slechts heel langzaam vooruitkomt. Je verdrinkt nu in de ruimte, je moet alle verhoudingen opnieuw definiëren. Je denkt aan een woord waar je jaren niet aan gedacht hebt. Het komt ergens diep uit je binnenste.

Je voelt je nédérig. Omdat Afrika het begin is.

Hier is geen schuilplaats: geen schaduw, geen muren, geen dak om je onder te verbergen. De mens heeft zich er nooit om bekommerd om zijn sporen na te laten op dit land. Alleen kleine hutjes gebouwd van stro, als vogelnestjes die de wind gemakkelijk mee kan nemen.

Je kunt je nergens verbergen.

Hier ben je onbeschut onder de brandende zon. Je realiseert je dat het enige waarop je nu kunt vertrouwen je lichaam is. Wat je ook hebt geleerd op school, van de tv, van je slimme vrienden, van de boeken die je hebt gelezen, het zal hier niet van pas komen.

Pas nu ben je je er voor het eerst van je leven bewust van dat je benen niet sterk genoeg zijn om te rennen, dat je neus niet kan ruiken, dat je gezichtsvermogen te zwak is. Je realiseert je dat je al je oerkrachten bent kwijtgeraakt. Wanneer de wind de scherpe geur van de buffel in je neus blaast, een geur die je nooit eerder hebt geroken, herken je die onmiddellijk. Je weet gewoon dat die geur hier altijd al is geweest. Die van jou daarentegen komt voort uit veel verschillende dingen, van *sunblock* tot tandpasta.

Le mal d'Afrique is desoriëntatie, is aantasting en tegelijkertijd heimwee. Het is een verlangen om terug te keren naar de jeugd, naar dezelfde onschuld en hetzelfde afgrijzen, toen alles nog mogelijk was en iedere dag je laatste kon zijn. Zoals ik al zei, ik probeer mezelf te verontschuldigen.

Ik probeer alles grootschaliger te maken om het gevoel te hebben dat niet alles wat ik verloren heb voor niets is geweest. Ik ben uit het paradijs verdreven, maar ik wilde de appel niet alleen uit begeerte eten. Nu weet ik dat geen enkel mens die verleiding ooit zal kunnen weerstaan.

2

Angst is blijvend.
Een mens kan alles in zichzelf vernietigen,
liefde en haat en geloof, zelfs twijfel,
maar zolang hij zich aan het leven vastklampt,
kan hij de angst niet verdrijven.

JOSEPH CONRAD

Ik kom uit de Oude Wereld.

Ik groeide op in de schaduw van huizen met dikke muren, achter vervallen gevels, tussen oude meubels uit de erfenis van mijn grootouders. Ik ging naar school via donkere steegjes tussen gebouwen door die gebouwd waren door Michelangelo. Op warme zomeravonden sprongen mijn vrienden en ik in het koude water van de fonteinen en zwommen we tussen tritons en zeemeerminnen wier staarten in een angstaanjagende knoop verstrengeld zaten. Ik heb altijd in een wereld geleefd die getuigde van het buitengewone talent van de menselijke geest. Ik groeide niet in een willekeurige beschaving op: ik groeide op omringd door Schoonheid, die ik heel normaal vond. Ik denk dat mijn lotsbestemming geografisch van aard was.

Mijn vader was het volmaakte product van de Europese Twintigste Eeuw: een dichter. Een Napolitaanse dichter, met het bloed van de Bourbons en de Verlichting in zijn DNA. Ferdinando hing slechts één geloof aan en dat was het geloof in de kracht van woorden.

'We verkopen alles behalve de boeken,' zei hij altijd als we weer eens geldgebrek hadden. Dan stond hij fier met zijn rug naar de bibliotheek, als een krijger voor de muren van de stad.

En we verkochten stereo-installaties en tapijten en schilderijen en tv-toestellen. Er was een voortdurende stroom van goederen van en naar pandjeshuizen, die we altijd eerder amusant vonden dan vernederend. Maar de boeken gingen nooit weg. Niemand had ze trouwens willen kopen.

Ik moet plaatsmaken voor Ferdinando, want ik zou hier niet beland zijn, en vervolgens waarschijnlijk nooit uit het paradijs zijn verbannen, als hij mijn vader niet was geweest.

Ferdinando was een mooie man. Knap zoals alleen hartstochtelijke mensen dat zijn, bij wie alle energie in het gezicht is geconcentreerd en uit de ogen straalt. Hij had de ogen van een valk. Ferdinando zag er in mijn ogen uit als een ouder wordende middeleeuwse ridder. Dominante gelaatstrekken, geprononceerde neus, sierlijke lijnen die vanuit zijn ooghoeken uitwaaierden, dik donker haar dat hij altijd te lang droeg, haar dat later witte strepen in de nek vertoonde. En zijn handen natuurlijk. Beweeglijk sterk, bedekt met blauwe aderen, zijn handen vormden het eindpunt van zijn hersenen. Woorden vlogen rechtstreeks van zijn hoofd naar zijn handen en gleden vervolgens uit de pen op het papier. Ferdinando heeft nooit in typemachines geloofd, hij had een speciale relatie met zijn handschrift. Hij had het nodig om zijn woorden op papier gekrabbeld te zien, aarzelende woorden die dagenlang in een hoek van een bladzijde bleven hangen, geduldig wachtend op hun bestemming. Misschien zouden ze standhouden of misschien zouden ze worden doorgekrast. Zijn blocnotes zagen eruit als waanzinnige kaarten, een uitdrukking hier, een zin daar, alles stand-by op verschillende plekken. Gedichten zijn een beetje zoals puzzels, zei hij altijd. Eén verkeerde keuze en niets klinkt meer goed. Uiteindelijk vond hij altijd de volmaakte klank die hij zocht en onmiddellijk kwam die volgeschreven pagina tot leven, dan verdwenen alle besluiteloosheden en was de tekst weer als nieuw in de vorm van enkele prachtige zinnen.

Ferdinando was niet in de natuur geïnteresseerd. Hij was te decadent, te veel atheïst, een ziel die uitsluitend door Attische furies werd bezeten. En, ik hoef het niet eens te vermelden, hij was alcoholist.

Harmonie en evenwicht trokken hem niet aan. Hij werd verleid door chaos, door de ondoorgrondelijke wanorde die het leven in moderne steden regeert. Hij was bekend met degeneratie, vreesde ellende niet. Hij was in staat de zwarte stier in de ogen te kijken.

Hij ontmoette mijn moeder in de jaren vijftig in New York. Ze dronken, bezochten clubs, gingen met interessante mensen om, debatteerden over politiek en experimenteerden met alles wat maar voorhanden was. Met haar rode haar en blanke huid zag mijn moeder er altijd kwetsbaar uit, alsof ze op het punt stond in te storten. Ik zie haar nog steeds eindeloos haar haar mishandelen, op haar nagels bijten: het leek altijd alsof ze niet helemaal met haar gedachten bij jou was, maar ondertussen aan iemand anders dacht. Misschien verliefd op iemand anders was die haar ongelukkig maakte. Ze leek altijd verscheurd te worden door een pijn die niets met jou te maken had, of met het leven dat jullie samen deelden.

Ik herinner me mijn moeder als een jonge vrouw – we woonden toen in New York in een oud appartement in de Upper West Side – haar blote benen uitgestrekt op de bank terwijl ze uit het raam kijkt, zich niet bewust van het lawaai dat haar kinderen maken bij hun spelletjes. Ze lag daar gewoon te luisteren naar jazz, verdiept in haar geheime obsessies, te wachten. Ik heb nooit geweten waarop ze wachtte. Misschien op het rinkelen van de telefoon, een minnaar die haar zou bellen. Maar de telefoon rinkelde nooit.

Ik weet niet wat het was, ik denk dat niemand het ooit wist. Misschien was het gewoon de manier waarop ze graag met Ferdinando speelde: om hem te overleven moest ze aan hem ontsnappen. We hielden haar allemaal voortdurend in de gaten, volgden haar bewegingen door de kamer alsof ze van het ene moment op het andere kon verdwijnen. We waren altijd op onze hoede.

Ik was pas acht en mijn broer vier toen ze stierf. Ze knalde tegen een vangrail en schoot van een brug af toen ze 's nachts bij een vriendin in Connecticut vandaan kwam. Ze zeiden dat ze te veel had gedronken.

Die nacht sneeuwde het. Iets anders herinner ik me niet. Ik weet alleen nog hoe mijn broer en ik midden in de nacht wakker werden van de telefoon. Die bleef maar rinkelen terwijl het huis langzaamaan steeds voller liep met mensen. Ik kon hun hysterie in de kamer ernaast voelen, en door de klank van hun stemmen wist ik dat er iets gebeurd moest zijn. Iets groots en duisters, iets angstaanjagends. Iets totaal nieuws, dat ons nooit eerder was overkomen. We zaten geduldig in onze pyjama's in de keuken te wachten tot iemand het ons zou vertellen. Eindelijk kwam er iemand binnen, omhelsde ons en gaf ons chocoladekoekjes.

Ik weet nog hoe ik mijn neus tegen het raam drukte en me probeerde te concentreren op hoe de sneeuw draaide en dwarrelde in het oranje licht van de straatlantaarns. Het zal zo leuk zijn morgen in het park, bleef ik maar denken.

Sindsdien denk ik graag dat ze op die manier de rivier in is gevlogen. Langzaam pirouettes makend als een danser, als een van die sneeuwvlokken die door de nacht walsen.

Ik denk niet dat Ferdinando er ooit bij stil had gestaan dat mijn moeder kon sterven. Hij was tenslotte degene die gevaarlijk was, de alcoholist, de poète maudit, hij was degene die de meeste kans had met een auto te verongelukken. De dood van mijn moeder ontnam hem dat einde en liet hem sprakeloos achter. Hij had het gevoel dat hij niet geschikt was voor de rol van weduwnaar met twee kinderen.

Dus nam hij mij en mijn broertje mee naar zijn huis in Napels, waar we het extravagante leven leidden van twee kinderen die verzorgd werden door een ouder en verderfelijk kind.

Hij versliep zich vaak en vergat ons dan naar school te brengen, er was nooit iets te eten voor ons in huis en hij vergat altijd nieuwe kleren voor ons te kopen. Hij gaf mij en mijn broertje meestal pakjes gekreukelde, kleverige bankbiljetten zodat we voor onszelf konden zorgen. Maar hij las ons 's avonds verhaaltjes voor uit de *Ilias*, leerde ons hoe we zee-egels die net uit de zee kwamen moesten opensnijden en opeten. Hij gaf ons de ruïnes van Pompeï als privé-speeltuin en overtuigde ons ervan dat wij de enige overlevenden waren na de uitbarsting van de Vesuvius, en dat we nu een hele spookstad tot onze beschikking hadden. We hielden onvoorwaardelijk van hem. Hij was onze koning. Ik doorliep zonder enige aarzeling mijn Elektracomplex. Ik had tenslotte niets anders om me aan vast te klampen.

Ferdinando hertrouwde nog twee keer, want hij kon het niet verdragen om geen vrouw in zijn leven te hebben. Alle twee zijn vrouwen hielden, ieder op hun eigen manier, hun deur gesloten voor zowel mij als mijn broer, alsof we ze angst aanjoegen. Of misschien waren wij wel degenen die er de voorkeur aan gaven uit hun buurt te blijven. Ze deden mij allemaal aan mijn moeder denken: ietwat onrustig, mooi en afstandelijk.

Ze hielden allemaal iets verborgen voor Ferdinando, iets wat hij niet kon grijpen en wat hij zijn hele leven, met de bezetenheid van een jachthond, probeerde te doorgronden.

Ik ken een trucje om pijn kwijt te raken: hele brokken van mijn leven lossen op als een druppel inkt in water.

Maar ik herinner me nog een van de laatste keren dat ik Ferdinando zag. Van daarna weet ik niet veel meer, toen alles voorbij was en het enige wat overbleef een ondraaglijke pijn was.

Ik rijd naar het huis op het platteland waar hij en zijn derde vrouw, Louise, wonen. Het is februari en de dag wordt omhuld door dat bijzonder heldere winterse licht, net voor zonsondergang, als alles er glasscherp uitziet, verzegeld in de kou. Het huis ligt op de top van een ronde heuvel, de omtrek ervan wordt slechts verbroken door drie cipressen. Het is niets voor Ferdinando om in zo'n gecultiveerd landschap als dat van Toscane te wonen, denk ik onwillekeurig. Maar Louise kon er niet tegen om in de stad te wonen. En hij is nu te ziek en te zwak om voet bij stuk te houden en haar te dwingen in een van zijn stadshuizen te wonen.

Terwijl ik langzaam de oprijlaan oprijd, zeg ik in mezelf: *misschien is dit de laatste keer dat ik hem zie*. Het klinkt absurd, je hoort dit soort dingen niet van tevoren te weten, je weet pas achteraf dat het de laatste keer was.

Maar als ik voorzichtig over het grind rijd, word ik overspoeld door een gevoel van totale vervreemding. Dit wordt een soort wetenschappelijk experiment: ik moet me iedere stap van deze tragedie die voor mijn ogen vorm krijgt inprenten. Ik ben nog niet in staat het geheel te overzien, ik kan slechts één fragmentje per keer opnemen.

Het huis ziet er hetzelfde uit. De volgeladen boekenplanken, de vergeelde lampenkappen, de verschoten katoenen stof van de bank, de rokerige geur van de open haard. Mijn vader zit bij het raam, afgetekend tegen het vervagende avondlicht. Hij heeft de lampen niet aangedaan. Hij heeft een baard van drie dagen, zijn haar is niet gewassen. Hij heeft de mouwen van zijn door motten aangevreten oude trui opgerold. Hij ziet er onverzorgd uit. Zoals altijd is hij uitgesproken mooi.

Ik ga tegenover hem zitten en ik kijk. We blijven stilletjes zo naar elkaar zitten kijken, terwijl het vertrek snel donker wordt in het blauwe winterlicht dat op de zonsondergang volgt. Ik streel zijn profiel, zijn hoge jukbeenderen en zijn lippen met mijn ogen. Zijn vingers spelen met een knoop. Hij mag niet meer roken en het is vreemd hem zonder sigaret in zijn hand te zien, zonder de vertrouwde rookwolk die altijd om hem heen hangt.

Ik denk: de manier waarop hij sterft, is niet zoals ik had verwacht. Hij kijkt mij aan met een volkomen heldere blik, terwijl er iedere dag weer een stukje van hem verloren gaat. Alleen zijn woede is niet aan verval onderhevig: ik weet dat hij woedend is vanwege het idee te moeten sterven.

Iedere dag tast de hersentumor weer een klank van zijn spraakvermogen aan. Zijn gedachten zijn er nog allemaal, geestig, gecompliceerd en verward als altijd: het is de taal die langzaam wegzakt. Iedere morgen wordt hij wakker om te ontdekken dat er weer een letter uit zijn mond verdwenen is. Hij heeft nu alleen nog klinkers over. Weerzinwekkend gegrom, dierlijk. Ik probeer hem te ontcijferen, hij wordt ongeduldig. Hij kan de vernedering om niet begrepen te worden niet verdragen.

Louise is boven. Ik hoor het gedempte geluid van haar voetstappen op de houten vloer en het verre geluid van klassieke muziek. Iedereen om hem heen moet net doen alsof er niets aan de hand is. Niemand van ons mag onder ogen zien dat hij langzaam doodgaat. Dit is de overeenkomst die we allemaal met hem aan moesten gaan.

Een paar weken geleden, toen hij nog redelijk kon praten, sloeg hij zijn arm om mijn schouders en trok me tegen zich aan. Hij keek recht in mijn ogen.

'Je weet dat ík hier niet meer echt ben, hè?' fluisterde hij.

Dat was de enige keer dat hij er iets over zei.

Het absurde is dat Ferdinando stom stierf.

Het was alsof er door zijn karma een straf over hem werd uitgeroepen. Als een Griekse held die plotseling door de wil van een woedende god van zijn schild is beroofd en naakt oog in oog met zijn met een speer bewapende vijand op het slagveld staat.

Ferdinando's lichaam was zwak, transparant wit, mishandeld door te veel sigaretten, alcohol en slaappillen. Het was een levenloze vergaarbak, een vergeten karkas dat geen zorg meer nodig had. Het had hem nooit iets kunnen schelen. Het was altijd zijn hoofd geweest dat hem onkwetsbaar had gemaakt.

Ironisch genoeg was het dat verwaarloosde lichaam dat hem op het einde in de steek liet. Langzaam, zeer gestaag raakte ieder schroefje en ieder moertje los, gingen de stukjes één voor één verloren, tot het geheel uiteenviel en niet langer herkenbaar was. Tot hij zijn waardigheid verloor.

Zijn ziekte dwong hem terug te keren tot de meest primitieve vorm die zijn lichaam ooit had gehad: Ferdinando stierf als een baby, zonder taal, gedwongen om te huilen als hij de aandacht wilde trekken. Hij stierf op zo'n manier dat wij allemaal zouden leren dat planken die volgeladen waren met boeken die we nooit hadden mogen verkopen – Shakespeares sonnetten, Dantes kwatrijnen, Piero della Francesca's schilderijen en Brunelleschi's perspectiefwetten – absoluut nutteloos waren. We realiseerden ons dat er een andere manier moest zijn om de dood onder ogen te zien. Maar zelfs Ferdinando, die altijd alles leek te weten, kende die niet.

Toen ik die avond in zijn ogen keek, in die rustige schemering voordat de nacht valt, zag ik iets wat ik nooit eerder had gezien.

Ik zag zijn angst.

Hij wilde het weten. Wat ging er gebeuren? Hoe zou het vergaan met dit díng wanneer de duisternis over hem viel?

Ik wilde niet dat hij wist hoe afschuwelijk ik het vond om hem zo te zien, dus ik deed mijn ogen dicht en hield lange tijd gewoon zijn hand vast, tot we samen in het donker zaten.

Ik weet nog steeds niets over mijn moeder.

Het enige wat ik heb zijn een paar zwartwitfoto's waar ik vaak naar keek toen ik jonger was, in de hoop dat ze me iets meer over haar zouden vertellen.

Er is er een waar ik vooral van hield, daarop zit ze op een vensterbank gekleed in een lichte, gekreukelde linnen jurk, met blote voeten en ze lijkt net een circusmeisje. Een trapezeartieste, een mislukte danseres. Ze heeft iets vastberadens, iets droevigs over zich. De krachtige kuitspieren en de kwetsbaarheid in haar ogen.

Ik had de gewoonte om in mijn eigen lichaam naar sporen van haar te zoeken. Ik zocht naar diezelfde gebogen wenkbrauwen, de smalle voeten, hoge jukbeenderen, naar haar schuinstaande ogen. Maar ze was verdwenen. Zelfs haar genen leken te zijn verdwenen als vissen die uit het net glijden, zodat ik haar nooit meer kon opeisen.

Vele jaren later vond ik een boodschap die ze aan Ferdinando had geschreven in de tijd dat ze elkaar net hadden ontmoet. Ze had het op de achterkant van een verbleekte ansichtkaart gekrabbeld.

'Het is niets voor de liefde om zo afschrikwekkend te zijn. Ik wil je niet vrezen, vooral niet wanneer je humor zo meedogenloos kan zijn. Ik ben nooit goed geweest in bang zijn en je weet hoe bange dieren zich gedragen. Hou op met praten, hou me gewoon vast. Beter nog: trouw met me.'

Dit stukje papier was het enige wat ik in al die jaren vond en wat mijn moeder tot leven bracht, van vlees en bloed maakte, waardoor zij voor mij echt werd. Ze moest met Ferdinando trouwen om haar angst dat ze hem nodig had kwijt te raken.

Trouw met me, had ze hem bevolen. Bevrijd me van de angst.

Hij had haar gehoorzaamd. Mijn vader had altijd al veel respect gehad voor moedige daden.

De manier waarop Ferdinando zo handig was met woorden gaf hem de macht zich overal in te werken, en dat wist hij heel goed. In dat opzicht was hij een arrogante veroveraar.

Na zijn dood bedacht ik me plotseling hoe ik mijn hele leven door zijn persoonlijkheid beschermd was geweest: ik had me achter zijn genie verstopt, achter zijn provocaties, zonder ook maar iets van zijn talent geërfd te hebben. Ik was steeds zwakker geworden in zijn schaduw, en zonder hem voelde ik me spiernaakt, ik kon me niet in mijn eentje redden.

Ik moest een plek zien te vinden die me niet aan hem zou herinneren, een plek vol leegte, zonder een geschreven geschiedenis, waar taal weinig betekenis had. Want zonder Ferdinando begreep ik niets meer van schoonheid, intellectuele inspanning, artistiek talent en literatuur.

Toen ik later alles achterliet, had ik het gevoel dat alles nooit bestaan had: het enige wat ik me kon herinneren was die uitdrukking van angst in zijn ogen en die stille vraag, waarop ik natuurlijk geen antwoord had.

Het enige wat zijn verlies mij naliet, was het feit dat ik me realiseerde dat in Ferdinando's wereld – de wereld waar woorden macht hebben, waar cultuur controle betekent – men angst alleen maar kan uitstellen. Het enige wat men eigenlijk kan doen is het bevriezen.

Dus nu moest ik naar een plek waar ik alleen mijn lichaam nodig had om te overleven, zodat ik mezelf zou kunnen trainen en in ieder geval fysiek sterk en bekwaam zou worden.

Een plek waar ik mijn angst zou kunnen overwinnen, in plaats van die uit te stellen tot het moment waarop ik hem wel onder ogen móest zien.

Ik had het gevoel dat ik me alleen op die manier zou kunnen voorbereiden op de toekomst.

3

De natuur, meneer Alnutt, is iets waartoe
wij op deze aarde zijn gezet om te overwinnen.

KATHERINE HEPBURN in *The African Queen*

Nu is Adam aan de beurt om in het verhaal te verschijnen.

Als het waar is dat, zoals ik altijd heb geloofd, namen lotsbepalend zijn, zou Adam niet anders hebben kunnen heten.

Voor mij was Adam de eerste man op aarde, de man die Leonardo met gespreide armen in de cirkel tekende. Het basisprincipe. In bavianentaal: een Alfamannetje.

Ik kwam naar Afrika met de verkeerde vent en dat bleek later mijn geluk te zijn.

Halverwege een grauwe aprilmaand, een maand na mijn vaders begrafenis, werd ik als een postpakketje naar dit continent verscheept, verdoofd door slaappillen en in gezelschap van een jongeman – laten we hem P noemen – met wie ik vlak na Ferdinando's dood wanhopig seks begon te bedrijven.

Iedere avond kroop ik met gesloten ogen in zijn bed, ik sloeg mijn benen om zijn lichaam zoals een parasitaire plant een boom in de wurggreep neemt en met eenzelfde vastberadenheid had ik me aan hem vastgeklampt in de hoop wat zonlicht te vinden aan het einde van de tunnel. Maar nee.

P vond het heerlijk, hij had er geen idee van hoe ziek mijn geest was, noch had hij ook maar het flauwste vermoeden hoe compleet gek ik was geworden na mijn vaders dood. Hij geloofde in afleiding en stond erop me voortdurend mee uit te nemen.

P was een soort yuppie met literaire aspiraties, lang, donkerharig en geurend naar Eau Sauvage, altijd onberispelijk gekleed.

Waarschijnlijk aantrekkelijk, maar zonder gezicht. Hij was zijn hele leven met onschadelijke meisjes uitgegaan en slechte vrouwen kende hij slechts uit zijn boeken. Dus hij genoot nogal van mijn waanzin, mijn angst en vooral van mijn wreedheid. Hij dacht dat hij iets van mij kon leren.

Hij nam me mee op vakantie naar Kenia en betaalde nauwgezet alles: geld was altijd zijn enige middel geweest om de dingen onder controle te houden.

Wat mij betreft had ik overal kunnen zijn.

Ik lag gewoon in verschillende bedden in verschillende vijfsterrenhotels, kwam alleen tot rust door de sussende geluiden van de airconditioning en CNN en gaf bestellingen door aan roomservice terwijl P de natuur introk in met zebrastrepen beschilderde auto's, samen met een stel blije toeristen die waar voor hun geld wilden en niet wilden stoppen voordat zij de prooi van de leeuw goed op de foto hadden. Net voor het donker werd, kwamen ze allemaal uitgeput terug, ze vergeleken de foto's die ze hadden kunnen schieten luid en trots en waren hongerig naar meer.

Ik haatte hen allemaal en bleef broodjes kip bestellen.

Afrika lag ergens daarbuiten, een geheime entiteit die niets van zijn aard wilde prijsgeven. Ik voelde de uitgestrektheid ervan door het raam naar binnen sluipen. Daarbuiten was zeker iets groots aan de gang, maar ik nam niet de moeite om daarachter te komen.

Op de zesde dag beschuldigde P mij van sabotage.

'Esmé, het lijkt me echt geen goed idee om hier in je eentje te blijven liggen, je wordt er alleen maar nog depressiever van. Je moet je best doen. Geloof me nou maar.'

'Hoor eens, het gaat zo prima met me, ik heb gewoon geen zin om andere mensen te zien, ik wil alleen maar uitrusten.'

'Soms heb ik het gevoel dat je het expres doet. Je wílt je helemaal niet beter voelen.'

Ik lag op het bed tussen asbakken, tijdschriften, kruimels

en lege borden. Ik keek naar hem op.

'Er is niks mis mee om je niet altijd goed te voelen, hoor. Geluk is niet verplícht op deze planeet.'

P was zijn hele leven al een toerist. Hij vond het fijn om rond te struinen, foto's te nemen en na verloop van tijd weer naar huis te gaan. Hij had hoge verwachtingen gehad van deze reis, van mijn persoonlijkheid, maar ik denk dat ik hem heb teleurgesteld. In zijn mentale brochure moet het een aantrekkelijke culturele keuze zijn geweest om de neurotische dochter van een beroemd dichter mee naar Afrika te nemen. Hij had een exemplaar van *The Green Hills of Africa* in zijn Fendi-koffertje gestopt, voor het geval hij niet meer genoeg inspiratie had.

Helaas bleek ik een nogal vlak land te zijn, waar niet veel te beleven viel. Bovendien was er een einde gekomen aan ons seksleven. Ik kon er gewoon niet meer tegen en had hem gevraagd of hij alsjeblieft in het andere bed wilde slapen. Hij was er niet blij mee maar legde zich er met savoir faire bij neer. Hij was tenslotte een goedopgevoede Italiaan en hij was niet van plan zijn geld terug te vragen.

Het kon mij niet schelen dat ik een oplichter was, ik wilde gewoon met rust gelaten worden.

Op de zevende dag reisden we naar het midden van de Masai Mara, naar een luxueus tentenkamp waar we omringd werden door nog meedogenlozere Amerikaanse toeristen. Ik kon nu onmogelijk de hele dag in de tent blijven zitten, er was geen CNN om me te hypnotiseren, dus ik stemde ermee in om voor zonsondergang mee te gaan op een speurtocht naar wild.

Ik weet nog dat ik de regen rook. Ik zag donkere wolken onze kant op komen, loodkleurig tegen de blauwe hemel. Die ongelooflijke hemel die ik nu eindelijk zag, benam mij de adem. Ik had op dat moment geen woorden om hem te beschrijven en die heb ik nu nog steeds niet.

In de stilte voor de storm openden de vlakten zich voor mijn ogen. De zachte vormen van de acacia's, de kuddes zebra's en gnoes en buffels die stipjes waren op het gele gras in de verte.

Het kwam allemaal tot leven en alles in mij wat dood was geweest begon nu langzaam weer te ademen.

Toen zagen we de olifanten. Een stuk of dertig. Ik vroeg de chauffeur om te stoppen en de motor af te zetten. Ik ging rechtop staan en keek uit het open dak, ik voelde de wind door mijn haar en zag ze langzaam mijn kant op komen.

'Jezus, wat zijn ze groot!' zei P, en hij maakte prompt een foto. 'Esmé! Moet je zien hoe groot die beesten zijn!'

'Wees nou stíl, ja?'

En hij hield zijn mond.

De olifanten kwamen dichterbij, in een rij, heel langzaam. Het oude wijfje baande een pad voor de anderen. We werden nu door hen omringd, ik sloot mijn ogen en snoof hun geur op, luisterend naar het zachte geluid waarmee ze het gras met hun slurf uit de aarde trokken. Geen geluid van voetstappen, alleen het gras en de wind, en de geur van regen die iedere seconde dichterbij kwam. De zon verdween achter de wolken en wierp een laatste scherpe, groene glans over de vlakte. De wind werd kouder en de hemel werd zwart.

De regen kwam met bakken uit de hemel, vergezeld door donder en bliksem, en het geluid was oorverdovend.

Het water stroomde langs de olifanten, druppelde over de ruggen van de modderige buffels. Het veranderde niets aan hun langzame bewegingen, ik hoorde nog steeds het gesmoorde geloei van de gnoes die vredig in de stortregen graasden.

'We moeten maar weer gaan, denk je niet?' fluisterde P nerveus in mijn oor.

Hij is het soort man dat het vreselijk vindt om nat te worden.

Ik gaf geen antwoord. Ik stond nog steeds door het open dak te kijken, het water liep over mijn wangen, stroomde langs mijn nek, verstopte mijn neusgaten, mijn haar plakte tegen mijn slapen. Ik ademde en voelde de ruimte, de regen, de geur van de dieren, van de aarde die haar rijkdommen prijsgaf.

Ik huilde. Eindelijk.

P zuchtte en ging hoofdschuddend weer zitten. Hij was niet blij met wat ik deed.

Op de achtste dag voelde ik me beter, of in ieder geval anders.

Ik zat vastberaden aan de ontbijttafel van ons luxueuze kamp en ging in het heldere ochtendlicht verder met mijn röntgenonderzoek van P.

Terwijl hij voor zichzelf geklutste eieren en bacon opschepte, had ik een volmaakt helder visioen van wat ik in hem verafschuwde.

Er bestaat een enorme groep mannen zoals P, die erin slaagt hun hele leven binnen de door henzelf gestelde grenzen te blijven en er volmaakt vrede mee heeft die nooit te overschrijden.

Zulke mannen voelen zich al ongemakkelijk bij de gedachte zich te moeten blootgeven: ze lijken zelfs niet in staat om zonder moeite hun eigen kleren uit te trekken. Je ziet ze voortdurend voor je in hun overhemden van Brooks Brothers, zelfs als ze naakt zijn en zwaar ademend op je liggen. Niets kan hen veranderen. Geen dood, geen ramp, geen oorlog, zelfs een gebroken hart niet. Maar het droevigste is dat zelfs schoonheid ze niet kan veranderen. Ze begrijpen het gewoon niet, laat staan dat ze zich ervoor openstellen. Zij zijn de eeuwige toeschouwers. Ze nemen alleen maar foto's.

Het was onverdraaglijk: het idee om uitgesloten te zijn van elke vorm van schoonheid, om er met berusting naar te kijken alsof je naar iets kijkt waarvan je weet dat je het nooit zult hebben, iets wat je niet waard bent. Tja, dat gaf uiteindelijk de doorslag voor me.

De geringste kans om ooit zelf die schoonheid te worden, al was het maar voor één keer, gewoon door erdoorheen te waden, het door de poriën van je huid te laten stromen, erdoor te rollen, of het nou modder of stof, regen of zand is, het helemaal over je heen te sméren – plotseling voelde ik me wild – hoe kan iemand die mogelijkheid nou helemaal uit zijn leven bannen?

Nu ben ik er niet meer zo zeker van, maar op dat moment aan die ontbijttafel was het allemaal heel duidelijk, terwijl ik keek naar de met Calvin Klein-kleren uitgeruste groep toeristen die hun borden volladden met waar ze voor betaald hadden, hun ogen gefixeerd op de bacon terwijl ze de kwaliteit ervan vergeleken met die andere bacon thuis. Ze leken absoluut onveranderd. Terwijl ik nu juist was bevrijd uit het verzegelde pakje waarin ik slechts veertien of vijftien uur eerder was gearriveerd en al helemaal uitzinnig was. Het was voor mij onmogelijk terug te kruipen in mijn kartonnen doos en te negeren wat ik zojuist had gezien.

'Ons vliegtuig vertrekt om drie uur,' zei P, die hoopte dat hij na mijn gejammer met de olifanten het ergste wel had gehad en dat ik hem meer gestoord gedrag zou besparen. 'We kunnen nog snel even wat wild gaan kijken, om één uur terugkomen om te lunchen en dan inpakken.'

Zijn overdreven precieze plannetjes. Ik had zin om hem op zijn gezicht te meppen. En waarom gebruikte deze absolute vreemdeling toch steeds weer het woordje 'we'?

Het was net als surfen. Ik was zo lang onder water geweest, in de verwachting dat ik zou verdrinken, en nu merkte ik – volledig onverwacht – dat ik boven op een golf zat, in de zon, en doodsbang om mijn evenwicht weer te verliezen, omdat het allemaal zo verdomde snel ging. Maar het was mijn enige kans en ik moest erbovenop blijven zitten, hoe beangstigend het ook was en hoe slecht ik me ertoe uitgerust voelde. Ik wist dat ik niet meer kopje onder wilde gaan.

'Weet je wat, ik ga niet met je mee terug,' hoorde ik mezelf opgewekt tegen hem zeggen, mijn mond vol geroosterd brood. Ik vond het erg goed klinken. 'Ik blijf hier alleen achter.'

'Hoezo híer?' Hij keek geschrokken.

'Hier. In Afrika. In de rimboe. Ik weet het nog niet.' Ik gebaarde om me heen naar de bomen. 'Misschien wel op deze plek.'

Hij keek me met grote ogen aan.

'Dat kan helemaal niet.'

'Waarom niet?'

'Omdat we een ticket hebben dat je niet kunt... het kan niet omgezet worden en...'

'Alles kan omgezet worden.'

Hij keek me ongelovig aan. Zo vroeg in de ochtend was hij niet voorbereid op dit soort dingen.

'En hoe moet het dan met geld? Ik bedoel, het zal je een vermógen kosten om hier in je eentje te blijven. Ik begrijp gewoon niet hoe je...'

Ik glimlachte liefjes en begon nog een geroosterde boterham te smeren.

Hij gaf het op. Eindelijk begon hij me te haten.

'Esmé, waarom moet je je toch altijd zo vréémd gedragen?'

Ik haalde mijn schouders op. Het voelde lekker om weer boven op de golf te zitten. Ik zou wel een manier vinden om mijn evenwicht te bewaren en vooruit te komen.

'Het lukt allemaal wel. Je moet me alleen even driehonderd dollar lenen, kan dat?'

Meer stilte, meer verwijtende blikken.

'Hoor eens, ik voel me verantwoordelijk voor je. Eigenlijk bén ik ook verantwoordelijk voor je en ik ga niet...'

'Ach, zeik toch niet zo.'

Zo gebeurde het. Maandenlang leek er geen beweging in mij te zitten. Toen veranderde mijn leven boven een bord met geklutste eieren.

Ik bracht P naar de landingsbaan, als een nauwgezette secretaresse die haar baas wegbrengt. Hij had vijfhonderd dollar in contanten voor me achtergelaten en ook nog een extra nacht in het kamp betaald. Hij vroeg me zo ongeveer een miljoen keer: 'Maar hoe láng denk je precies te blijven?'

Het feit dat ik geen plan had, dat ik me niet langer als toerist zou gedragen en gehoorzaam de bevelen van een touroperator zou opvolgen, dat ik gewoon in mijn eentje in dat onbekende landschap zou duiken en van de kaart zou verdwijnen, leek hem de stuipen op het lijf te jagen. Ik ontsnapte aan de wet van de dagtocht, als de een of andere krankzinnige Russische anarchist.

'Bel me zodra je terug bent. Ik zal me behoorlijk zorgen maken tot ik iets van je hoor. Of bel me zelfs maar collect zodra je in de buurt van een telefoon bent.'

Ik klopte hem vriendelijk op zijn rug, blies aan weerszijden van zijn gezicht kusjes langs zijn wangen, zwaaide hem met een glimlach uit en keek toe hoe het zespersoonsvliegtuigje hem uit mijn leven tilde.

Ik voelde me extatisch en licht toen de landrover mij met de nieuwste lading Texanen terugreed naar het kamp. Ik trok me niets meer van hen aan, zelfs niet toen ze me bezorgd vroegen of ik hier in de buurt al neushoorns had gezien.

Adam zat op een van de barkrukken onder het rieten dak van de eettent toen ik terugkwam. Ik zag hem niet meteen omdat ik te druk bezig was met mijn laatste wetenschappelijke experiment. Zou ik, het proefdier, onmiddellijk de zenuwen krijgen en mijn greep op de surfplank verliezen en in de golven verdwijnen, of was dit het begin van de vrijheid? Ik lette angstvallig op een teken van naderende ongerustheid, ging aan de bar zitten en bestelde een tequila. Ik had een opkikkertje nodig. Ik bedacht dat ik dit het beste stapje voor stapje kon doen en dat ik ieder halfuur moest kijken hoe ik ervoor stond.

De avond begon ons te omhullen en vulde de lucht met verschillende geluiden zoals een orkestbak bij een repetitie. Ieder dier viel voorzichtig in vanuit de verte. Het getjilp van de krekels, de schorre kikkers, zo nu en dan het geknor van een nijlpaard gevolgd door een plons in het modderige water, de bavianen die in de bomen speelden. En in de verte het gedempte geloei van de gnoes, enkele duizenden die op de vlakte graasden, altijd op weg naar groener gras als een leger dat zich verplaatste.

Ik voelde dat Adam naar me keek. We zaten als enigen aan de bar, alle anderen zaten al aan tafeltjes en schrokten hun eten naar binnen. Hij glimlachte.

'Geen honger?'

'Wat? Ik? O... eh, nee... niet echt. Ik word langzaam dronken van de Camino Real.'

Hij grinnikte.

'Kan ik je helpen door je er nog een aan te bieden?' Zijn stem was als fluweel. Ik vond de klank prettig in de schemering.

'Ja. Dank je. Ik heet Esmé.'

'Adam. Wat is dat voor een naam, Esmé?'

Hij kwam dichterbij. Hij rook lekker. Ik kon zijn gezicht niet goed zien in het zwakke licht van de eettent, maar zijn nabijheid voelde prettig aan.

'Voluit heet ik Esmeralda. Een nogal hoogdravende Italiaanse naam. Maar Esmé is ook de naam van een aandoenlijk Engels meisje in een novelle van J.D. Salinger... Mijn ouders waren dól op Salinger.'

'"Voor Esmé met liefde en ellende", klopt dat?'

'Ken je het verhaal?'

'Natuurlijk. De Amerikaanse soldaat en het Engelse meisje in de theesalon. Dan wordt hij gek of zoiets.'

Ik was verbaasd dat hij het had gelezen. Ik was er zeker van uitgegaan dat iedereen in Afrika analfabeet was.

Adam sprak zachtjes in het Kiswahili tegen de barkeeper, het klonk als een soort geheimtaal van kinderen, vol ah's en o's en uh's, een beetje Italiaans door de zangerigheid ervan, maar niet zo flamboyant. De barkeeper lachte alsof hij een goede mop had gehoord en schonk nog twee Camino Real in.

'Ben je op vakantie of zo?' vroeg hij.

Ik glimlachte.

'Een goeie vraag. Eigenlijk weet ik het niet precies.'

De radio achter in de bar begon schorre, onbegrijpelijke geluiden uit te braken en Adam sprong van zijn barkruk en verdween achter de bar. Ik hoorde hem weer Kiswahili praten, zo nu en dan doorspekt met een paar Engelse woorden, zoals: bougies, wisselstroomdynamo en startmotor, heel vaak 'over' en toen zat hij weer met een glimlach op zijn kruk.

'Dat klonk heel efficiënt,' zei ik vriendelijk.

'Ik heb een reserveonderdeel voor mijn auto nodig uit Nairobi en hopelijk wordt het morgen overgevlogen.'

De barkeeper stak een stormlantaarn aan en zette die op de

bar. Ik keek aandachtig naar Adams gezicht. Nu kon ik zijn zandkleurige haar zien, de sterke nek en zijn prachtige lippen. Hij keek me recht in mijn ogen. De zijne zouden groen geweest kunnen zijn. Hij zag er zo overweldigend knap uit dat ik plotseling bloosde: ik was er niet op voorbereid door zo'n aantrekkelijke man te worden aangekeken. Mijn blik viel op zijn handen die hij om zijn glas had liggen. Sterk en plat. Snel goot ik een tweede tequila naar binnen.

'Mijn kamp ligt enkele kilometers verderop langs de rivier. De toeristen zijn vandaag vertrokken en ik zit hier vast tot ik mijn auto kan repareren. Dit kamp heeft een heel goede monteur, iemand die vroeger voor mij werkte. Ze hebben hem bij ons weggekaapt, maar godzijdank is hij nog steeds in de buurt.'

Plotseling was ik te nerveus om iets te zeggen.

'Zo, Esmé,' – ik vond het heerlijk om zijn stem mijn naam te horen uitspreken – 'wat doe je hier helemaal in je eentje in dit oord?'

Ik gaf hem een kort en warrig verslag. Ik vertelde hem dat ik geen plan had, dat ik niets of niemand kende, dat ik op een soort missie was, maar dat ik nog niet wist wat voor een. Hij keek niet verbaasd. We dronken meer tequila.

Hij vertelde me iets over zijn familie, dat hij een Keniaan van de tweede generatie was, dat zijn Schotse grootvader een koffieplantage had gehad in het binnenland, dat zijn vader vervolgens jager was geweest in het Northern Frontier District en dat hij nu een luxueus safari-tentenkamp exploiteerde voor rijke Amerikaanse toeristen. Hij bestookte me met vragen, alsof ik een of ander exotisch soort was dat hij nooit eerder had gezien, en dat deed me plezier. Bij de vierde tequila dacht ik niet meer aan surfen, ik had de automatische piloot ingeschakeld en gleed soepeltjes de nacht in, in het gezelschap van deze knappe vreemdeling.

De volgende dag in de ochtendschemering werd ik alleen wakker in mijn tent, mijn hart ging als een razende tekeer en ik probeerde me los te worstelen uit de greep van mijn uiterst sombere seksuele dromen. Het was nog behoorlijk duister in de diepten waar mijn onderbewuste vrij was om als een wild dier rond te cirkelen. Ik liep de tent uit, ging bij de rivier zitten en zag de nijlpaarden die nog op de oever lagen te slapen, de een boven op de ander. Wat een gelukkig gezinnetje. Had ík maar zo'n nacht gehad.

Ik dronk koffie totdat ik er hartkloppingen van kreeg, waste me toen zorgvuldig en koos iets leuks uit om aan te trekken, vervolgens ging ik op zoek naar Adam.

Ik vond hem bij het personeel van het kamp met een drukke groep Afrikanen met overalls aan, Zaïrese muziek schetterde uit een transistor en Adam keek aandachtig onder de motorkap van een grote jeep.

'Goeiemorgen,' zei hij glimlachend. Zijn haar was nog nat en in het ochtendlicht bleken zijn ogen daadwerkelijk donkergroen te zijn.

'Je ziet er mooi uit in die jurk, Esmé.' Door de manier waarop hij mijn naam uitsprak, stond mijn hart even stil. Zoals zijn fluwelen, diepe stem even bleef hangen, de klank streelde. Het verbaasde me: ik was al iets geworden wat hij bij de naam kon noemen.

'Vind je het vervelend als ik kijk hoe je de auto repareert?'

Adam lachte.

'Helemaal niet. Ik vind het erg leuk als je naar me kíjkt,' zei hij, alsof ik hem een seksueel voorstel had gedaan. En hij had helemaal gelijk.

Ik ging met gekruiste benen op de grond zitten en ontleedde iedere spier van zijn lichaam, registreerde de vorm van armen, kuiten, enkels, volgde iedere zenuw, iedere beweging, iedere zweetdruppel, alsof ik nog nooit van mijn leven het lichaam van een man had gezien. Ik was gehypnotiseerd door zijn ritme, de manier waarop hij voorzichtig zijn handen onder de motorkap bewoog, vastschroefde en losschroefde, voorzichtig aan draden trok en vervolgens zijn vette handen aan zijn oude kaki shorts afveegde, de manier waarop hij vriendelijk en snel met de jongens sprak die hem gereedschap aangaven als een team artsen aan een chirurg. Zo nu en dan keek hij mijn kant op en glimlachte, gewoon om te zien of ik er nog was.

Ik herinner me deze scène zo scherp omdat die een sleutel vormt tot de aantrekkingskracht die Adam op mij uitoefende. Zijn lichaam straalde zo'n opwindende vitaliteit uit, alles leek zo harmonieus samen te werken maar toch ook zo vanzelfsprekend. Adams schouders waren het archetype van schouders, evenals zijn benen, de aderen in zijn onderarmen en de solide ronding van zijn knieschijven.

Er zijn lichamen – het merendeel in feite – die nietszeggend zijn, ze dienen slechts de voortbeweging en de bescherming van de inhoud. Armen en benen leiden geen eigen leven, er zal geen greintje persoonlijkheid of een verborgen karaktertrek aan het licht komen, zelfs niet na zorgvuldige bestudering van de anatomie. Het voornaamste doel van die lichamen zonder karakter is iets te verbergen, in plaats van iets uit te drukken.

P had zo'n volslagen nietszeggend lichaam, dat in feite slechts een vorm aannam en een boodschap uitzond wanneer het in dure overhemden of pastelkleurige kasjmier truien werd gehuld. P's lichaam maakte zich alleen door middel van fundamentele, door de mode voorgeschreven signalen verstaanbaar voor de wereld, signalen die bij wijze van software moesten worden toegevoegd. Zijn lichaam had op een of andere manier nooit een eigen taal ontwikkeld.

Dit lichaam hier, het lichaam van een man die zijn auto repareerde – wel, nou ja – ik moest gaan zitten om het allemaal in me op te kunnen nemen, mijn benen werden er slap van.

Het sprak niet tot me, het zóng. Ieder botje in zijn pols, de manier waarop zijn vingertoppen waren gevormd, ik bedoel, het geheel leek wel een symfonie. Ik kon het bijna niet verdragen.

In feite kon ik het plotseling niet meer verdragen nog langer naar dat lichaam te kijken, tenzij ik één kon worden met de muziek ervan. Met andere woorden, ik voelde dat mijn rusteloosheid pas voorgoed gedoofd zou zijn als dat lichaam mij zou omhelzen en opnemen. Ik dacht niet aan seks. Ik wilde dat deze onbekende man de liefde met mij zou bedrijven. Ik wist gewoon dat als hij dat zou doen, er frisse lucht en licht aan het andere einde van de tunnel zouden zijn. Ik wist het door naar zijn zingende anatomie te kijken en ik wist het door de manier waarop hij mijn naam had uitgesproken. Het was duidelijk dat ik mijn greep op de werkelijkheid begon te verliezen. Maar de vastberadenheid die ik in mijn eigen dwaasheid voelde, begon me te amuseren.

'Esmé, wat zijn je plannen? Ik bedoel, waar ga je hierna heen?' Hij had een sigaret opgestoken en was naast me komen staan om hem op te roken terwijl zijn maten in hun overalls een onduidelijk stuk geblakerd metaal aan het lassen waren.

Ik voelde een hittegolf in me opstijgen.

'O, tja... ik weet het nog niet. Eigenlijk moet ik... vandaag... hier weg.'

'Als je wilt, kun je met mij meegaan naar mijn kamp.' Hij bleef naar het laswerk kijken, om er zeker van te zijn dat zijn maten het niet verknalden. Een behoorlijk geconcentreerde kerel, dacht ik.

'Nou, ik weet eigenlijk niet wat ik moet zeggen. Het klinkt fantastisch, maar...'

'Er is verder niemand, er zijn vijf grote tenten. En een goed uitgeruste bar.'

Dat van die vijf tenten betekende dat we in aparte tenten konden slapen. De goed uitgeruste bar hield waarschijnlijk in dat er genoeg drank was om te doen wat we eigenlijk wilden, en dat was in dezelfde tent slapen.

'Nou, bedankt,' antwoordde ik neutraal.

Het was even stil. Ik durfde niet naar hem te kijken en veinsde een plotselinge belangstelling voor zijn reserveonderdelen.

'Goed,' hoorde ik hem zeggen. 'We zijn bijna klaar met de auto. We kunnen weg zodra jij ook klaar bent. Het is maar zo'n drie kwartier rijden.'

Ik ontspande me. Ik koelde een beetje af. Er gloorde hoop aan het einde van deze manische tunnel. Tenminste, ik dacht dat mijn lichaam mij dit probeerde te vertellen.

Ik herinner me maar weinig van mijn eerste dag met Adam. Ik keek meer naar hem dan naar het landschap waar hij mij voortdurend op wees. We reden in zijn auto langs de steile helling helemaal naar boven, tussen trekkende zebra's en gnoes door.

'Dit lijkt het scheppingsverhaal wel, de vierde dag, toen God besloot de dieren in het landschap te zetten,' zei ik. 'Ik kan bijna niet geloven dat jij ook nog eens Adam heet.'

Hij grinnikte met een ondeugende twinkeling in zijn ogen.

Hij kreeg er nooit genoeg van te stoppen om een Thompsongazelle aan te wijzen of een zebra, of zelfs een klein vogeltje op een tak, met prachtig gekleurde vleugels en een moeilijke naam. Hij maakte geen onderscheid zoals die begerige toeristen die alleen maar grote beesten wilden zien, zoals neushoorns, olifanten en katachtigen, alsof de rest van de dierenbevolking, omdat er zo'n overvloed was, van ondergeschikt belang was, horigen die geen belangstelling verdienden. Adam hield van alles met evenveel hartstocht en bleef met zo veel trots wijzen naar het licht dat door de acacia's scheen en naar de vorm van de heuvels, alsof hij dit alles die morgen hoogstpersoonlijk had ontworpen. Ik deed alsof ik belangstelling had voor alles wat hij aanwees, ik knikte en keek naar zijn prachtige mond terwijl ik me afvroeg wanneer hij me zou kussen – misschien na zonsondergang? – maar ik moet toegeven dat de hartstocht die hij voor het land liet blijken mij ontroerde.

Zijn kamp zag er indrukwekkend uit. Alles was goed opgebouwd, maar op een rustieke manier zodat het voelde als een kamp en niet als een hotel in de rimboe. Er was een grote eettent met een houten tafel en safaristoelen, en overal kelims en kussens. De tenten waren gemaakt van dik groen canvas, in de mijne stond een enorm tweepersoonsbed, een mooi schrijftafeltje met een oude rieten stoel op de veranda.

Wat ik me van de rest van de middag herinner, is nogal vaag:

ik denk dat hij me meenam voor een wandeling langs de rivier, we deden allebei een dutje (apart), douchten, en terwijl het orkest na zonsondergang begon te spelen maakten we ons klaar voor een aanval op de bar. We zaten met een gin-tonic bij het vuur, dronken een paar biertjes bij het eten, een cognacje erna bij het vuur en uiteindelijk, net toen ik dacht dat ik het niet langer kon verdragen, net toen ik de hoop begon te verliezen, kwam het geluk eindelijk in de vorm van zijn armen die me naar hem toe trokken.

Ik verloor me langzaam in hem terwijl hij me omhelsde en voorzichtig mee naar de tent nam. Hij ontkleedde me langzaam zonder iets te zeggen en hield me vast en keek met een glimlach naar mijn naakte lichaam. We raakten elkaar aan en kusten elkaar en hielden van elkaar alsof we ons hele leven niets anders gedaan hadden. Er waren geen belemmeringen, geen botten, geen spanning: alle delen van onze lichamen waren rond en zacht, handen en lippen als veertjes. We vloeiden en zweefden in elkaar en ik wist dat dit goed was. Ik wist het gewoon. Ik had het gevoel alsof ik eindelijk thuis begon te komen.

En toen zei hij mijn naam weer, terwijl hij in mijn ogen keek.

'Ja?' vroeg ik met een haperende stem.

'Ik vind de klank zo mooi,' fluisterde hij.

Ik wilde nog veel meer. Ik wilde zo wanhopig graag meer van die liefde dat ik mijn ogen sloot en dacht: wees alsjeblieft goed, verpest het niet. Alsjeblíeft, dóe iets met je leven.

Maar dat deed ik niet.

Tja, hoe leer je zoiets?

4

Waarom reis ik zoveel
terwijl ik zo vreselijk bang ben voor reizen?

SVEN LINDQUIST

Nicole en ik rijden doelloos rond in mijn auto, onze inkopen liggen op de achterbank. Ik ben erin geslaagd een astronomisch bedrag uit te geven aan dingen die ik niet nodig heb. Ik ben nu in het bezit van een nieuw stel, uit Frankrijk geïmporteerde, espressokopjes, een Italiaanse wijnkaraf, een erg dure lap stof uit Rajasthan voor het geval ik zin krijg om nieuwe kussens te maken, een snoer oude West-Afrikaanse kralen voor bij mijn verzameling, nog een zilveren Ethiopisch kruis, brie, camembert, Duits roggebrood en een krat Zuid-Afrikaanse wijn. Ik heb de hele wereld leeggekocht en ik zou met gemak nog even door kunnen gaan. In slechts tweeënhalf uur hebben we het Yaya Center, de markt, de Ethiopische winkel en de nieuwe delicatessenzaak in Ngong Road geplunderd.

Iemand heeft ooit gezegd dat je in Afrika hebzuchtig wordt. Je wilt altijd meer, het is nooit genoeg. Je huis zal er altijd dubieus uitzien, te leeg, te rustiek. Je kast is te leeg, je auto te oud, je cd-verzameling zielig. Je raakt geobsedeerd door alles wat je in je leven mist. Er is altijd wel een nieuwe reparatie, een nieuw essentieel meubelstuk, keukengerei, altijd een stapje verder voordat je innerlijke rust bereikt. Materiële bezittingen achtervolgen je. Het kan een wonderbra zijn of een stuk echte Stiltonkaas, het maakt niet uit wat. Het object wordt een mantra om over te mediteren wanneer je weer eens het gevoel krijgt dat je identiteit begint te vervagen.

We kopen drie maanden oude Engelse *Vogues* die gestolen zijn uit het postkantoor. De straatverkopers aan Uhuru Highway duwen de glossy tijdschriften tijdens het spitsuur door het autoraampje naar binnen. Een nieuw scala van materiële benodigdheden trekt aan je voorbij als je snel door de kleverige pagina's bladert.

Het onderwerp 'sensuele badkamers' beslaat zes hele pagina's. De lijst met noodzakelijke dingen om volledig van je bad te kunnen genieten is gedetailleerd en extreem duur. Amber geurkaarsen: £ 10, witkatoenen Marokkaanse handdoeken van het merk 'Hammam': £ 24, naar rozenblaadjes geurend badzout: £ 18, een roestvrijstalen rek van Philip Starck: £ 150.

Alles is goed, zolang je maar niet toegeeft en verandert in een van die wanhopige emigrantenvrouwen in joggingbroeken en sportschoenen, die de hoop lang geleden hebben opgegeven en nog maar één vergeeld potje Pond's nachtcrème op het plankje in hun badkamer hebben staan. Of die diplomatenvrouwen, die rondlopen in mooie jurkjes met een parelketting, die yogalessen volgen en cursussen over kinderopvoeding in het Lighthouse Center, die uitsluitend yoghurt en alfafascheuten eten, en zich wanhopig vastklampen aan een soort routine om hun leven hier ook maar enigszins af te stemmen op het leven van hun vrienden thuis.

Nicole en ik geloven rotsvast in lichtzinnigheid als de ultieme redding. Wij doen aan survivalconsumentisme, soms strikt voyeuristisch, een ongeschreven regel om ons gezonde verstand niet te verliezen.

We rijden naar het benzinestation van Karen, naast de bank en het postkantoor. Karen is vernoemd naar Isak Dinesen, hier beter bekend als Karen Blixen. Want hier had barones Blixen haar wereldberoemde koffieplantage. In haar tijd kostte het je een halve dag om te paard van hier naar Nairobi te rijden. Tegenwoordig is het een halfuurtje rijden naar het centrum van de stad en de plek is veranderd in een tamelijk rijke, voornamelijk blanke buitenwijk, die nog steeds een beetje wildernis uitstraalt.

Het winkelcentrum van Karen is het middelpunt van ons leven. Hier komen we iedere dag om de post op te halen, naar de bank te gaan, te winkelen, onze vrienden te ontmoeten in Horseman's Restaurant, om bloemen te kopen voor dineetjes, met de automonteur te overleggen en hout of verf te bestellen bij de ijzerwarenzaak. Hier komen we erachter wat de anderen doen. Een voortdurende stroom auto's rijdt af en aan naar de winkels: stationcars vol smerige kinderen met blote voeten die net van de Banda-school zijn gehaald, jonge neurotische moeders in korte broeken die net voor een hele week inkopen hebben gedaan, Keniase cowboys op sandalen die hun kofferbak volladen met bierkratten en ijsblokken voor de volgende safari, afgeleefde echtparen die te lang onder deze zon hebben geleefd, zo stijf als gebalsemde schildpadden, die de winkelbediende slechts een shilling fooi geven, als herinnering aan die goeie ouwe tijd.

Het is de personificatie van kleinburgerlijk leven in een kleine stad, maar dan niet helemaal: de echo's van Karen Blixen en de koloniale architectuur van de stenen gebouwen geven een romantisch aura aan de hopeloze trivialiteit van onze activiteiten. Hier, aan de voet van de Ngongheuvels, is alles begonnen: barones Blixen is het Vrijheidsbeeld van Nairobi geworden.

'Habari mama.' De jongen glimlacht naar me als ik hem de sleutels geef en hij de tank begint vol te gooien. 'Wapi Adam?'

'Alienda safari. Atarudi weeki ingine.' Ik ben wie ik ben voor hen omdat ik bij Adam hoor. Dit is absoluut een mannenwereldje.

'Waar zijn jullie de hele dag geweest?' Plotseling verschijnt Nena bij het autoraampje terwijl ze een hap uit een groene appel neemt. 'Ik heb overal berichten voor jullie achtergelaten.'

Ze draagt een oude tweedehands jurk die met een antieke Turkana-kralenceintuur strak om haar middel is gesnoerd. Haar lange donkere haar is in een knot gebonden, met een potlood bij wijze van speld er ingestoken. Ze heeft Natasha, haar vierjarige dochter, in haar armen.

'Hallo, liefje.'

'We hebben rondgereden.' Ik streel het haar van Natasha. 'Hallo, schatje.'

'Luister eens, ik geef vanavond een etentje,' zegt ze.

'Geweldig.'

'Wat een prachtige ketting,' zegt ze tegen Nicole.

'Dank je. Hoe laat?'

'Tegen een uur of negen. Ik wilde Hunters vriendin ook uitnodigen, die is toch vandaag gearriveerd?'

Er volgt een nauwelijks waarneembare stilte.

'Ja. Esmé heeft haar van het vliegveld gehaald,' zegt Nicole op nonchalante toon.

Ik voel de onderzoekende blikken van Nena terwijl ik druk aan het sigarettendoosje friemel. Ik heb me altijd afgevraagd of ze het weet. Ik denk het wel, omdat iedereen hier altijd alles weet.

'Denk je ook niet dat ze het misschien wel leuk vindt om wat mensen te ontmoeten? Hunter vroeg ons om een beetje naar haar om te kijken tot hij uit Kampala terugkomt.'

'Vast wel.' Ik forceer een glimlach. 'Ik bel haar wel even, dan kan ze met mij meerijden.'

Nena gooit de afgeknaagde appel over haar schouder.

'Wat is het voor iemand? Claire, heet ze toch?'

'Ja, Claire. Ze lijkt me aardig,' zeg ik. 'Blond. Je weet wel, best knap.'

'O, oké.' Nena is teleurgesteld door het uitblijven van interessante details. 'Ik moet me haasten om Toby uit school te halen. Dan zie ik jullie straks wel.'

Zonder verder iets te zeggen breng ik Nicole naar huis.

Ik bedenk dat ik misschien het best snel weer kan vertrekken, terug naar Europa en dat ik dit keer echt moet proberen daar te wennen.

'Gaat het wel?' Nicole kijkt me onderzoekend aan.

'Nee, maar straks wel weer.'

'Verdorie, ik wilde dat je niet altijd zo je best liep te doen.'

'Wat bedoel je?'

'Ik bedoel dat als je er echt zo kapot van bent als het lijkt, je moet ophouden met doen alsof je ertegen kunt. Bel hem nu op, zeg hem dat je doodgaat, vertel hem dat je niet zonder hem kunt leven. Vecht voor hem, het is verdomme jouw leven!'

'Ik ga níet dood zonder hem. Dat is het 'm nou juist. Dat weet hij maar al te goed.'

'O gód.' Nicole steekt een sigaret op. 'Dit is toch zo'n slechte soapserie.'

Ik zet haar thuis af. Haar veranda ziet er vredig uit, haar doeken tegen de muur, haar kwasten netjes in een pot, de geur van terpentine in de lucht. Ik ben erg jaloers dat zij thuis iets heeft waar ze om geeft.

'Wil je voor vanavond mijn groene jurk lenen?' vraagt ze opgewekt terwijl ze het huis binnengaat.

'Nee, bedankt. Een andere keer.'

'Wil je nog een lijntje?'

'Niet echt.'

'Weet je zeker dat je haar op wilt halen? Waarom laat je het haar niet gewoon zelf uitzoeken? We hoeven niet...'

'Ik hoop dat iedereen een hekel aan haar heeft. Ik hoop dat jíj een hekel aan haar krijgt.'

'Natuurlijk. Dáár hoef je je echt geen zorgen over te maken.'

Ik rij in het gouden schemerlicht naar huis. Het magische tijdstip. Het is het moment van rust, wanneer de wolken net voor zonsondergang verdwijnen.

De Masai *askaris* lopen langs de kant van de weg, ze gaan gewikkeld in hun rode dekens naar hun werk. De Kikuyu-dienstmeisjes stappen in de matatu die hen naar huis zal brengen, weg uit de idyllische stilte van deze blanke buurt, naar de rokerige en drukke wanorde van Ongata Rongai waar reggae uit de ramen van de *hoteli's* schettert en petroleumlampen in het donker schijnen, naar het omfloerste en feestelijke lawaai van een Afrikaanse stad.

Voordat ik bij mijn hek toeter, sta ik even stil langs de kant van de weg en haal ik zorgvuldig de prijskaartjes van de espressokopjes, de karaf en de Zuid-Afrikaanse wijn. Het geld dat ik aan deze dingen heb besteed staat gelijk aan het maandsalaris van zowel Wilson, de kok, als Alice, het dienstmeisje.

Ik weet niet wanneer ik me schuldiger voel: als ik vergeet de prijsjes eraf te halen en een glimp opvang van het gezicht van Wilson of Alice als ze in de keuken de boodschappen uitladen – het is geen verontwaardiging of wrok, meer een soort eerbiedige schrik voor een voorwerp dat zo onverklaarbaar duur is – of als ik er wél aan denk het te doen en ik achter in de auto kruip om, als een dief die bang is om betrapt te worden, verwoed de prijskaartjes er afpeuter.

Bij de evenaar is er na zonsondergang geen licht meer, de nacht valt als de schaduw van een reus over je heen.

Binnen steekt Alice de open haard en de kaarsen op de schoorsteenmantel aan. Plotseling heb ik het koud.

Ik zit naast de telefoon. Je weet hier nooit of hij werkt. Ik neem de hoorn van de haak. Hij doet het. Morgen misschien niet.

Hunter is slechts tien cijfers verderop.

Ik kan het niet. Ik kan niet het nummer draaien, naar zijn naam vragen, wachten tot ze me doorverbinden, ademhalen en dan zeggen: Hunter, ik ben het, ik hou van je, laten we alsjeblieft met dit vreselijke spelletje ophouden, laten we gewoon samenzijn, snap je dan niet dat we voor elkaar bestemd zijn, stuur haar alsjeblieft weg, dit is gewoon idioot, ik zal je gelukkig maken, ik wil gewoon van je houden.

Ik heb het nooit kunnen zeggen en nu is het te laat. We hebben onze tijd verspild, we hadden het te druk met elkaar buiten te sluiten. Nu zit onze tijd erop. We hebben alles te moeilijk gemaakt.

Wilson sluipt zachtjes de kamer in en vraagt me fluisterend of ik thuis eet.

'Nee, ik ga naar mama Nena, bedankt Wilson.'

Ik laat het bad vollopen en vergeet alles.

Claire heeft ook een bad genomen en haar lange haar is nog nat.

'Ben je klaar?' De autosleutels bengelen aan mijn vingertoppen.

'Ja. Denk je dat ik een trui nodig heb?'

'Waarschijnlijk wel.'

Ik kijk haar na terwijl ze naar de kast loopt. Ze draagt een wijde plooirok waardoor ze eruitziet als een schoolmeisje. Ze is sexy op die mysterieuze Engelse manier, zoals alleen blonde meisjes van goeden huize met veel activiteiten buitenshuis dat zijn, fris als een roos en ondertussen keihard. Ik voel me zo anders, donker en gewond als Sint-Sebastiaan die door speren is doorboord. Het verbaast me dat het bloed niet langs mijn jurk druipt.

De telefoon rinkelt en ze springt overeind en pakt hem als hij voor de tweede keer overgaat.

Hij belt vanuit die hotelkamer in Kampala waar ik nog maar een uur geleden mijn denkbeeldige scène had gesitueerd, mijn mislukte liefdesverklaring. Hij ligt op bed, de tl-lampen aan, en slurpt van zijn cola, precies zoals ik me hem al had voorgesteld, behalve dan dat hij nu met haar praat.

Claire fluistert, haar lichaam als een slak rond de hoorn gekromd.

'Nou goed... ik ga uit... Nena... Jonathan Hart heeft voor je gebeld...'

Ze noemt mijn naam niet eens, alsof ik er helemaal niet ben.

'... ga naar de stad... wanneer denk je terug te komen... prima... ik ook... ja, ik ook.'

Ik zit in de rode leunstoel met mijn rug naar Claire toe.

Het kan nooit erger worden dan nu.

Ik spreek deze woorden zelfs uit, heel langzaam, fluisterend zodat ze niet kan horen dat ik tegen mezelf praat.

Ik ben een indringer in dit huis, ik zou hier helemaal niet moeten zijn.

Met een glimlach komt ze weer naar me toelopen.

'Dat was Hunter, misschien komt hij overmorgen terug.'

'O.'

We lopen naar buiten het donker in, de askari schijnt met zijn zaklantaarn naar de auto. We zitten zwijgend in de auto, ik ben te uitgeput om een poging te doen een gesprek op gang te houden. De autolichten schijnen op de wilde hazen die in het gras springen, sterren schitteren aan de koude hemel.

Ze ruikt naar kokosnoten-bodylotion. Wat een belachelijke geur om op te doen.

Ik weet dat ik nooit over het verlies van Ferdinando heen zal komen. Ik begin hem zelfs steeds meer te missen: toen hij er nog was, kon ik tenminste nog door de lens van zijn intelligentie naar de dingen kijken. Ik mocht die altijd lenen, zoals een kind met de bril van zijn vader mag spelen, en iedere keer als ik op die manier keek, was ik op de een of andere manier niet langer bang of verward door de dingen die mensen zeiden of deden. Hij wist hoe hij de dingen in het juiste perspectief moest zetten. Het was alsof wij onze eigen privé-uitkijkpost hadden. Hij bepaalde de focus, ik had het voorrecht er gebruik van te mogen maken. Ferdinando doorzag de mensen, niemand kon hem om de tuin leiden. Hij maakte hen vaak zo belachelijk dat ze voor altijd vernietigd waren, zelfs in je herinnering. Vaak vond ik dat hij zich gedroeg als een kind wiens favoriete spelletje eruit bestond al mijn poppen kapot te maken. Maar uiteindelijk, als hij zijn woeste open-hartoperatie eenmaal had uitgevoerd, was ik gedwongen toe te geven dat daarbinnen niets dan plastic zat.

Ik denk dat dit de enige manier was waarop hij mij en mijn broer kon beschermen: hij leek nooit de neiging te hebben om op een andere manier voor ons te zorgen. Zijn uitkijkpost was de veiligste plek die we hadden.

Nu, zonder hem, bevind ik me weer in de mist, ik ben niet langer in staat de contouren te doorzien. Ik denk dat ik goud weer met plastic verwar.

Ik heb me nooit zo passief gevoeld als nadat Adam en ik voor de eerste keer de liefde hadden bedreven.

Ik kon bijvoorbeeld niet slapen, ik wilde wakker blijven, rustig naast hem liggen om genoeg tijd te hebben om zijn nabijheid te bestuderen, zijn geur. Ik wilde alles in me opnemen, om er snel vertrouwd mee te raken. Ik keek hoe zijn lichaam langzaam naast het mijne ademde, zijn ribbenkast ging ritmisch op en neer, ik ademde zonder angst de warmte van zijn naaktheid in. Niets aan hem voelde vreemd of intimiderend. Ik wilde dat ik de tijd stil kon zetten en nooit meer op hoefde te staan, of iets hoefde te zeggen, of beslissingen hoefde te nemen. Ik wilde gewoon in het donker naast hem liggen en hem horen ademen.

Ik zag door het gaas van de tent hoe de hemel langzaam lichter werd, ik luisterde naar de eerste vogels die wakker werden in de bomen. Adams profiel tekende zich af tegen het witte licht, nog verzonken in zijn stille dromen. Ik zag de kleuren langzaam tot leven komen, het groen en het blauw voegden zich bij het zwart en wit van de nacht, het roze ochtendlicht streelde de lakens. Zodra de tent eruitzag als een fletse aquarel opende Adam zijn ogen, zonder te bewegen. Ik keek hem vol verwachting aan en ik zag dezelfde uitdrukking in zijn ogen als de vorige avond. De slaap had die niet verjaagd. Ik geloof dat zijn gezicht puur geluk uitdrukte.

Later zaten we naast de smeulende kolen van het vuurtje van de vorige avond en dronken we warme thee, heel rustig. Toen zei hij simpelweg: 'Blijf je?'

Het was niet duidelijk wat hij bedoelde: vandaag, een week of nog langer.

'Ik heb geen plannen om ergens heen te gaan. Ik hoop niet dat je het erg vindt,' zei ik, en ik probeerde net zo sfinxachtig te klinken.

'Geweldig. Dan kunnen we het rustig aan doen.'

Dat klonk goed. Ik wist alleen niet of ik er al aan toe was het rustig aan te doen.

De krankzinnige surfer in mij was nog steeds bereid om te

doden om te overleven. Sinds de dood van mijn vader was ik bedwelmd geweest door pijn, voedde ik mij met angst en woede. Nu wilde ik daar voor het eerst wanhopig graag vanaf. Ik voelde me als een personage in een avonturenfilm, aan boord van een schip in zuidelijke zeeën dat werd getroffen door een nachtelijke tyfoon – golven die het schip aan stukken sloegen, krakende en brekende masten, gegil, lichamen die overboord slaan, bliksem en wind die de zeilen doet scheuren – *volgende beeld* – de ochtend daarop, stille wateren, blauwe hemel, onze heldin ligt op een zandstrand met kokospalmen en is gered door inboorlingen met bloemen in hun haar.

Ik ben Adam altijd dankbaar geweest voor de manier waarop hij me in zijn leven heeft verwelkomd. Ik hoefde er nooit om te vragen, te duwen, te kloppen. Vanaf het begin was hij die wijdopen deur.

Ik heb mezelf nooit als een goed mens gezien. Te verknipt, te ongelukkig om goed te zijn. Maar nu wilde ik getemd worden. Ik moest mijn integriteit nieuw leven inblazen. Ik wist tenslotte dat ik een beter iemand kon zijn dan ik de laatste tijd was geweest.

Uiteindelijk bleven Adam en ik bijna twee weken in de rimboe. Hij brak zijn kamp op en stuurde de vrachtwagen met zijn knechten terug naar Nairobi, en we vertrokken met zijn tweeën, op weg naar het noorden.

Wat mij onmiddellijk opviel, en dat was me nog nooit bij een man gebeurd, was dat Adam alles kon: hij was de meest competente man die ik ooit had ontmoet. Hij verdwaalde nooit, keek nooit op de kaart, hij herkénde gewoon de vorm van de bergen, rivieren, tweesprongen in het niemandsland. Hij herinnerde zich bomen, rotsen, bronnen. Het landschap was hem ingeprent en eigenlijk was dat vanzelfsprekend: sinds zijn kindertijd was hij eigenlijk nooit veranderd. De manier waarop hij het bezát stond me aan. Het was van hem, hij zwierf er al zijn hele leven rond.

Voor mij daarentegen was de rimboe een onbekende omgeving – ik wist er absoluut niets van – zo onbekend zelfs dat ik niet eens kon beslissen of ik nou in paniek moest raken of niet. Ik lag wakker in de tent nadat Adam in slaap was gevallen en luisterde naar de dieren om ons heen. Ik hoorde takken kraken, gebrom in de verte, gegrom dichtbij, vreemd gesis. Soms durfde ik te zweren dat ik de rug van een dier langs het canvas aan mijn kant van de tent voelde. Ik wist nooit welk dier, maar ik kon ze beslist rúiken. Ik slaagde erin volkomen stil te liggen in een soort bevroren vreugde, ik voelde de warmte van Adams slapende lichaam naast me en ik was eigenlijk meer overdonderd door mijn eigen reactie dan door de mogelijkheid dat ik tussen het lichaam van een man en het lichaam van een leeuw lag te slapen. De volgende ochtend ontdekte Adam hun sporen in het zand rond de tent. Hyena's, bavianen, nijlpaarden, luipaarden, merkte hij dan terloops op en de sporen van hun hoeven of poten leken volkomen onschuldig in het daglicht. Het leek gewoon onmogelijk dat er van alles was gebeurd terwijl wij in de tent lagen te slapen. 's Nachts scheen hij met zijn zaklantaarn in de rivier om de glinsterende gele ogen van de krokodillen te onthullen, of de gladde rug van een nijlpaard. Hij vond het heerlijk om door het wild omringd te zijn, eigenlijk was hij zelfs teleurgesteld als het te rustig was in de buurt van het kamp. Ik was in de war, ik wist niet hoe ik me moest gedragen en ik wilde hem niet teleurstellen, dus ik klaagde nooit. Ik had geen idee of wat we deden waanzin was of volkomen normaal, maar ik vertrouwde hem volledig en ik dwong mezelf te genieten van alles waarvan hij genoot. Mijn geheime experiment tijdens die eerste safari bestond eruit dat ik ieder halfuur mijn angst testte, steeds iets verderging en het angstpeil relatief laag hield. Het was alsof je een spier forceerde: ik had nooit geprobeerd hoe ver ik kon gaan en ik was er trots op dat ik tot het uiterste ging.

Ik herinner me nog een avond dat we net boven op een heuvel ons kamp hadden gemaakt en gingen wandelen. Adam liep zoals altijd zwijgend voorop en tuurde door zijn verrekijker de helling af, op zoek naar olifanten of buffels. We wisten dat ze er waren, we hadden verse sporen gezien en tegen die tijd had ik al een soort zesde zintuig ontwikkeld om te voelen dat ze vlakbij moesten zijn, ergens achter de bomen. Adam ging in het hoge gras aan de rand van de vallei zitten en keek naar het bos dat onder ons lag. Ik werd door angst overmand. Ik had visioenen van buffels die woedend van tussen de bomen te voorschijn sprongen en ons van alle kanten aanvielen. Mijn hart ging als een razende tekeer, ieder deeltje van mijn lichaam schreeuwde het uit en smeekte me om dekking te zoeken. Ik voelde me zo kwetsbaar en nutteloos terwijl ik gehoorzaam op de open plek naast Adam zat, die zijn ogen op het bos had gericht en luisterde. We bleven lange tijd zo zitten en na een poosje begon ik langzamer te ademen, mijn hartslag paste zich aan de zijne aan. Het was alsof zijn kalmte langzaam als een bloedtransfusie in mij was gestroomd. Onze stilte maakte ruimte voor geluiden waarvan ik me niet bewust was geweest: de wind door het struikgewas, het getjilp van vogels en krekels in de verte. Na een poosje waren alle onrustige deeltjes van mijn lichaam gekalmeerd en als zand naar de rivierbodem gezonken. Nu alles in mij eindelijk tot rust was gekomen, kon ik het bos om mij heen zelfs tot leven voelen komen en zijn welriekende adem van mos en verse aarde ruiken.

Plotseling verscheen er een bosantiloop op de open plek. Ik zag Adam glimlachen terwijl hij hem aanwees en mij de verrekijker gaf. Het was zo'n volmaakt, prachtig dier. Eerst bewoog hij niet – hij had ons gezien – maar toen hij zich realiseerde dat we helemaal stilzaten en ons niet zouden bewegen, begon hij verlegen te grazen. Op dat moment werd ik me bewust van hoe alles op zijn plaats was gevallen: mijn angst was verdwenen, Adam, de bosantiloop en ik ademden samen met het bos, het ritme van onze hartslag was hetzelfde en er zou ons niets vreselijks overkomen. Er zou niets uit het bos komen aanstormen om ons te doden. Onze eigen stilte had ons één gemaakt met het bos en zolang we ernaar luisterden zouden we veilig zijn.

Adams stilte leerde me alles wat ik nu over de wildernis weet, nu lijkt het me overduidelijk. Maar op dat moment was het een openbaring voor me, iets wat ik nooit meer zou vergeten.

Alles wat hij deed, leek altijd zo eenvoudig: iedere avond kookte Adam op het kampvuur en zette me vervolgens een heerlijke maaltijd voor. Ik keek sprakeloos naar hem terwijl hij water en meel mengde en het deeg kneedde, dat hij vervolgens in een zwartgeblakerde pan legde die hij tussen de steenkooltjes stopte tot er een heerlijk geurend brood uitkwam. Hij krikte de auto uit de modder, lapte de radiator op, verwisselde de banden en sprak Samburu. Zonder hem zou ik waarschijnlijk al honderd keer dood zijn geweest.

Het werd al heel snel duidelijk dat Adam niet de enige reden was waarom ik wilde blijven. Terwijl we de ruimte inreden, opende Afrika zich voor me en nam me in zich op. Ik voelde dat al mijn angsten, de valkuilen en gaten die ik angstvallig had vermeden, zich nu plat over de grond uitstrekten. Alles rekte mee, vervloog in de ruimte, zelfs mijn ademhaling werd rustiger.

Ik wilde leren om bekwaam genoeg te worden om hier te overleven, en Adam was zonder meer de volmaakte man om me hierbij te helpen. De sleutel om de deur te openen. Het was niet alleen de schoonheid van Afrika. Het was haar morele geografie waarvan ik deel wilde uitmaken. Plotseling was het me duidelijk: hier wilde ik mezelf weer zijn. Onder de felle stralen van die zon, waar geen beschutting is, geen zonnewering, geen schaduw.

'Esmé, je hebt het gestel van een muilezel,' zei hij op een dag tegen me, nadat we de auto in de middagzon uit een zandbank hadden geduwd. Hij schudde zijn hoofd en lachte. 'Moet je jezelf eens zien.'

Hij draaide de achteruitkijkspiegel in mijn richting en ik zag mezelf voor het eerst sinds dagen. Mijn haar leek op dat van Medusa, bedekt door rood stof, overal krassen op mijn armen en benen, smeer op mijn neus.

Ik voelde me zo gelukkig, alsof ik een nieuw leven had gekregen.

Wat nou juist zo verfrissend was, en ik herinner me dat me dat meteen aan het begin van die eerste safari opviel, was dat Adam en ik niet dezelfde taal spraken, op geen enkele manier.

Dat vond ik wel wat, omdat wanneer ik Engels met hem sprak het onvermijdelijk was dat ik er echt moeite voor moest doen. Ik was niet alleen verplicht eenvoudiger te praten, minder machiavellistisch, maar door die tweede taal liet ik een flink stuk van mijn verleden achter me, dat natuurlijk met Ferdinando te maken had. Ik voelde me bevrijd, alsof ik toestemming had gekregen om die last van mijn rug te laten vallen.

We wisten helemaal niets over elkaar, we hadden geen enkele voorstelling van hoe het leven van de ander tot op dat moment geweest was. Ik probeerde me zijn jeugd op de plantage van zijn grootvader voor te stellen, hoe hij blootsvoets achter wrattenzwijnen had aangerend, hoe hij als elfjarige had geleerd een geweer af te schieten, hoe hij door een cobra in de ogen was gespuugd.

Hij was het eindproduct van gebeurtenissen en omstandigheden die mij volledig onbekend waren.

Ik was voor hem net zo'n raadsel. Hij had gewoon geen idee. Napels, Ferdinando en de communistische partij, per taxi naar school omdat mijn vader nooit had leren autorijden, barokke architectuur, films van Truffaut, in de lente in de koele Middellandse Zee zwemmen. Instinctief vermeden we ons verleden, we voelden dat er te veel leemtes zouden zijn waarvan we geen van beiden het gevoel hadden dat die opgevuld moesten worden. We bedreven de liefde, sliepen, aten en reden.

Maar we leerden hoe we intiem moesten zijn op een fysieke manier.

Ik belde Louise, Ferdinando's derde vrouw, collect vanuit het postkantoor in Nanyuki, op de terugweg naar Nairobi. Ik kon door het raam zien hoe Adam een somosa at terwijl hij het water in de radiator controleerde. Tijdens het gesprek bleef ik naar hem kijken, bijna alsof ik de situatie zo werkelijk mogelijk moest maken terwijl ik voor het eerst contact had met de andere kant.

Ik zag een mooie man van wie ik bijna niets wist, aan de rand van een Afrikaans stadje dat eruitzag als een stadje uit het Wilde Westen, tegenover Settlers-warenhuis in Nanyuki, Kenia, Afrika.

Louise klonk moe en zorgelijk. Ze zei dat er ongelooflijk veel papierwerk was geweest met betrekking tot het testament van Ferdinando en dat ik terug moest komen om enkele papieren te tekenen. Ze bleef steeds 'je vader' zeggen alsof, nu hij eenmaal dood was en geen nut meer had, ik degene was die schuld had aan de chaotische toestand die hij had achtergelaten.

'We weten niet eens wie de rechten heeft op de Amerikaanse vertalingen, je weet dat je vader nooit iets bijhield, het is zo'n bende.'

'Heb je met Lorenzi gesproken? Hij weet vast wel...'

'Lorenzi is een inhalige schoft, net als de anderen. Verdomde aasgieren...'

'Louise, het komt allemaal wel goed. Raak nou niet in paniek, oké?'

'Ik wil hier gewoon weg, het huis verkopen en zo snel mogelijk vertrekken. Ik háát dit land.' Ze stond op het punt van instorten.

De manier waarop ze zo snel in haar schulp kroop, plotseling zo haatdragend was ten opzichte van het huis waar ze vijftien jaar had gewoond, stond me niet aan.

'Ik heb er genoeg van. De vrienden van je vader zijn allemaal *grandissimi stronzi.*'

Plotseling klonk ze zo bitter alsof wij, zonder het beschermende aura van mijn vader, allemaal waren veranderd in een soort barbaren met wie ze niets meer te maken wilde hebben. Ze klonk precies als een harteloze Amerikaanse, die haar hang naar een excessieve, zorgeloze en onconventionele levensstijl alleen maar had voorgewend om een man aan de haak te slaan. Plotseling realiseerde ik me dat ze ons leven waarschijnlijk altijd al had verafschuwd.

'Verkoop je het huis? Ik dacht dat je...'

'Dat waren je vader en ik altijd al van plan.' Ze klonk nu verdedigend. 'Hij wist dat ik hier voor geen goud in mijn eentje wilde wonen.'

Haar verraad overviel me. Aan de andere kant denk ik dat ze niet veel keus had. Zou ik Louise gaan missen? Hield ik genoeg van haar om haar reden te geven om te blijven? Het antwoord was nee.

Zoals ik ben opgegroeid, was er nooit voldoende liefde om iemand te laten blijven. Niemand vroeg een ander ooit om zijn plannen om de een of andere reden te veranderen.

Ik denk dat ik moet zeggen, vanwege de liefde.

'Wat vindt Teo hiervan?'

'O god, je weet hoe je broer is. Het kan hem allemaal niets schelen.'

Ik hield mijn ogen op de stoffige weg gericht, omlijst door het raam van het postkantoor.

'Waar ben je nu trouwens?' Ze klonk alsof ze genoeg had van ons gesprek.

'In Afrika.'

'Dat weet ik ook wel. Maar waar precies?'

'O. In Kenia. Bij de evenaar. Ik ben hem toevallig net overgestoken.'

'Betaal ik dit gesprek?'

'Ja, inderdaad.'

'Wanneer kom je terug? Je moet die papieren tekenen en je broer is natuurlijk helemaal...'

'Louise...'

'Ja?'

'Laten we het nu alsjeblieft niet over papieren hebben.'

'O. Is er verder nog iets?'

'...'

'Gaat het verder goed met je?'

'...'

'Esmé, dit kost me een kapitaal.'

Ik hing op.

Dus tien dagen later ging ik terug.

De praktische stap om mijn leven daadwerkelijk te veranderen bleek verrassend eenvoudig: ik had gewoon niets om naar terug te gaan. Ik had geen vaste baan, ik deelde een appartement met een vriendin die ik niet echt mocht en behalve mijn broer was er niemand die ik bijzonder zou missen.

Ik tekende de papieren. Ik kreeg mijn deel van de Amerikaanse rechten en Lorenzi, die de hele tijd in goed vertrouwen had gehandeld, zei dat ik om de zes maanden mijn royalty's zou krijgen. Hij was een goede vriend van mijn vader geweest, hij was advocaat en probeerde niemand voor de gek te houden.

'Verwacht niet te veel,' zei hij met een droevige glimlach. 'Poëzie verkoopt nooit goed.'

Toch bleek dat Ferdinando nauwkeurige instructies betreffende mij en mijn broer in zijn testament had vastgelegd. Niet alleen kregen we beiden een deel van de opbrengst van het huis in Toscane, we erfden ook enkele mooie schilderijen.

Op een regenachtige dag lunchte ik met mijn broer Teo in een restaurantje waar we vaak kwamen, en waar Ferdinando een speciale regeling had getroffen die erop neerkwam dat hij zijn rekeningen nooit betaalde. De eigenaar kwam uit de keuken, kuste ons, zei dat hij Ferdinando vreselijk zou missen en dat hij ons in de toekomst absoluut nooit een rekening zou voorschotelen. Het was er warm, het rook er naar minestrone, houten lambrisering en vochtige jassen en het deed ons denken aan vele andere lunches die we daar hadden gegeten, waardoor we uiterst sentimenteel werden en veel te dure rode wijn dronken.

Teo is een jonge versie van de bejaarde ridder, met de broosheid en de dromerige ogen van mijn moeder. Die ochtend zag hij er bijzonder Byron-achtig uit, zijn krullerige donkere haar was bedekt met fijne regendruppels en hij droeg een dichtgeknoopt te groot overhemd dat van een rommelmarkt kwam.

'Wanneer denk je dat je je weer bij het gezelschap kunt voegen? Volgend seizoen?' vroeg ik hem.

'God mag het weten. Niemand weet het. Ik kan mijn been nog steeds niet goed buigen.' Hij keek ongeduldig het vertrek rond. 'Misschien wel nooit meer.'

'Alsjeblieft, zeg dat nou niet.'

Hij had zijn knie zwaar geblesseerd en hij was een paar maanden geleden opgehouden met dansen. Ik wist dat hij eronder leed, dansen betekende alles voor hem – hij had altijd zo'n onstuitbare energie op het podium, als een wervelende acrobaat, een Ariël in volle vlucht.

'Wat ga jij met het geld doen?' vroeg ik hem.

Het was zo'n vreemde vraag. We hadden nooit eerder geld gehad om over te praten.

'Ik kan het appartement waar ik woon kopen,' zei Teo schouderophalend. 'Dat zou het verstandigste zijn. Of anders kan ik het er lekker doorheen jagen en met jou mee reizen.'

'We zouden niet ver komen. We zijn waarschijnlijk te goed in het erdoorheen jagen.'

Teo giechelde.

'Ik zou zeggen dat we daar fantastisch in zijn.'

'Het is het enige geld dat we ooit zullen hebben,' zei ik. 'Ik denk dat we het moeten gebruiken om, zoniet iets verstandigs, dan ten minste iets belangrijks te doen.'

'Daar ben ik het mee eens. Misschien moeten we een groter appartement kopen en er samen gaan wonen. We zouden ons leven op orde kunnen brengen en proberen als volwassenen te leven.'

'Ja.'

Ik zweeg. Ik dronk nog wat wijn.

Een appartement in Rome. Een splinternieuwe vaatwasser. Een mooie stereo. Een telefoon in het toilet. Wilde ik dat?

'Teo, ik denk dat ik in Afrika wil gaan wonen.'

Hij zette zijn wijnglas neer en keek me geschrokken aan. Toen probeerde hij te glimlachen.

'O. Nou, dat is een belangrijk plan.'

Ik bleef de broodkruimels van de tafel vegen en was niet in staat hem aan te kijken. Ja, wij gingen nu ook uit elkaar. De uitkijkpost was voorgoed gesloten en we moesten allebei een andere plek vinden vanwaar we naar de dingen onder ons konden kijken. De tijd was gekomen waarop we onze eigen weg moesten gaan.

'Ik weet het niet. Die kerel, Adam... hij... wil dat ik terugkom om met hem samen te wonen.'

Hij had het me gevraagd. Uit naam van de liefde. Zo simpel lag het.

Het was gebeurd toen we van onze safari terugkwamen, terug in een ander soort realiteit – auto's, telefoons, supermarkten, de nabijheid van andere mensen. Ik was in paniek geraakt. In tweeënhalve week tijd was mijn vijfhonderd dollar geslonken naar vijfenzeventig, Adam moest weer naar zijn werk, nieuwe klanten boeken, andere auto's repareren, via de radio kletsen, een nieuw kamp organiseren. Er moest een beslissing genomen worden. Ik voelde me verloren.

'Ik moet binnenkort vertrekken, Adam. Volgende week, denk ik,' had ik op een dag tegen hem gezegd, toen we net wakker werden in zijn stenen, met klimplanten overwoekerde huisje in Langata.

Hij had niet geantwoord. We lagen nog in bed. Hij hield zijn ogen strak op de klamboe gericht, toen had hij rustig mijn hand gepakt. Daardoor kreeg ik zin om te huilen. Het verbaasde me om mijn tranen op het kussen te zien vallen. Het was alsof mijn lichaam had besloten het bewijs voor mijn gevoelens te leveren. Maar Adam zag me niet huilen, hij bleef naar het plafond staren alsof ik niet bestond.

'Ga niet weg,' zei hij zachtjes.

'Maar...'

'Hoor eens,' onderbrak hij me. 'Ik wist gewoon dat jij het was zodra ik je zag. Het was zoiets als "o, daar is ze eindelijk".'

Toen pas keek hij me aan. Zijn groene ogen stonden zo ernstig, bijna verwijtend.

'Je krijgt die kans maar één of twee keer in je leven, weet je.'

'Dat weet ik.'

'Laten we het dan niet verpesten.'

Ik droogde mijn tranen.

'Oké. Dan kom ik weer terug.'

'Dat klinkt al een stuk beter.'

'Hij zei dat hij van me hóudt.'

Teo keek me verbaasd aan.

'Fantastisch.'

'Ik weet het niet. Het is een beetje eng. Ik heb nog nooit zoiets gedaan.'

'Ga. Stap morgen gewoon op het vliegtuig. Hier heb je toch niets meer.'

'Ik heb het gevoel alsof ik op een geheime missie ga waar ik niets van weet. Alsof iemand op papier instructies voor me heeft achtergelaten die ik gewoon moet opvolgen. Het is griezelig.'

'Nee, je begrijpt het niet, dat is nu juist het opwindende: verf je haar pikzwart, zet een zonnebril op en pak die valse papieren met je nieuwe identiteit. Waarschijnlijk krijg je een Duitse naam, Baader Meinhoff-achtig. Ze wachten je op bij de uitgang en vertellen je wat je dan moet doen. Het wordt een fantastisch avontuur.'

'Ik hoop het maar.'

Het was even stil.

'Goh. Nairobi.' Hij liet het woord in zijn mond rollen, alsof hij de klank ervan wilde proeven.

'Het is een naam van de Masai,' zei ik, en ik voelde me plotseling droevig. 'Het betekent "koud". De koude plek.'

'O. Dat is grappig.'

We zwegen allebei.

'Kom je me wel opzoeken?' vroeg ik hem.

'Ja. Maar je komt toch wel een keertje terug, hè?'

'Natuurlijk.'

Plotseling was ik bang.

'O Teo, ik weet niet of ik dit wel kan.'

'Natuurlijk kun je het, lieverd. Bel me vaak.' Hij kneep hard in mijn hand. 'Bel me collect. Ik heb nu geld genoeg, weet je.'

Ik had het idee dat de verhuizing van mijn hele leven een gigantische onderneming zou zijn. In plaats daarvan vulde mijn hele verleden nauwelijks negen dozen. Ik stuurde een paar faxen naar de bank met het verzoek om iedere maand een klein geldbedrag naar mijn bankrekening in Nairobi over te maken. Ik verkocht een van de schilderijen. Daarmee waren de financiën rond. Binnen zes weken was ik klaar om terug te gaan naar Afrika.

Het was begin juli. Toen de vlucht van Egypt Air van Fiumincino vertrok, ging er een golf van paniek door me heen. Ik kreeg zelfs hartkloppingen; mijn handen werden koud en zweterig. Ik probeerde mijn ademhaling onder controle te krijgen en deed een poging me te concentreren op het feit dat ik in het ergste geval meteen na de landing in Egypte een vlucht terug kon boeken.

Maar tegen de tijd dat ik in Egypte op de vlucht naar Nairobi zat te wachten, verdween de paniek als sneeuw voor de zon. Ik keek naar de andere passagiers die half slapend in de oranje plastic stoeltjes zaten onder het heldere tl-licht dat zo typerend is voor vliegvelden in de derde wereld. Amerikaanse missionarissen, Nigeriaanse jongens met honkbalpetten, zwaar gesluierde Jemenitische meisjes, Indiase families met ongelooflijk lawaaierige kinderen, Duitse rugzaktoeristen verdiept in de *Lonely Planet*.

De transithal: ik had de neutrale zone bereikt die alleen bevolkt wordt door verdreven wezens – in het vagevuur op weg naar het Laatste Oordeel – en onze gemeenschappelijke situatie maakte dat ik me een stuk kalmer voelde.

Het leek of er genoeg plaats was voor allerlei verschillende mensen, als je er eenmaal was. Ik bedacht dat er tenslotte, als er plek was voor de Jemenitische meisjes, de missionarissen, de Nigeriaanse jongens én de schreeuwende Aziatische kinderen, geen enkele reden was waarom er geen plek zou zijn voor iemand zoals ik.

5

Soms denk ik dat we nogal slechte gewoontes hebben gekregen, door in deze contreien te wonen tussen dingen en mensen die niet de onze zijn, zonder verantwoordelijkheden of banden, zonder iets wat ons samenbindt of overeind houdt; door met buitenlanders te trouwen, een kunstmatige smaak te ontwikkelen, onze natuurlijke roeping voor de gek te houden.

HENRY JAMES

Laten we eerlijk zijn.

Dit is een verhaal over blanken in Afrika. Ik ben niet eens van plan om te doen alsof het iets anders is.

Zoals ik al eerder zei, we hebben hier helemaal geen Afrikaanse vrienden. Behalve die zeldzame keren – je kunt ze op één hand tellen – dat we deze of gene jonge Keniaan ontmoeten, gewoonlijk van goede komaf en afgestudeerd in Engeland, die ons iedere keer dat we aan hem of haar denken interessanter voorkomt dan hij of zij in werkelijkheid was en waarbij we ons dan voornemen dat 'we hem/haar volgende keer uit moeten nodigen als we een etentje organiseren'.

Het heeft niets te maken met vooringenomenheid of vooroordelen, het is gewoon zo, en na een poosje heeft het zelfs geen zin meer om erover te praten.

Toen ik hier terugkwam om met Adam samen te wonen, realiseerde ik me onmiddellijk dat Afrikanen een grote rol in mijn leven zouden spelen. Ik had nog geen eigen houding ontwikkeld, maar de houding van de blanken ten opzichte van de Afrikanen zoals ik dat ik om me heen zag, stond me niet bepaald aan. Als gevolg daarvan overdreef ik het: ik was altijd op mijn hoede, te voorzichtig, te vriendelijk, te omzichtig om vooral maar niemand boos te maken. Ik gaf astronomische fooien aan mensen die nauwelijks iets voor me deden en durfde nooit te protesteren als er misbruik van me werd gemaakt. Het leek wel alsof ik meedeed aan de Wedstrijd voor het Liefste Blanke Meisje van het Jaar, of zoiets.

Vervolgens bestudeerde ik Adam, keek ik hoe hij omging met Afrikanen die voor hem werkten. Hij probeerde hen niet voor zich in te nemen. Hoefde niets te bewijzen. Op dat moment realiseerde ik me dat ik degene was met een probleem.

Ik wilde nog steeds mijn best doen, al was het maar om iets te hebben om over naar huis te schrijven. Ik achtervolgde onze hospita in Langata, Wambui Wambera, een voorname Kikuyuweduwe tot zij het opgaf en beloofde op een zondag op de thee te komen. Ze verscheen in gezelschap van haar zuster en twee van hun kinderen, beiden gekleed in glimmend polyester, nylon pruiken en helderroze nagellak. Ze zaten stijfjes op de rand van de bank, met hun handen op hun knieën, terwijl hun kinderen me strak aankeken met de doodsbange blik van een gijzelaar in hun ogen. We spraken beleefd over het weer, over schoolgeld en over een Schwarzenegger-film die ze de avond daarvoor bij een videotheek hadden gehuurd. Ik gaf het op.

'Zo zie je dus wel hoe ver we van elkaar af staan,' snauwde Hunter toen ik, veel later, dit theekransje met Wambui voor hem beschreef in de hoop dat hij het amusant zou vinden. Maar dat was dus niet het geval.

'We leven hier niet in een echte wereld. Weet je wat het is? Op de lange duur breekt het je op om zo te leven.'

Maar uiteindelijk zijn we allemaal tevreden, behalve Hunter die de beste rol heeft uitgekozen – die van ons slechte geweten – als we redelijk met ons personeel kunnen opschieten, en we willen graag geloven dat we onmisbaar zijn in hun levens. We brengen ze naar het ziekenhuis als ze ziek zijn, dragen bij aan de kosten van begrafenissen, geboorten en trouwerijen, we roken een sigaret met hen in de keuken, lachen af en toe om een grap en dat lijkt net genoeg om ons met de hele kwestie te verzoenen.

Onze houding jegens de Afrikanen wordt uitsluitend door geld bepaald. Blijkbaar willen we graag denken dat er meer bij komt kijken, maar aan het eind van de dag, net zoals barones Blixen en haar geliefde kok Kamante – en met dezelfde idiote welwillendheid – zijn we volmaakt tevreden met hun dankbaarheid en trouw. Daarom blijven we als dieven de prijskaartjes van onze extravagante boodschappen afpeuteren.

We zien gewoon niet langer de tegenstrijdigheden in ons gedrag.

Daar gaan we dan, mijn vijandin en ik, op weg naar weer zo'n strikt *mzungu*-feestje in Nairobi. Vanavond maakt ze haar officiële debuut in de blanke bavianenfamilie. Ik kan maar beter mijn ogen goed openhouden.

Nena's echtgenoot, Peter, doet open. Hij is aantrekkelijk op de eenvoudige manier van de meeste mannen hier, ex-jongens die hun hele leven al frisse lucht inademen, hun haar heeft door de zon gebleekte plukken en hun lichaam is getraind door diverse lichamelijke inspanningen.

Peter is een soort etholoog/computergenie, die voornamelijk nauwlettend de groei van de olifantenbevolking in Tsavo in de gaten houdt en iedere maand gegevens verzameld voor Internet om de groeiende bezorgdheid van milieubeschermers over de hele wereld te sussen.

Zal het nog goedkomen met de olifanten? Die vraag lijkt het enige te zijn waar het Westen zich, wat Afrika betreft, om bekommert.

Nou, dat soort dingen kun je Peter dus vragen. Hij is dé Olifantman van Kenia, hij kent alle antwoorden en hij heeft boeken geschreven die hem internationaal bekend hebben gemaakt. Vooral vrouwen zijn dol op hem, vanwege de foto op het omslag waarop hij er bijzonder stoer uitziet. Het is tenslotte een man –

een dertiger met een mooie vrouw en drie kinderen, blond haar, blauwe ogen en een gezonde bruine kleur – met een doel in zijn leven.

Als gevolg van zijn fantastische imago belt iedere filmproducent, journalist, schrijver, iedere westerse halve beroemdheid die naar Kenia komt, Peter en Nena op in verband met de olifantboeken, of omdat hun huis in *World of Interiors* heeft gestaan, zodat je in ieder geval na een bezoek aan hun huis thuis kunt zeggen dat je in een Echt Afrikaanse Omgeving bent geweest.

Nena heeft het talent om de meest uiteenlopende dingen samen te voegen waardoor ze een verbijsterend effect bereikt. Hun huis is volgepropt met wrakhout, schelpen, Ethiopische hoofdsteunen, apenschedels, kelimtapijten, Indiase stoffen, gedroogde bloemen en ga zo maar door. Nena kan een glas met een waterlelie erin naast een giraffenbot zetten zodat het lijkt alsof Georgia O'Keeffe net langs is geweest.

Maar goed, hier is ze dus in haar mooie huis met haar mooie echtgenoot en haar mooie kinderen die, net uit bad, in pyjama's rondrennen en naar zeep geuren. De tafel is mooi gedekt met kaarsen en, alsof het nog niet genoeg is, ziet Nena er vanavond uit om door een ringetje te halen met haar enigszins verwaterde Charlotte Rampling-look, haar donkere haar in een knot, en een zwart jurkje met vuurrode pumps.

Ze komt naar me toe en buigt zich voorover voor een kus.

'Hallo, liefje.'

Dan kijkt ze naar Claire en schudt haar de hand.

'Welkom. Wat moedig van je om je hier helemaal in je eentje te installeren.'

Ik draai me om en kijk naar Claire: ze is enigszins geïntimideerd door Nena's flair, waarschijnlijk denkt ze dat ze misschien te eenvoudig gekleed is. Wat natuurlijk ook het geval is en daarom heb ik haar hier vanavond mee naar toe genomen: zodat ze niet onderschat wat haar te wachten staat. Ze is zich er duidelijk nog niet van bewust dat de geest van Elspeth Huxley al lang geleden verdwenen is.

De lijst van deelnemers aan dit ritueel is wederom een ware klassieker.

We hebben de Zojuist Gelande Amerikaanse Filmscriptschrijver, die onderzoek doet voor een Hollywood-film over een secundair personage uit het Happy Valley-wereldje. Hij heet Kevin Steinberg en blijkbaar heeft hij het script geschreven voor een film met Jack Nicholson die niemand van ons heeft gezien. Er is een ongelooflijk aantrekkelijke, blonde Deense welzijnswerker wiens naam onmogelijk te verstaan is, hij is op weg naar huis na zeven maanden Ethiopië. Dan hebben we Allison en Richard Fagen, die met een project in het noorden bezig zijn, dicht bij de grens met Somalië, en die al vele jaren in het land zijn om plaatselijke stammen opnieuw van geiten en kamelen te voorzien. Er is een woest uitziende journalist van middelbare leeftijd van de *Sunday Times* die ik al eerder heb ontmoet, Ronald Bailey. Hij is weer een of ander corruptieschandaal op het spoor, de Oude Man heeft vorige week de krantenkoppen weer gehaald door een gigantisch duur privé-vliegtuig te kopen in Texas.

Ik maak een rondje en schud handen, en stel Claire aan iedereen voor. Ten slotte beland ik op de armleuning van de bank naast Miles.

'Claire, dit is mijn allerbeste vriend, Miles Sinclair van *The Guardian*.'

'Hallo Claire. Ik heb al zoveel over je gehoord van Hunter. Welkom.'

'Dank je.'

Miles neemt Claire van top tot teen op en ik zie dat de beoordeling positief uitvalt.

'Kan ik jullie een drankje aanbieden, meisjes?'

Hij komt terug met twee gin-tonics en steekt een Sportsman op. Hij is klaar voor zijn show.

'Hunter vertelde me dat jullie lange tijd samen in Rwanda hebben gezeten,' zegt Claire voorzichtig. 'Ik herken je gezicht zelfs van wat foto's die hij me heeft laten zien. Ik denk van de keer toen jullie in de ambassade in Kigali inbraken.'

'O ja, de Canadese ambassade.'

'Ja. Je dronk Dom Perignon uit de fles met een of andere Rwandese bevelhebber.'

'Het punt is dat iedereen toen was gevlucht. We hadden ontzettende honger, maar we vonden alleen maar champagne in de kelder. God, hij heeft je díe foto's toch niet laten zien, of wel?'

'Ik vond ze prachtig.'

Miles hoort niets liever. Hij voelt zich net een filmster die het mooie meisje ontmoet dat al zijn films heeft gezien. Zonder moeite heb je dan al heel wat punten bij hem gescoord.

Ze gaan over op oorlogspraat. Claire wil graag weten wat een insider ervan vindt. Dit is het nieuwste onderwerp in haar leven en ze wil er alles van weten.

Miles is geweldig in het vertellen van verhalen, een absolute prof. Hij blijft altijd amusant, het groteske, het meest triviale aspect van hoe het is om in een oorlog te zitten, zal hij overdrijven. Hij zal nooit de vergissing begaan heldhaftig of moedig te willen klinken, hij duldt geen afstand tussen de luisteraar en de verteller, nee, hij bindt je aan hem door je het gevoel te geven dat hij niet echt iets bijzonders heeft meegemaakt – gewoon mensen die elkaar vermoorden – en dan, net als je je begint te ontspannen, bám, dan slaat hij je om de oren met een of ander wreed detail. Opgezwollen kinderlijkjes in een toilet, een geamputeerde arm die 's nachts tegen je autoruit vliegt, de stank van de dood in een leeg zwembad. Hij maakt je in één seconde af, zorgt met één geniaal gebaar dat je de weerzin voelt: hij is een meester in verrassende wendingen.

Het is jammer dat Miles een broodschrijver is, hij zou romans kunnen schrijven en dat zeg ik hem steeds weer. Soms wil hij dat graag horen en soms niet. Hij is begin dertig en heeft drieënhalve oorlog meegemaakt, maar toch is hij erin geslaagd er als Peter Pan uit te blijven zien.

Hij geniet nog steeds van de impulsen hier. Ik denk dat het moeilijk is om de status van persverslaggever in Oost-Afrika op te geven voor de duistere rol van een beginnend schrijver in Europa. Wie zou het hem kwalijk nemen: op ditzelfde moment luistert Claire in vervoering, ze knikt bij alles wat hij zegt. Ze worden helemaal in beslag genomen door de gruwelverhalen over Hutu's versus Tutsi's.

'Tegen die tijd waren we erachter wat er allemaal aan de hand was,' vertelt hij haar. 'Dus we komen kolonel Bagosora in de lobby van het hotel tegen, hij is het brein achter de "definitieve oplossing", weet je wel?'

'O, mijn god! En wat heb je toen gedaan?' vraagt Claire met een bezorgde uitdrukking op haar gezicht.

'Tja, je kon de lijken vanuit het raam zien liggen, er lagen ten minste tien dode kinderen daar in de tuin.'

Ik heb dit al te vaak gehoord, ik zal verder moeten lopen met mijn drankje.

Ik probeer niet blasé te klinken. Eigenlijk is het juist het omgekeerde.

Ik herinner me dat toen Hunter uit Rwanda terugkwam hij me steeds weer aan het huilen kon maken. Ik denk niet dat ik er tegen kan te zien hoe Claire een van mijn vroegere rollen speelt. De herhaling werkt hypnotiserend, alsof je steeds weer opnieuw naar *De kersentuin* kijkt: de spelers wisselen gewoon van rol als ze er uitgroeien.

Maar ik ben niet afgestompt. Het was destijds de harde realiteit. Ze gingen naar de oorlog.

Telkens als erop afgingen, dacht ik dat ze in een lijkzak terug zouden komen. Of helemaal niet. Ik kon 's nachts niet slapen, het was zo overheersend.

Maar ze kwamen altijd terug en werden dronken of high of geneukt, en ze zagen er precies hetzelfde uit, op de steeds wildere blik in hun ogen na.

Ze kwamen naar dineetjes en daar zaten we dan allemaal te luisteren en te knikken en na verloop van tijd raakten we eraan gewend.

Nicole komt binnen, ze draagt de groene jurk die ik van haar had mogen lenen en ziet er zo fris als een nimf uit. Ze heeft een ander Net Geland Exemplaar meegebracht, de Jonge Amerikaanse Fotografe. Ze heet Linda huppeldepup.

Iedereen komt en gaat in deze stad, ze doen allemaal dezelfde dingen, ze stellen altijd dezelfde vragen. Het gaat om een boek, of een film, of een opdracht voor een fotoreportage. Het gaat over dieren of oorlog of nomadenstammen. We spreiden allemaal gehoorzaam onze goede eigenschappen en onze kennis ten toon, we maken er altijd een punt van om feilloos deskundig te klinken. We voorzien hen van wat ze nodig hebben: telefoonnummers, locaties, Masai-oudsten, troepen leeuwen. We nemen ze mee op safari, we rijden duizenden kilometers met ze rond, we drinken ze onder tafel. Meestal vertrekken ze volledig uitgeput.

Als we naar Europa gaan en hen opzoeken, klinken ze opgetogen over de telefoon en nodigen ons uit voor de lunch, maar na die ene keer – als de paar mensen die je gemeenschappelijk kent eenmaal grondig zijn besproken – begint hun aanvankelijke enthousiasme onveranderlijk te slijten.

Je bent hun 'Afrikaanse vriend'. Iets dat snel bederft in het Europese klimaat. Laten we reëel zijn, hoeveel dineetjes duurt het nou helemaal voordat iedereen je verhaal over de python die jouw Jack Russell heeft verslonden kent?

Linda, de jonge Amerikaanse fotografe, is een schoonheid uit het middenwesten, een gezonde blondine van het domme type. Omdat ze niet precies wist wat ze kon verwachten van een soiree in het huis van de Olifantman nam, ze aan dat het veilig zou zijn om in gevechtsuitrusting te komen. Dus ze is één en al kaki shorts en kistjes, wat heel goed staat als je mooie benen hebt. En die heeft ze.

Zij en Claire, de twee nieuwelingen, zijn instinctief ieder aan één kant van het vertrek gaan staan om zo onafhankelijk van elkaar het nieuwe gebied te veroveren. Claire houdt zich met de mannen bezig, ze kletst nu met Peter en Miles over een nieuwe

Iraanse film waar iedereen in Londen op dit moment gek van is. Ze weet nog niet dat films een hopeloos onderwerp zijn in dit land. Ze krijgt desondanks genoeg aandacht, omdat ze net gearriveerd is. Linda is moediger en heeft besloten Nena, Nicole en mij te proberen.

'Ik zou hier graag een tijdje willen wonen,' zegt ze aarzelend.

'Wat een geweldig idee,' zegt Nena met een aanzienlijk gebrek aan enthousiasme. Ze ligt op haar zij op de bank naast Nicole die een joint draait. Ik bespeur enige aarzeling in haar stem, de aarzeling die je hier altijd hebt voordat je meer tijd investeert in mensen die je waarschijnlijk toch nooit meer zult zien.

'Ik doe een project over vrouwen. Ik heb er met mijn uitgever in New York over gesproken en...'

'Vrouwen? Wat voor vrouwen?' vraagt Nicole afwezig, haar ogen op het vloeipapiertje van de sigaret gericht.

'Besneden vrouwen. Ik geloof dat de juiste term infibulatie is, of niet?'

'O, dat weet ik niet precies.' Nicole steekt de joint op en kucht. 'Nena, is er toch niet een verschil tussen besnijdenis en infibulatie?'

'Ja.' Nena steekt haar hand uit naar de joint. 'Ik geloof dat bij besnijdenis je clitoris er afgesneden wordt, terwijl bij infibulatie je vagina wordt dichtgenaaid.'

'Hoe dan ook,' kapt Linda hen af. 'In Amerika noemen we het GVV, Genitale Verminking van Vrouwen.'

Ze voegt dit eraan toe alsof we belangrijke uitgevers zijn die ze moet overhalen om haar onmiddellijk een voorschot te geven.

Nicole rekt zich uit op de bank, haar benen liggen over die van Nena.

'Nou ja, het zal geen probleem zijn. Het gebeurt hier vaak genoeg. Masai, Samburu, Rendilles, misschien ook nog enkele Kikuyu's, ze doen het allemaal nog, weet je.'

Ik geef de joint door aan Linda.

'Wil je ook?'

'Nee dank je, ik rook niet.'

'Er was hier een Française, twee, drie jaar geleden – hoe heette ze ook alweer, Nicole?' vraagt Nena.

'Sabine?'

'Ja, Sabine. Ze kwam hier en ze deed precies wat jij wilt gaan doen. Besnijdenis en zo. Een fantastische vrouw. Heeft ze geen Pulitzer gewonnen of zo?'

'Dat klopt. Sabine. Ze won een Pulitzer,' zeg ik.

'O.'

Linda kijkt teleurgesteld. Waarschijnlijk had haar project thuis in New York echt origineel geleken.

'Nou, ik weet het niet zeker, maar volgens mij kunnen alleen Amerikanen een Pulitzerprijs winnen,' zegt ze een tikkeltje achterdochtig.

Nicole haalt haar schouders op en blaast een dikke rookwolk uit.

'Ik weet het niet. Misschien was haar moeder een Amerikaanse.'

'Of misschien was het geen Pulitzerprijs,' zegt Nena, het onderwerp al volkomen beu. 'Maar ze heeft in ieder geval íets gewonnen.'

'Iets prestigieus. Ik herinner me nog dat we daarna champagne dronken,' voeg ik eraan toe.

'Het was echt een fantastisch boek. Ik moet het nog ergens hebben.'

Nena staat zelfs op en begint in haar boekenkast te kijken.

'Ja. Eigenlijk zou je er even naar moeten kijken, ik weet zeker dat je het interessant zult vinden,' zegt Nicole tegen Linda.

'O, ik denk dat ik het aan iemand heb uitgeleend die het nooit meer heeft teruggegeven.' Nena komt weer bij ons op de bank zitten.

'Maakt niet uit,' zegt Linda. Ze kijkt ons drieën aan. We zijn helemaal stoned.

Nicole zucht, haar ogen halfgesloten.

'Sabine. Wat een apart iemand was dat.'

'Ik wou dat ze weer terugkwam,' geeuwt Nena. 'Je kon zó'n lol met haar hebben.'

Er volgt opnieuw een lange stilte. Linda laat het ijs in haar lege glas tinkelen, ze glimlacht naar ons terwijl ze razendsnel probeert te bedenken of ze ons gewoon kan haten of dat het de moeite waard is om nog even vol te houden, om te kijken of we na verloop van tijd wat vriendelijker worden.

We worden aan tafel geroepen. Nena begint met haar creatieve schikkingen. Ze zet Linda tussen Ronald Bailey en Miles in die het over hoeren en clubs in Kinshasa hebben. Ik krijg de scenarioschrijver uit Hollywood naast me, Kevin, die me begint te ondervragen met de vasthoudendheid van een redacteur van *Vanity Fair*.

'Zo, woon jij hier?'

Dat is áltijd de openingszin. Vervolgens komen: hoe lang woon je hier al (anciënniteit), wat doe je voor de kost (autoriteit), woon je alleen (seksuele insinuatie). Ik antwoord gehoorzaam, ik heb al lang geleden mijn stap-voor-stap routine uitgedoktert.

Claire zit tussen Peter en de ongelooflijk aantrekkelijke Deense welzijnswerker.

'Repen impala?' vraagt Peter ongelovig.

'Ja. Je snijdt de huid in repen en dan plak je het gat ermee dicht. Het kleeft als lijm,' zegt de Deen met een zwaar accent. Hij is een deskundige op dit gebied: hij is met zijn motor helemaal vanuit Ethiopië hiernaar toe komen rijden.

'Het klinkt geweldig. Het enige wat me zorgen baart is de stank,' glimlacht Peter meewarig.

'Dat is het hem nu juist. Het plakt pas als het rot. Ik verzeker je dat het echt werkt.' De Scandinavische Schoonheid schenkt wijn in het glas van Claire en draait als een ervaren ober de fles rond. Ze is warm van de wijn en de opwinding. De aanwezigheid van mannen heeft haar tot leven gewekt.

'Hoe kom je aan een impalahuid?' vraagt ze. 'Koop je die?'

Peter en de Deen lachen. Ze vinden het schattig dat ze dat vraagt.

'Eerst schiet je de impala, dan vil je hem en snijd je de huid in repen.' De Deense jongen klinkt gevaarlijk. Ik stel me voor hoe hij thuis met een Zwitsers zakmes koeien vilt zodra hij een lekke band heeft.

'Het is een heel gedoe,' geeft Peter toe. 'Eerlijk gezegd hou ik me liever bij lijm.'

Claire lacht en gooit haar hoofd daarbij iets achterover. Ze houdt ervan te flirten – trouwens, wie niet, als je tussen die twee in zit.

Terwijl ze nog een slok wijn neemt, zie ik hoe ze zich hier perfect zal kunnen aanpassen. Ik zie dat ze onmiddellijk doorheeft waar het hier heimelijk allemaal om gaat: seksuele spanning. Niet alleen geniet ze ervan, maar het is duidelijk dat ze weet hoe ze ermee om moet gaan.

Nicole en ik wisselen een snelle blik uit over de tafel. Ze zit klem tussen Bailey (die nu met Miles praat over hoe het vroeger in het Metropole Hotel in Accra was) en Richard Fagen (die met Nena praat over het voordeel van kamelen boven koeien in de veefokkerijcultuur).

Ze buigt zich over de tafel en grinnikt naar Claire.

'Zeg eens, Claire, wat ben je van plan hier te gaan doen?'

Claire gaat rechtop zitten, alsof ze een standje van de juf heeft gekregen, en zet snel weer haar onschuldige gezicht op.

'Nou, het leek me wel een goed idee om eerst eens even rond te kijken. Hunter zei dat het wel een tijdje kan duren voor ik doorheb hoe alles hier werkt.'

Ik kan het niet uitstaan dat ze zijn naam zo vertrouwelijk uitspreekt.

'Dat is heel verstandig,' zegt Nicole. 'Maar ik ben bang dat niemand van ons dat doorheeft.'

'Dat zal best,' lacht Claire hartelijk. Ze heeft de goede techniek, dit meisje.

'Maar goed, ik droom ervan om in een wildpark te werken,' voegt ze er met een verlegen glimlach aan toe, terwijl ze naar Peter kijkt. 'Ik ben dól op dieren.'

Ondertussen praat de Amerikaanse Scenarioschrijver non-stop op mij in. Hij wil antwoord hebben voordat hij teruggaat naar zijn kamer in het Serena Hotel. Iets wat hij morgen naar Hollywood kan faxen en dat zijn onderzoek de moeite waard maakt.

'Waarom denk je dat Kenia altijd die traditie van – hoe zal ik het noemen? Is het decadentie? Excentriciteit? Ik denk dat het de romantíek is. Ik bedoel al die buitengewone types kwamen hiernaar toe, waarom niet naar Tanzania?'

'Ik heb geen...'

'Precies! Waarom denk je dat Tanzania veel minder interessant is? Antropológisch gezien, natuurlijk.'

'Tja, ik weet het echt niet. Misschien omdat...'

Hij luistert niet eens, hij vuurt gewoon zijn vragen op me af.

'Weet je, de romantíek, daar draait het om. Het is als een cocktail die van geheime ingrediënten is gemaakt. Er moet avontuur zijn, de strijd om te overleven en te overwinnen – tenslotte vind je dat allemaal in de meeste Afrikaanse landen – maar wat deze plek zo speciaal maakt, is de aanwezigheid van mondaine mensen. Vandaar de decadentie, de ongelooflijke sensualiteit! Denk je ook niet?'

'Ik begrijp niet precies wat je probeert te...'

'De romantiek wordt niet door het land zelf gecreëerd, maar door de interpretatie waarmee bepaalde mensen – zullen we zeggen intellectuelen? – zoals Blixen en Hemingway aan kwamen zetten. Ze brachten de romantiek over en creëerden het mysterie. Ben je het daarmee eens?'

'Tja, persoonlijk denk ik...'

'Waarom...' Hij is nu ongeduldig en kijkt me aan alsof hij echt wanhopig van me wordt. 'Waarom zou iemand zoals jíj anders híer komen wonen?'

Miles brengt uiteindelijk Linda en Claire naar huis. Ik ben te stoned om in het donker naar huis te rijden en besluit te blijven slapen. Nicole is de laatste die vertrekt. We zitten in de keuken met Nena voor een laatste joint en een slokje whisky.

Nena schudt haar hoofd.

'Het is geen blijvertje. Dat kan ik je nu al vertellen. Ze is niet geschikt voor Hunter.'

'Hoe bedoel je?' vraag ik hoopvol.

'Te meisjesachtig, te naïef. Ze zal hem gaan vervelen.'

'Dat vindt hij juist zo leuk aan haar. Hij vindt het heerlijk om vrouwen op hun kop te zitten. Daar geilt hij op.'

'Ze is niet dom,' zegt Nicole. Ze zit op de keukentafel en ziet er, zes joints, drie gin-tonics, een fles wijn en een halve gram slechte coke later, nog altijd fris en sexy uit.

'Ik heb met haar gepraat. Je wilt het vast niet horen, maar ze kan behoorlijk geestig zijn.'

Ik kijk haar vol ongeloof aan.

'Gééstig?'

Ik kan tegen sexy, zelfs tegen slim. Maar geestig is de genadeslag.

Nicole springt van de keukentafel.

'Nou meiden, ik ga ervandoor. Esmé, waarom kom je morgenochtend niet even langs voordat je naar huis gaat. Dan kunnen we samen koffiedrinken.'

Bij de deur fluistert ze: 'Lieverd, ik smeek het je, zorg dat je je humor terugkrijgt.'

'Ik hoop dat ze dood neervalt.'

Ze kust me goedenacht en ik strompel naar mijn kamer. Ik glijd al in de vergetelheid als ik haar auto hoor starten en ze de nacht inrijdt, haar rijstijl zo vlekkeloos en zeker als altijd.

Ik word om zeven uur met een knallende koppijn wakker door Nena's kinderen die in de kamer naast mij spelen. Het miezert en het is koud. Het is juli, winter in Afrika.

Ik lig in bed en luister naar de geluiden van het huis. Iemand neemt boven een douche, Juma dekt de tafel voor het ontbijt.

Ik probeer aan het dineetje van gisteravond te denken en te analyseren waarom ik iedere minuut ervan vreselijk vond. Het komt niet door Claire, het komt door mij. Er is iets wat ik nu diep haat in mijzelf, waar ik me nooit eerder van bewust ben geweest. Ik ben bitter geworden.

Als er iets is waarvoor ik Ferdinando niet dankbaar ben, dan is het voor de erfenis van zijn talent waardoor mensen zich voor me openstellen en ik hen kan vastprikken met de harteloosheid van een entomoloog. Mijn vader had echter zijn tegenstrijdigheden: hij zei dat hij het uiterste verwachtte van mensen, maar hij stelde zich met veel minder tevreden om niet alleen te zijn. Dus zelfs nadat hij iemand aan stukken had gescheurd, wilde hij nog wanhopig graag diezelfde avond met hem dineren. Zijn zwakte was dat hij altijd een publiek nodig had.

Maar terwijl híj zijn cynisme altijd kon compenseren met zijn poëzie, kon ik, de dwaas, slechts zijn harteloosheid imiteren zonder daar iets tegenover te stellen. Nu ligt al mijn speelgoed kapot op de grond en heb ik niets meer om mee te spelen. Ik wou dat ik me weer kon voelen zoals ik me vroeger voelde, maar helaas heb ik geen instructies meegekregen.

De kinderen gooien de deur van de kamer open en stormen op mijn bed af.

'Kijk eens, Esmé, we hebben een konijn!'

'O, laat me eens kijken... kom hier, laat me eens kijken.'

Toby en Natasha klimmen op het bed, gevolgd door de hond, met een wollig konijn in hun kleine handjes.

'Heeft hij al een naam?'

'Ginger,' zegt Natasha ernstig. 'Wil je hem even vasthouden?'

'Natuurlijk, dankjewel. O... hij is zo lekker zacht...'

'Je kunt hem bij zijn oren optillen,' zegt Toby, en hij voegt de daad bij het woord.

'Kom, laten we onder de dekens kruipen, het is zo koud. Er is genoeg plek voor iedereen... Ginger vindt het vast fijn.'

Ik weet hen over te halen om net te doen alsof we in een tent in de wildernis zitten, en we kruipen dicht tegen elkaar aan onder de dekens, inclusief hond en konijn. Ik kus hen en houd hen dicht tegen me aan. Ik voel de warmte van hun lichaampjes en ruik hun lekkere slaapluchtje. Ze giechelen en schoppen, en overal voel ik mollige armpjes en beentjes, tot ik het warm genoeg heb en de tranen me in de ogen springen.

Ik blijf het ontbijt door huilen, ik kan niet ophouden, de tranen blijven op mijn beboterde toast vallen. Ik snik niet en maak ook geen ander geluid, ik huil zachtjes op een nogal waardige manier, hoop ik. Nena kijkt me aan, zegt niets en blijft me boter, koffie, suiker en nog meer toast aangeven. Toby en Natasha kijken me doodstil aan terwijl het konijn vrolijk over de tafel springt. Zelfs Juma kijkt naar me en zucht. Godzijdank is Peter naar kantoor.

Nena geeft me een papieren servet.

'Waarom huilt ze?' fluistert Natasha bang.

'Sst, gaan jullie maar met Ginger in de tuin... trek je schoenen aan... vlug.'

De kinderen blijven naar me kijken. Toby pakt het konijn.

'Wil je hem vasthouden?'

'Nee bedankt, lieverd.' Ik snuit mijn neus. 'Gaan jullie maar lekker met hem buiten spelen.'

Nena en ik zeggen niets. Ze is niet van plan om me iets te vragen en dat is haar manier om me te laten merken dat ze precies weet wat er aan de hand is.

'Je kunt pijn niet altijd voorkomen, weet je,' zeg ik na een poosje tegen haar. 'Op een gegeven moment moet je er gewoon aan toegeven...'

Ze knikt en glimlacht op een vreemde manier terwijl ze uit het raam kijkt.

Ze lijkt precies te weten waar ik het over heb, en waarom ook niet – mooie Nena met de Mooie Kinderen, in het Prachtige Huis met de Fantastische Echtgenoot – Nena, van wie wij allemaal denken dat ze zich nooit ongelukkig voelt.

Het is niet altijd zo geweest. Deze plek leek me bijna een paradijs op aarde. Ik moet mijn best doen om me die tijd te herinneren. Dit blijf ik mezelf voorhouden terwijl ik in de motregen via Magadi Road naar huis rijd.

Plotseling lijkt het zo zinloos om me iets te herinneren. Is geluk niet een oninteressant gevoel, zo saai vergeleken met pijn?

6

Het onbekende houdt voor sommige mensen een belofte in van liefde, van volmaaktheid.

VIKRAM CHANDRA

Toen ik de eerste keer naar Afrika kwam om met Adam samen te gaan wonen, stond ik ervan versteld hoe fascinerend de wereld van materiële voorwerpen is en wat een voldoening het kan geven om daar macht over te hebben.

In de eerste wereld had ik nooit aandacht geschonken aan de materiële mechanismen die mijn leven beheersten. Het was nooit bij me opgekomen om na te denken over hoe het spoelsysteem van een toilet werkt, welke geheime weg een gaspijp nu precies aflegde en wat het eigenlijke nut van een bougie was.

Ik had me nooit beziggehouden met de intrinsieke aard van de voorwerpen, ik zag geen enkel verband tussen een schroef en een metaaldraad, een veer en een koevoet, een zekering en een ontstekingsvonk: het innerlijke leven van mechanische voorwerpen was net zo abstract als een kubistisch schilderij. Mechanische instrumenten deden gewoon hun werk en als ze daarmee ophielden, werden ze gerepareerd door dure specialisten, of gewoon weggegooid en vervangen.

In Kenia leerde ik dat dat volkomen onrealistisch was. Afrika is het vaderland van mechanisch leven: om hier te overleven moet je de macht hebben over alle componenten die het mogelijk maken dat je van A naar B kunt. Als een klein mechanisme het begeeft moet je het kunnen repareren. Hier heeft het woord 'reserveonderdeel' dezelfde klank als 'kaviaar'.

Vooruitgang kun je wel vergeten, hier gaat het uitsluitend om onderhoud.

Je dagelijkse taak bestaat er voornamelijk uit de dingen in stand te houden en ervoor te zorgen dat er geen verval optreedt. Hou de termieten weg van de palen die het dak stutten, zorg dat je auto niet gaat roesten, dat je huid niet aan de zon wordt blootgesteld, verzeker je ervan dat er niets rot, splijt of uit elkaar valt.

Dingen repareren, daar gaat het hier om, een constante energiestroom die erop gericht is te voorkomen dat je ergens blijft steken. Deze bewustwording bracht me in paniek. Ik realiseerde me dat ik absoluut geen macht had over dynamische krachten, dat mijn intellectuele vaardigheden niets waard waren. Met andere woorden: ik was afgesneden van het woord 'gaan' en volledig afhankelijk van Adam.

Om te beginnen wist ik niet eens hoe ik in zijn auto moest rijden. De oude Toyota-landrover zag er in mijn ogen uit als een gigantische en vijandige bloedhond die naar mij zou grommen als zijn baas afwezig was. Alleen de mogelijkheid al dat ik een lekke band zou krijgen en die in mijn eentje zou moeten verwisselen, zorgde ervoor dat het zweet me uitbrak. De auto was te groot, te massief en te mannelijk om hem de baas te kunnen.

Op dat moment begon ik me af te vragen wat voor vrouwen er in dit land leefden en hoe ze het redden. Als ik ze maar kon zien om te bestuderen hoe zij zich gedroegen, dan zou ik het ook wel onder de knie krijgen.

Elke keer dat ik met Adam naar de ijzerwarenwinkel in Karen ging, zag ik hem blanke meisjes uit de buurt begroeten en kussen. Ze leunden dicht naast elkaar over de toonbank en kletsten over moersleutels, bouten en pijpen. Ik voelde me verlegen en onhandig. Ik was een nieuwkomer en een groentje, en daarom bleef ik altijd iets achter hem staan. Ik wist dat ik zelfs róók als een beginneling. De meisjes in de ijzerhandel in Karen namen me altijd grondig op en ik bekeek hen met evenveel interesse: tenslotte zouden zij mijn toekomstige rolmodellen zijn. Sommigen van deze meisjes waren stoere Keniase cowgirls: wijde shorts, sterke kuiten en geen make-up. Het vooruitzicht om er net zo potachtig uit te zien trok me niet aan, maar het verbazingwekkende is dat ik hen desondanks nog steeds graag wilde imiteren, zo groot was mijn verlangen naar bekwaamheid.

Er bleek ten slotte toch nog een ander soort vrouwen te zijn, en twee van hen ontdekte ik in de ijzerhandel. Ze waren buitengewoon aantrekkelijk, droegen Ethiopische armbanden, ouderwetse zijden japonnen en sandalen, lachten hees en hadden een droog gevoel voor humor. Die vrouwen praatten met Adam over drainage en afrasteringen van schrikdraad terwijl ze in vloeiend Kiswahili vastberaden de verkeerde spijkers weigerden en zorgvuldig houten planken uitzochten. Ze winkelden in de ijzerhandel op dezelfde manier waarop ze in een trendy restaurant met een popster zouden hebben geluncht. Ik vond ze vreselijk sexy en wilde hun taal leren spreken. Het waren natuurlijk Nicole en Nena.

Vanaf het begin was er geen spoor van vijandigheid tussen ons. We keken elkaar aan en realiseerden ons meteen dat we van hetzelfde soort waren. Een stam vrouwen die door puur toeval in Afrika is komen wonen. We hadden geen aangeboren roeping voor dit soort leven.

'Schilder jij?' vroeg ik aan Nicole, en ik wees naar de canvasramen die een van de jongens op de parkeerplaats op de imperiaal van haar auto laadde.

'Ja...' zei ze met een glimlach, en ze keek me onderzoekend aan. 'Kom een keertje bij me langs als je zin hebt. Adam weet waar ik woon.'

De manier waarop ze mij alleen uitnodigde en het aan Adam overliet mij te vertellen waar ze woonde, stond me wel aan. Nena glimlachte, ik zag dat ze een heel donkere lippenstift droeg die bij haar nagellak paste. Rouge Noir van Chanel. O nee, deze twee liepen absoluut niet achter.

'Blijf je hier een tijdje?' vroeg Nena. 'We zijn wanhopig op zoek naar nieuwe vrienden, weet je.'

Ze zagen er helemaal niet wanhopig uit, maar toch was het fijn om te horen dat ze misschien van mijn gezelschap gediend waren.

Ik was nu ongeveer een maand terug in Kenia en had de meeste tijd doorgebracht met het achternalopen van Adam, terwijl ik mijn nieuwe leven vorm probeerde te geven. Ik begon de hoop net te verliezen, maar die ontmoeting was een belangrijk keerpunt. Deze twee vrouwen waren de eerste exemplaren van mijn eigen soort die ik was tegengekomen. Ik bedacht dat als zíj het klimaat en de ontberingen hadden overleefd, ik dat misschien ook wel zou kunnen verdragen. Ik zag hen in een gedeukte jeep stappen en vakkundig het parkeerterrein afrijden.

Ja, ik zou blijven en net zo worden als zij.

Iets wat men zonder het te willen opmerkt bij blanken die in Kenia wonen, is dat iedereen voortdurend druk bezig is met zijn 'Afrikaanse achtergrond', en er zorgvuldig voor zorgt dat anderen niet merken dat je ook maar enigszins je best doet om je vaardigheden te verbeteren. Dat is de truc: het moet lijken alsof het in je DNA zit ingebed. Alles wat je hier doet, moet eruitzien alsof je er een aangeboren talent voor hebt: of het nu gaat om vloeiend Masai spreken, vogels neerschieten met een katapult, of met een lasso een neushoorn vangen.

Toen ik net gearriveerd was, leek iedereen die ik ontmoette afkomstig van een perfect castingbureau: de juiste auto, juiste kleding, zeer avontuurlijke instelling. Het leek me allemaal geheel natuurlijk: de romantiek leek aangeboren, evenals de stijl. Het leek alsof de spelers zich absoluut niet bewust waren van hun glamour en of alleen de toeschouwer het kon zien.

'Ik denk dat je zou kunnen zeggen dat wij hier allemaal gegijzeld worden gehouden,' zei Nicole tegen me toen ik haar voor de eerste keer bezocht. Ze haalde haar schouders op. 'Gijzelaars van de schoonheid.'

We dronken thee op haar veranda. Die stond vol met kwasten en verfblikken, zeeschelpen en wrakhout, varens die in potten aan de dakspanten hingen. Het rook er naar houtvuur en rook, het zag er poëtisch en onconventioneel uit, haar doeken stonden tegen de wand gestapeld en er lag een oude, door de zon verbleekte kelim. We dronken gemberthee uit een kleine, Chinese theepot, in kleine gebarsten kopjes.

'Hoe bedoel je?'

'Ik bedoel dat we hier allemaal blijven hangen omdat wij *er daardoor goed uitzien*. Het is onmogelijk ergens anders op de wereld op deze manier te leven en zo veel plezier te hebben voor hetzelfde geld.'

Ze knikte naar haar shamba-knechtje dat bij de bloemperken geknield zat.

'We hebben bedienden, we betalen geen belasting, we gaan vaak naar dineetjes, in het weekend spelen we ontdekkingsreizigertje, we zien er het hele jaar gezond en bruin uit en we kunnen altijd de Afrikanen de schuld geven als er iets niet goed gaat. Het is gewoon een koopje!'

'Tja... maar ik denk dat er meer achter zit dan alleen dát...'

'Natuurlijk. Maar zoals Hunter altijd zegt, er wordt hier veel bewerkt. Je weet wel, alle lelijke plaatjes eruit knippen en alleen de mooie dingen bewaren. En ik denk dat hij helemaal gelijk heeft.'

'Wie is Hunter?'

'Hunter Reed. Hij schrijft voor *The Independent*. Hij is hier geboren maar pas kortgeleden uit Engeland overgekomen als correspondent voor Oost-Afrika. Je moet hem echt ontmoeten, ik denk dat je hem wel zult mogen. Hij heeft een ongelooflijk stel hersens. En dat is hier vrij zeldzaam, als je begrijpt wat ik bedoel.'

Dat gesprek baarde me zorgen. Ik was er nog niet aan toe om te analyseren waarom blanken in Afrika met zo veel ontkenning leefden. Het verbaasde me dat Nicole er zoveel over had nagedacht: omdat het juist de afwezigheid van intellectuele kritiek was die me in de eerste plaats zo had aangetrokken, was ik zo naïef geweest te verwachten dat iedereen dat zo voelde.

Die nacht klampte ik me aan Adam vast. Hij voelde sterk en hard als een boom. Nee, ik verlangde niet naar een ongelooflijk stel hersens. Ik verlangde naar iets veel simpelers: een manier om een gat in de grond te graven waar ik mijn wortels in kon steken zodat ze genoeg zouden groeien om me met de rijke Afrikaanse aarde te verbinden.

Het kamp van Adam was een luxekamp. Het geheel van voedselvoorziening en geschikt onderdak, een toilet en een douche midden in de rimboe, vereiste veel planning en veel kosten. Als je verwachtte na zonsondergang ijs in je gin-tonic te krijgen, moest je flink betalen voor al het werk dat daaraan voorafgaat.

Adam had een kantoor in de stad, waar de reis werd georganiseerd door een kleine, maar zeer efficiënte groep mensen. Zij deden de boekingen, zorgden voor de bevoorrading en bemoeiden zich met alle andere problemen die zich onverwacht in de wildernis zouden kunnen voordoen. Als de jongens in het kamp een lijst maakten van hun wekelijkse benodigdheden, kraakte op de achtergrond altijd de radio: een nieuwe verdeelkap voor de Toyota, koffiebekers, Omo-waspoeder, stormlampen, was, lucifers, touw, handdoeken, bestek en wat al niet meer.

Adam haalde de toeristen van het vliegveld, zette ze af bij het Norfolk Hotel om van hun jetlag te herstellen en bracht ze dan de volgende dag naar het kamp. Hij verplaatste het kamp al naargelang het seizoen en de wensen van zijn klanten, maar zijn favoriete gebied was het noorden, bij de Ewaso Nyirorivier, in het land van de Samburu.

Zijn klandizie bestond voornamelijk uit rijke Amerikanen. Als ze uit het vliegtuig stapten, zagen ze er allemaal hetzelfde uit, ze droegen allemaal vreemde hoeden, gouden horloges en merkzonnebrillen. De vrouwen hadden de woeste uitstraling van geblondeerde vrouwen die het vreselijk vinden dat ze ouder worden, ze hadden de ijzige blik van de jongere minnares of de dodelijke blik van de wrokkige echtgenote. De mannen waren grijzend, hun gewicht nam toe terwijl hun macht afnam. Het enige wat ze nog over hadden om indruk mee te maken was hun geld, dus maakten ze ontzettend dure vakantiereizen.

Dit type klant kwam gewoonlijk uit het middenwesten of het

zuiden van Amerika, sprak vreselijk nasaal en lijmerig en stond erop met dat zware accent met de Samburu te praten, waarbij de mogelijkheid dat er mensen op deze planeet woonden die geen Engels spraken geen seconde bij hen opkwam. Ze waren veeleisend en irritant zodra het niet allemaal even gladjes verliep als in een vijfsterrenhotel. Ze waren nooit aardig of sympathiek. Er waren ook jongere stellen. Platen- of filmproducenten uit Californië, beurshandelaren uit New York, onroerendgoed-koningen die in de jaren tachtig hun fortuin hadden gemaakt, enorme hoeveelheden Boliviaanse coke hadden gesnoven en zich nu hadden aangesloten bij de New Age-beweging. Ze waren gestopt met roken, drinken en drugs en waren bijna religieus geworden wat betreft het onderhoud van hun lichaam. Hun vriendin was meestal een anorectisch grensgeval, had een Prada-tas vol dure make-up bij zich en was vastbesloten haar witte lichaam niet aan het risico van huidkanker bloot te stellen en had de nieuwste holistische bestseller op haar nachtkastje liggen. Deze laatste categorie toeristen viel onvermijdelijk onder het 'Life of Francis Macomber'-syndroom. De vriendinnen waren altijd aangenaam verrast als ze Adam op het vliegveld ontmoetten. Hij was zoveel aantrekkelijker dan ze hadden verwacht: zo'n extra bonus bij hun exotische avontuur.

Ik zag het aankomen zodra ze het kamp binnenkwamen. Ze waren nog maar nauwelijks achtenveertig uur samen, of het meisje begon haar vriend al te negeren en Adam met allerlei vragen te bestoken.

'Wat voor slangen leven hier? Zijn ze dodelijk? Zijn dit Masai? Samburu? Spreek je hun taal?'

Als Adam mij voorstelde als zijn vriendin zag ik een lichte teleurstelling in hun ogen wanneer ze mij een hand gaven.

We aten samen in de eettent, nadat we bij het kampvuur iets gedronken hadden. Tegen de derde of vierde dag schakelden ze gewoonlijk van mineraalwater op een borrel over, waardoor ze zich wat ontspanden – niet altijd met positieve gevolgen.

Meestal waren de vrouwen in dit stadium openlijk met Adam

aan het flirten. Hij was het meest sexy mannelijke idool dat ze buiten Hollywood waren tegengekomen. Hij had hun ondertussen verteld wat ze moesten doen in het onwaarschijnlijke geval dat een olifant hen zou aanvallen. Hij had hen verzekerd dat het voor een leeuw praktisch onmogelijk was ze aan te vallen terwijl ze in de auto zaten. Hij had hun geduldig uitgelegd wat de gevaarlijke slangen waren en hoe ze moesten voorkomen dat het gif in hun bloedstroom kwam.

Tot op dat moment waren hun vriendjes/echtgenoten verantwoordelijk geweest voor veel belangrijke dingen in hun leven: hun sociale status, hun bankrekening, de inrichting van het nieuwe huis. Maar nu hing hun overleving af van deze aantrekkelijke jongeman die ze nauwelijks kenden.

En, dat is verdomde sexy. Afrika is gevaar, duisternis, vrezen voor je leven. En zoals we allemaal weten, is niets zo erotisch als angst.

Eigenlijk weet niemand dat beter dan ik: ik was immers lang voor deze vrouwen voor Adams mannelijkheid gevallen, maar ik hield mezelf graag voor dat ik het met meer 'klasse' had gedaan.

'Het gebrul van die leeuw vandaag... O, mijn god... ik zal het nooit vergeten!' zou de Anorectische Schoonheid verzuchten terwijl ze het ijs in haar glas liet rinkelen en Adam aankeek, op zoek naar een soort kosmische bevestiging. 'Ik dacht... tjee... dit is écht overweldigend... Je hoort dat geluid en je realiseert je dat we eigenlijk níets voorstellen op deze planeet... Begrijp je wat ik bedoel?'

Tegen die tijd waren de mannen al aan het mokken. Dit was niet precies wat ze in gedachten hadden gehad toen ze besloten met de Schoonheid op safari naar Afrika te gaan. Het hele idee van de reis was om hén er romantisch en macho en glamoreus uit te laten zien. In plaats daarvan realiseerden ze zich dat ze deze knaap heel veel geld betaalden terwijl ze er door hem zo onbeholpen uitzagen.

'Hoe kun jíj hier wonen?' vroeg de New-Yorkse ex-cokeverslaafde die nu een gezonder en rijker leven in LA leidde, aan mij.

Het was nog vroeg in de ochtend en we zaten met zijn tweeën aan een tafeltje in de eettent. Hij had besloten de wildrit van zes uur over te slaan en in plaats daarvan op zijn laptop te werken. Ik denk dat hij zijn autoriteit wilde bevestigen door de beurs van Hong Kong tegen de natuur uit te spelen. Hij klonk agressief en was duidelijk in een slechte bui. Ik had hem even daarvoor met een griezelige roofzuchtigheid zijn ontbijt zien verslinden. Ik denk dat hij niet zoveel neukte als hij wel zou willen.

'Ik bedoel, Adam is hier geboren, dus oké, dit is zijn thuis... Maar wat doe jíj hier? Ik bedoel, ik zou dóódgaan, weet je, ik zou verdomme dóódgaan als ik zo ver van de stad zou moeten leven.'

'Ik denk dat ik genoeg heb van het stadsleven,' zei ik droogjes.

Vlak onder ons kromde de rivier zich in een smalle bocht. Ik richtte mijn ogen op een grote krokodil die aan de overkant lag en eruitzag als een moddersculptuur. Ik wees hem erop. Hij tuurde en knikte vaag. Hij was niet van plan me tevreden te stellen en belangstelling te tonen voor dieren in het wild. Hij keek weer naar zijn LCD-scherm en ging even door met typen.

'Weet je, dit is niet écht. Het is gewoon één grote illusie.'

Ik gaf geen antwoord. Hij verveelde me al zo dat ik zin had om te gillen.

'Dit is gewoon een soort Disneyland, het heeft niets meer met het echte leven te maken. Ze hebben de natuur de vrije hand gegeven, zodat ze je kunnen laten betalen om te zien hoe het duizenden jaren geleden is geweest, het jagen en het doden en zo. Zodra ze niets meer aan de natuur verdienen, zullen ze haar vernietigen zoals ze dat overal ter wereld hebben gedaan.'

Ik pakte de verrekijker en deed alsof ik de rivier afzocht naar meer wild.

'In Nigeria hebben ze geen wilde dieren nodig. Weet je waarom? Daar hebben ze olie,' grinnikte hij. 'Héél véél olie.'

Hij wees ongeduldig naar zijn computerscherm alsof hij mij eraan wilde herinneren dat er op dit moment in Lagos belangrijke financiële transacties plaatsvonden terwijl wij onze tijd verdeden met het kijken naar krokodillen in de modder.

'Je woont in een museum, realiseer jij je dat wel...'

'Nou, nu ben je wel behoorlijk Ptolemeïsch bezig,' zei ik.

'Wat is dat?'

'Je weet toch dat we vóór Galilei geloofden in het Ptolemeïsche systeem: dat de aarde het onbeweeglijke middelpunt van het heelal was?'

Hij keek me wantrouwig aan. Hij begreep me niet helemaal, maar het stond hem niet aan dat ik dit over hem zei. Dat kon ik zien.

'Met andere woorden, waarom is het toch altijd het Westen dat besluit wat echt is en wat niet?' zei ik.

Hij schudde zijn hoofd, alsof ik hopeloos lachwekkend was.

'Ik bedoel, dit is het einde van het millennium, man!'

'Nou en?' De manier waarop hij 'man' tegen me zei, stond me niet aan.

'Tja, er is geen Nobelprijs voor nodig om jullie te vertellen dat de toekomst niet op déze plek van de aarde ligt. Als ik jullie was, zou ik niet graag zo achterlopen.'

'En wat zou je dan doen als jij míj was?' vroeg ik, terwijl ik mijn eerste sigaret van die dag opstak. Ik wist dat hij er een hekel aan had zo vroeg op de dag en ik blies opzettelijk de rook naar zijn computerscherm.

'Nou, ik zou gebruikmaken van die geweldige technologie die het Westen produceert... Er ligt daar een hele wereld voor je open, en geloof me, het is er absoluut fantastisch!'

'Misschien,' zei ik weifelend.

'En bovendien,' zei hij dreigend terwijl hij me recht in mijn ogen keek, 'je bent een slimme, sexy meid. Ik zou maken dat ik hier als de sodemieter wegkwam en me niet langer zorgen maken over hoe die vogel daar nou heet.'

Ik wist niet hoe die vogel heette. Ik kende nergens de naam van en ik was net zo bang voor wilde dieren als de Anorectische

Schoonheden, want net zoals zij wist ik niets over hun gedrag of gewoontes.

Maar toch vond ik het vervelend om de toeristen om me heen te hebben, hun aanwezigheid irriteerde me omdat ze me deden denken aan alle dingen die ik was ontvlucht. Hun onderzoekende blikken, hun nieuwsgierige vragen maakten me ongemakkelijk en bedierven mijn visie op het landschap. Het was alsof zij een soort geheim agenten waren die de opdracht hadden gekregen mij gevangen te nemen en weer naar huis te brengen.

Er waren natuurlijk uitzonderingen. Je dacht dat je precies wist hoe ze zouden zijn zodra je ze met hun modieuze bagage uit de auto zag stappen, maar je kon je vergissen.

Tara was achter in de veertig, platinablond, opzichtige kleding, lange zilveren nep-nagels, zware make-up en een Texaanse hoed. Ze zag eruit als een rijke hoer uit Las Vegas. Adam en ik begrepen niet waarom zij in 's hemelsnaam in haar eentje op safari ging. Ze leek de wildernis te haten, sprong op bij ieder geluidje, gilde bij ieder insect, klaagde dat haar nagels eraan gingen en bleef op haar hoge hakken in het kamp rondlopen. Ik had allerlei theorieën over haar.

Was ze voor iemand op de vlucht? Was ze een spionne? Een transseksueel? Wat was haar geheim?

'Ik werk in de filmindustrie, liefje,' zei ze toen ik genoeg moed had verzameld om het haar te vragen. 'Exotische dieren. Dierentemmer, grote katten zijn mijn specialiteit. Iedere leeuw of tijger die je in een film ziet, komt bij mij vandaan.'

'Tijgers?'

'Siberische, Bengaalse. Thuis slaap ik met vier van die beesten in mijn bed. Ik vond dat het tijd werd om naar Afrika te gaan en eens wat ongetemde wilde dieren te zien.'

Het klopte helemaal, ze had dat flamboyante circustrekje dat sommige vrouwen die van katachtigen houden hebben.

Tara wist echt alles over grote katten. Ze wist zelfs hoe je hun huidproblemen moest behandelen, hun wormen, hun vitaminetekorten. Wanneer ze tijdens een wildrit een leeuw of een jachtluipaard zag, vroeg ze Adam altijd er zo dicht mogelijk naar toe te rijden en dan begon ze in een onbegrijpelijke taal tegen hen te fluisteren. De dieren draaiden altijd hun koppen om en luisterden half gehypnotiseerd naar haar. Het was alsof ze haar herkenden. Adam was onder de indruk. Hij bekeek haar nu met andere ogen.

'Wat zijn dat voor geluiden die je maakt? Is het een taal die ze verstaan?' had hij haar gevraagd.

'Dat is mijn geheim,' zei ze glimlachend. 'Dat ga ik niet verklappen.'

Je kon zien dat ze zou weten hoe ze hen moest aanraken, je kon voelen dat ze totaal geen angst kende. In de nabijheid van een wild dier onderging haar groteske uiterlijk een onverklaarbare verandering. Ondanks de opzichtigheid van haar kleding zag ze er plotseling koninklijk uit.

Adam vroeg waarom ze dierentemmer was geworden.

'Laat ik het zo zeggen, lieverd. Vandaag de dag kun je waar ik woon elk moment door je hoofd worden geschoten. Ik word liever gedood door een prachtig wild dier, dan door mijn hersens geschoten door een of andere idioot of junk. Het is een veel sexier manier om te sterven.

Wie kon haar ongelijk geven.

Op deze enkele uitzonderingen na gaf ik er, als Adam met de toeristen op safari ging, gewoonlijk de voorkeur aan thuis te blijven en wandelingen langs de rivier te maken of de bergkam te beklimmen, vergezeld door twee van de Samburu askaris die in het kamp werkten.

Lenjo liep altijd voorop met zijn lange speer en zijn *rungu*, de korte knuppel van olijfboomhout die elke Samburu altijd bij zich draagt. Diani, nog nauwelijks een tiener, liep achter me. Ik hield mijn ogen op Lenjo's rug gericht; zijn lange gevlochten, met koeienvet en rode oker ingesmeerde haar, bengelde op zijn rug, de rode *shuka*, die hij als een Romeinse toga over zijn schouder had geslagen, flapperde in de wind, zijn ongelooflijk lange en slanke benen raakten de aarde met de vluchtigheid van een veertje. Hij was een Moran, een krijger van zijn stam. Diani was nog niet besneden en had daarom nog niet de status van Moran verkregen. Zijn haar was kortgeknipt, zijn oren niet doorboord en hij droeg niet de kleurige kralen die de donkere huid van Lenjo sierden.

We liepen in stilte, luisterden naar de geluiden van de wildernis en voelden de koele ochtendlucht langs onze armen en benen strijken. Zo nu en dan bleef Lenjo stilstaan om rond te kijken. Ik kon voelen hoe zijn ogen de wildernis voor ons aftastten. Er was altijd een moment van spanning waarop ik mijn adem inhield en niet wist wat er vervolgens zou gebeuren. Dan draaide ik me om en keek naar Diani, en altijd weer zag ik dat hij op een twijgje kauwde en er ontspannen uitzag, leunend op zijn speer.

'*Ndovu*. Olifant,' zei Lenjo dan na een lange stilte, en hij wees naar de vallei onder ons. Ik hoorde slechts een vaag geluid van vallende takken en zag de bomen bewegen in de dichte wildernis.

Ja, daar waren ze. Grote olifanten met enorme slagtanden. Een, twee, drie, soms wel twintig. Zwijgend bleven we een poosje kijken. Lenjo en Diani spraken Samburu, commentaar leverend op de afmetingen van de dieren. Lenjo, die een beetje Engels sprak, wees dan naar een onduidelijke bruine plek tussen de bomen en zei tevreden: 'Een hele, hele grote.'

Hij vond het ook leuk me de planten en kruiden aan te wijzen die de Samburu gebruiken.

'Dit is heel gevaarlijk, kan olifant doden. Doe het op pijlpunten en binnen twee minuten ben je dood,' zei hij over een heel onschuldig uitziende groene tak. Vervolgens liet hij me een fluweelachtig zilverkleurig blaadje zien.

'Dit noemen we Moran-deken omdat de Morans op deze bladeren liggen als ze in de openlucht slapen. Heel, heel zacht, als een deken... Als je hieraan ruikt, gaat je verkoudheid over... Van deze word je heel, heel sterk, als je de bast kookt en de soep ervan drinkt, word je heel erg hongerig en kun je een hele geit op, misschien wel twee...'

Ik hield van de manier waarop de jonge krijgers altijd opschepten over wat ze allemaal konden. Ja, natuurlijk konden ze een leeuw doden met hun speer, honderd koeien stelen van een naburige stam, vijftig kilometer lopen, op één avond een hele geit verslinden. Er was niets te groot of te sterk voor een Moran.

Een Samburu krijger moest moedig zijn, dat werd hem van jongs af aan geleerd.

'En als je ook maar je tenen kromt als ze je besnijden,' zei Lenjo met een glimlach, 'dan ben je er geweest. Ze zullen je een lafaard noemen en het zal een schande zijn voor je familie. Echt waar.'

Hij en Diani lachten om mijn verbazing. Besnijdenis was het favoriete onderwerp van een jonge Samburu.

'Je moet moedig zijn en stilzitten als ze je met een mes snijden. Iedereen kijkt naar je of je misschien niet je tenen kromt... Dus je moet stilzitten, zo.'

Lenjo deed dan zijn ogen dicht alsof hij sliep. Diani knikte bemoedigend. Ze glimlachten trots dat ze zo duidelijk hun standpunt onder woorden hadden gebracht.

'*Mape*. Laten we gaan.'

We liepen zwijgend een stuk verder, toen namen we pauze, gingen met gekruiste benen op een rotsblok zitten en keken neer op de eindeloze vlakte. Zo bleven we zitten, zwijgend en luisterend naar het geluid van de wind die onder ons floot. Ik vond het plezierig om zo stil te kunnen blijven in het gezelschap van anderen, zonder het gevoel te hebben de stilte met geklets te moeten doorbreken.

Lenjo begon zachtjes te spreken.

'*Malo*.'

'Grote *kudu*.' Hij wees naar een klein stipje in de verte. Hij en Diani lachten altijd als ze me zagen turen.

Ik hield van het gevoel dat ik tijdens die wandelingen kreeg.

Er is een heel speciale band tussen mensen die dicht bij elkaar in de wildernis lopen. Ze moeten voorzichtig lopen, ze moeten op eventuele gebeurtenissen zijn voorbereid. Niemand kon verder van die twee jonge krijgers af staan dan ik, maar toch letten we, terwijl we zwijgend door het hoge gras gleden, op dezelfde alarmsignalen, we speurden, we roken, we luisterden. In het onwaarschijnlijke geval dat er iets zou gebeuren, zou het met ons alle drie gebeuren, of er nu een buffel uit het gras te voorschijn zou springen, een leeuw of een cobra. Ja, blasé toeristen mogen geloven dat de wildernis een pretpark is, maar voor mij was de wildernis reëel genoeg.

En het gevoel was zo overweldigend dat alle woede en pijn die ik had gevoeld toen ik hier aankwam nu bij een vorig leven leken te horen. Het was alsof de stilte van de wildernis in me was gekropen en het zinloze lawaai van mijn angst had gesust.

Lenjo glimlachte altijd als ik hem vroeg wat we moesten doen als we een leeuw in het gras zouden tegenkomen.

'Leeuwen zijn bang voor mensen. Maar je moet jouw angst verbergen, want dieren zien die. Als je altijd dapper bent, rennen de leeuwen voor je weg. Ongetwijfeld.'

We zijn nooit een leeuw tegengekomen, dus ik hoefde deze theorie nooit te testen.

Eén keer echter, toen we bijna bij het kamp waren, bleef hij plotseling stilstaan. Mijn hart ook: ik wist dat we dit keer iets waren tegengekomen. Lenjo draaide zich naar me om en wees zwijgend naar de bomen. Ik kon nauwelijks een vorm onderscheiden en zag slechts enkele takken bewegen.

'Olifanten,' fluisterde hij, en hij begon achteruit te lopen. Voor wat mij een eeuwigheid toescheen liepen we met zijn drieen achteruit, onze ogen strak op de bewegende takken gericht. Toen hoorden we het getrompetter. Het deed de aarde letterlijk schudden, zo dichtbij was het. Daarna het gekraak van takken. De adrenaline schoot door mijn lichaam. Angst in de zuiverste vorm. Lenjo en Diani verstijfden heel even en gebaarden me toen te rennen. Ik greep onmiddellijk Lenjo's elleboog, ik vertrouwde er niet op dat mijn benen even snel als die van hem waren. We renden en renden, zigzaggend tussen de bomen door. Ik wist niet of we nog steeds achternagezeten werden, ik concentreerde me alleen op het rennen en plotseling – ik weet niet waar het gevoel vandaan kwam – wist ik dat het in orde was.

Het rare is dat hoe verder we renden, hoe meer we lachten. We bleven elkaar hysterisch lachend vasthouden, als kinderen die een spelletje doen. Hijgend en schuddend van het lachen kwamen we het kamp in gerend.

'Huyu, anaweza kukimbia sana,' zei Lenjo tegen Adam en de andere jongens, hij wees naar mij en schudde glimlachend zijn hoofd.

'Natuurlijk kan ik rennen, wat dacht jij dan?' antwoordde ik schertsend terwijl ik het zweet van mijn voorhoofd veegde.

En plotseling voelde ik me triomfantelijk. Het was tenslotte heel wat om sneller te zijn dan een kwade olifant.

Op een avond, in het schemerige licht na zonsondergang, verscheen Iris in vol ornaat, dat wil zeggen in haar gedeukte olijfgroene landrover met het reusachtige pistool in het handschoenenvakje, een oude vilthoed op haar lange blonde vlechten, die bedekt was met rood stof, Samburu kralen en zweet en twee opvallende Morans op de achterbank.

We hadden niet ver van Wamba een kamp opgezet. De toeristen, een groep chirurgen van middelbare leeftijd uit Chicago met hun vrouwen, keken vol ongeloof naar dit wilde blonde schepsel en een van hen haalde zelfs zijn camera te voorschijn voor een foto. Iris kuste Adam hartstochtelijk.

'O man! Ik ben helemaal uit South-Horr komen rijden, ik ben kapot! Ik moet absoluut eerst een borrel... Hoe maakt u het, Iris Sorensen... leuk om u te ontmoeten.. het spijt me dat ik jullie borrel verstoor... O, Esmé, eindelijk... Eindelijk zie ik je dan!'

Plotseling lag ik in haar krachtige armen. Ze rook naar stof en benzine. Ze nam me uitgebreid op en zei toen tegen de toeristen: 'Ik heb zoveel over deze vrouw gehoord!'

Iris was op weg naar Nairobi vanuit het noorden, waar ze

twee maanden had rondgereisd en foto's had genomen voor een nieuw boek over de stammen die daar woonden. Ze had over de radio gehoord dat Adam langs de Ewaso zijn kamp had opgeslagen en ze had besloten ernaar toe te rijden om er een dag te blijven. Ik weet niet hoe ze het kamp had gevonden, want het leek me alsof we midden in niemandsland zaten. Maar dat was duidelijk niet het geval voor een rimboevrouw zoals Iris.

Adam schonk iets te drinken voor haar in terwijl zij het personeel van ons kamp begroette. Ze leek hen goed te kennen. Vooral Lenjo was opgewonden haar te zien. Ze schudden elkaar heel uitgebreid de hand en maakten grapjes in het Samburu.

'O, wat een jongen. Het is zo'n kanjer,' zei ze tegen Adam toen ze hoofdschuddend naar haar stoel terugliep. 'Op een dag kaap ik hem bij je weg.'

Ze haalde een buideltje tabak te voorschijn en begon een sigaret te rollen in haar schoot. We zaten allemaal om haar heen, onze ogen op haar gericht als op een filmscherm. Ze schudde haar hoofd en glimlachte naar ons.

'Jemig, ik kan jullie wel vertellen dat het een fantastisch gevoel is dat ik hier heelhuids ben aangekomen. Iedereen in de buurt van Barsaloi is nogal nerveus tegenwoordig, door de *shiftas*.'

'Wat is dat?' vroeg de vrouw van een van de chirurgen.

'Bandieten,' zei ze op nonchalante toon. Toen likte ze aan het vloeitje. 'En verdomd gevaarlijke ook.'

De toeristen raakten meer opgewonden en stelden allerlei vragen. Zou haar boek ook in Amerika gepubliceerd worden? Ja, natuurlijk.

Wie was deze vrouw? Had ik weleens van haar gehoord? Ja natuurlijk, en niet alleen dat: ik had niet zó lang geleden zelfs haar eerste boek in handen gehouden. Het stond in de etalage van de boekwinkel van het New Stanley Hotel. De titel was zoiets als *De laatste riten* en ik herinner mij haar foto op de omslag. Gebruind, haar lange haar los, uitgedost met tribale sieraden, glimlachend in haar bemodderde landrover.

Ik weet nog dat ik dacht: kom op, ze kan niet echt bestaan.

Maar hier was ze dan, levensgroot, inclusief dezelfde rekwisieten.

Was ze in Kenia geboren? De toeristen wilden dolgraag meer weten.

Ja, en ze had het grootste deel van haar leven bij de nomadenstammen van het noorden gewoond. Haar vader was een Zweedse boer die in de jaren vijftig naar Afrika was gekomen en zich in de buurt van Maralal had gevestigd.

Na het eten met de toeristen zaten we met zijn drieën bij het vuur. Ze had een Somalische *kikoy* omgeslagen en droeg een mannenoverhemd, haar lange zijdezachte haar hing los over haar rug. In veel opzichten leek ze een geblondeerde versie van een Moran. Dezelfde elegante gang, hetzelfde hoekige figuur.

Adam leek erg blij dat ze er was: ze leken een intimiteit te delen die ver terug ging. Iris refereerde voortdurend aan mensen die ze allebei kenden en sprak in steno over plaatsen in de wildernis waar ze beiden geweest waren. Het was duidelijk dat zij een gemeenschappelijk verleden hadden van safari's en avontuur, reizen en nachten onder niet meer dan een klamboe en de sterren.

'Weet je dat ik een weeklang in de Ndotos ben blijven steken, omdat mijn versnelling onder mijn handen afbrak, geloof je dat nou? Dus ik moest wachten tot die knaap kwam, helemaal uit die missies, om het te repareren… herinner jij je die missie nog waar we benzine kochten toen we door de Kaisutwoestijn reden? Hoe heet die ook weer?'

'Ja, dat weet ik nog… De missie van die Italiaanse priester, de monteur…'

'Tja, hij is nu dood. Maar er zit nu een Canadese priester op zijn plaats, een geweldige vent. Hij hielp me uiteindelijk met de reparatie…'

'Te gek.'

'Herinner je je die brug nog, voorbij die grote vulkanische rots, als je in de richting van Ol Doinyo Nyro rijdt?'

'Die is weggespoeld, dat weet ik. Ik ben er ongeveer vier weken geleden langsgekomen.'

'De weg is nu zo vreselijk. Ik bleef steeds in de modder steken.'

Hun herkenningstekens waren rotsen, bergen en bomen, en waterpoelen en verschillende *manyattas* in de rimboe. Ik luisterde hoe zij over het land spraken, het opnieuw ontwierpen, gewoon vanwege het genot om er een beheersbare eenheid van te maken in plaats van een abstractie. Al dat land dat zich rondom ons uitstrekte, dat geen naam of vorm had en voor mij totaal onbegrijpelijk was.

Hun gesprek deed me denken aan de aboriginals in Australië, die geloven dat de aarde is gevormd door gezang. In de Droomtijd ontwaakten de Voorouders in volledige duisternis en terwijl het Licht begon te schijnen begonnen zij rond te lopen. Ze liepen rond en zongen. Ze zongen de vorm van iedere rots, iedere waterpoel en iedere heuvel. Ze zongen de bomen, de stenen, de rivieren en de ravijnen. Zo maakten ze de wereld: door alles te zingen. De 'zangsporen' waren hun wegen, de sporen van hun gezang van hier naar daar. Mensen erven geen land, zij erven zangsporen. Stammen bezitten gezángen.

Eigenlijk kan het hele Australische landschap worden gezongen. Waar de ene stam ophoudt, begint een andere weer te zingen.

Die avond zongen Adam en Iris hun zangsporen van het noorden, alsof zij het door geboorterecht bezaten en ze gingen maar door, tot zij elke heuvel, brug, boom, elke duistere hoek van de Afrikaanse wildernis hadden gezongen.

Het was prachtig om het hen te horen zingen.

'Is ze je minnares geweest?' fluisterde ik, gehuld in de duisternis van de tent. Adam en ik hadden net de liefde bedreven en hij lag op zijn zij een joint te roken. Een zinloze vraag, ik wist het antwoord al.

'O,' zei Adam afwezig, 'ja, toen we een stuk jonger waren.'

Stilte. Hij voelde mijn ongemak.

'Weet je, ze is nu net een zus voor me.'

Ik weet niet of het idee van Iris als zijn zus mij aanstond. Daardoor voelde ik me misschien nog meer bedreigd.

'Wat ben ík voor je?' vroeg ik.

Ik voelde zijn hand tegen mijn slaap, hij streek mijn haar weg alsof hij mijn twijfel weg wilde strijken. Ik denk dat ik er altijd zo onzeker uitzag, maar ik wist ook eigenlijk nooit wat iets te betekenen had. Moest ik nu blijven? Zou dit van nu af aan mijn leven zijn? Het leven van een museumdirecteur, zoals die bekeerde cocaïnesnuiver spottend had gezegd?

'Sssst,' zei hij en hij kuste me zachtjes. 'Waarom wil je toch altijd alles definiëren? Je bent pas tevreden als je ergens een naamplaatje op kunt plakken.'

Hij had gelijk. Ik had woorden nodig, geloofde daar heilig in.

'Ik hou van je,' zei hij. 'Zo simpel is het.'

Hij draaide zich om en doofde de joint en de petroleumlamp.

'Nou stil zijn,' zei hij.

Ik glimlachte in het donker toen hij me met mijn rug naar hem toe trok en zijn armen om me heen sloeg. Ik voelde zijn warme hand op mijn buik en zijn adem in mijn nek.

Een vrouw kan zich verder niets meer wensen. Toch?

Maar dat deed ik wel.

Want kijk, mijn hele leven had ik andere zangsporen gezongen dan Iris en Adam.

In mijn Europese Droomtijd waren er geen vormen van rotsen, bergen of bomen die gezongen moesten worden, eigenlijk was er helemaal niets zichtbaars. Ik had doelloos van de ene gemoedstoestand naar de andere gedwaald, en zo'n abstracte wereld ontworpen dat ik nu volledig verdwaald was. Ik wilde wanhopig graag dat mijn ballingschap voorbij zou gaan: maar zodra ik dacht dat ik rust had gevonden, eindelijk een thuis, gebeurde er iets en raakte ik weer in paniek. Er leek geen troost te bestaan, geen rust. Waarom niet?

Ik was mijn hele leven lang mensen kwijtgeraakt: mijn moeder, mijn vader, en zelfs mijn broer begon nu te vervagen. Ik was zo gewend geraakt aan het idee mensen die ik nodig had onderweg te verliezen, dat ik een expert was geworden in het tijdig verbreken van banden om de pijn binnen de perken te houden. Ik had geleerd nooit te rekenen op mensen die zeiden dat ze van me hielden: dat leek me een slechte investering. Ik negeerde ze gewoon, alsof hun liefde iets was van vandaag, dat morgen zo weer verdwenen kon zijn.

Maar toch was ik gezegend.

De man die Leonardo in de cirkel had getekend, het volmaakte exemplaar. Hij had geen geheime bedoelingen, en nu was hij van mij en hij zou voor me zorgen. De goden hadden hem gezonden, hoe kon ik daar nou blind voor zijn?

Maar ik wás blind.

Ik bleef mezelf kwellen met de gedachte dat dit niet blijvend zou zijn. Mijn duivelse brein draaide al op volle toeren, wanhopig en defensief, in een poging manieren te bedenken om zonder hem te overleven in dit onbekende land. Het ging volledig onbewust, zoals nagelbijten, tegen de tijd dat je je realiseert wat je aan het doen bent bloed je al.

Wat kan ik zeggen? In sommige hersenen is de angst als het ware ingebouwd.

Achteraf zie ik hoe de verschijning van Iris die dag de aanzet gaf tot veel dingen die pas later gebeurden. Zij was zich daar duidelijk niet van bewust en later had ze geen tijd meer om erachter te komen. Ik zou het haar trouwens toch nooit hebben verteld.

Die avond bij het vuur, terwijl zij het land zongen dat ze door geboorterecht bezaten, zag ik precies wat Adam me later zou bevestigen.

Zij waren broer en zus, geboren in hetzelfde land. Zij hóórden hier, Afrika zat hen in het bloed.

Ik was een vreemde, en dat zou ik altijd zijn.

Toen ik de volgende morgen om zeven uur uit mijn tent kwam, zag ik Iris die al sinds zonsopgang rondscharrelde, haar haar glinsterde van de douche en rook naar shampoo, een dampende beker koffie stond op de motorkap van haar auto. Ze bereidde zich voor om met haar twee beschermengelen te vertrekken.

'Hier,' zei ze vriendelijk. 'Deze is voor jou...'

Ze schoof een Samburu-kralenarmband rond mijn pols.

'Ik zie je vast en zeker weer in Nairobi... maar voorlopig geef ik je dit. Een klein aandenken. Ik ben echt blij dat ik je eindelijk heb ontmoet.'

'Bedankt.' Haar vriendelijkheid had me overvallen. 'Goh... dat is heel lief van je.'

Ik wist dat de armband een duidelijk teken van vriendschap was in de taal van Iris. Ik wist dat haar gebaar volkomen oprecht was. Ik vond het vervelend dat ik eerder wantrouwig ten opzichte van haar was geweest, daardoor voelde ik me onaardig en kleingeestig. Ik wist dat ze niet probeerde mij te manipuleren of te overheersen. Ze was niet helemaal hiernaar toe gekomen om haar gelijk te halen of haar macht over Adam opnieuw te demonstreren. Dat was gewoon mijn paranoia. Ik wilde haar nu aardig vinden, maar ik kon niet gewoon een knop omdraaien, dus glimlachte ik zo goed en zo kwaad als het ging tegen haar. Ik keek naar haar toen ze voorzichtig water in haar roestige radiator goot, de vroege ochtendzon scheen door de waterval van haar gouden haar.

'Waarom blijf je hier niet nog een dag?' vroeg ik. Nu was het mijn beurt om haar te verwelkomen.

'Bedankt, maar ik moet nu echt terug. Ik moet nodig bellen, ik moet naar de bank en een keer een goed bad nemen. Je weet wel, al die geweldige dingen die je in de bewoonde wereld kunt doen.' Ze glimlachte naar me. 'Na twee maanden in de rimboe heb ik wel zin in een stadssafari, als je begrijpt wat ik bedoel.'

Ik dacht dat ze het over seks had. Nou, waarom niet, dacht ik, het zag er niet naar uit dat ze dáár problemen mee zou hebben.

'Bovendien wil ik niets liever dan de foto's ontwikkelen. Mijn hele toekomst zit hierin.' Ze klopte zachtjes op haar grote cameratas.

Ik wist door haar vorige boek dat haar werk indrukwekkend zou zijn. Haar probleem was dat ze er gewoon te goed uitzag om echt te kunnen zijn. Haar uiterlijk was haar kruis en haar handelsmerk, denk ik.

Intussen was het personeel van het kamp naar de auto gekomen om afscheid van haar te nemen. Ze sprak met hen in het Kiswahili en het Samburu, gaf iedereen een flinke fooi en maakte grappen waar iedereen dubbel om lag. Toen sprong ze in de auto en reed in een wolk van stof weg.

7

Om in Afrika te leven moet je weten
hoe het is om in Afrika te sterven.

ERNEST HEMINGWAY

Het leek plotseling helemaal verkeerd om van Ferdinando's royalty's te leven.

Bovendien had ik zo lang niet genoeg geld, want er waren niet veel Amerikanen geïnteresseerd in mijn vaders poëzie.

Dus na zes maanden in de wildernis realiseerde ik me dat het tijd werd om naar Nairobi te gaan en een baan te zoeken. Ik moest iets om handen hebben dat mij een doel gaf om te blijven.

Het leven in het kamp was opwindend geweest. Nu wist ik hoe ik met een logge auto over een boomstam moest rijden, een band moest verwisselen met een grote krik, brood moest bakken op een kampvuur en sporen van dieren kon herkennen. Ik had geleerd niet terug te deinzen wanneer een slang mijn pad kruiste, of een vleermuis in het donker tegen mijn gezicht vloog. Ik kende genoeg Kiswahili om de jongens bij het kampvuur met mijn grapjes aan het lachen te maken.

Afrika kreeg me in de greep. Maar nu moest ik een bezigheid zien te vinden die helemaal alleen van mij was.

Terwijl Adam kwam en ging met zijn klanten was ik in zijn huis in Langata gaan wonen, een stenen huisje op een groene heuvel tegenover de Ngongheuvels. Het was een knus huisje; ik hield van de manier waarop de donkere houten planken onder mijn voeten kraakten, ik was gek op de warmte van de open haard in de zitkamer na zonsondergang, ons witte, grote hemelbed. Wilson en Alice verwelkomden me met een verlegen glimlach en zorgden voor me met een vriendelijkheid die ik niet kende.

Ik wist dat ik veel te afhankelijk was geworden van Adam. Dus zelfs al miste ik hem als hij er niet was, nu voelde ik een vreemd soort opwinding als ik 's morgens in mijn eentje wakker werd en de hele dag voor mezelf had.

Plotseling had ik tijd om mijn gedachten in een breder perspectief te zetten. Ik begon een idee te krijgen van wat het werkelijk betekende om in Afrika te wonen. Wat had ik tot dusver gezien?

Ik had blanken ontmoet die in Afrika woonden, die van haar schoonheid en woestheid genoten. Ik had Afrikanen gezien – maar alleen zoals ze door blanke ogen gezien worden – trotse en edele krijgers van uitstervende stammen, of trouwe bedienden die goed voor hun meesters zorgden. En nu begon ik me af te vragen of wat ik tot nu toe had gezien alles was.

Ik wist dat er nog een ander aspect moest zijn, maar ik wist niet hoe ik dat in mijn eentje moest ontdekken. Ik wist dat het aanwezig was – iedere idioot kon dat zien – maar toch was het heel moeilijk om er je vinger op te leggen. Niemand die ik tot nu toe had ontmoet, leek over dit verborgen aspect te willen praten.

Ik had het gevoel dat Nicole wist wat het was – *wij zijn gijzelaars van schoonheid*, had ze gezegd – maar ze sprak er liever sarcastisch dan serieus over.

Als ik nu terugkijk zie ik hoe dit vanaf het begin duidelijk was; ik deed alleen alsof ik het niet zag. Een innerlijke stem bleef maar fluisteren: verpest het nog niet, geniet er gewoon van zoals het is...

Maar toen ik plotseling in mijn eentje in Nairobi zat, zonder Adam en met veel tijd voor mezelf, begon het plaatje eindelijk diepte te krijgen.

Toen begon ik de Afrikanen pas echt te zien.

De Afrikanen die ik nu zag, waren niet langer de nobele krijgers uit het noorden, getooid met kralen en struisvogelveren en lange speren in hun hand. Wat ik nu zag, als ik hen op straat tegenkwam, waren de gemiddelde Kenianen in voddige westerse kleren: de oude bedelaars op de hoek van Kaunda Street, de lijmsnuivende boefjes tegenover het New Stanley Hotel die hun magere klauwtjes door het autoraampje persten en om een shilling vroegen, de zwarte middenklasse die de lunchpauze doorbracht in La Patisserie, de jongens van het benzinestation in hun schone overalls, de glimlachende kamermeisjes in gesteven uniform die thee serveerden in de huizen van de blanken, de trage kudde van uitgeputte arbeiders die in de avondschemering van de fabriek of werkplaats naar huis liep, besmeurd met smeer en stof.

Als ik naar hen keek, moest ik wel aan Ferdinando en zijn ideeën denken. Ik wist dat hij dit niet goedgekeurd zou hebben. Hoe kon ik in 's hemelsnaam in de derde wereld wonen, genieten van mijn privileges als blanke, zonder de tijd te nemen om om me heen te kijken en te zien wat er aan de andere kant gebeurde? Wat hadden de Afrikanen gedaan toen ik op safari was? Wat wist ik van hun strijd? Maar bovenal: waar waren ze in godsnaam? Waarom hadden onze paden zich nooit gekruist?

Ik herinner me hoe ik op een keer met Wilson naar het ziekenhuis reed waar zijn vrouw net was bevallen. Hij zag er zo anders uit zonder het uniform dat hij in huis droeg. In zijn normale kleren herkende ik hem nauwelijks. Hij droeg gewoon een honkbalpet en een spijkerbroek, maar op de een of andere manier zag hij er heel anders uit dan ik gewend was. Ik denk dat ik ervan uit was gegaan dat Wilson net zo ouderwets was als het uniform dat hij moest dragen. Het verbaasde me dat hij een walkman had en naar rapmuziek luisterde.

'Hoe oud ben je eigenlijk, Wilson?' vroeg ik hem. En plotseling schaamde ik me dat ik nooit de moeite had genomen dat eerder te vragen.

'Achtentwintig, memsahab.'

Ja, misschien kwam het daardoor. Die combinatie van rapmuziek en memsahab. Misschien begreep ik dat gewoon niet.

Ik realiseerde me al snel dat het een loopbaan op zich was om een mening te hebben over zwarten. Nairobi zinderde van derdewereldspecialisten. VN-mensen – Unicef, UNDP, Unesco – Amref, missionarissen, NGO's in alle soorten en maten, bleke mannen in witte overhemden met korte mouwen die voor de Wereldbank werkten. Iedereen had zijn eigen theorie, iedereen was op zoek naar fondsen of bezig met een project. Door de oorlogen in de buurlanden Somalië en Soedan waren duizenden vluchtelingen de grenzen van Kenia overgestoken. Rwanda stond op het punt te exploderen. Aids tierde welig. De Keniase economie was ingestort. Iedere dag stroomden er experts binnen.

Ik wist niet waar ik moest beginnen, maar toch zocht ik het antwoord op een heel eenvoudige vraag. Zoiets elementairs, dat je het niet eens zomaar kon vragen. Hoe moet een blanke in een zwart land leven? En vooral: hoe verstaan wij ons ten opzichte van elkaar? Ik wilde dat iemand de tegenstrijdigheden verklaarde, mij de hindernissen liet zien en met een antwoord kwam. Maar niemand gaf me antwoord. Iedereen om mij heen leek het onderwerp eenvoudigweg te negeren.

Ik denk dat ze daar een heel simpele reden voor hadden.

Want, in Nairobi hadden we geen Soweto. Kenia had geen voorgeschiedenis van raciale spanningen. In het parlement zaten geen blanken meer die verantwoordelijk konden worden gehouden voor openlijk onrecht tegenover de Afrikanen. Dus wat had het voor zin om onszelf in het openbaar te kruisigen, als we officieel niets verkeerd deden en zelfs de zwarten niet klaagden?

Niettemin hadden de blanken, binnen de grenzen van hun goed bewaakte huizen, hun koloniale houding ten opzichte van de Afrikanen gehandhaafd. Nieuwkomers bleken heel goed in staat die houding meteen over te nemen, alsof zij hun hele leven al gewend waren Afrikaans personeel te hebben, terwijl zij zich thuis in Europa waarschijnlijk niet eens een werkster voor twee uur per week konden permitteren. Het is verbazingwekkend hoe weinig tijd blanken nodig hebben om te leren hoe ze Afrikanen op hun kop moeten zitten. Zodra ze zich realiseren dat niemand hen van enig onrecht zal beschuldigen, zodra ze begrijpen dat niemand hier ooit gehoord heeft van de uitdrukking 'politiek correct', veranderen zelfs de liberaalste blanken binnen enkele dagen in slavenhouders. Blanken vergeten de betekenis van het woord 'overwerk', weigeren een voorschot van een paar honderd shilling, verheffen hun stem en verliezen hun geduld om onbenulligheden, en ze ontslaan hun personeel als ze daar toevallig zin in hebben.

Dit intrigeerde mij. Ik was geen deskundige, ik had niet de kennis om een sociaalpolitieke analyse te geven, maar toch wilde ik begrijpen waarom we ons allemaal zo gedroegen.

Emigranten hadden het continu over Afrikanen: over de monteur die hun auto repareerde of de tussenpersoon die ze omkochten om een werkvergunning te krijgen, en dan schudden ze hun hoofd.

'Je kunt ze nooit echt vertrouwen. Ze zeggen dat ze het morgen doen maar dat is niet zo, tenzij je bereid bent erbij te blijven zitten om erop toe te zien.'

En dan de politieagent die was gekomen om een onderzoek in te stellen naar de diefstal van hun camera, en de kok die al jaren voor hen werkte en die hun verdachte nummer één was: 'Ze liegen altijd, je moet nooit een woord geloven van wat ze zeggen.'

De Afrikanen waren leugenaars of dieven als ze geen geld hadden, of corrupt en gewetenloos als ze iets hoger op de sociale ladder stonden.

Misschien was het wantrouwen noodzakelijk om het schuldgevoel te verlichten. Hoe meer je het gevoel had dat ze je bedrogen, hoe minder schuldig je je voelde over het misbruik dat je van hen maakte. Ik weet het ook niet, maar het leek me verkeerd om met zo veel gebrek aan vertrouwen in elkaar te leven.

De laatste paar jaar was Nairobi steeds gevaarlijker geworden. 's Nachts moest je oppassen als je in je nieuwe auto naar huis reed. Als je bij het hek met je lichten knipperde om de askari een teken te geven de poort te openen, wachtten gewapende bendes je op om een pistool tegen je slaap te zetten. Soms, als ze niet kregen wat ze wilden, lieten ze de chauffeur dood achter op het asfalt terwijl ze er in de splinternieuwe Pajero vandoor gingen. Roversbendes gewapend met pangas slopen 's nachts het huis van een blanke in Muthaiga binnen, sloegen hem en zijn vrouw met knuppels bewusteloos, en stalen hun geld, de stereo en de televisie. Als een minibus vol toeristen op de weg van Mombasa naar Nairobi een lekke band kreeg, al was het op klaarlichte dag, was de kans groot dat een kleine groep hongerige jongeren vanachter de bosjes langs de kant van de weg opdook en de toeristen beroofden, terwijl de jongens met hun roestige messen zwaaiden. Je moest voortdurend op je hoede zijn voor dieven, er was niets te oud of te versleten voor een hongerige Afrikaan. Zelfs je versleten reservewiel was niet veilig in de kofferbak. Men had een geweer in huis en men blufte hoe men op alles wat bewoog zou schieten als men midden in de nacht door een geluidje wakker zou worden.

Veiligheid was een onderwerp dat nooit uit de mode raakte bij de dineetjes van blanken.

'Het verbaast me niets. Afrikanen hebben niets, geen baan, geen stromend water, geen elektriciteit, ze leven in lemen hutten en hebben vijf, zes kinderen en niets te eten. De inhoud van onze koelkast is genoeg om hun gezin twee weken mee te voeden,' zei ik impulsief toen iedereen even zweeg aan tafel. 'Ik bedoel, waarom zouden we verwachten in vrede te leven op een plek waar zo veel ongelijkheid heerst? Zij hebben niets en wij hebben altijd meer dan we nodig hebben. Wij zouden hetzelfde doen als we in hun schoenen stonden. We bevinden ons toevallig net aan de goeie kant, dat is alles.'

'En welke kant mag dat dan wel zijn, als ik vragen mag?' vroeg iemand aan het andere eind van de tafel een tikkeltje sarcastisch.

'Nou, de kant die niet hóeft te stelen.'

Ik was voor het eten uitgenodigd bij Nena en Peter. Het was mijn eerste bezoek aan het huis van de Olifantman. Adam was weg en ik wilde een goede indruk maken. Maar op de een of andere manier had het gesprek een gevaarlijke wending genomen en ik sprak te impulsief. Een man die eruitzag als een slager, een Argentijnse polokampioen had ik gehoord, had net beschreven hoe hij erin was geslaagd twee rovers in de benen te schieten om hen vervolgens in zijn pick-uptruck bij het politiebureau af te leveren; vastgebonden met een touw als varkens die naar het slachthuis gingen. Het plezier dat van hem afstraalde toen hij beschreef hoe hij hen verwond had, en de manier waarop hij spotte met de angst in hun ogen toen hij hen eenmaal met hun armen achter de rug had vastgebonden en achter in de pick-up had gegooid, maakte dat mijn bloed begon te koken.

'Ze dachten dat ik hen in een greppel zou gooien en ze door de kop zou schieten, de klootzakken,' grinnikte hij. 'Ze mogen van geluk spreken dat ik dat niet heb gedaan.'

Ik wist nog steeds niets over de regels van een ex-blanke kolonie. Ik was opgegroeid in een land waar niemand erover zou peinzen tijdens een dineetje over geweren te praten. Ik kende niemand die er ooit een had gehad, laat staan gebruikt.

Ik orakelde voort omdat iedereen nu naar mij keek.

'Ik weet het niet, ik zou niet kunnen slapen met een geweer in huis. Ik ben altijd bang dat als je een geweer in huis hebt, voordat je het weet de echte slechteriken achter je aankomen omdat ze je geweer willen hebben. En het dan juist tegen jou gebruiken.'

'Als jij kinderen had en voor hun leven vreesde, dan zou je er écht wel een in huis hebben, geloof mij maar liefje,' zei Peter, de Olifantman, die in de verste verte niet racistisch of fascistisch was, en naar wie ik juist had gekeken op zoek naar bijval voor mijn vredesbetoog.

Nee, ik had geen kinderen die in hun flanellen Winnie the Poeh-pyjama's lagen te slapen onder muskietengaas. Daarom had ik het recht niet mijn liberale theorieën op te dringen aan mensen die onschuldige wezens moesten beschermen op het Donkere Continent.

Proberen Afrika te begrijpen is alsof je in een duister gat

wordt gezogen. En hoe verder je in die duisternis wilt binnendringen, hoe kleiner de kans is dat je er aan de andere kant ooit nog uitkomt. Maar weet je wat het is? Omdat er geen andere kant ís, leren de mensen om erbij uit de buurt te blijven.

Toen ik die avond naar huis terugging en bij het hek met mijn koplampen knipperde, betrapte ik mezelf erop dat ik bezorgd in mijn achteruitkijkspiegel keek. Voor het eerst kwam het bij me op dat het misschien niet zo'n goed idee was om 's nachts in mijn eentje rond te rijden. De volgende keer kan ik beter een *askari* meenemen, dacht ik.

Terwijl ik 's nachts alleen in bed lag in mijn lege huis luisterde ik naar het angstaanjagende geschreeuw van een klipdas in de bomen en ik betrapte mezelf erop dat ik me afvroeg of Adam een geweer in huis had. We hadden er nooit over gesproken, hoewel ik wist dat hij er een in het kamp had. Het gevaar van wilde dieren in de wildernis was begrijpelijk. Maar hoe stond het met wanhopige mensen in de stad? Ik vroeg me af hoe Adam gereageerd zou hebben op mijn geraaskal aan de eettafel. Zou hij me naïef hebben gevonden, zoals Peter? Het verbaasde me dat ik het gewoon niet wist.

Maar ik vroeg me met name af of ik me aan een dergelijk betoog te buiten was gegaan als hij bij me was geweest. Ik realiseerde me dat ik altijd veel rustiger was met hem in de buurt. Ik was altijd bang dat mijn ideeën te naïef zouden klinken.

Er waren nog steeds geheimzinnige leemten tussen ons, die veroorzaakt werden door het verschil in onze opvoeding. Soms vormde die geheimzinnigheid juist de aantrekkingskracht, soms voelde ik me er alleen maar anders door en een beetje een buitenbeentje.

De wind rammelde aan de ruiten, de houten vloer kraakte, en ik baadde in het zweet. Het was angst. En angst heeft in Afrika altijd een zwart gezicht.

Zou het helpen als ik mijn eventuele moordenaars mijn ideeen over de ongelijkheid van onze rijkdom voorlegde? Zouden ze de manier waarop ik de Argentijnse polokampioen had tegengesproken op prijs stellen? Zouden zij de panga in de lucht stilhouden, en mij met een glimlach van herkenning een klopje op de schouder geven en mij kameraad noemen? Nee, natuurlijk niet. Ik zou evengoed vermoord worden. Ik stond aan de verkeerde kant door de kleur van mijn huid. Ik had wat zij niet hadden omdat ik blank was, en daarmee uit.

Je moest de angst gewoon vergeten, anders had het geen zin om in Afrika te leven.

De ochtend na het dineetje belde ik Nicole.

'Verbeeld ik het me maar of worden blanken in dit land steeds schietgrager?' flapte ik eruit zonder zelfs maar hallo te zeggen.

'Esmé, hoe laat is het?' antwoordde ze met schorre stem. 'Heb jij verdomme geen kater?'

'Ja, maar om de een of andere reden blijf ik er wakker door. Heb ik mezelf voor gek gezet gisteravond?'

'O... die vreselijke Argentijn. Hij is gek op geweren. Ik begrijp gewoon niet waarom Nena hem steeds weer uitnodigt. Natuurlijk heb je jezelf niet voor gek gezet. Het is gewoon een afschuwelijke vent.'

Waarom was ik altijd de enige die haar mond opendeed? Waarom kwamen de anderen mij nooit te hulp, maar deden ze alsof ik hen verveelde? Ik was in de war.

Zoals gewoonlijk ging het leven door en bleven we allemaal hoge bedragen betalen aan de particuliere politieagenten die 's nachts voortdurend patrouilleerden, we huurden askaris in, die met pijl en boog over de compound liepen, en we fokten rottweilers en dobermanns die werden afgericht om te doden.

Intussen hadden Amerikaanse legertroepen met hun moderne gevechtsuitrusting Somalië in een nieuw *Apocalyps Now* veranderd.

Plotseling zag je DOING THE MOG-T-shirts en stickers met Cobra-helikopters op de achterkant van landrovers. De internationale pers vertoonde beelden van Somali-krijgers op teenslippers en gekleed in kikoys die met de AK47 van hun sergeant zwaaiden, terwijl gebruinde mariniers met stekeltjeshaar en Ray Ban-zonnebrillen in de zinderende hitte voor zich uit keken met een bezorgde uitdrukking op hun gezicht.

De oorlog in Somalië was een romantische oorlog, waarin werd gevochten door een stelletje trotse en felle woestijnstammen die niet van plan waren het Westen zich ermee te laten bemoeien. Somaliërs waren niet bang om te sterven, ze richtten hun roestige machinegeweren op de hemel, vastbesloten om een Cobra neer te schieten in plaats van dekking te zoeken. Jonge verslaggevers vlogen af en aan naar Somalië aan boord van VN-vliegtuigen uit Nairobi, en overal in de stad overschaduwden de oorlogsverhalen de verhalen uit de wildernis. Plotseling zat de Carnivore-bar vol jonge verslaggevers, fotografen en cameramannen die even vrij hadden tussen twee opdrachten en nu hof hielden met opwindende verhalen over hoe ze in het centrum van Mogadishu ternauwernood aan een granaat waren ontsnapt. Ze droegen een groen uniform, een zonnebril en hadden de gewoonte aangenomen miraa te kauwen; de opwekkende bittere bladeren waar de Somaliërs iedere dag weer high van worden. Ze stopten hun zakken vol met bosjes twijgjes, gewikkeld in krantenpapier, en kauwden onophoudelijk op de verse scheuten tot ze een grote prop in hun wang hadden en hun kaken pijn deden, en daarbij dronken ze het ene koude biertje na het andere. Ze hadden de gejaagde blik die werd veroorzaakt door te veel slapeloze nachten en te veel adrenaline in het bloed.

De oorlog in Somalië deed Nairobi hoorbaar gonzen van de opwinding.

Nicole was een grote fan van de broodschrijvers. Ze kauwde miraa met hen en sprak over politiek. Ik ontmoette Miles voor het eerst bij haar thuis, samen met Bernard, een jonge Franse fotojournalist, en een wild type dat Ruben heette, een Amerikaanse cameraman van WTN. Ze waren aantrekkelijk, nerveus en levendig. Ze waren allemaal nauwelijks ouder dan vijfentwintig. Een paar van hen waren kort in Bosnië geweest, anderen in Eritrea, maar de meesten hadden tot op dat moment heel weinig ervaring met een oorlogssituatie. In ieder geval was geen van hen voorbereid op hetgeen nog ging komen.

Nadat ik zo lang uitsluitend aan Adams gezelschap was gewend, realiseerde ik me hoe ik hunkerde naar mannelijke vrienden. Ik raakte eraan gewend om met hen bij Nicole naast de haard te zitten, op de bittere bladeren te kauwen tot mijn hoofd begon te suizen, en de hele nacht te kletsen. Steeds als ik probeerde naar huis te gaan, trokken ze mij weer terug in de kussens.

'Je kunt nog niet weg,' zei Miles dan. 'Het is nog niet eens licht.'

Ik vond het heerlijk om me hun gevangene te voelen. Nicole en ik deden ons tegoed aan hun wilde energie: we werden verleid door het wisselvallige gedrag van mannen die voor hun leven vrezen. Het leek wel of ze dagenlang acid gebruikt hadden.

De naam van Hunter Reed dook regelmatig op in die nachten vol miraa. Hij was een van hun beste journalistenvrienden. Ik weet niet waarom, maar van het begin af aan volgde ik, telkens als zijn naam werd genoemd, het gesprek extra goed. Het herinnerde me aan iets, een soort voorgevoel, alsof ik al wist dat onze paden zich zouden kruisen en er een merkteken achter zou blijven.

'Zijn moeder is met een van de BC-leiders getrouwd,' legde Ruben uit, 'je weet wel, de partij van Steve Biko.'

'O,' zei ik. 'Ik dacht dat Hunter een mzungu was.'

'Dat is hij ook. Daar gaat het juist om.' Ruben glimlachte, geamuseerd door mijn opmerking. 'Hij is blanker dan blank, hij is zelfs een echte Engelsman, maar hij groeide op tussen Afrikaanse activisten in Zuid-Afrika. Zijn moeder was verslaggeefster voor de BBC-radio in Oost-Afrika. Toen ze aan het eind van de jaren zestig werd overgeplaatst naar Johannesburg verliet ze Hunters vader voor die Biko-man. Ze zijn nog steeds samen.'

'Ik heb haar een keer ontmoet,' voegde Miles eraan toe. 'Het is een leuk mens. Zeer, zéér radicaal.'

'Dat lijkt mij ook,' zei ik.

'Dat verklaart zijn haat-liefderelatie met Afrika,' vervolgde Miles. 'Toen we elkaar een paar jaar geleden in Engeland ontmoetten, zwoer hij dat hij hier nooit meer terug zou komen. Hij zei dat hij er genoeg van had, dat hij een normaal leven wilde. Maar het is een verslaving, hij kan er niet van wegblijven, zie je. En zijn krant vindt dat hij Afrika te verdomd goed kent om hem niet te smeken terug te gaan en hem daarvoor bergen geld te betalen.'

Dus Hunter Reed leek de popster onder de journalisten in Oost-Afrika. Zoals alle popsterren klonk hij ongrijpbaar en onbenaderbaar. Ik bedacht dat je hem waarschijnlijk niet gewoon op straat tegen zou komen en het idee dat ik hem op een dag zou ontmoeten maakte me onverklaarbaar nerveus.

Voor mij kwam het moment van de waarheid wat Hunter Reed betreft ten slotte uitgerekend via Iris tot stand.

Ze had hard aan haar boek gewerkt en sinds ze weer terug in Nairobi was had ik haar nauwelijks gezien, behalve bij een paar bezoekjes aan de Carnivore-bar met 'de jongens', toen we allemaal volslagen bezopen waren geworden.

Ik weet niet precies waarom, maar ik had het gevoel dat het aan mij was om haar op te zoeken en haar duidelijk te maken dat ik haar vriendin wilde zijn. Ik vond dat ik de moeite moest nemen haar eens wat vaker in nuchtere toestand te ontmoeten, dus op een morgen reed ik op de terugweg van het winkelen in de *dukas* van Karen het pad van haar huis op met een bos tuberozen en een pak versgemalen koffie. Vanbuiten leek haar huisje op een poppenhuis: houten dakspanen op het dak, rondom het huis allemaal mooie bloemen, en hangplanten op de veranda. Ik duwde de deur open, het was een ontzettende rommel: overal lagen kleren, tijdschriften, fotopapier, autogereedschap, spuitbussen verf, stapels afdrukken en transparanten. Het zag eruit als het hol van een slordige tiener.

Ik hoorde een mannenstem uit de keuken komen. Ik liep ernaar toe en zag Iris in een gestreepte mannenpyjama. Ze was alleen en zat aan een tafeltje thee te drinken.

'G van grootmoedigheid.' Een stem met een zwaar Indiaas accent articuleerde beleefd op een taperecorder. *'De enige manier waarop geld bij je terug zal komen is door het zo kwistig mogelijk uit te delen...'*

'O, Esmé, ik geloof mijn ogen bijna niet, dit is te gek!' zei ze. 'Je bent precies degene die ik nu wilde zien!'

'O, mooi. Waar luister je eigenlijk naar?'

'... al je gedachten en je drijfveren komen voort uit atomen, en iedere afzonderlijke daad zal zijn eigen energie in de ruimte afgeven,' vervolgde de stem.

'O, dit is een geweldig bandje van een Indiase goeroe. Mijn neef heeft het me opgestuurd vanuit Europa. Je moet er iedere dag naar luisteren en herhalen wat hij zegt. Waar het op neerkomt, is dat je leert hoe je je positieve energie zó moet richten dat het allemaal bij je terugkomt.'

'Dat klinkt fantastisch.'

Ze drukte op de terugspoelknop en speelde het bandje opnieuw af.

'Eigenlijk moet je luisteren naar wat hij zegt, het hardop herhalen, en het geld komt jouw kant opgevlogen.'

'O van overvloed. Overvloed moet voor alles een geestelijke toestand zijn. Rijkdom zal volgen...'

'Dus,' zei ik, 'wat je bedoelt, is dat het enige wat je hoeft te doen om rijk te worden, bestaat uit hier zitten en elke morgen deze zinnen herhalen? Mag ik verse koffie zetten?'

'Natuurlijk, en je hoeft niet eens over de betekenis ervan na te denken. Alleen al het herhalen van de woorden stuurt de juiste energie waar dan ook maar naar toe en... o, bedankt, lief van je...' Ze pakte het pak koffie van me aan. 'Ik zal water opzetten. Het principe is, dat hoe beter je leert hoe je iets moet loslaten, des te meer het naar je terugkomt. Geld, werk, liefde, wat dan ook. Het is ongelooflijk.'

'... laat je positieve gedachten vrij rondzweven en laat het universum voor de details zorgen...'

'Goh, dát staat me wel aan,' zei ik.

'Het werkt echt. Ik zweer het je.'

'Zorgt het universum voor al jouw zogenaamde details?'

'Zo'n beetje,' lachte ze. 'Zoals nu bijvoorbeeld: ik kreeg net een fax waarin me een baan werd aangeboden, maar ik heb het te druk met mijn boek, dus ik vroeg me af wie die baan in mijn plaats kon nemen en toen stapte jij binnen. Eigenlijk ben je er heel geschikt voor.'

'Wat is het?'

'Het gaat om de Franse *Vogue*. Ze willen een artikel publiceren over oorlogscorrespondenten en ze hebben hier iemand nodig voor de contacten, de interviews, de locatie, al dat soort dingen. Ik denk dat het goed betaalt, en trouwens, ik zal ze vertellen dat jij er precies de juiste persoon voor bent. Weet je, het enige wat ze in feite willen is een paar foto's van aantrekkelijke journalisten in merkkleding, dus je moet er gewoon een paar bij elkaar trommelen zoals Miles, Ruben, Hunter en hoe heet hij ook weer, die leuke Franse fotograaf...'

'Bernard.'

'Precies. Ik weet zeker dat het je prima af zal gaan.'

'Tja... nou... dat weet ik nog zo net niet. Maar in ieder geval hartstikke bedankt, Iris. Je bent geweldig.'

Ik was opgetogen. En ik denk dat ík de Indiase goeroe ook moest bedanken.

Dit zou mijn eerste baan worden sinds ik bijna een jaar geleden in Kenia was aangekomen. Thuis rende ik onmiddellijk naar de telefoon en ik belde het nummer in Parijs. Een zeer opgewonden moderedacteur met een zwaar Frans accent klonk opgetogen toen hij hoorde dat ik mijn diensten aanbood. Ja, ze zouden komen met een heel beroemde Italiaanse fotograaf en een schrijver. Het was natuurlijk heel belangrijk dat de personen enige chárme hadden. Dat garandeerde ik.

'De mannen die ik in gedachten heb zijn stuk voor stuk vreselijk aantrekkelijk, maak je daar maar geen zorgen over,' zei ik, met de vastberadenheid van een impresario die haar klanten bij een casting-director aanbiedt.

Ik denk dat wanneer je op een gegeven moment te dicht op de dingen zit, je het perspectief verliest en je omgeving alle scherpte verliest. Op dat moment leek het mij volkomen normaal dat een modetijdschrift een artikel wilde plaatsen over aantrekkelijke oorlogsverslaggevers. Dus pakte ik, ontzettend opgewonden over mijn pasverworven rol in de wereld van de internationale mode, de telefoon en ik vertelde Miles, Ruben en Bernard dat *Vogue* een artikel over hen wilde schrijven en dat ze de kleren die ze op de foto's zouden dragen mochten houden. Ze leken gevleid en ze waren opgetogen over het vooruitzicht van een gratis garderobe. Vervolgens belde ik de Duitse correspondent van de ZDF, een aantrekkelijke man van begin veertig die er stoer en fit uitzag, en ik liet een paar boodschappen achter op het antwoordapparaat van een zeer aantrekkelijke Zuid-Afrikaanse fotograaf.

Toen stak ik een sigaret op en maakte me op om Hunter Reed te bellen.

'Zou ik Hunter Reed misschien kunnen spreken?'

'Daar spreek je mee.'

'Hallo. Ik ben een vriendin van Iris Sorensen, we hebben elkaar nog nooit ontmoet... mijn naam is Esmé.'

'Ja, ik weet wie je bent.'

'...'

'Ja, Esmé, ik luister. Ga verder.'

'Eh, nou, ik... ik werk voor... eh, eigenlijk help ik... ik zal het even uitleggen... De Franse *Vogue* wil een artikel doen over oorlogscorrespon– '

'Franse wát?'

'De Franse *Vogue*. Het modetijdschrift.'

'O.'

'Ze willen graag enkele journalisten interviewen die op dit moment verslag doen van oorlogen in Oost-Afrika, en foto's van hen erbij zetten. Ik heb al met Miles Sinclair, Bernard Marchand en Ruben Torres gesproken. Ik geloof dat ze allemaal goeie vrienden van je zijn. Ze hebben allemaal ja gezegd. Ik wacht nog op een reactie van de correspondent van de ZDF, en...'

'De Franse *Vogue*, zei je toch?'

'Ja. Ze komen met een Italiaanse fotograaf en een schrijver. Elk van jullie krijgt één pagina en jullie mogen de kleding houden.'

'Welke kleding?'

'Nou, eh, de kleding die je draagt voor de foto's. Ze hebben de merken Armani, Comme des Garçons en...'

'Bedoel je dat we als modél worden gebruikt?'

'Nou, niet precies – maar, eh, ja, eigenlijk wel. Ze drukken een paginagrote foto van ieder van jullie af, met kleding die voor jullie wordt uitgezocht. Zo gaat het altijd bij modetijdschrif–'

'Esmé, hoe lang woon je hier al?'

'...'

'Lees je de kranten? Weet je wel wat er allemaal aan de hand is?'

'Ja, natuurlijk. Waarom vraag je dat?'

'Omdat er in Mogadishu iedere dag mensen op straat worden dóódgeschoten, dáárom vraag ik dat, Esmé. Hoe komen ze in godsnaam op Armani, ik begrijp niet...'

'Hoor eens, ik wérk alleen maar voor ze, ik heb dit hele gedoe niet verzonnen. Ik heb er niets mee te maken, begrijp je dat?'

'Ik dacht dat je namens hen belde.'

'Nou, luister eens, je hóeft het niet te doen als je er geen zin in hebt, ik vroeg het alleen maar. Als je het een stom idee vindt, prima, dat begrijp ik heel goed.'

'Ja. Dat is het. Ik vind het een belachelijk idee. Ik háát het idee.'

'Prima. Oké, maakt niet uit. Het spijt me heel erg dat ik je ermee heb lastiggevallen.'

'Geeft niet. Het is niet erg.'

'Nou, tot ziens dan Hunter. In ieder geval bedankt.'

'Tot ziens, Esmé. Ik hoop dat het je verder allemaal lukt.'

'Je hoeft niet zo neerbuigend te doen, hoor.'

'Doe ik dan neerbuigend?'

'Ja.'

'Dat spijt me dan.'

'Ach, laat ook maar. Vergeet dit alsjeblieft, ja?'

'Zoals je wilt.'

'Tot ziens Hunter.'

'Tot ziens Esmé.'

Ik gooide de hoorn op de haak. Verdomme, Hunter Reed, dacht ik. Mijn god, wat ben jij een ontzettende klootzak.

Ongeveer een maand later haastte een groepje journalisten zich in het centrum van Mogadishu naar de restanten van een gebouw, dat net onder vuur was genomen door Cobra's en waarover ze hadden gehoord dat er veel Somalische burgers waren omgekomen. Toen ze met hun camera's in de aanslag arriveerden, werden ze aangevallen door een woedende menigte. Ze werden gestenigd. Het verhaal over hoe hun bloederige lichamen door de straten van Mogadishu werden gesleept, haalde overal ter wereld de voorpagina's.

Een sombere schaduw viel over ons.

'Waarom nou uitgerekend zij?' vroeg Nicole met een doodsbleek gezicht, terwijl de tranen geluidloos over haar gezicht stroomden. 'Ze konden er toch niets aan doen.'

Maar had dat de stenen tegengehouden? Had de woedende menigte zich gerealiseerd dat deze jongens geen vijanden waren, dat ze alleen maar aan de wereld wilden laten zien wat er net was gebeurd? Nee, ze waren gewoon vermoord, want voor de zoveelste keer bevonden zij zich door hun huidskleur aan de verkeerde kant.

Ruben en Miles kwamen met een VN-vliegtuig terug naar Nairobi. Ze waren koortsachtig en gejaagd, en ze praatten er non-stop over. Ze huilden en ze werden dronken, ze snikten tot ze buiten zichzelf waren en huilend en stinkend naar wodka op Nicoles kussens bij het haardvuur in slaap vielen. Ze kenden elkaar allemaal, waren als broers geweest, verbonden met elkaar door gevaar en loerende dood. Het was iets wat wíj zelfs niet konden begrijpen en het maakte dat wij ons nog hulpelozer voelden. De beste vriend van Hunter Reed was omgekomen. Hij zou de volgende dag terugkomen met een speciaal VN-vliegtuig dat de lichamen vervoerde. Er zouden een herdenkingsdienst en een wake voor de slachtoffers worden gehouden in een kerk in Hurlingham. Heel Nairobi zou rouwen.

Ik ging niet naar de kerk; ik wilde hen niet storen in hun verdriet. Ik kende geen enkel gezicht, geen lichaam, geen herinnering waarvoor ik mijn tranen kon vergieten. En op de een of andere manier vond ik dat ik Hunter Reed niet voor het eerst kon ontmoeten terwijl hij huilde om zijn beste vriend die in de straten van Mogadishu was gestorven.

Dus zo zie je hoe alles langzaam vorm voor me begon te krijgen, maar het resultaat was ontmoedigend. Hoe meer ik begreep wat het nu eigenlijk inhield om in Afrika te wonen, hoe minder ik begreep welke positie men verondersteld werd in te nemen. Misschien maakte ik de fout dat ik in het midden wilde staan: ik zou een van beide kanten moeten kiezen en daarachter moeten staan. Maar zou het de kant van Iris en Adam zijn, die van Afrika hielden om haar wildernis en haar eeuwige onschuld, of die van de Argentijnse polospeler, die Afrika's honger en haat vreesde? Zou het de kant van de trendy Europese tijdschriften zijn, die Afrika uitkozen als de volmaakte achtergrond voor modereportages, of de kant van die rouwende jongens, die bijeen waren gekomen om te treuren over de dood van hun vrienden, die door een woedende menigte waren gestenigd? Het leek alsof die kant me liet zien hoe hopeloos en zinloos wreed Afrika kon zijn.

Het is vreemd hoe mensen soms in je leven kunnen verschijnen, via sluipweggetjes of kortere wegen die zij kiezen om vervolgens op de weg die jij gaat terecht te komen. Op de een of andere manier weet je dat ze al enige tijd over een parallelle weg reisden, en dat jullie elkaar ieder moment op een kruispunt tegen konden komen – eigenlijk voelde je ze al jouw kant op komen. Soms duurt het een eeuwigheid voordat ze opdagen en dan begin je bijna ongeduldig te worden. Tegen de tijd dat Hunter Reed en ik elkaar ontmoetten, wisten we al te veel over elkaar om verrast te zijn.

Maar er was één ding dat ik niet over hem wist, en om de een of andere bizarre reden had ik er een punt van gemaakt om het ook niet te vragen. Ik had geen idee hoe hij eruit zou zíen. Ik wilde niet weten of hij aantrekkelijk was, en de gedachte dat dat weleens het geval zou kunnen zijn, irriteerde me.

Adam was met een groepje toeristen op safari in Tanzania. De laatste maanden had ik hem niet veel gezien. Zijn stem was een ver gekraak op de radio geworden, die ik van tijd tot tijd op zijn kantoor in de stad beluisterde. Tussen de safari's door was hij slechts enkele dagen thuis geweest, altijd heel moe en bezorgd over de volgende reis, bedroefd dat hij me weer alleen moest laten.

Ik voelde me net een soldatenvrouw: ik kon er niet veel tegen doen, ik kon alleen proberen het zo goed mogelijk te accepteren. De paar vrienden die ik had gemaakt waren me zeer dierbaar geworden.

Het was een regenachtige avond: Nicole had me voor het eten uitgenodigd, Peter en Nena waren er ook, Miles kwam met Iris en dat ergerde Nicole.

'Ik denk dat ze geneukt hebben,' zei ze, terwijl ze in de keuken wat zout in de aardappelpreisoep strooide. 'Daar word ik helemaal gék van.'

'O...' Ik was stomverbaasd. 'Ik wist niet dat Miles en jij...'

'Nou, een beetje maar, hoor. Eigenlijk meer knuffelen. Maar zodra Iris in de stad is, eindig je altijd met een schort voor in de keuken terwijl zij in de kamer jouw tequila opdrinkt, en haar "ouwe jongens"-kunstje opvoert voor de jongens. Tegen de tijd dat jij de koffie serveert, willen ze allemaal niets liever dan met haar neuken. Met haar in de buurt voel ik me altijd zo'n húisvrouw.'

Iris zag er die avond bijzonder sexy uit in een kort suède rokje dat veel van haar goudbruine benen liet zien, een riem van porseleinslakschelpen rond haar middel en haar gladde lange haar los op haar rug. Ze was in topvorm en geen van de mannen in de kamer kon er iets aan doen dat hij reageerde op haar geflirt.

We wilden net aan tafel gaan toen de deur openvloog en ik Ruben zag binnenkomen met een vreemde.

'Sorry Nicole, maar we hadden een lekke band,' waren zijn eerste woorden.

Hij droeg zware laarzen, een bruin suède jack, en hij was drijfnat. Hij zag er mager en hoekig uit en zijn huid stak heel bleek af bij zijn lange, zwarte haar. Zijn handen zaten onder het smeer. Ik zag dat hij op zijn nagels beet. Ik wist meteen dat dit Hunter moest zijn.

'Dus jíj bent Esmé,' zei hij, toen we aan elkaar voorgesteld werden. Zijn donkere ogen waren precies zoals ik ze me had voorgesteld tijdens het gesprek dat we aan de telefoon hadden gevoerd. Glinsterende messen die me doorboorden. Hij glimlachte naar me alsof hij het amusant vond dat ik echt durfde te bestaan en een menselijke gedaante had. Hij klopte op zijn zak en haalde er een pakje Rooster uit, de goedkope, filterloze sigaretten die alleen Afrikanen kopen. Hij blies de rook in mijn gezicht en glimlachte.

'Ik heb gehoord dat je vader een dichter was.'

'Ja.'

'Weet je wat, ik denk dat ik enkele gedichten van hem heb gelezen.'

'Dat betwijfel ik... hij is buiten Italië niet erg bekend. Pas kortgeleden is er werk van hem in Amerika gepubliceerd.'

'Precies! Een vriend van me, een Amerikaanse journalist, heeft me een van je vaders boeken gegeven toen we in Somalië waren. Ik weet niet meer hoe het heet. Ik heb het ongeveer twee maanden geleden gelezen.'

'Echt waar?' Ik probeerde blasé te klinken, maar ik was onder de indruk.

'Ik vond het prachtig.'

'Dat is heel bizar.'

'Wat? Dat ik het boek heb gelezen of dat ik het prachtig vond?'

'Dat je uitgerekend in Mogadishu mijn vaders gedichten las.'

'Die dingen gebeuren. Niets gebeurt toevallig, zeggen de boeddhisten.'

Hij keek me glimlachend aan, alsof hij half een reactie verwachtte die ik niet gaf. Ik had geen idee wat die opmerking te betekenen had, en ik begreep niet waarom hij plotseling zo vriendelijk was, noch waarom hij had besloten te doen alsof ons telefoongesprek nooit had plaatsgevonden.

Ja, ik had het meteen moeten zeggen: Hunter Reed wás zéér aantrekkelijk. Veel aantrekkelijker dan ik had verwacht. Hij had scherpe gelaatstrekken. Hij zag eruit als iemand die niet graag in de zon zat, maar laat opstond, en binnenshuis koffie dronk en sigaretten rookte tot het avond werd. Hij bezat een levendige schoonheid, zijn magere lichaam leek te vibreren als een vioolsnaar. Je kon de elektriciteit die als een halo om hem heen hing zelfs voelen. Het enige zachte aan Hunters persoon waren zijn volle lippen.

We zaten rond de eettafel waarop Nicole kaarsen en bloemen had gezet.

'Zo Hunter,' zei Peter, 'ik heb gehoord dat je net een week in Londen bent geweest. Dat moet een leuk uitje zijn geweest na Somalië.'

'Niet echt. Eigenlijk is het heel hectisch, vooral als ik er maar zo kort ben.'

'Geen feestjes? Geen liefjes?' drong Peter aan.

Hunter bleef mij over de tafel heen aankijken.

'Nee. Om eerlijk te zijn vind ik dat Londen barst van de meisjes met zeer opwindende lingerie en een uiterst saai leven.' Iedereen lachte. Ik begon zomaar te blozen, alsof zijn seksuele insinuatie op de een of andere manier tot mij gericht was.

Intussen was Iris op een missie waarvan Miles het doelwit

was. Ze legde uit hoe de Morans haar een Samburu naam hadden gegeven toen ze in het noorden foto's maakte voor haar boek. Dat moest als een eer worden gezien. Ze gaven alleen namen aan mensen die tot hun groep behoorden. Miles was onder de indruk.

'En wat betekent jouw naam?' vroeg hij.

'De rijke.'

Hunter grinnikte.

'Dat zal best.'

'Het betekent gééstelijk rijk,' zei Iris koeltjes.

'Ja, natuurlijk.' Hunter rolde met zijn ogen. 'En wat zou het Samburu equivalent zijn voor "geestelijk"? Ik ben echt vreselijk nieuwsgierig hoe je aan die verklaring komt, Iris.'

'Toevallig spreek ik hun taal redelijk goed, weet je wel.'

'Dat begrijp ik, en omdat niemand anders dat doet, kan niemand het tegendeel bewijzen.' Hij wendde zich tot Miles. 'Zij is de Onbetwistbare Autoriteit op het gebied van Tribale Jongens, ga nooit met haar over dat onderwerp in discussie want ze bijt je de strot af.'

Iedereen lachte, behalve Iris. Ik zag hoe het haar aan humor ontbrak zodra het haarzelf betrof.

'En Hunter is de Onbetwistbare Autoriteit op het gebied van Tribale Oorlogen. Ik geloof dat iedereen hier zijn eigen Afrikaanse titel heeft. Toevallig trek ik me het lot van deze mensen aan, is daar iets mis mee? Of vind je dat nomadenstammen in Oost-Afrika minder recht hebben om te overleven dan de Tutsi's of de Dinka's?'

'Ik ken niemand die ze in hun bestaan bedreigt...'

'Natuurlijk wel! Hun cultuur staat op het punt te verdwijnen. Dit is waarschijnlijk de laatste generatie die hun initiatieriten zal ondergaan. Het schoolsysteem vernietigt hun tribale identiteit, ze zullen al hun traditionele kennis verliezen en...'

'O, alsjeblíeft, bespaar me die flauwekul, ja, Iris?' Hunter viel haar met een spottende lach in de rede. 'Ik kan absoluut niet meer tegen die clichés.'

'Is dat zo? Nou, vertel me dan maar eens wat er zo cliché is aan een poging hun identiteit te bewaren?'

'Dat zal ik je zeggen: het is de hoogste tijd dat ze een eind maken aan het drinken van bloed en het opbinden van hun pik, mijn schat! Het wordt tijd dat die mooie Samburu mannetjespauwen van jou hun kralen en speren afleggen, zich bij de rest van de wereld aansluiten en leren hoe ze met een computer moeten omgaan, als ze niet willen dat ze vreselijk uitgebuit worden!'

Iris begon harder te praten.

'Wie ben jíj wel niet, dat je weet wat het beste voor hen is?'

Hunter voelde dat hij haar van haar stuk had gebracht en hij leek ervan te genieten.

'Precies, en wie ben jíj dan om dat zo goed te weten, als ik vragen mag?'

'Ik ben met ze ópgegroeid, Hunter.'

'O ja? Nou, dat geldt voor velen van ons. Misschien wordt het tijd dat je je daar eens overheen zet en in plaats daarvan de *Economist* gaat lezen, als je tenminste een breder beeld van de toekomst van de derde wereld wilt krijgen. Wat vast en zeker het laatste is wat je wilt. Het is veel leuker om met kralen om je nek rond te rennen met knappe krijgers en geld aan hun woeste uiterlijk te verdienen. Eén ding is zeker: zodra zij hun haar afknippen en een baan krijgen, ben jij de jouwe kwijt. Dus het verbaast me niets dat jij wilt dat ze blijven zoals ze zijn.'

Iris liep rood aan van woede.

'En zodra ze ophouden elkaar met duizenden tegelijk te vermoorden in hun stammenoorlogen ben jíj ook je baan kwijt. Geef me één reden waarom het zoveel ethischer is om te schrijven over met AK47's gewapende guerrilla's in de wildernis.'

Hunter glimlachte en stak een Rooster op. Hij ademde langzaam uit en bestudeerde de rook die hij de lucht in blies.

'Ik heb er zelfs nog nooit over gedróómd om hier een ethische vergelijking te maken. Ik wil alleen maar dat je ophoudt ons te bestoken met jouw verhalen over het beroemd zijn in de wildernis.' Hij wendde zich weer tot Miles. 'Daar hebben we nu al jarenlang naar geluisterd.'

Nicole keek mij over de tafel met een grijns aan. Ze genoot van het getier. Eindelijk zette iemand Iris eens op haar plaats.

'Kom op jongens,' zei Peter, 'hou op met dat geruzie.'

'Prima,' zei Iris ijzig en ze keek Hunter aan. 'Waar wil je dan over praten? Oorlogen? Virussen? Staatsgrepen? Milieurampen? Corruptie? Jij bent zo'n ster in al deze onderwerpen.'

'Kunnen we even ophouden?' zei Nicole. 'Willen jullie ophouden mijn dineetje te verpesten, nu meteen?'

'Oké. Een laatste vraag nog, sorry.' Met een ondeugende grijns hief Hunter zijn glas op naar Iris. 'Eén ding heb ik nou altijd al willen weten: is het nou zo dat je met hen néukt of...'

'Hou alsjeblieft op,' zei Iris, die begon te grinniken alsof hij haar eindelijk het teken had gegeven. 'Jezus, Hunter, wat heb je toch vanavond?'

Ze was nu geamuseerd, het gesprek had een seksuele wending genomen en dat kwam haar goed uit. Haar kleine genoegdoening.

Ze wendde zich tot Miles en zei met een stralende glimlach: 'Ik heb nooit seks met mijn onderwerp. Ik kijk gewoon graag.'

Hunter zat naast me op de bank toen we na het eten koffie dronken.

'Je zegt niet veel, Esmé.'

'Nou... ja... misschien... het hangt ervan af.' Ik voelde me niet op me gemak en was op mijn hoede. Ik had het gevoel alsof hij me ieder moment aan stukken kon scheuren, dus zat ik stilletjes in mijn hoekje, klaar om ervandoor te gaan. Eén ding wist ik zeker: ik was niet van plan zijn volgende slachtoffer te worden. Maar tot mijn verrassing begonnen zijn ogen te stralen en werd zijn stem heel zacht.

'De gedichten van je vader zijn prachtig. Er was er één over vogels... de groene veren van vogels?'

'De groene...? O ja, ik denk dat ik weet welke je bedoelt.'

'Heb je toevallig een foto van hem?'

'Wat? Ja, natuurlijk. Wil je hem zien?'

'Ja, heel graag. Ik wil altijd weten hoe mensen eruitzien als hun gedachten mij aanstaan. Lijk je een beetje op hem?'

Ik bloosde als een jong meisje. Het idee dat hij Ferdinando had gelezen ontroerde me zeer. Voor het eerst in maanden was er iemand hier op deze verre planeet verbonden met mijn verleden. De gedichten van mijn vader in Mogadishu. Ik kon er niet over uit. En uitgerekend Hunter Reed.

Hij had me geraakt.

'Ja, ik denk het wel, een beetje. Ik zal je zijn foto laten zien als je wilt.'

Ik zei niet: kom eens langs. Ik legde niet uit waar ik woonde. Ik vond dat ik die kleine details aan het universum over moest laten. Ik nam gewoon aan dat als hij me echt wilde zien, hij me wel zou vinden. Want nu wist ik dat Hunter Reed mij wilde zien, en die foto was maar een excuus. Ik wíst het gewoon. Want soms kennen mensen elkaar al voordat ze elkaar zelfs maar ontmoeten. Je kunt ruiken dat de ander er aankomt, alsof de fysieke aantrekkingskracht er eerder is dan het lichaam.

Achteraf gezien denk ik dat we het allebei wisten, zelfs al tijdens dat telefoongesprek toen alles misging. Wat ik die avond niet toe had willen geven, was hoe graag ik hem terug wilde zien.

Adam kwam de volgende dag terug uit Arusha, gebruind, onder het stof en ruikend naar de wildernis. Ik was opgelucht hem te zien. De toeristen waren een nachtmerrie geweest en hij had bijna niet kunnen wachten tot de safari voorbij was en hij naar huis kon.

We zaten tegenover elkaar in het warme bad, het vertrek hing vol stoom en de condens druppelde over onze rug.

'Het is afgrijselijk om de gevangene te zijn van mensen die je verafschuwt, alleen omdat ze je betaald hebben om hun te laten zien waarvan je houdt.'

'Je praat over de wildernis als over een geliefde,' zei ik.

'Tja, het is het enige wat je hebt als je hier opgroeit. Dus het is ook het enige wat je anderen kunt geven.'

Bomen, vogels, sporen, rotsen, rivieren, olifanten, buffels, geuren, geluiden in de nacht, dat waren Adams bezittingen. Toen we elkaar net kenden, had hij me die als geschenken aangeboden, huwelijksgeschenken. Ik had ze dankbaar aanvaard omdat ik geloofde dat zijn liefde voor Afrika mij zou leren hoe ik mijn leven moest redden.

Maar er was iets gebeurd toen Adam en ik uit elkaar waren: in het verloop van mijn persoonlijke ontdekkingen was ik een ander facet van Afrika gaan zien, ik zag niet langer slechts wilde dieren, landschappen of zonsondergangen, geen spoor meer van schoonheid of liefde. Dit facet was wreder, lelijker. Desondanks, ik wist niet eens waarom, voelde ik mij ertoe aangetrokken.

Nu ik Adam weer bij me had, voelde ik me schuldig dat ik heimelijk genoot van Hunters cynische blik op de toekomst. Maar ik kon er niets aan doen dat zijn tirade tegen Iris mij herinnerde aan eenzelfde destructief spelletje dat ik zo goed kende: was het niet Ferdinando's favoriete tijdverdrijf om ieders hoop de grond in te boren?

We stapten uit bad. Adam liep naar de keuken en kwam terug met een drankje. Hij vroeg me wat ik zoal had gedaan en ik vertelde hem over het dineetje bij Nicole.

'Hunter? Ik heb hem al tijden niet gezien. Hoe gaat het met hem?'

'Goed, denk ik,' zei ik, 'behalve... ik weet het niet... hij deed zo vervelend tegen Iris. Is hij altijd zo agressief?'

Adam grinnikte.

'Nee hoor, hij houdt er gewoon van haar op de zenuwen te werken; het is zijn manier van plagen.'

'Ik weet niet of het plagen was. Het leek er meer op of hij haar in het openbaar belachelijk wilde maken, alsof ze een of andere idióót was.'

'Die twee maken altijd ruzie. Het is zo'n ex-minnaarssyndroom, ze kunnen er niets aan doen.'

'Zijn ze mínnaars geweest?' Het verbaasde me dat het me zo overviel.

'O ja. Jarenlang zelfs. Een hele tijd geleden.'

Ik voelde me plotseling geïrriteerd.

'Mijn god... het lijkt wel of iedereen hier met elkaar naar bed is geweest.'

Adam trok me dicht tegen zich aan en kuste me zachtjes op mijn lippen.

'Ja, daar ontkom je niet aan. Het is een grote ruimte met heel weinig mensen.'

Daar moet je dus maar aan wennen.

'Ik vind het vreselijk. Het is veel te incestueus.'

Hij lachte. Ik probeerde weg te lopen maar hij wilde me niet loslaten. Fluisterend plaagde hij me.

'Het enige wat we hier doen, is proberen om ons soort te vermenigvuldigen in deze zeer onvriendelijke omgeving. Kun je het ons kwalijk nemen?'

We vielen op het bed. Ik deed mijn ogen dicht en glimlachte toen ik de zachte druk van zijn knie tussen mijn dijen voelde. Het was heerlijk om hem weer terug te hebben.

Dat doet Afrika met vrouwen: het zet ons terug op de plek waaraan we probeerden te ontsnappen. Op de plek waar vrouwen mannen nodig hebben om zich niet hulpeloos te voelen.

Nee, ik wilde geen alleenstaande vrouw in Afrika zijn en ik was – verbazingwekkend genoeg – volledig bereid dat toe te geven.

8

Wat zou ik doen om mezelf te amuseren
als ik geen taal had om mee te spelen?

JOHN BANVILLE

'Het kan aan de startmotor liggen of aan de zuigers,' zegt meneer Kilonzo met zijn hoofd onder de motorkap. 'Tenzij het de verdeelkap is.'

'Díe hebben we net vervangen,' zeg ik, en ik neem een slokje van mijn thee.

Ik zeg 'we' omdat Kilonzo en ik ons op dat moment een stel chirurgen voelen, die zonder succes hebben geprobeerd een dodelijke zieke patiënt door middel van een groot aantal zeer fantasierijke handelingen weer tot leven te wekken. We hebben nu ieder mogelijk orgaan in het oude lichaam van mijn auto vervangen, maar helaas zakt ons persoonlijke experiment steeds weer terug in een coma. In dit stadium voelen we ons volkomen voor de gek gehouden.

Het is pas halfnegen 's morgens, de dag na Nena's dineetje: toen ik na het ontbijt bij haar vertrok, begaf de auto het weer. Het enige wat ik wilde was thuis onder mijn dekbed kruipen en in het donker met mijn kater afrekenen, maar in plaats daarvan moest ik in mijn feestjurk en hoge hakken van de vorige avond een vrachtwagen aanhouden en de chauffeur vragen om me helemaal naar de garage van Kilonzo te slepen.

'Als het de zuigers zijn, zitten we goed in de puree, nietwaar?' vraag ik, en ik probeer de uitdrukking op zijn gezicht te ontcijferen.

'Laten we geen overhaaste conclusies trekken en niet in paniek raken,' zegt Kilonzo; hij is ervan overtuigd dat je je klanten niet nodeloos ongerust moet maken. 'Misschien zijn het toch gewoon de contactpunten.'

'Ik hoop het, maar eerlijk gezegd betwijfel ik het.' Ik zit onder de neonlamp op een kruk in zijn donkere garage. Zoals gewoonlijk heeft Kilonzo mij een kop van zijn sterke masala-thee en een sigaret aangeboden.

Eigenlijk vind ik het heerlijk om hier in de garage te zitten, om de geur van smeer en olie op te snuiven terwijl ik toekijk hoe Kilonzo de bouwvallige onderdelen van mijn auto repareert. Het doet me aan mijn jeugd denken, toen ik in de keuken van ons huis in Napels keek hoe Silvia, onze oude huishoudster, de kleren streek. Ze was een dikke vrouw die naar Vim rook. Ik herinner me hoe ik het aroma van reinheid dat van haar lichaam en de pasgestreken kleren kwam, opsnoof. Op de achtergrond stond altijd een radio aan, net als in deze garage. Silvia maakte altijd een kop warme chocolade voor me wanneer ik boven op de wasmachine zat en keek hoe ze de kraakfris gestreken overhemden netjes op elkaar legde.

Het heeft iets troostends om te kijken hoe mensen dingen met hun handen maken, zoals elke dag in elke keuken en iedere garage ter wereld gebeurt. Het is het werk van de tovenaar en de genezer om inert materiaal te veranderen van levenloos naar splinternieuw, van kapot naar heel. Maar vanochtend voelde ik me verfrommeld en gebroken, zoals een oud vod dat Silvia gestreken zou hebben of een roestige uitlaat die Kilonzo zou lassen.

Kilonzo is een gedrongen Kamba man van begin vijftig, met een bril met dikke glazen en een smetteloze, blauwe overall. Hij is een ongewoon goedopgevoede en grappige ex-politieagent, met zeer sterke ethische principes.

'Weet u, meneer Kilonzo,' zeg ik, 'u bent een van mijn beste vrienden geworden. Ik denk niet dat ik met iemand anders hier in de stad zo veel tijd doorbreng. Het is een vertrouwd beeld geworden om u met mijn motor bezig te zien.'

Kilonzo lacht.

'Misschien saboteer je de boel wel om hier bij mij te kunnen zitten.'

'Ik geniet ontzettend van uw gezelschap, maar dat zou ik me niet kunnen permitteren. Ik denk dat het zo langzamerhand goedkoper wordt om u mee uit eten te vragen.'

Kilonzo grinnikt en komt vanonder de motorkap te voorschijn met iets tussen zijn vingers dat klein en vet is, en dat hij onder de neonlamp zorgvuldig bekijkt. Dan roept hij in het Kikuyu iets tegen zijn knechtje, dat hem vervolgens een kleine schroevendraaier brengt.

'Mag ik even bellen?' vraag ik. Ik wil dat Nicole me komt halen.

'Het spijt me, maar de telefoon doet het vandaag niet.'

'Oké, dan ren ik wel even naar de telefooncel.'

'De hele buurt zit sinds gisteren zonder telefoon.'

Hij probeert de auto te starten en schreeuwt bevelen naar zijn knechtje dat de accukabels vasthoudt, maar er gebeurt niets. Plotseling valt de elektriciteit uit en zitten we in het donker.

'Wat nu?' vraag ik, een beetje geïrriteerd.

'Nu wachten we tot er weer stroom is,' zegt Kilonzo ergens in het donker terwijl iemand een petroleumlamp aansteekt.

'Hoe lang gaat dat duren?' Mijn lichte depressie maakt plaats voor woede. De woede die ik zo goed ken, wanneer alles je in de steek laat. Je zit weer vast, terug in de diepe Afrikaanse modder.

'O, kom op Esmé, hoe moet ik dat nou weten? Misschien duurt het één uur, vier uur, of een hele dag.' Ik zie hem bij het schemerige licht van de lamp. Hij heeft net een sigaret opgestoken en glimlacht zoals altijd. 'Ze zijn aan het bezuinigen.'

'Ik kan er niet meer tegen! Hoe kunt u zo uw werk nog doen? Zo raakt u al uw klanten toch kwijt?' Ik geloof dat ik schreeuw. Kilonzo schenkt thee voor zichzelf in en blijft glimlachen om mijn ongeduld dat hij zo langzamerhand wel kent. Hij voelt het, iedere keer dat ik hem vraag mijn auto te repareren met hetzelfde bezorgde gezicht als waarmee ik hem zou vragen mijn leven te repareren, en dan voorgoed.

'Hoe moet je nou faxen, of op je computer werken? Begrijpt u wel dat deze hele zaak platligt *kabisa*? Het is gewoon belachelijk! Vertelt u me eens, hoe moet je hier je werk nog gedaan krijgen?'

'Dat is natuurlijk onmogelijk,' zegt hij met zijn beleefde Afrikaanse klemtonen, 'maar het heeft geen zin om je erover op te winden.'

'Dat zal best, maar ik denk dat ik gewoon niet zo in elkaar zit,' zeg ik en woedend neem ik een trek van mijn sigaret.

'Dan zal ik je een verhaal vertellen over hoe mensen zoals jíj in elkaar zitten,' zegt Kilonzo met een grijnslach. Ik zie zijn witte tanden glinsteren in het donker. 'Toen ik een shamba in de buurt van Nakuru had, hadden we een buurman, een mzungu uit Duitsland. Hij klaagde altijd dat dit het niet deed en dat niet werkte, en soms ging ik naar hem toe en repareerde ik zijn pick-up of de waterpomp. Maar weet je, in die dagen was het moeilijker om aan reserveonderdelen te komen en de weg was heel slecht, dus soms gingen dingen kapot en bleef dat heel lang zo. De mzungu had altijd een slecht humeur en gaf anderen overal de schuld van. Hij klaagde altijd dat zijn arbeiders niet goed voor de dingen zorgden, en dat wanneer hij hun iets nieuws gaf het binnen een paar dagen kapot was. Dus op een dag was hij iets aan het bouwen of aan het repareren en hij ging naar de ijzerhandel in het centrum van Nakuru en kocht een rode emmer. Een rode plastic emmer, oké? Hij was er heel blij mee en gaf hem aan zijn arbeiders, begrijp je? Die avond ging hij terug om het werk van die dag te controleren en hij zag dat de arbeiders de nieuwe rode emmer kapot hadden gemaakt.'

'Hoe hebben ze dat voor elkaar gekregen? Het is niet eenvoudig om een plastic emmer kapot te maken...'

'Daar gaat het nu juist om, zie je? Hij kwam naar mij toe, met die emmer in zijn hand. "Vertel jij me eens hoe dit kan?" vroeg hij me steeds weer en hij stikte bijna van woede.' Kilonzo lacht en slaat met zijn hand op zijn dij. '"Ik ga weg uit dit land. Ik kan hier niet langer wonen!" O, mijn god, je had hem moeten zien! En hij ging ook weg. Diezelfde dag pakte hij al zijn spullen, hij vertrok en kwam nooit meer terug.'

Kilonzo moet zó hard lachen dat hij zijn bril af moet zetten om zijn ogen met de rug van zijn hand droog te vegen, zijn dikke lichaam schudt.

'O nee...' zeg ik, en ik lach ook. 'Die emmer was de laatste druppel!'

'Ja! Hij liet alles achter vanwege die plastic emmer! Dus als we eens een moeilijke dag hebben, en de dingen niet gaan zoals het moet, zeggen mijn vrouw en ik tegen elkaar dat we "een rode-emmerdag" hebben. Begrijp je?'

'Absoluut. Dat heb ik vandaag ook. Een echte rode-emmerdag.'

Kilonzo kakelt goedkeurend.

'Mooi zo! Nu hoef je het land niet meteen te verlaten, zie je? Je koopt gewoon een nieuwe rode emmer! Dat is veel eenvoudiger dan alles in te pakken en een nieuw leven te beginnen, is het niet?'

'Zeker. Maar ik heb geen rode emmer nodig, dus wat moet ik dan zien te krijgen?' vraag ik hoopvol aan Kilonzo, als een volgeling aan zijn goeroe.

'Tja... ik zal ervoor zorgen dat Ndegwa je een lift geeft naar de winkels van Lenana Forest. Dan ga je een paar uurtjes naar de kapper, je doet iets anders met je haar en je leest wat damestijdschriften zodat je je een beetje ontspant. Eet ook even wat lekkers. Tegen de tijd dat je daarmee klaar bent, is je auto gerepareerd en dan ben je weer een gelukkige vrouw.'

Ik volg zijn raad op en laat me door Ndegwa naar Heather's rijden, de schoonheidssalon van Karen. Ik bestel een broodje bij de winkel ernaast, en ik laat Sheila, een onopvallend blondje met een Cockney-accent, mijn haar knippen. Ik schrok mijn broodje met tarama-salata en kaas naar binnen terwijl ik oude exemplaren van *Hello* verslind, waarin ik lees wat iedereen droeg bij de uitreiking van de Academy Awards, ik lees dat Jerry

Hall en Mick nog steeds uit elkaar zijn, en dat Pavarotti op dieet is. Sheila vertelt me dat ze net terug is uit Engeland, waar het kapsel dat ze me aanmeet helemaal in is. Ik sluit mijn ogen en geef me over aan de vertrouwde wereld van meidengeklets, gestimuleerd door de geur van haarverf, nagellak en glossy tijdschriften; de wereld waar iedere vrouw zich weer thuisvoelt, hoe ver ze ook van huis zit, en zoals Kilonzo al had voorspeld: eindelijk ontspande ik me.

Als ik naar buiten stap, staat Ndegwa nog steeds op me te wachten, klaar om me terug te rijden naar de garage. Dit moet wel het enige land ter wereld zijn waar je automonteur bereid is je naar de kapper te brengen om je stress te verminderen. Het absurde van dit alles doet me glimlachen. Kilonzo heeft weer elektriciteit en mijn auto is klaar. Het waren ten slotte toch niet de zuigers, dus de rekening is niet zo hoog als ik vreesde. Wat begon als een rode-emmerdag verandert langzaamaan in een Afrikaans succes.

'Ik zei het toch: nooit overhaaste conclusies trekken,' zegt Kilonzo terwijl hij een klopje op de motorkap geeft. 'Je houdt te veel van drama, Esmé!'

Dat is waar, meneer Kilonzo, denk ik als ik de garage uitrijd, het komt vast door mijn Italiaanse genen.

Het blijft miezeren en het is vochtig en grijs weer. Ik stop om langs de kant van de weg brandhout te kopen en terwijl de mannen de blokken hout achter in mijn auto laden, ruik ik de geur van vochtig hout, rook en natte aarde, een doordringend aroma dat me altijd aan mijn leven hier zal herinneren.

Dit winterse weer past eigenlijk wel bij mijn stemming, daardoor voel ik me lekker koud en genotzuchtig. Nu kan ik eindelijk een vuurtje maken, op mijn bed gaan liggen en naar het plafond staren, alles op een rijtje zetten, alle gedenkwaardige gebeurtenissen, fragmenten van gesprekken en inzichten, alles wat ik me kan herinneren – als een kind dat zijn speelgoed uit de kist haalt om zich ervan te verzekeren dat het nog steeds aan hem toebehoort – alles wat er gebeurt, gebeurt zonder enige klaarblijkelijke volgorde of reden, maar heeft er desalniettemin toe geleid dat ik nu hier mijn leven leid. Dit is het resultaat van al die mechanische acties, die op het moment dat ze plaatsvonden nergens toe leken te leiden, maar die mij in feite naar een nogal verraderlijk terrein hebben gesleurd, waarvan ik niet langer weet hoe ik eraan moet ontsnappen.

Het duurde erg lang voor ik Hunter weer zag. Hij kwam nooit langs om naar Ferdinando's foto te kijken. Eerst was ik een beetje teleurgesteld – ik had niet verwacht dat ik genegeerd zou worden – maar na een paar dagen was ik Hunter Reed eigenlijk alweer vergeten. Of in ieder geval, dat dacht ik.

De weken gingen voorbij en rond Pasen maakte het droge weer plotseling plaats voor de regens. Snel daarna sloot Adam het kamp voor het winter-seizoen en hij kwam naar huis. De eerste regen kondigde zich op een ochtend aan met een onweer in de verte, en het was een enorme opluchting om na maanden van verzengende hitte en stof de regen te zien dansen en springen op de droge bladeren in de tuin. Alles begon te ademen en kwam weer tot leven, dankzij het vocht. Na die eerste dag hield het niet meer op met regenen en het kletterde heftig op het mabati-dak, iedere keer dat we van de veranda naar de auto renden, raakten we genadeloos doorweekt. Heel Langata was in een enorme modderpoel veranderd.

's Avonds hield het op met regenen en in de stilte van de nacht kwaakten de brulkikkers onophoudelijk. Overal zag je kikkers: zwart met oranje exemplaren die in de pijpleidingen woonden en uit het afvoerputje van de wasbak gluurden als ik 's morgens mijn tanden poetste.

Zelfs tijdens deze overstromingen kon Adam niet stilzitten: hij repareerde of laste iets in de werkplaats achter het huis, hij ging op pad om ergens op het industrieterrein een reserveband te halen, hij bouwde een omheining of hij liet nieuwe tenten maken. Ik realiseerde me dat deze man verslaafd was aan lichamelijke inspanning: hij kon er gewoon niet tegen om stil te zitten. Maar het lukte ons om 's avonds samen te zijn, naar een video te kijken, te kletsen voor de open haard of te dineren in de stad, zoals alle normale mensen doen. Langzaam begon ons leven als stel weer vorm te krijgen en ik begon eraan gewend te raken.

Zo nu en dan, als de kabels tenminste niet door het slechte weer uit de bomen waren gevallen of door de Masai waren gestolen om er sieraden van te maken, belde ik Teo. Toen hij de naderende lente aan de kust van Amalfi beschreef en over het platteland in Toscane praatte, zag ik in gedachten gele *ginestre* en donkerblauwe lavendel. Ik merkte dat ik naar de frisse geur van jong gras en wilde rozen verlangde, naar het zachte licht van april, wanneer planten en mensen ontwaken na de winter en voorzichtig weer in beweging komen. Ondertussen bleef het in Kenia regenen terwijl allerlei afschuwelijke insecten verontrustende paringsdansen rond de lampenkappen uitvoerden. Soms waren de muren binnen enkele minuten bedekt met een dik zwart, zoemend tapijt van duizenden vliegende mieren, die Wilson en ik letterlijk met een bezem weg moesten vegen. De natuur was ontwaakt na het droge, slaperige seizoen en paarde heftig met een wrede vastberadenheid, om opnieuw zes maanden van moordende hitte te overleven.

'Alles is hier zo extreem. Het gaat om leven en dood, en een middenweg bestaat niet,' klaagde ik tegen Adam.

'Wat bedoel je?'

'Je hebt hier geen overgangen, zoals de lente of de herfst...'

'Ik vind het heerlijk als je "je" zegt, alsof ik persoonlijk verantwoordelijk ben voor het hele Afrikaanse klimaat. We hebben wel seizoenen, Esmé, je kijkt gewoon niet goed genoeg. En het zijn ook mooie seizoenen, net zoals in Europa: de lucht verandert, de wind draait, de kleuren zijn anders en je kunt de geur van het gras en de bloemen ruiken. Ik zal het je laten zien als we naar de kust gaan.'

Toen de Afrikaanse winter begon, namen de regens af. Alle emigranten gingen op vakantie naar Europa.

'Laten we samen naar Italië gaan,' zei ik op een ochtend tegen Adam. 'Ik wil je aan mijn broer voorstellen.'

'Dat zou ik heel leuk vinden,' zei hij, en hij klonk een tikkeltje schuldig, 'maar ik kan het me nu niet permitteren. Ik moet naar de Verenigde Staten voor boekingen voor het volgende seizoen. Ik beloof je dat we volgend jaar gaan.'

Dus er was een volgend jaar. Een toekomst. Daar was ik blij om.

Adam maakte plannen voor zijn jaarlijkse promotiereis naar de Verenigde Staten om rijke toeristen te zoeken voor zijn safari van het volgende seizoen. Hij gaf een serie 'wildernislezingen' voor groepen potentiële klanten in hun plaatselijke Rotary-club of hoe dat ook heette. Hij zou zes weken wegblijven: hij zou moeten dineren met reisorganisatoren en uitgevers van tijdschriften, en terugkomen met nieuwe boekingen. Zijn diapresentaties bestonden niet alleen uit beelden van de wildernis en de wilde dieren die men van dichtbij kon zien, maar toonden vooral ook de voorzieningen die zijn kampen boden. Over het algemeen maken mensen die voor het eerst op safari gaan zich vreselijk bezorgd over de toiletvoorzieningen in de wildernis. Ze zijn bang dat ze achter de bosjes moeten hurken, iets wat uiteindelijk hun voornaamste bezwaar tegen dit soort van reizen in het duister vormt. Daarom zorgde Adam ervoor dat ze precies wisten wat ze konden verwachten in zijn zeer dure 'luxueuze tentenkamp'. Ze zuchtten allemaal van opluchting en sommigen begonnen zelfs enthousiast te applaudisseren wanneer de dia van de kamer met badkamer in al zijn glorie werd vertoond, compleet met porseleinen pot en houten bril.

Het hele gedoe kwam mij als een absolute nachtmerrie voor.

'Ik moet het wel zo doen,' zei hij schouderophalend, 'anders kan ik mijn zaak wel op mijn buik schrijven. Iedereen doet het zo, en geloof me, het werkt gewoon.'

Eigenlijk was hij net een acteur op promotietour die een klein stukje van zijn film liet zien, en dat als lokmiddeltje gebruikte door het plot en het knappe gezicht van de hoofdrolspeler te verkopen. Iedereen wilde de *Out of Africa*-droom kopen, maar niemand wilde het stof, het lauwe bier, of het poepen achter de bosjes. Adam en zijn rondreizende diapresentatie moesten bewijzen dat het inderdaad mogelijk was om het ene te kopen zonder het andere erbij te krijgen. Omdat ik wist hoe gereserveerd Adam was, realiseerde ik me hoe vervelend dit voor hem geweest moet zijn, en tegelijkertijd verbaasde ik me erover hoeveel hij kon verduren. Aan de andere kant verdiende hij er goed aan.

'Ik hou dit niet meer veel langer vol,' zei hij. 'Ik heb het geld nodig om een stuk land te kopen en dan hou ik ermee op. Ik wil van de wildernis genieten zonder dat ik haar aan mensen met videocamera's hoef úit te leggen. Ik wil gewoon zwijgend bij het vuur kunnen zitten.'

Ik denk dat ik het me kon permitteren om een snob te zijn en uit de buurt van die afschuwelijk rijke stellen in hun complete bananenrepubliek-safari-uitrusting te blijven, omdat ik zelf geen geld hoefde te verdienen. Ik had ervoor gekozen om comfortabel afhankelijk te zijn van Adams inkomen en de postume erkenning van mijn vader.

Adam besloot dat we, voor hij naar de Verenigde Staten vertrok, met zijn tweeën op safari zouden gaan en hij plande een reis naar de kust, waar zijn familie vlak bij Mombasa een huis had. Tegenwoordig brachten zijn ouders daar het grootste gedeelte van hun tijd door, hoewel ze nog steeds een kleine ranch in het binnenland hadden bij Rumuruti, die werd gedreven door Adams oudere broer Brian.

Ik had Adams ouders nog nooit ontmoet en was nerveus. Het voelde nogal officieel om bij hen te gaan logeren, maar we woonden tenslotte al bijna een jaar samen en ik kende hun stemmen van de telefoon.

'Mijn ouders zijn heel aardig, ontspan je nou maar,' zei Adam terwijl we in zuidelijke richting over de weg naar Mombasa reden. 'We gaan even lekker zwemmen en een beetje bruin worden, het betekent nog niet dat we gaan tróuwen.'

Ik schoot rechtop in mijn stoel. De klank van het woord bleef door mijn hoofd zoemen toen we van het hoogland de vlakte inreden en door het weelderige Tsavo National Park kwamen dat volstond met blauwe wilde bloemen.

'Zie je nou?' zei Adam triomfantelijk. 'Dit is de Afrikaanse lente. Ruik je het?'

Getróuwd. Ik had er zelfs nog nooit aan gedacht. Maar nu ik naar Adam keek die naast me zat en zijn geliefde Afrikaanse lente opsnoof, bedacht ik voor het eerst dat het tot de mogelijkheden behoorde. Hij had me genezen, hij had zo goed voor me gezorgd. Nee, ik wilde nooit meer terug naar vroeger, naar de angsten en de eenzaamheid die in Europa op mij wachtten, en naar mijn moedertaal of mijn manier van denken. Adam legde zijn hand op mijn knie en ik streelde hem zachtjes, terwijl ik een golf van tederheid voelde. Opnieuw reisden we door niemandsland, vlogen we door lege ruimte, de oneindigheid overal om ons heen, en ik zei ja, ik zou best met deze man samen kunnen leven, met hem kunnen trouwen en zijn kinderen baren. Met zo veel lege ruimte om ons heen was het een geruststellende gedachte om op een dag een groepje van mensen te vormen, die zich verbonden en veilig met elkaar voelden.

Dit was wat Afrika met mij leek te doen: het zette de dingen weer op een rijtje, zette ze in het juiste perspectief zoals me nooit eerder was overkomen. Op een plek waar liefhebben eindelijk noodzakelijk leek, en waar vertrouwen in iemand hebben een opluchting was, een plek waar het zinloos leek om te strijden om de macht, want het was duidelijk dat je nergens macht over zou kunnen hebben. Een plek waar kinderen baren en trouwen niet alleen maar burgerlijk leek.

Een plek waar Ferdinando waarschijnlijk helemaal gek geworden zou zijn.

Het landgoed van Adams ouders lag ten zuiden van Mombasa, bij de grens met Tanzania. Ik zat boven op de koraalkliffen die uitkeken over de Indische Oceaan, bij een adembenemende inham die om de een of andere geheimzinnige reden was ontsnapt aan de snelle en ingrijpende ontwikkelingen van de laatste vijftien jaar. Hun land grensde aan een *kaya*, Kiswahili voor 'heilig woud', waar wild en inheemse planten alom gedijden. Het was een magische plek, een van de laatste die aan het massatoerisme was ontsnapt. Zijn moeder, Julia, was tuinarchitecte en had een kas vol zeldzame planten en palmen achter haar huis. Ze was lang, slank en aantrekkelijk op die onopvallende Engelse manier die ik zo goed had leren kennen sinds ik in Kenia was aangekomen en die, geloof ik, leek op de speciale bevalligheid van filmsterren uit de jaren vijftig. Vrouwen van Julia's generatie, die het grootste deel van hun leven op de koffieplantage van hun vader hadden gewoond, leken nooit verder te zijn gekomen dan Doris Day of Joan Fontaine. Blijmoedig waren ze veertig jaar geleden allemaal uit de mode geraakt, ze droegen nog steeds pastelkleurige katoentjes en een zonnebril, waardoor ze op een verkleurde foto uit de jaren zestig leken. Haar echtgenoot, Glenn, was een grote man met dezelfde sterke fysieke persoonlijkheid als Adam. Zijn gezicht was aantrekkelijk gerimpeld door te veel jaren in de zon. Ze kusten me hartelijk, alsof ze me al heel lang kenden.

'Kom, de thee staat klaar op de veranda,' zei Julia.

'Wat dacht je van een borrel, mam?' vroeg Adam. 'Ik heb de hele dag door de hitte gereden.'

'Dat is een uitstekend idee!' zei Glenn. 'Esmé, ga lekker zitten, je zult wel moe zijn. Het is zo'n afschuwelijke reis vanuit Nairobi. Ik heb altijd een hekel aan die weg gehad.'

Hij sloeg zijn arm om mijn schouders en nam me mee naar de veranda, die uitkeek over zee.

Het was een oud en charmant huis: witgepleisterd met een rieten puntdak in Swahili-stijl. Het meubilair in het huis was schaars en eenvoudig: hemelbedden uit Lamu, oude hardhouten tafels en stoelen en witte gordijnen die wapperden in de wind. De boekenplanken stonden vol oude uitgaven van Graham Green en Daphne du Maurier, oude nummers van de *National Geographic* en vochtige, muf ruikende in leer gebonden boeken.

Enkele indrukwekkende trofeeën in de woonkamer getuigden van Glenns glorieuze verleden.

'De grootste impala die ooit in Oost-Afrika is geschoten,' zei hij trots, wijzend naar een enorme kop. Het was zo bizar, al die dode dieren uit de jungle vlak bij de zee.

'Aliiii!' riep Julia met hoge stem. 'Tafadhali, lete drinks na barafu!'

Een jongeman, blootsvoets en in het wit gekleed, verscheen met een dienblad. Hij schreeuwde opgewonden toen hij Adam zag. Ze klopten elkaar op de schouder en schudden de ander hartelijk de hand. Weldra verscheen de rest van het personeel om hem te begroeten. Ze waren allemaal al heel lang bij de familie in dienst en kenden Adam al sinds zijn kindertijd. Ik mocht ze meteen. Rajabu, de kok, was een oogverblindende *mzee* met een witte baard en bijna groene ogen. Hij was een soort toverdokter, zei Adam, en zijn kennis van plaatselijke planten voor medicinaal gebruik was verbijsterend.

Zodra ik uit de auto was gestapt, voelde ik me al opgetogen, ik denk dat het te maken had met het feit dat ik eindelijk in een lager gelegen gebied was. Mijn hele lichaam rekte zich uit, de poriën van mijn huid openden zich voor de vochtige warmte van de lucht, alles om me heen geurde zoet en rijk, als rode jasmijn en rottende mango's. Hoe had ik zo lang zonder de zee gekund? Het leek alsof er nooit iets wreeds, wanhopigs of zinloos met de oceaan kon gebeuren.

Dit was het zuiden, en zoals ieder zuiden ter wereld was het zachter en vriendelijker dan het bijbehorende noorden, had het een oudere en beschaafdere cultuur. Toen Adam me meenam naar Mombasa voelde ik me daar volledig thuis: het deed me zó aan mijn eigen Italiaanse zuiden denken, het had zo'n Napolitaanse ziel. Het was er warm, lawaaierig en vervallen, maar het was levendig en kosmopolitisch, en iedere oude man die met gekruiste benen tussen een bergje groenten in de schaduw van de fruitmarkt zat, had het gezicht van een Soefi-filosoof of een sultan. Je voelde meteen dat deze plek rijk was aan historie, een geschreven historie nog wel. De stammen van de kust waren zo anders dan de stammen van de centrale provincies, zoals de Kikuyu's, de Kamba's of de Luo's. Hun bloed had zich eeuwenlang vermengd met Arabisch, Portugees en Indiaas bloed, hun voorouders waren van Zanzibar naar Oman gezeild, van Lamu naar Mombasa, van Karachi naar Pemba, en hadden met hun dhows gehandeld in ivoor, hardhout, slaven en specerijen. Deze mannen gingen nog steeds in het wit gekleed en droegen geborduurde moslimfezzen terwijl ze 's avonds in de schaduw van een boom kopjes kardemomthee leegslurpten. De oude *wazee* groetten je nog steeds op een fantastische, ouderwetse manier, de mooiste salama's fluisterend als je hen passeerde.

'Shikamuu...'

'Maharaba...'

'Salam alekum...'

'Salama sana...'

Iedere ochtend maakten Adam en ik een lange wandeling over het strand en keken we hoe de vissers hun netten uitlegden op het rif en op het water sloegen om de vissen erin te jagen. Hun silhouetten waren stippen aan de horizon en je kon van alle kanten het verre geklap op het water horen. De honden gingen altijd met ons mee en renden achter krabben en vogels aan, terwijl wij bij eb in de ondiepe poelen zaten en urenlang met elkaar praatten. Ik realiseerde me hoe weinig tijd Adam en ik eigenlijk hadden gehad om echt te práten. Ik wist zo weinig over zijn leven van voor we elkaar leerden kennen. Tijdens die week begon zijn jeugd op de boerderij aan de kust langzaam vorm aan te nemen. Hij liet mij alle geheime plekken zien waar hij als kind had gespeeld; iedere rots en boom en waterpoel was er nog steeds, precies zoals hij ze had achtergelaten. Hij toonde me de overblijfselen van de oude moskee, diep verborgen in de kaya, waar hij 's middags altijd speelde en zich verstopte, wanneer de stralen van de laagstaande zon door het gebladerte filterden en de ruïne deden oplichten als een illustratie uit een avonturenverhaal. Hij nam me mee naar de 'zwaluwpoel', aan de voet van het klif waar 's winters altijd zwaluwen nestelden en het luchtruim vulden met hun getjilp. Je kon daar bij eb zelfs zwemmen en snorkelen boven een meest verbazingwekkende verzameling felgekleurde zeesterren, die op het witte zand lagen als in een scène uit *Fantasia*. We snorkelden naast elkaar en ik hield van het gevoel van onze lichamen onder water, van het schemerige licht dat op mijn huid reflecteerde, van mijn lange haar dat als zeewier door het water dreef en langs zijn arm streek. Ik hield van de zilte smaak van zijn mond als we elkaar kusten.

Voor zonsondergang wandelden we altijd naar de Point, waar het rif tot aan de kust kwam en de golfslag tegen de kliffen beukte. Het waaide er altijd, en de zee sproeide een nevel over ons heen als we aan de rand van het klif stonden en over de baai uitkeken. Het was alsof we in de hemel waren.

'Waarom gaan we hier niet wonen?' vroeg ik. Het leek zo logisch en eenvoudig.

'Hier wil ik ook juist land kopen,' zei Adam. 'Daarom moet ik nog een paar jaar werken. Dan kunnen we ons eigen huis bouwen, op deze plek.'

Nooit van mijn leven had iemand zoiets eenvoudigs en simpels tegen me gezegd. Niemand had ooit zulke plannen durven maken. *Land kopen, huizen bouwen*. Ik had dergelijke woorden alleen gehoord in een van die films waarin Henry Fonda een pionier speelt. Ik hield zijn hand vast in de wind, niet in staat een woord uit te brengen en bijna met een schuldgevoel, alsof ik per vergissing de rol van iemand anders had overgenomen en ze op het punt stonden om me uit de film te knippen.

Maar een ander stemmetje, heel diep in mijn binnenste, zei dat zelfs als er al sprake was van een persoonsverwisseling, ik op het punt was aanbeland dat ik die andere persoon wérd, en dat de tijd was aangebroken om me niet langer zorgen te maken: niemand zou er ooit achter komen. Mijn oude ik was lang geleden begraven en heel ver weg. Niemand zou het lichaam ooit vinden. Alles zou goedkomen met mij. Ik glimlachte, ja, ik zou voor de rest van mijn leven gelukkig zijn.

Ik denk graag dat ik diezelfde nacht zwanger werd. Er ging zo'n golf van dankbaarheid en vertrouwen door mijn lichaam, ik liet mezelf zo volledig gaan, als iemand die zich aan verdrinking overgeeft, dat ik me zelfs herinner dat ik, terwijl we de liefde bedreven dacht: ja, ja, ja, hier ben ik, hier kom ik, ik zal me nooit meer inhouden.

Ik weet nog hoe ik mijn ogen sloot en in slaap viel bij het verre geluid van de oceaangolven die tegen het rif sloegen, terwijl ik dacht dat ik me net als die golven voelde: na de sterke stromingen was ik teruggekomen om tegen de koraalbarrière te beuken en vervolgens in een rustig water te veranderen.

Die nacht, in Adams armen, droomde ik van onze lichamen die dicht naast elkaar in het groene water doken. Mijn ledematen voelden vloeiend aan, mijn huid was glad als die van een dolfijn. Terwijl het water langzaam donkerblauw werd, keek ik naar boven naar het licht. Maar het was niet langer nodig dat ik de oppervlakte bereikte: ik hoorde mezelf langzaam onder water ademhalen.

9

Tja, dat was de rivier,
dit is de zee.

THE WATERBOYS

Ferdinando had eens een gedicht geschreven dat 'Sirena' heette. Het ging over een vrouw – *nè carne, nè pesce* – een duister wezen met een kille blik. Een zeemeermin die naar algen rook, die trilde en kronkelde als een vis. De sirene was een hybride van warm vlees en koud bloed, dier en mens, seks en dood, en toch veroordeeld om geen van beide te zijn – vis noch vlees, oud noch jong – voor altijd gevangen in een geslachtsloze vissenstaart, niet in staat zich voort te planten.

Om de een of andere bizarre reden had ik altijd geloofd dat mijn moeder de oorspronkelijke inspiratiebron was geweest voor het gedicht, waarschijnlijk door de kille blik in haar ogen, het lange rode haar dat afstak tegen haar blanke huid. Het concept van een sirene had iets obsceens en wanhopigs en ik voelde altijd fascinatie en afschuw tegelijk bij het idee van haar in visschubben gevangen seksualiteit.

'Je moeder?'

Ik herinner me hoe Ferdinando had opgekeken van het boek waarin hij las en hoe zijn bril nog verder langs zijn neus zakte toen hij mij aankeek. Het was een nazomermiddag. Ik moet een jaar of zestien zijn geweest, een magere tiener die tegenover hem op het muurtje van het terras zat. Ik had een hekel aan de manier waarop hij urenlang zat te lezen, zich volledig onbewust van de anderen om hem heen.

Maar mijn vraag had hem geamuseerd, want hij legde zijn boek neer.

'Waarom niet? Ze zou het leuk hebben gevonden. Het idee om gevaarlijk te zijn stond haar wel aan.'

'Maar waarom is een sirene altijd gevaarlijk?'

'Omdat ze je niet zal bezitten door je kind te baren, maar door je mee naar het diepe te sleuren en je nooit meer los te laten. Ze is steriel, weet je, seks met sirenen draagt geen vrucht, het is een tegennatuurlijke daad.'

'Maar moeder kreeg twee kinderen.'

'Dat is waar. Maar in haar hart was ze een sirene. Het is een mentale categorie.'

Hij zweeg en keek me toen aan.

'Jij bent er ook één.'

'Waarom zeg je dat?'

'Omdat ik het in je zie.'

Ik fronste mijn voorhoofd.

'Ik denk niet dat ik dat erg leuk vind.'

'Nou, je vergist je. Het is als compliment bedoeld. In ieder geval naar míjn mening.'

'Ik vind het morbide, het klinkt gestoord.' Plotseling ergerde ik me.

'Het is helemaal niet gestoord. Je moet niet zo puriteins zijn.'

'Nee, het is afschuwelijk.' Ik verhief mijn stem en ik wilde nu echt dat hij zijn woorden terugnam. 'Het is alsof je een soort outcast bent, een of ander monster.'

Ferdinando zuchtte. Ik wist dat ik hem verveelde als ik zo deed. Het stond hem niet aan dat ik wilde zijn zoals iedereen. Dus hij duwde zijn bril recht op zijn neus en sloeg zijn boek weer open.

Nu ik eraan terugdenk, was het helemaal niet zo puriteins dat ik niet wilde dat mijn vader mij associeerde met het idee van verval, rottende algen, donker troebel water, laat staan met mijn moeder. Het idee gedoemd te zijn stond mij niet aan. Maar ik kon er niets aan doen dat ik dat gedicht altijd als mijn persoonlijke vloek zag: vis noch vlees, koudbloedig, steriel. Een taboe.

Ik denk nu dat Ferdinando bedoelde dat hij in mij geen voortplanter zag. Hij zag dezelfde rusteloosheid, dezelfde kwelling die hem en de vrouwen die hij had liefgehad achtervolgde. Anderzijds geloofde hij nooit dat vrede de moeite van het nastreven waard was, hij vond het eenvoudigweg niet realistisch om geluk en voldoening na te streven. Hij vond dat een saaie en nutteloze doelstelling en had geen sympathie voor degenen die hun best deden dat te bereiken.

Maar uiteindelijk bleek mijn lichaam toch niet dat van een sirene te zijn. Ik was in het geheim uit mijn vissenstaart gekropen en liep al een poosje over het droge zand, weg van het troebele water en frisse lucht inademend.

Meestal zorgde ik ervoor dat ik op veilige afstand bleef van hechte families: ik wist nooit hoe ik me aan hen moest aanpassen. Het ontbreekt mij gewoon aan ervaring: ik heb nooit met mijn moeder koekjes gebakken of gewinkeld, we gingen nooit picknicken en hadden nooit kaarsjes op verjaardagstaarten die moesten worden uitgeblazen. Op eerste kerstdag nam Ferdinando ons altijd mee naar een restaurant, bij voorkeur Chinees, want hij had een vurige hekel aan alle religieuze tradities.

Maar Julia en Glenn waren zo open en hartelijk tegen me geweest, dat ik me overgaf aan hun warmte. Ze stonden erop dat ik hen een keer in mijn eentje zou komen bezoeken, als Adam op safari was en ik genoeg had van Nairobi. Het was hun manier om me te laten zien dat ik nu deel uitmaakte van de familie.

'Ze mogen je graag,' zei Adam trots toen we naar Nairobi terugreden. 'Vooral mijn vader, hij is gek op je.'

'Echt? Denk je dat?'

Hij knikte.

'Toen ik de auto inpakte, nam hij me even terzijde en zei: "Wat je ook doet, laat haar je niet ontglippen, zoon."' Glimlachend schudde hij zijn hoofd. 'Typisch mijn vader, hij houdt van dit soort vaderlijke uitspraken.'

We lachten. Maar ik wist dat de goedkeuring van zijn ouders veel meer voor hem betekende dan je zou verwachten.

Na ons uitstapje naar de kust had ik plotseling het gevoel dat ik niet meer zonder hem kon. Als nooit tevoren zag ik op tegen de tijd waarin we gescheiden zouden zijn. Toen hij een week later naar de Verenigde Staten moest, reed ik huilend als een in de steek gelaten kind van het vliegveld naar huis. Het was belachelijk, maar ik kon er niet langer tegen alleen achter te blijven.

Op een ochtend keek ik naar mijn buik, ik voelde aan mijn borsten, en ik had het onmiskenbare gevoel dat er voor wie weet hoe lang al iets volledig nieuws in mij gebeurde. Het was tijd om zekerheid te krijgen. Ik zat op de rand van de badkuip, hield het buisje met de zwangerschapstest in mijn hand en keek vol verbazing naar de helderblauwe kleur, mijn hart bonsde en het zweet brak me uit.

Ik verwachtte een kind van Adam.

'Ik geloof het gewoon niet,' zei mijn broer Teo aan het andere eind van de wereld. 'Hou alsjeblieft op met huilen, dit gaat me boven de pet. Alsjeblieft liefje, doe niet zo paniekerig.'

'Ik bén paniekerig, ik kan er niets aan doen,' snikte ik aan de andere kant van de lijn, en ik voelde hoe de Indische Oceaan genadeloos tegen de kabels beukte die mijn telefoon met die van Teo verbond. 'Ik weet echt niet wat ik moet doen.'

'Bedoel je dat je niet weet of je het wel wilt houden?'

'Natuurlijk wil ik het houden! Ik weet alleen niet wat er allemaal met me gaat gebeuren. Ik had nooit gedacht dat ik móeder kon zijn.'

'Ik ook niet.' Ik zag voor me hoe hij aan het andere eind glimlachte. 'Maar vooruit, misschien wordt het wel tijd dat je ophoudt een kind te zijn. Je kunt nu niet meer alleen maar aan jezelf denken. Het is geweldig.'

'Alsjeblieft, dit ís niet grappig. Je hebt geen flauw idee hoe het voelt.'

'Nee, natuurlijk niet. Maar ik meen het. Ik wou dat ik aan iets anders kon denken dan aan mezelf, mezelf en nog eens mezelf. Echt Esmé, ik meen het, ik benijd je.'

'Het is alsof je lichaam het plotseling van je geest heeft overgenomen en van nu af aan alles gaat regelen. Het is als een staatsgreep. Je kunt het niet tegenhouden. Het is beangstigend, dat zweer ik je...'

Ik legde een hand op mijn buik. Nee, ik had geen zeggenschap meer over mijn eigen lichaam. Het zou een nieuw mens produceren, ongeacht welk advies ik het zou geven. Ik voelde me niet bijzonder beter uitgerust om ouder te worden dan bijvoorbeeld Teo. Maar vrouw-zijn impliceerde dat mijn lichaam gewoon zijn gang kon gaan en doen waar ik alleen maar over had gefantaseerd toen ik hand in hand met Adam op het klif zat.

'Je hebt nou eenmaal niet alles onder controle, Esmeralda,' zei Teo. Maar ik kon horen dat ik hem had ontroerd.

'Maar niets zal ooit nog hetzelfde zijn! Niets, niets, begrijp je dat wel?'

'Ja. Daar gaat het nou juist om. Daarom krijgen mensen kinderen: om een stapje verder te gaan. Het is toch fantastisch. Je bent niet langer de wilde vrije meid.'

Hoe meer hij zei, hoe harder ik begon te snikken. Ik was niet ongelukkig, ik was alleen doodsbang bij het vooruitzicht dat er geen weg terug meer was.

'Mijn hele lijf is in de war: er gebeuren continu zo veel dingen in me, mijn hormonen zijn op hol geslagen. Ik heb het warm, koud, ik voel me misselijk, moe, hongerig, huilerig, het is krankzínnig,' zei ik, en ik zoog gretig aan mijn sigaret.

'Ga bij een dokter langs. Hij zal je alles uitleggen. En je rookt nog steeds, hoor ik.'

'Ja, aan één stuk door.'

'Je kunt beter ophouden en je snel inschrijven voor een van die ademhalingstherapieën,' giechelde hij.

Een baby krijgen betekende dat er geen ontsnapping meer mogelijk was, maar sinds mijn komst hier heb ik er steeds bij willen horen, wortel willen schieten. Nu zou ik een kind krijgen in Afrika en Afrika zou zijn of haar thuis worden. Dus wat had het voor zin om te huilen? Ik voelde me onverwacht eenzaam op mijn reis naar het moederschap. Ik liet niet alleen Teo achter – ik wist dat hij nooit volwassen zou worden, maar dat hóefde ook niet – maar ook Ferdinando, zijn poëzie, zijn manier om naar de dingen te kijken, met andere woorden: *mijn hoogstpersoonlijke clan*. Nu ik mijn oude ik echt voorgoed had begraven, vond ik het beangstigend en volslagen krankzinnig dat ik het had gedaan. Het is grappig hoe we allemaal naar verandering streven, maar als die eindelijk komt, zijn we er nooit klaar voor.

Mijn paniek bleek echter slechts van tijdelijke aard. Hij verdween – op wonderbaarlijke wijze – zodra ik later die dag de stem van Adam hoorde.

Hij was in Santa Fé. Het leek alsof hij miljoenen kilometers ver weg was.

'Zal ik terugkomen?' Hij klonk vol ontzag, als een jongetje.

'Ik voel me prima, doe niet zo raar.'

'Ik... ik...' Hij zocht naar de juiste woorden. 'Ik kan haast niet wachten om je te zien. Ik wil je in mijn armen houden.'

'Dat komt wel.' Ik merkte dat ik stond te stralen, zo trots als een pauw.

Eindelijk had ik iets gedáán. En het zou van óns zijn, voor eeuwig en altijd. Zelfs Adam was ervan onder de indruk.

Ik had bewezen dat Ferdinando het bij het verkeerde eind had: ik zou niet zo'n verdoemd zeemonster zijn dat mannen in haar diepe wateren lokte. Ik zou moeder worden, een voortplanter, onder de felle Afrikaanse zon. Het voelde als een verlossing om eindelijk te veranderen.

Ik zat in de wachtkamer van dokter Singh en hield een pamflet in mijn hand: 'Prenatale yogalessen, iedere donderdag in het Light House Center.' Er stond een plaatje van een zwangere vrouw in lotushouding op. Ik zuchtte.

Ik keek het vertrek rond en bestudeerde alle vrouwen om me heen die verdiept waren in oude exemplaren van *Cosmopolitan*. Ze leken allemaal zo ontspannen en vol zelfvertrouwen, de meesten van hen waren al in een vergevorderd stadium van hun zwangerschap, hun dikke ronde buiken verborgen onder gebloemde jurken, hun benen opgezet en ze waren allemaal arisch blank. Ik voelde de oude irritatie weer opkomen: waarom was het toch altijd zo in Nairobi? Waarom gingen mzungu-vrouwen allemaal naar dezelfde kapper, dezelfde gynaecoloog, tandarts, aerobics-instructeur en masseuse? Waarom kropen we allemaal bij elkaar in deze wachtkamers, als een kudde achterlijke schapen, verenigd in een gezamenlijke poging om te voorkomen dat Afrikaanse handen onze Heilige Blanke Lichamen aanraakten? We deden het steeds weer en we merkten het niet eens.

Ik had Singhs adres van Nena gekregen.

'Hij is heel goed,' had ze tegen me gezegd. 'Het is een Sikh. Ik ben bij hem geweest toen ik zwanger was van Natasha. Je zult hem aardig vinden.'

Ik wachtte aarzelend op een extra geruststelling. Die kwam in de vorm van: 'Hij heeft in Oxford gestudeerd. Pas enkele jaren geleden is hij hierheen gekomen.'

Oxford. Grappig hoe geruststellend dat klinkt als het erop aankomt je lichaam toe te vertrouwen aan een vreemde in een ver land.

Dus daar zat ik dan, tussen de kudde blanke aanstaande moeders, te wachten tot ik net als zij tot een gigantische pudding zou worden opgeblazen, en dezelfde afschuwelijke jurken zou dragen en hen allemaal bij naam zou kennen van de yogalessen van donderdagavond. Er ging een steek van ongerustheid door me heen toen ik hen als mijn toekomstige maatjes zag.

'U bent zo gezond als een vis,' zei mijn kersverse dokter. Dokter Singh wás oké. Hij had de zelfverzekerde charme die hem populair zou hebben gemaakt bij het New Age-volkje uit Hollywood. Hij was midden veertig, golfkampioen zoals meerdere bekers op de kast aantoonden, hij droeg een keurig geplooide rode tulband bij een blauwe blazer, een bril van schildpad en Italiaanse mocassins. Hij krabbelde iets op een stukje papier.

'Alsjeblieft. Dit is het adres van het laboratorium waar je een echo kunt laten maken. Het is in Lavington, bij het BP-benzinestation. Het is het beste in Nairobi, ik beveel het aan.'

'Prima.'

'Na acht weken moeten we de hartslag kunnen horen. Dus na de komende tien dagen kun je gaan wanneer het je uitkomt, want voor die tijd zullen we niet zoveel kunnen zien.'

Het 'we' stond me wel aan. Singh en ik waren onmiddellijk een team geworden, een duo dat hetzelfde doel voor ogen had.

'Moet ik nog iets speciaals doen?'

'Zoals?'

'Ik weet het niet… niet autorijden bijvoorbeeld, of niet roken?'

Singh glimlachte. Hij moest zo langzamerhand wel gewend zijn aan die paranoïde mzungu-moeders die hem met allerlei angsten kwelden.

'In principe kun je alles doen waar je zin in hebt. Met mate en voorzichtigheid, natuurlijk,' grinnikte hij. 'Het komt allemaal wel goed.'

Het was verbazingwekkend dat deze absolute vreemde – uit een ver land, en met een andere religie en taal – plotseling mijn gids bleek te zijn op de meest intieme, revolutionaire reis van mijn leven.

Ik liep naar buiten terwijl ik iedere aanstaande moeder in de wachtkamer dood wenste. Ik wilde dat Singh zich uitsluitend op mij concentreerde. Als wíj een team vormden, en deze missie van het grootste belang was in míjn leven, hoe kon híj dan evenveel tijd en aandacht besteden aan al die onbeduidende sproetige, te dikke en oninteressante VN-echtgenotes?

Het is ongelooflijk wat zo'n zwangerschap meteen met je doet. Om te beginnen word je vreselijk egocentrisch en onaardig. Ik denk dat het komt omdat je je plotseling heel kwetsbaar voelt; een gemakkelijke prooi voor medische fouten, malaria, slangen, krankzinnige matatu-chauffeurs, en enorme gaten in het wegdek. Je realiseert je al snel wat voor een breekbaar omhulsel je lichaam is, hoe dun en onbetekenend het laagje dat jouw drijvende, slapende schepseltje scheidt van de gevaren die buiten op hem wachten. Je merkt dat je naar alle kanten om bescherming schreeuwt, maar dat je vastbesloten bent om alles wat jouw vrucht zou kunnen bedreigen, aan stukken te scheuren.

In de daaropvolgende weken, terwijl ik wachtte tot Adam terugkwam, leidde ik een heel bijzonder leven. Ik was ten prooi gevallen aan de tirannie van mijn nieuwe fysieke staat: ik bewoog me in slowmotion en had het gevoel alsof er watten in mijn hoofd zaten. Ik ging onder een deken op de bank liggen en dacht nergens aan, ik staarde uit het raam naar de jacarandabomen tot het donker werd. Dan kwam Wilson de kamer binnenglippen om de gordijnen dicht te trekken en het licht aan te doen, waardoor ik eindelijk uit mijn trance ontwaakte.

Ik vond het gezelschap van anderen vermoeiend – bovendien viel ik tegen halftien 's avonds in coma – dus het was geen lolletje om met mij uit te gaan. Het eerste wat ik iedere morgen bij het wakker worden deed, was naar de spiegel rennen en mijn buik bestuderen. Ja, het was een klein – onbeduidend voor het ongetrainde oog – maar volmaakt rond buikje. Overdag was ik druk in de weer met lijstjes vol zinloze boodschappen. Ik verfde alle klamboes, bekleedde de stoelen met nieuwe stof, en lakte geobsedeerd steeds opnieuw de nagels van mijn vingers en tenen.

Ik begon Teo vaker te bellen dan voorheen.

'Help!' zei ik tegen hem. 'Ik sta op het punt om de gordijnen te veranderen! Denk jij dat zwangerschap iemands persoonlijkheid voor altijd verandert?'

'Nee, ik denk dat je gewoon een soort tijdelijke winterslaap meemaakt.' Hij zuchtte. 'Het gaat wel weer over. Ik heb het ergens gelezen.'

We hadden het over namen. We maakten plannen voor mijn reis naar Italië om hem de baby te laten zien. We kregen astronomische telefoonrekeningen.

Intussen haalde Afrika de krantenkoppen weer.

Het bloed stroomde door Rwanda en het leek erop alsof er nooit een eind aan zou komen. De Hutu's waren vastbesloten de Tutsi's uit te roeien en wat in het begin gewoon weer zo'n Afrikaanse stammenoorlog had geleken, veranderde razendsnel in een afschuwelijke genocide. Iedereen in het Westen raakte gewend aan foto's van afgeslachte kinderen en lichamen zonder ledematen op de voorpagina van hun krant. Het moest hun een verre nachtmerrie toegeschenen hebben, iets wat alleen kon gebeuren in een wild, goddeloos en wreed oord zoals diep en donker Afrika. Voor ons, de blanke stam die net om de hoek woonde, voelde het net zo vreemd en ver weg.

Ik hield me verre van de kranten, ik kon niet naar de foto's kijken, ze maakten me misselijk. Mijn overlevingsinstinct had me in een soort koppige, egocentrische huisvrouw veranderd, die haar winkelwagentje snel langs de verontrustende omslagen op de tijdschriftenafdeling duwde en in plaats daarvan naar de afdeling met ijsjes liep. Ik kon gewoon niet met de dood omgaan. Vooral niet met de dood in Afrika.

De 'jongens' waren er allemaal ingedoken. Ze vlogen af en aan naar Kigali, en kwamen steeds somberder terug. Ik had Miles en Ruben een paar keer gezien. Ze vertoonden geen enkel spoor meer van het levendige Mogadishu-gebruis. Deze oorlog was heel anders dan wat ze in Somalië hadden meegemaakt.

Toen een paar maanden geleden de VN-troepen uit Mogadishu waren vertrokken, wisten de journalisten dat dat het eind van het verhaal was, in ieder geval voor de pers. De wereld zou zich echt niet langer voor Somalië interesseren zodra de blanken er weg waren. De laatste keer dat ze ernaar toe vlogen en elkaar in het legendarische Sahafi Hotel, in het centrum van Mogadishu, ontmoetten, had het geleken alsof er een eind was gekomen aan een geweldig schooljaar. Van nu af aan zouden ze allemaal met nieuwe opdrachten over verschillende delen van de wereld verspreid worden. Het was het einde van iets. Achteraf gezien: het Einde van Hun Onschuld.

Dus toen het gedoe in Rwanda begon, zo kort na het einde van het Somalië-verhaal, was de harde kern van de pers bijna verheugd. Geweldig, dachten ze, weer samen met hun maten aan de slag. Hun overgangsrite was nog niet voorbij.

Tegelijkertijd waren ze nieuwsgierig om te zien hoe dit nou weer zou zijn. Ze voelden aan dat het heel anders zou zijn. Dit keer zou hen slechts dood en wanhoop wachten.

'Ze komen er nooit meer overheen,' zei Nicole. 'Wat ze daar moeten zien, moeten fotograferen, zal ze de rest van hun leven achtervolgen.'

We zaten te lunchen op het terras van het Norfolk Hotel. Het restaurant zat vol met de gebruikelijke kuddes in kaki gehulde families, die op weg waren naar de Masai Mara.

'Ik vraag me af hoeveel ze kunnen verdragen.'

Ze had de avond daarvoor met Bernard, Miles, Ruben en Hunter doorgebracht. Bernard had haar wat foto's laten zien die hij had genomen. 'Te schokkend voor publicatie,' was het oordeel van zijn persbureau geweest. Ze waren die ochtend om vijf uur allemaal weer vertrokken, terug naar Kigali, op jacht naar meer wanhoop.

Nicole zag bleek, afgetobt, alsof ze getuige was geweest van een moord. Ze schudde haar hoofd.

'Ik weet het niet... Het voelt allemaal zo verkeerd.'

'Wat voelt verkeerd?' vroeg ik.

'Om hier te zitten en een caesarsalade te eten.'

'Tja. We kunnen er niet veel aan doen. Of wel?'

'Nee... natuurlijk niet. Maar in ieder geval hebben zij ermee te máken. Het is een nachtmerrie, maar voor Afrika is het realiteit. Terwijl' – ze keek om zich heen en wees naar de toeristen met hun I LOVE KENYA-T-shirts – 'dít zo verdomde belachelijk is.'

Ik ging in de verdediging.

'Je zou je echt niet beter voelen als je met ze mee naar Rwanda ging.'

'Nee. Het is ook geen kwestie van beter. Béter is niet waar het om gaat.' Ze zag er vermoeid uit.

'Ik weet het, het is zo ontmoedigend.' Ik zuchtte en keek toen op mijn horloge. 'Zeg liefje, ik moet nu echt gaan.'

Ik legde wat geld op tafel.

'Over tien minuten heb ik een afspraak voor een echo.'

'O, ja. De echo.' Ze tilde haar hoofd op en keek me aan alsof ze net uit het diepe naar boven kwam.

Ik lag op het bed. Mijn ogen op het plafond gericht. De laborant en zijn assistent keken strak naar de monitor. Hun zwijgen duurde me net iets te lang. Ik probeerde mijn hoofd op te tillen om naar de monitor te kijken, maar ik zag niet veel. De laborant kuchte nerveus. Hij was heel lang, ik weet nog dat ik dacht dat hij een Luo moest zijn.

'Er is niets, mevrouw.'

'Wat bedoel je, níets?'

'Geen hartslag.'

...

Ik lag doodstil. Ik wachtte een paar seconden, maar hij bleef zwijgen.

'Wat bedoel je, geen hartslag?'

'Ik denk dat de baby dood is, mevrouw.'

Ik stormde Singhs praktijk binnen, zonder zelfs maar te wachten tot zijn assistente mij zou aankondigen. De hele rit vanaf het laboratorium had ik me misselijk gevoeld en wazig uit mijn ogen gekeken. Ik had mijn shirt binnenstebuiten aangetrokken.

Ik gooide zijn deur open, als een huurmoordenaar.

Hij keek verbaasd.

Ik ging tegenover hem aan tafel zitten en ik herinner me nog precies hoe hij ritmisch met zijn pen op zijn blocnote tikte terwijl ik eruit flapte wat er net was gebeurd. Ik werd krankzinnig van het getik en ik had hem het liefst een mep verkocht.

'Kunt u niets doen?' vroeg ik op agressieve toon.

'Nee,' zei hij beleefd. 'Die dingen gebeuren, vooral in de eerste drie maanden.'

Toen hield hij de foto van de echo tegen het licht van zijn bureaulamp en hij bestudeerde hem nauwkeurig. Ik hield mijn adem in. Misschien hadden ze zich toch vergist.

'Het spijt me zeer,' zei Singh. En hij stopte de foto terug in de map.

'*Ik* heb niets verkeerd gedaan. *U* zei dat ik gewoon mocht autorijden,' zei ik op beschuldigende toon.

Ja, dat had hij gezegd. Maar zelfs al had ik niets verkeerd gedaan, het gebeurde soms gewoon.

De telefoon ging. Hij sprak zachtjes en snel. De resultaten waren prima, zei hij, kunt u over twee weken nog een keer voor controle komen? Toen wendde hij zich weer tot mij. Niet erg meelevend, vond ik.

Ik voelde me als een zwart schaap dat van zijn kudde was afgedwaald, en voor wie hij niet langer hoefde te zorgen.

De laborant die hij mij had aanbevolen was ongelooflijk grof geweest, klaagde ik terwijl ik mijn tranen probeerde te bedwingen. Hij was niet tactisch geweest. *De baby is dood*, had hij gezegd. Nou, zoiets zou in Europa ongehoord zijn en…

'Ja,' zei Singh, 'u hebt helemaal gelijk. Dat is onacceptabel en ik zal er zeker voor zorgen dat hij een reprimande krijgt. Maar nu is het noodzaak om even naar het ziekenhuis te gaan. Vanmiddag nog. Voor het verwijderen van…' Ik weet niet meer welk woord hij gebruikte, maar het was een technische term. Het was niet langer een levend wezen. Het was een díng geworden.

Als een brok steen reed ik naar huis. Als een brok steen pakte ik mijn tandenborstel en mijn pyjama en zei tegen Wilson dat ik niet thuis zou slapen. Als een brok steen lag ik in mijn bed op de kraamafdeling van het ziekenhuis, kreeg de verdoving en viel in slaap. Toen ik een uur later wakker werd, was alles achter de rug. Het was pijnloos geweest. Het was voorbij.

Thuis deed de telefoon het niet, dus ik kon Adam niet eens bellen om het hem te vertellen. Misschien was het maar beter zo, want ik had geen zin om met hem te praten. Ik had geen zin om te zeggen: hó even, in zijn achteruit, er is niets veranderd, we zijn weer terug bij af. Die hele toekomst, die zich van het heden tot het einde van ons leven had uitgestrekt, die hele toekomst die van ons één gemaakt zou hebben – een echtpaar, een vader en moeder – tot aan onze dood, die was weg.

Ik was weer terug bij de onzekerheid over wat er verder zou gebeuren, ik hoorde wederom bij niets of niemand. Ik zou er gemakkelijk weer aan wennen, geen probleem; mijn hele leven lang was het nooit anders geweest.

Ik had ook geen zin om mijn broer te bellen en te zeggen: weet je wat? Ik had toch gelijk: ik was hier niet geschikt voor. Het was niet voor mij weggelegd om mijn vroegere ik te begraven en mijn vissenstaart af te werpen. Het was dom om dat te denken: ik zwem nog steeds in duister water, koudbloedig en bedekt met zeewier zoals alle vrouwen van mijn eigen stam.

2

HUNTER

I

Hij snoerde de gordel rond mijn leven –
ik hoorde de gesp dichtsnappen –
en hij wendde zich af, keizerlijk,
mijn levensduur vertrappend –

EMILY DICKINSON

Ik lig hier nog steeds met mijn ogen op het plafond gericht. Alles voelt rustig en wit. Klinisch.

Langzaam haal ik alle stukjes van het verhaal uit de doos en ik leg ze naast elkaar, in de hoop er iets van te begrijpen. In de hoop in ieder geval één antwoord te krijgen op te veel onbeantwoorde vragen, die we elkaar meedogenloos hebben gesteld. Ik, Adam, Hunter. We hebben elkaar gemarteld, genadeloos ons verdriet op de ander geladen en waren nooit in staat om één enkel antwoord te vinden dat in ieder geval de bloedende wond kon stelpen. Waar ging het fout?

Maar maken we echt fouten, slaan we werkelijk de verkeerde weg in, zeggen we echt de verkeerde dingen? Is het mogelijk het moment waarop we de fout maken te isoleren, zodat we – in theorie – terug kunnen gaan om hem ongedaan te maken? Of is het meer alsof je alle controle kwijtraakt, je gevoel voor richting? Is het misschien alsof je in slaap valt en alles laat gebeuren terwijl je je ogen gesloten houdt? Ja, zo gaat het ongeveer, of niet? We doen net alsof we niets gehoord of gezien hebben. Als kinderen die 's nachts doodstil in bed liggen, met stevig toegeknepen ogen, terwijl hun ouders in het vertrek ernaast boze woorden naar elkaar schreeuwen. Wat het ook is wat ons pijn doet, we willen het zolang mogelijk negeren, tot het vergif ons zo ziek maakt dat we de schijn niet langer op kunnen houden.

Wanneer begon dit vergif langzaam in mijn bloed te druppelen? Was het na de baby? Was het na Iris? Kwam het door Hunter, of kwam het uiteindelijk door mijzelf? Nu, op deze wintermorgen, in de grimmigheid van dit witte vertrek en de leegte die ik in me voel, zie ik het eindelijk helder.

Het kwam door mijzelf, en door niemand anders.

Wilson klopt zachtjes op de deur.

'Unataka kula nini kwa lunch, mama?'

'Nee, dank je Wilson, ik hoef geen lunch. Misschien een kopje koffie.'

Hij kijkt me aan, staat aarzelend in de deuropening. Hij weet dat er iets mis is. Ik probeer te glimlachen.

'Hakuna tabu, bwana. Ik ben gewoon een beetje moe.'

'Rust dan maar lekker uit, mama.'

Hij loopt zachtjes naar het raam en sluit de witkatoenen gordijnen, zodat het doordringende witte licht wat zachter wordt. Zijn voetstappen zijn licht, als van een danser, wanneer hij de kamer verlaat.

Ja, het kwam door mij, maar niet door mij alleen.

Dit is geen zachtaardige plek.

Laat je niet misleiden door dit zachte licht, of de lichte voetstappen van Wilson, hier is geen warm nest waarin je je kunt koesteren en veilig voelen. Deze plek zal je eerst verzwelgen en je vervolgens uitbraken in de woestijn. Je zult alleen zijn, zonder onderdak, zonder schaduw, maar je weet dat het altijd zo heeft moeten zijn, sinds het begin der tijden. Deze rauwheid, deze grimmigheid. Laat je niet door de schoonheid om de tuin leiden.

Ik dacht niet aan het kind. Ik wilde het zo snel mogelijk vergeten.

Adam belde de avond nadat ik uit het ziekenhuis kwam – hij zei dat hij in Colorado was, hij klonk opgetogen – hij was uitgenodigd om een week langer te blijven, om daar ergens een lezing aan de universiteit te geven. Hij had al heel veel boekingen en...

Ik vertelde het hem. Snel en nonchalant.

Ik kon de teleurstelling in zijn zwijgen voelen. Hij zei dat het hem speet, hij zei dat hij veel van mij hield. Moest hij naar huis komen?

'Maak je geen zorgen. Het gaat goed met me.'

'Weet je het zeker?'

'Absoluut. Het is voorbij. We kunnen er niets aan doen. Het gaat goed met me, echt waar. Ik méén het.'

Ik denk dat hij opgelucht was te horen dat ik me wel redde. Het zou moeilijk zijn om zijn reis net op dat moment af te breken. Hij legde me uit hoe belangrijk die lezing voor hem was, om een aantal redenen die ik me niet meer kan herinneren.

'Natuurlijk,' zei ik, 'je hoeft het niet uit te leggen. En zoals ik al zei, zelfs al zou je nu terugkomen, je kunt er toch niets aan veranderen.'

Hij probeerde me op te vrolijken door me te vertellen dat hij de Grand Canyon had gezien en hoe hij daardoor heimwee had gekregen. Hij zei nog een keer dat hij veel van me hield en dat hij me miste. Als ik terugdenk aan dat telefoongesprek uit het buitenland, herinner ik me alleen nog hoe ver weg dat buitenland voor mij voelde.

De volgende dag stond Iris op de stoep. Ze droeg haar haar in een dikke vlecht op haar rug en in haar smetteloze witte blouse en haar kaki legerbroek zag ze er zo rein uit als een waterlelie.

'Is alles goed met je, verdorie? Nicole vertelde me net wat er is gebeurd. Je had me moeten bellen, ik zou je naar het ziekenhuis hebben gebracht. Het is te gek voor woorden dat je in je eentje bent gegaan.'

Ze gaf me een schaal die bedekt was met aluminiumfolie.

'Hier, dit is voor jou.'

'Het gaat prima, echt waar. Ik wilde liever alleen zijn. Zo erg was het nou ook weer niet. Wat is dit?'

'Een cake. Net gebakken. Pas op, hij is nog heet. Godsamme,

ik kan nog steeds niet geloven dat je niemand hebt gebeld. Ik bedoel, daar heb je toch vrienden voor.'

'Ik weet het, maar... heb jíj dit gebakken? Ongelooflijk. Ik had niet gedacht dat jij het type was om cakes te bakken.'

'Hoezo?' zei ze knipogend. 'Ik ben een tamelijk gewone Zweedse boerendochter, hoor.'

We zaten op het tapijt bij de salontafel in de woonkamer en aten haar heerlijke kruidencake bij de thee. Ik was opgevrolijkt door haar bezoek en haar bezorgdheid had me ontroerd. Ze was kalm en ingehouden, iets wat plezierig was en bij mijn stemming paste.

Over een paar weken zou ze naar Engeland gaan, zei ze, om met een uitgever over haar boek te praten.

'Ze willen het voor de kerst uitgeven,' zei ze afwezig en ze tikte de as van haar sigaret in een leeg theekopje. 'Dat is heel goed voor de verkoop, weet je.'

Op de een of andere manier klonk ze niet zo zelfverzekerd als anders.

'Wanneer kom je terug?'

'O, ik weet het nog niet. Ik zit erover te denken, ik weet niet, om misschien daar wat onderzoek te doen voor een nieuw project. Ik denk dat ik aan deze kant van de oceaan wel zo'n beetje alles heb gedaan.'

'Bedoel je dat je misschien terúggaat naar Europa?' vroeg ik ongelovig. Het leek me zo'n onwaarschijnlijk plan voor Iris.

'Nou, waarom niet? Als alles goedgaat. Als het boek verkoopt. Weet je, er komt een eind aan de dingen die je in Afrika kunt doen. Hoeveel onderwerpen voor een boek kan ik nog bedenken? Bovendien, ik heb nog nooit in Europa gewoond, dus ik ga ook niet terúg. Ik zou er voor het eerst gaan wonen.'

'Dat is waar. Grappig dat ik dat steeds weer vergeet.'

'Weet je, mensen zoals ik en Adam, wij zijn hier naar school gegaan, we hebben nooit een ander leven gekend dan dit. Hij verdient er zijn brood mee, en daar kan hij zolang mee doorgaan als hij wil, prima, maar ik wil niet in zo'n zielige matriarch veranderen die tot haar dood met krijgers rondrent. Ik denk dat er meer is wat ik kan doen. Denk je ook niet?'

Ze keek me verwachtingsvol aan. Haar eerlijkheid had me volkomen verrast.

'Ja, natuurlijk...' Maar ik was er toch niet zo van overtuigd. 'Wat dan, bijvoorbeeld?'

'Ik weet het niet. Daarom wil ik weg. Ik moet nodig musea zien, kunstgalerieën, films. Ik wil boekhandels in kunnen lopen om fotoboeken te kopen en naar het werk van anderen te kijken. Vergelijken. Hoe kan ik origineel werk maken als ik het niet eens met het werk van anderen kan vergelijken?'

'Vergelijken, ja. Dat is belangrijk.' Ik had door de overtuiging in haar stem het gevoel dat iemand anders haar dit allemaal had verteld.

'Je zou een poosje naar Italië moeten gaan,' stelde ik voor. 'Je moet Piero della Francesca zien, Giotto, Masaccio. Je zou naar Venetië moeten gaan, naar Florence, Palermo, Napels. O ja, en het zuiden, je zou het daar heerlijk vinden.'

De gedachte dat Iris, hongerend naar kennis, voor het eerst naar Italië zou gaan, greep me aan. Plotseling leek de hoeveelheid schoonheid, verlichting, gratie en harmonie in de kunst van mijn vaderland onverdraaglijk. Ik werd duizelig als ik eraan dacht.

'Er is zoveel te zien! Je zult eraan bezwijken.' Ik was zo vreselijk opgewonden. 'Je zult nooit meer dezelfde zijn, dat verzeker ik je: daarna zul je hier alles in een volledig ander perspectief zien...'

Ik realiseerde me dat je het kon vergelijken met wat er met mij was gebeurd: de manier waarop ik was bezweken toen ik de hemel en de uitgestrektheid van noordelijk Kenia had gezien. Het was alsof alle gordijnen tegelijkertijd waren opgehaald en ik, als door de bliksem getroffen, alleen op het toneel was achtergebleven.

'Het zal je voor altijd veranderen,' hield ik vol, 'je moet me beloven dat je gaat. Je moet mijn broer opzoeken. Je kunt vast goed met hem opschieten.'

'Ja, dat zal ik doen. Ik zal het proberen.' Maar ze dacht alweer ergens anders aan. Met een afwezige blik keek ze om zich heen.

'Ik vroeg me af of ik wat boeken van je kan lenen. Ik heb echt zin om iets te lezen.'

'Boeken? Ja, natuurlijk. Wat voor boeken?'

'O, ik weet niet. Ik dacht misschien poëzie? T. S. Eliot, Whitman, maakt niet uit... en een Rus. Ik wil graag een Rus lezen.'

'Een Rus.'

'Ja.'

'Wie... bijvoorbeeld?'

Ze haalde haar schouders op.

'Ik weet het niet. Het doet er niet toe. Iets wat jij goed vindt.'

Ik liep naar de boekenplank en pakte een oude pocketeditie van *Schuld en boete.*

'Nou, als je je in de Russen wilt verdiepen, kun je net zo goed hiermee beginnen.' Ik gaf haar het boek. 'Hoe kom je eigenlijk op Russen, als ik vragen mag?'

Iris las aandachtig de achterkant van de pocket.

'O... een paar avonden geleden had ik een gesprek met Miles. Hij zei dat ik hen wel zou kunnen waarderen...'

Ze liet het boek in de achterzak van haar legerbroek glijden en gaf er een jongensachtig klapje op.

'Weet je, al die jongens denken dat ik achterlijk ben omdat ik niets gelezen heb,' glimlachte ze ondeugend. 'Dat laatste is trouwens volkomen waar...'

'Welke jongens?'

'Je weet wel, de pers van Nairobi. Klets-klets-klets, altijd ouwehoeren over *Hart der duisternis*. Ik kan er niet meer tegen.' Ze zuchtte en schudde haar hoofd. 'Maar goed... Miles is in ieder geval de enige die de moeite neemt mij te adviseren wat ik moet lezen. Dat stel ik echt op prijs. Daardoor heb ik het gevoel dat ik niet volkomen verloren ben als ik eenmaal uit de wildernis kom.'

Ik realiseerde me dat ze verliefd op Miles was. Hij moet de aanstichter van haar Europese missie zijn geweest. Ze zag er zo anders uit aan de vooravond van haar reis naar Londen, dan toen ik haar voor het eerst in het kamp ontmoette. Plotseling zag ik hoe naïef ze zou overkomen tussen de Londense Glitterati. Hoe gedateerd haar kleding eruit zou zien en hoe weinig bij de tijd haar conversatie zou zijn. Hoe ze heel snel kon worden aangezien voor een Zweedse boerendochter die heerlijke cakes kon bakken. Je kreeg de neiging haar heel veel goede raad mee te geven.

Ze stond op, klaar voor vertrek.

'Heel erg bedankt, Esmé. En trouwens, overmorgen ben ik jarig en Nena bood aan een etentje bij haar thuis te organiseren. Mijn huis is te klein.'

'Leuk.' Ik volgde haar naar de deur. Plotseling draaide ik me om. 'Wacht even! Ik wil je nu al een verjaardagscadeautje geven.'

Later vroeg ik me telkens weer af waarom ik die ingeving had gekregen. Om haar toen een cadeau te geven, in plaats van te wachten tot haar verjaardag. Ik liep snel naar de boekenplank en pakte een exemplaar van Ferdinando's boek in het Engels. Ik krabbelde iets op de eerste pagina.

'Je zei dat je poëzie wilde lezen. Hier, dit is van mijn vader.'

Haar gezicht straalde en ze bladerde door het boek.

'Bedankt zeg, o, dit is prachtig!' Ze las wat ik geschreven had. 'Hé, heel erg bedankt.'

'Als je wilt, kun je wat winterkleding van me lenen voor je vertrekt,' zei ik. 'Ik heb zo veel kleren in mijn kast.'

'Goh, dat zou te gek zijn.' Ze trok me tegen zich aan en kuste me op beide wangen. 'Je bent echt geweldig, dankjewel.'

Ik zag hoe ze in de auto sprong en met piepende banden achteruitreed. Ze reed als een man. Ik glimlachte en zwaaide.

Net een hybride, dacht ik. Half jongen, half prinses. Half krijger, half kind.

Daar zaten we dan weer eens in onze mooie feestjurken.

Zelfs naar de maatstaven van Nairobi begon het laat te worden om nog te komen en Nena raakte geïrriteerd.

'Echt weer iets voor Iris,' zei ze terwijl ze op haar horloge keek, 'om te laat te komen op haar eigen feestje.'

Toen hoorden we een auto het pad oprijden. Ik zag Hunter binnenkomen en er schoot onmiddellijk een golf adrenaline door me heen: mijn hart ging als een razende tekeer, mijn knieën knikten. Ik stond versteld van mijn eigen reactie. Hij zette zijn bril af en streek met zijn hand zijn zwarte haar naar achteren. Ik kon de koude lucht die om hem heen hing ruiken: hij was vast met een open auto gekomen.

Hij kuste Nena.

'Het spijt me dat ik zo laat ben.' Hij hield een fles wijn omhoog. 'Zal ik deze in de koelkast zetten?'

'Ja, graag. Je bent niet te laat, Iris is zelf nog niet op komen dagen.' Ik kon horen dat ze kwaad was. Iris heeft dat wonderbaarlijke talent om andere vrouwen altijd te ergeren, dacht ik.

Het maakte mij niet uit dat we laat zouden eten. Snel goot ik mijn wodka achterover en ik voelde een plezierige tinteling. Hunter kwam met een glas in zijn hand naar me toe.

'Ik heb jou al een hele tijd niet gezien,' zei ik op flirterige toon.

'Ik was weg.'

Hij zag er bleek en gespannen uit. Hij forceerde een glimlach.

'Helaas was ik op vreselijke plekken.' Hij hief zijn glas en keek me recht in mijn ogen.

'Op jouw duidelijk florissante gezondheid.'

Ik lachte.

'En op de jouwe.'

De telefoon was overgegaan in het lawaaierige vertrek en Nena liep ernaar toe. Het was niet de klank van haar stem of wat ze zei, waardoor onze aandacht werd getrokken. Het was de manier waarop ze zweeg: we werden er allemaal onmiddellijk stil van. We luisterden.

'Wat?'

Haar ogen werden uitdrukkingsloos.

'Wanneer?'

Het was nu heel stil in de kamer. We keken allemaal naar haar. Ze legde langzaam de telefoon neer, als in een roes.

'Iris is dood.'

Niemand zei iets. Niemand bewoog. We wachtten, waren versteend. We wachtten tot Nena naar ons toe kwam en op de bank bij de haard ging zitten. Ze keek naar de grond, haar handen tussen haar knieën geklemd.

'Ze heeft een auto-ongeluk gehad. Ze is...' Haar lippen trilden.

Ze keek ons smekend aan als een klein meisje.

'Ze is dóód.'

Het nieuws slaat in als een bom. Wanneer je dat woord hoort, duurt het slechts één seconde voordat alles voor altijd kapot is.

We stonden daar als een groepje bevroren feestgangers – glas halverwege geheven, de lamsbout nog in de oven – als een gekristalliseerde Eurydice op de drempel van de Hades. Het onheilspellende woord was gevallen. En nu was er alleen nog plaats voor verdriet, tranen en wanhoop.

Toen veranderden we in een groep paniekerige mieren, uitzinnig, maniakaal. We begonnen allerlei nummers te bellen, reden naar de stad, haastten ons eerst naar het ziekenhuis, vervolgens naar het mortuarium. Peter, Hunter en Miles praatten en ruzieden met de Keniase bureaucratie, die nu bezit had genomen van Iris' lichaam en het in een díng had veranderd, een ding dat formulieren vereiste, certificaten en handtekeningen, ze deelden steekpenningen uit en wrongen zich in allerlei bochten. Nicole, Nena en ik zaten verdoofd in iedere wachtkamer – die van het ziekenhuis, het mortuarium en de begrafenisonderneming. We lieten het aan hen over – hoorden hun gespannen gesprekken met de politie, het ziekenhuispersoneel – en zaten zwijgend te roken onder de neonlampen, met rode ogen en mascarastrepen over onze wangen, als een griezelig trio uit een Venetiaans carnaval.

De volgende dag arriveerden de ouders van Iris van hun boerderij om de formaliteiten af te handelen. Ze waren allebei blond, sterk en eenvoudig, hun Engels klonk hard door een Zweeds accent hun huid was gehard door de zon van het binnenland. Ze spraken weinig en alsof hun verdriet te zwaar was om te dragen, slaagden ze er niet eens in hun hoofd op te tillen.

Ik kon Adam niet te pakken krijgen. Ik had zijn nummer niet. Het enige wat ik me kon herinneren was Colorado. Ik belde de universiteit in Boulder. Toen ik de operator vroeg of zij misschien iets wist over een lezing over safari's in Oost-Afrika, lachte ze me uit.

'Er worden hier honderden lezingen gehouden, dagelijks komen hier duizenden mensen, mevrouw. Welke afdeling moet u hebben?'

Ik hing op.

'Opnieuw zijn wij bijeen door de dood van een vriend.'

Hunter keek ons allemaal aan, we waren bijeengekomen in het kerkje, zijn stem weerkaatste zacht en helder tegen de koele stenen van de muren. 'En dat is niet ongebruikelijk. Wij, die in Afrika wonen, hebben moeten leren aan de dood te wennen. Mensen van wie we houden sterven, we verliezen hen voortdurend. Maar, iedere keer dat de dood toeslaat, blijven we sprakeloos achter, het lijkt onmogelijk dat het weer heeft moeten gebeuren. En toch zijn het juist deze dood, deze duisternis en deze voortdurende angst de reden dat men zich hier zo met elkaar verbonden voelt. Het komt door deze altijd aanwezige mogelijkheid elkaar te verliezen dat onze banden zo intens en zo sterk zijn.

Iris stierf op haar verjaardag. Ze was pas zevenentwintig, maar ze had meer levenservaring dan veel oudere mannen in dit land. Ze wist hoe ze een geweer moest afschieten, ze wist hoe ze met een aanvallende buffel of een bandiet om moest gaan. Maar in plaats daarvan werd ze gedood door een dronken Kikuyu bij een stoplicht in Westlands, op klaarlichte dag, haar tassen met boodschappen lagen nog op de achterbank. Zodat wij er allemaal aan herinnerd worden dat de dood altijd onaangekondigd komt, en altijd wreed en gulzig is. Het is altijd zinloos en absurd...' zijn stem trilde even.

Hij zweeg en keek naar het plafond.

'Haar Samburu vrienden hadden Iris een naam gegeven. Ze noemden haar "de rijke". Ik plaagde haar er altijd mee. Het is zelfs zo dat ik haar soms wat te veel plaagde. Maar nu zie ik dat zij gelijk hadden.'

Hij zweeg. Er was een ogenblik stilte. Je hoorde gesmoord snikken, gefluister. Toen begonnen achter in de kerk de Morans te wiegen en te sissen, en het wiegen werd een golvend gezang van droefenis. We draaiden ons om en keken naar hen. Ze waren van ver gekomen om afscheid te nemen van hun vriendin. Sommige gezichten kenden we al van haar foto's. Ze stonden op een rij, rechtop, met hun speer in hun hand, hun lange haar ingesmeerd met oker en gehuld in hun helderrode shuka's, onverschrokken als een verloren legioen van het Romeinse Rijk. Hun longen brachten een geluid voort dat klonk als de wind door de bomen, als het water van een beekje, als het ademen van een rennend dier. De vibratie van hun syncopische ademhaling zwol aan als een orgel dat door een kathedraal klonk.

We stonden dicht bij elkaar, schouder aan schouder, in het kleine kerkje en hielden elkaars hand vast terwijl de Morans bleven zingen.

En plotseling voelde het goed, om zo dicht bij elkaar te zijn – wij allemaal – en samen te rouwen om weer zo'n sterfgeval in Afrika.

Die avond hoorde ik een auto voor mijn huis stoppen. Het was laat, maar ik was nog wakker. Ik weet niet waarom, maar ik wist dat hij het was zodra ik de koplampen op de bomen zag schijnen.

'Ik kon niet slapen,' zei hij. 'Ik hoopte dat je nog wakker zou zijn.'

'Kom binnen. Ja, ik kon ook niet slapen. Ik weet zeker dat niemand dat kan, vanavond.'

'Ja, maar ik bedacht dat jij en ik de enigen zijn die alleen zijn. Miles is bij Nicole.'

'Hoe gaat het met hem?'

'Hij is een wrak.'

'Hij is echt ingestort, hè? Ga zitten, ik zal thee voor je zetten.'

Hij volgde me naar de keuken. Hij keek niet om zich heen, leek niet benieuwd naar hoe ik woonde, hij kwam gewoon binnen alsof hij hier al honderd keer eerder was geweest. Hij ging op de houten tafel zitten en keek hoe ik de ketel vulde.

'Weet je wat? Thee is heel lekker, maar ik barst van de honger. Ik heb in geen twee dagen gegeten.'

'O, oké.'

Ik trok de koelkast open en haalde er brood, kaas, een restje kipcurry en wat salade uit.

'Nu je er toch over begint, ik heb ook nog niets gegeten,' zei ik, mijn maag rammelde plotseling. 'Laten we de thee vergeten. We nemen hier een glas wijn bij.'

In de kast zag ik het restje van Iris' cake. Ik haalde het te voorschijn. Het voelde zo vreemd in mijn handen, gewikkeld in plastic. Nog steeds vers.

'Ze heeft dit voor me gebakken,' zei ik aarzelend. 'Het is...'

Ik zweeg en keek naar hem, ik wist niet wat ik moest doen.

Hunter keek me ernstig aan en pakte het uit mijn handen.

'Ja. Laten we het opeten.'

We schoven twee stoelen bij en gingen zitten eten. De aanblik van voedsel had ons meteen zo hongerig gemaakt, dat we niet eens de moeite namen de kip op te warmen. We aten en dronken in absolute stilte. We bleven onder het eten naar elkaar kijken tot er niets meer over was. We voelden ons allebei zo leeg door de afgelopen achtenveertig uur, dat ik niet denk dat een van ons nog energie had om zich nerveus of gespannen te voelen omdat we nu voor het eerst met elkaar alleen waren, zo laat op de avond. De wijn had ons verwarmd en ons vervuld met een gevoel van vredige uitputting. We gingen naar de woonkamer en ik porde het vuur op.

'God, dat was echt heerlijk,' zei hij, toen hij zich op de bank uitstrekte en een Rooster opstak. 'Ik kon er gewoon niet tegen nog een slapeloze nacht in mijn koude, lege huis door te brengen.'

Ik krulde me aan het andere eind van de bank op, op veilige afstand van zijn lichaam.

'Ik ben blij dat je gekomen bent. Ik had ook geen zin om op een avond als deze alleen te zijn.'

Een tijdje zeiden we geen van beiden iets. Ik stak ook een sigaret op en luisterde naar het geluid van onze ademhaling als we de rook uitbliezen.

Plotseling realiseerde ik me hoe lang – ergens in mijn onderbewuste – ik hem zó had willen zien. Alleen wij met z'n tweeën, op mijn bank.

'Wat je in de kerk zei, heeft me erg aangegrepen. Over hoe mensen hier stérven.'

Hunter verroerde zich niet.

'In Europa ga je 's avonds naar huis en maak je je alleen maar zorgen over hoeveel boodschappen er op je antwoordapparaat staan. Hier kom je 's avonds thuis en vraag je je af of je vrienden nog leven.'

'Weet je,' zei Hunter, hij tikte de as van zijn sigaret op de grond en leunde op zijn elleboog overeind. 'Als iemand haar had verteld dat ze op deze manier zou sterven, o man, ze zou het geháát hebben.'

'Hoezo?'

'Om te sterven als een huisvrouw op de terugweg van het boodschappen doen? Helemaal niet sexy.' Hij ging weer op de bank liggen en keek naar het plafond. 'Ze was zó ijdel.'

Ik hoorde hem zuchten.

'Vond je dat irritant?' vroeg ik.

'Soms. Waarschijnlijk omdat ik het gevoel had, zoals zo veel mensen hier, dat haar leven een perfect uitziende tijdschriftadvertentie was. Als je dit koopt, dan is het volgende bij de prijs inbegrepen: avontuur, seks, schoonheid en oud-koloniale charme. En in plaats daarvan – en dit is waarschijnlijk wat ik in de kerk probeerde te zeggen – wordt ze in het centrum van de stad aangereden door een klote-Kikuyu. En weet je wat dat voor ons betekent?'

'Nee.'

'Het betekent dat dít Afrika is, schat. De rest is flauwekul, binnenhuisarchitectuur, reclame. Want Afrika is een kloterige, dronken Kikuyu in een Nissan, begrijp je? Uiteindelijk is ze daaraan ten onder gegaan. Dat bedoel ik, als ik zeg dat dit land roofzuchtig is. Het gaf haar niet eens de kans op het einde dat ze verdiende. Het neemt niet eens de moeite je er op je sterfdag waardig te laten uitzien...'

'Ik denk dat ze je ontzettend graag mocht.'

'Ik híeld van haar,' zei hij kwaad, bijna snauwend. 'Er zat meer leven in haar dan in een kleuterschool. Ik was waanzinnig verliefd op haar toen ik voor de eerste keer hier terugkwam.'

Ik bloosde. Om hem alleen al de woorden 'waanzinnig verliefd' te horen zeggen, maakte me ongemakkelijk.

'En wat gebeurde er?'

'Ik kon haar niet volgen, zij kon mij niet volgen. We woonden in hetzelfde land maar we zagen verschillende dingen, altijd. Vanwege mijn werk had ik heel wat narigheid te verduren, en Iris – nou, je weet hoe ze is – ze...'

Deze tegenwoordige tijd ontging ons niet, maar we negeerden het.

'... ze had het te druk met het creëren van de volmaakte reclamecampagne voor haar leven – de mystiek van de Schoonheid en de Verdwijnende Krijgers – en ik had er een hekel aan. Ze wilde niet met beide benen op de grond staan. Ze was nooit geïnteresseerd in de waarheid, wanneer die betrekking had op de lelijke kant van de zaak. Dat haatte ze. Ze zei dat ik alleen van haar hield als ik erin slaagde haar ongelukkig te maken.'

Hij zweeg, keek naar het plafond en daarna naar mij.

'Misschien had ze gelijk, wie weet,' zuchtte hij. 'Misschien gaf het me een kick om haar pret te bederven, maar ik geloof dat er een wáárheid is, en meestal is die heel lelijk, heel onrechtvaardig en heel, heel wreed. Vooral in dit deel van de wereld. En ik geloof niet dat je die kunt negeren, anders zou ik niet doen wat ik doe.'

'Ik weet het,' zei ik. 'Onze etentjes in Karen moeten moeilijk voor je zijn, na Rwanda.'

Hij haalde zijn schouders op.

'Daar gaat het niet om. Na zoiets is het heel moeilijk om *waar dan ook* terug te komen.'

We zwegen lange tijd. Toen begon hij weer te praten.

'Toen ik voor de eerste keer een lijk zag, maakte dat een grote indruk op me. Ik was geschokt. Het was in Somalië. Het lichaam was opgezwollen als een koe, de stank was onverdraaglijk. Ik zei: hé, mijn eerste lijk. Toen we voor het allereerst in Kigali aankwamen, wisten we meteen dat het een akelige geschiedenis zou worden, heel anders dan Somalië, maar we hadden er nog geen idee van dat we getuige zouden zijn van een genocide. De eerste twee dagen begon ik het aantal lijken in de straten te tellen. Toen hield ik op met tellen. Dat deden we allemaal. We spraken er zelfs niet meer over.'

Hij keek me ernstig aan, bijna als een kind dat op iets ondeugends wordt betrapt.

'Die eerste week in Kigali waren er zo veel doden gevallen, dat we niet konden geloven wat er gebeurde. Het mortuarium was tot aan het plafond volgestouwd, je kon het bloed door de kieren van de gesloten deuren zien sijpelen. Soms reed je langs een groep snikkende vrouwen bij een controlepost en dan wist je dat ze er op de terugweg niet meer zouden zijn. Soms zag je hen wel terug, dood op de grond. 's Nachts klommen we op het dak van het hotel, zwijgend, vol afschuw, en we luisterden naar het geluid van de schreeuwende mensen die om ons heen werden afgeslacht.'

'Hoe maken ze... ik bedoel, wat gebruiken ze om...'

'Om te doden? Ze snijden mensen aan stukken met machetes of knuppelen ze dood met die enorme houten rungus vol spijkers. Als ze in een huis inbreken en het gezin dat daar woont beginnen uit te moorden, wordt er onderhandeld en betaalt men ze zodat er kogels gebruikt worden. Die Hutu's worden er helemaal high van. Ze rennen rond in groepjes van zo'n twintig man, onder het bloed, helemaal high van het geweld en de lichamelijke inspanning. Je weet dat het de taak van deze jongens is om de héle dag, met hun blote handen, mensen te vermoorden die voor hun leven vechten. Het is een ongelooflijk zware lichamelijke opgave. Je kunt zien dat ze bezeten zijn, maar tegelijkertijd is het onmogelijk om de opwinding niet te voelen, de immense energie die wordt geproduceerd door hun bloeddorstigheid.'

Hij keek me strak aan, een beetje wezenloos. Ik stak mijn hand uit naar zijn aansteker en hij gaf hem mij automatisch, waarbij hij nauwelijks mijn hand aanraakte. Ik denk dat hij me niet eens meer zag.

'Het is beangstigend als je je realiseert dat er een drempel is overschreden,' vervolgde hij. Zijn kin rustte op zijn knie en hij staarde in het vuur, zijn donkere haar hing voor zijn ogen. 'De grens die ons leven beheerst en ons iedere dag zegt hoe ver je kunt gaan. Nou, die mensen hebben de grens verwoest en maken amok aan de andere kant ervan. Aan die andere kant zijn er geen beperkingen, en je kunt niet meer terug als je er eenmaal overheen bent.'

Hij streek zijn haar achter zijn oren en keek me aan, bijna verbaasd dat ik er was en naar hem luisterde. 'En het heeft niets te maken met Afrikaan-zijn. Het heeft te maken met mens-zijn. Ik denk alleen dat in Afrika de scheidslijn tussen rationeel gedrag en waanzin veel vager is en veel sneller is verdwenen.'

Ik begon me misselijk te voelen, verpletterd, maar ik kon hem nu op geen enkele manier meer stoppen. Hij sprak niet tegen mij, hij sprak tegen zichzelf, alsof hij een ritueel uitvoerde, waarbij men door het één voor één benoemen van de verschrikkingen ze kon verdringen.

'Lijken zijn lijken. Wat ik vreselijk vind zijn gewonde kinderen. Soms denk je dat je tussen de lijken door loopt en plotseling voel je een handje naar je enkel grijpen, of je hoort hun geschreeuw in de verte. Je kunt gewonde kinderen niet meenemen in je auto, want de militairen houden je aan, de mannen halen ze eruit en vermoorden ze waar je bij staat. Dus daar hielden we maar mee op.'

'O god, Hunter...' Ik sloeg mijn handen voor mijn ogen.

'Het is de waarheid. Ik zeg dit niet om indruk op je te maken. Ik zeg het alleen omdat het de waarheid is.' Hij zuchtte diep. 'Toen ik háár lichaam in het mortuarium zag...'

'Ja...' Ik knikte en voelde een brok in mijn keel.

'Jezus, ik heb de líefde bedreven met dat lichaam, maar het was verdomme gewoon een bloederig lijk. Mijn hersenen weigerden het als het háre te registreren. Ik weet niet wat er met je hersenen gebeurt, die hebben hun eigen manier om te overleven, om te blijven functioneren. Het heeft niets met cynisme te maken, het is overlevingsdrang.'

Hij bleef me aankijken terwijl ik doodstil zat, ik voelde hoe mijn pupillen zich verwijdden, alsof ik een hallucinogene drug had gebruikt.

'Het leven gaat gewoon door. Niets houdt het leven tegen, niets. Zelfs een atoombom niet. Twee weken geleden, in Rwanda, kwamen Ruben en ik bij een kerk, vlak bij een dorpje. Mensen hadden zich daarbinnen verborgen, in de hoop gespaard te blijven. Nou, we kwamen daar heel vroeg in de morgen, zijn camera liep. Buiten lagen honderden, en ik bedoel echt hónderden lichamen. De stank was zo erg dat je nauwelijks kon ademhalen. Díe stank raak je nooit meer kwijt, hij blijft je de rest van je leven bij. Binnen lagen de rottende lijken tot aan ons míddel opgestapeld, begrijp je? Er moeten duizenden mensen binnen zijn geweest. Vrouwen, kinderen, iedereen. Je stond met je enkels twintig centimeter diep in lichaamsvloeistoffen, in vloeibaar... spul. De honden waren al binnen geweest en hadden hun werk gedaan. Ik ben nooit gek geweest op honden, maar na dat...' Hij wierp zijn sigaret in het vuur. 'Maar goed. Er was natuurlijk niemand meer, maar de katholieke priesters hadden zo'n kleine rozentuin aangelegd, achter de kerk, je kent het wel. Wonderbaarlijk genoeg waren de bloemen gespaard, ze waren onbeschadigd, alsof er niets was gebeurd. Ik stond voor de rozen en keek er lange tijd naar. Het was alsof die bloemen het enige waren waarop ik me kon concentreren om mijn verstand niet te verliezen. Je kunt het je wel voorstellen, het was een zonnige ochtend en de bijen vlogen zoals altijd van roos naar roos. Dit parallelle wereldje draaide zoals altijd, volledig onaangeraakt. Ruben legde alles vast met zijn Betacam. Met een Beta-microfoon kun je de vreemdste frequenties oppikken, hij is heel eigenzinnig wat geluiden betreft. Weet je, het enige geluid bij die scène – een van de grootste, meest afschuwelijke slachtingen die ik ooit heb gezien, die de mensheid ooit heeft gekend, wat mij betreft – was het gezoem van de bijen en het getjilp van de vogels.'

Ik voelde de warme tranen over mijn gezicht stromen.

'We bleven over het platteland rijden, snikkend als idioten reden we door dorpen en overal kwam ons die griezelige stilte tegemoet. Je hoorde alleen de vogels. We hoefden letterlijk alleen onze neus uit het raam te steken om te weten dat we nog meer lichamen zouden vinden. Het ongelooflijke was dat de dieren de huizen hadden overgenomen. In ieder huis vond je de koeien in de slaapkamer en de varkens in de badkamer. Ze voedden zich met wat er achtergebleven was. De eigenaars lagen in opgedroogde plassen bloed op de vloer. De dieren liepen stilletjes rond. Alles was gehuld in die eindeloze stilte.'

Hij zag me huilen en daardoor werd hij volgens mij weer wakker.

'Ik weet niet waarom ik je dit allemaal vertel. Sorry, Esmé,' zei hij, 'het was niet mijn bedoeling om...'

'Nee, je hoeft je niet te verontschuldigen. *Ik* ben degene die me moet verontschuldigen.'

'Waarvoor?'

'Voor jou. Voor alles.' Ik begon te snikken.

Hij kwam naar me toe en veegde met zijn vingertoppen zachtjes mijn tranen weg.

'Niet huilen, alsjeblieft.'

'Waarom niet? Waarom zou ik nu niet huilen?' vroeg ik bijna kwaad. 'Wanneer is het dan wel een goed moment om te huilen?'

Het leek alsof ik in een ravijn viel. Als water dat van een berg afstortte. Ik huilde om hem, om Iris, om de lichamen in de kerk, om mijzelf, om mijn kind, om mijn vader en moeder. Om alles wat kapot was, weggevaagd, verloren, om alles wat vergeten was.

'Ja,' zei hij, 'je hebt gelijk. Huil maar, maar kom hier.'

Hij trok me boven op hem. Ik voelde zijn armen stevig om mijn schouders, zijn vingertoppen lagen tegen mijn jukbeenderen. Zo lagen we lange tijd, tot ik ophield met huilen. We bewogen ons niet, we luisterden naar elkaars ademhaling en hartslag, raakten aan elkaars geur gewend, bang om te bewegen, of iets te zeggen. We luisterden. Zoals je luistert naar elke beweging, ieder gekraak, ieder gefluister in het donker. We hielden onze adem in en luisterden naar onze hartslag die sneller werd, zoals je 's nachts luistert naar voetstappen in de verte die dichterbij komen. Ik was bang voor wat ik wilde. Ik bad dat deze voetstappen bij mijn deur zouden stilhouden en binnenkomen, en ik was bang dat ze in plaats daarvan zouden wegsterven.

Ten slotte zei hij: 'Laat me hier bij jou slapen.'

'Wat?'

'Je hebt me wel gehoord. Ik wil gewoon niet weg.'

'Nee...' Mijn hart ging als een razende tekeer. 'Ik bedoel, ja. Je kunt blijven.'

Ik liet de woorden de kamer vullen, ik gaf ze iedere mogelijke verborgen betekenis mee. Toen maakte ik me uit zijn omarming los en keek hem aandachtig aan.

'Je kunt hier op de bank slapen.'

'Ja, dat is goed. De bank is prima,' zei hij, het hooghartige toontje was weer in zijn stem geslopen. Ik realiseerde me dat hij niets anders had bedoeld. Hij glimlachte alsof hij mij van mijn ongemakkelijke gevoel wilde bevrijden.

'Ik wil je nu gewoon niet alleen laten en naar huis rijden. Ik wil dicht bij jou slapen.'

'Ja,' knikte ik. 'Maar waarom?'

'Omdat er geen reden is om alleen te zijn – voor jou en mij – op een avond als deze.'

Ik ging weer tegen zijn borst aan liggen. We zeiden niets meer. Ik voelde hoe zijn hart geleidelijk langzamer begon te kloppen, hoe zijn spieren zich ontspanden tot hij in slaap viel. Toen ik de eerste vogels in de bomen hoorde, stond ik op, ik trok een deken over hem heen en glipte mijn bed in.

Ik kon niet slapen. Ik bleef woelen en draaien, tevergeefs probeerde ik een geluidje uit de woonkamer te horen. Het idee van zijn lichamelijke aanwezigheid, vlak achter die deur, had me meer in verwarring gebracht dan ik in mijn stoutste dromen had verwacht.

Het maakte me gek dat ik niet met hem naar bed ging.

Het idee dat mijn lichaam daar zo naar verlangde, joeg me schrik aan. Ik bleef me maar omdraaien, in de hoop dat ik het gevoel zou kwijtraken en in slaap zou vallen. Maar ik zag de opkomende zon achter de bomen die een witte schaduw in de kamer wierp. Toen hoorde ik in de verte de hanen kraaien.

'Verdomme!' fluisterde ik, en ik trok de lakens over mijn hoofd in een wanhopige poging om vergetelheid te vinden in de duisternis. Maar je kunt niet aan het licht ontsnappen: het komt iedere dag op dezelfde tijd, en het verlicht alle dingen die je nog niet wilde zien.

Ik had zeker niet langer dan een halfuur geslapen toen de telefoon ging. Ik hoorde het gepiep van een intercontinentaal gesprek.

'Hallo lieverd, het spijt me dat ik je wakker maak,' zei Adam, 'maar ik wilde je nog even spreken voor ik ga slapen.'

Ik schrok van het geluid van zijn stem. Ik ging rechtop zitten, mijn hart explodeerde bijna.

'Het is hier heel laat op de avond en ik ben net terug van een idioot feestje bij...'

'Adam,' riep ik, 'o, *Adam...*'
'Wat is er?'
'Er is iets vreselijks gebeurd. Iris...'
'Wat?'
'Ze heeft een auto-ongeluk gehad.'
'O nee toch. Is ze ernstig gewond?'
'Nee. Nee... ze is...'
Dit keer was ik degene die het moest zeggen.
'Ze is dood.'
Het bleef heel lang stil. Ik luisterde naar het gepiep, het geruis op de lijn.
'Wanneer is het gebeurd?' Zijn stem klonk vlak, als van een robot.
'Drie dagen geleden. Gisteren was de begrafenis. Ik wist niet hoe ik je te pakken moest...'
'Ik kom naar huis. Nu meteen.'
'Ja, alsjeblíeft.'
Ik hoorde een klik en toen het geruis van een intercontinentale verbinding die verbroken werd.

In de woonkamer was alleen nog een afdruk in de kussens zichtbaar.
Ik liep de keuken in. Ik zag de lege theekop op de tafel. Wilson stond bij het aanrecht en draaide zich met een glimlach om.
'Goeiemorgen Wilson. *Habari?*' Ik probeerde zo normaal mogelijk te klinken.
'Mzuri, mama.' Hij betrapte me erop dat ik uit het raam keek.
'Bwana Hunter ametoka saa hii.'
Zijn auto was verdwenen.
'Amewacha barua kwa wewe.' Wilson overhandigde me een briefje.
Zijn handschrift was heel klein, heel keurig.
'Ik ben ervandoor. Ik zal aan je denken.' Dat was het. Bijna hooghartig.
Ja, alles was weer normaal. Adam zou naar huis komen en

Hunter was opnieuw verdwenen, ergens buiten mijn bereik.

Ik zat in de keuken en keek naar Wilsons snelle bewegingen toen hij heet water in de theepot schonk en de toast uit de oven haalde.

Weer een ontbijt voor de levenden, dacht ik.

Maar ik gooide het briefje niet weg. Ik wilde het later nog eens kunnen lezen.

Ik zal aan je denken, dat wilde ik nog heel vaak lezen, in de ijdele hoop dat de woorden een diepere betekenis zouden onthullen.

Je kunt er niks aan doen dat je naar een geheime betekenis zoekt, als je niets meer hebt dan een stukje papier.

Ik belde Nicole.

'Ben je al wakker?' Het was nog niet eens acht uur.

'Wákker? Ben je gek? Ik heb geen oog dichtgedaan,' zei ze. 'Ik heb twee pakjes sigaretten opgerookt en drie bekers espresso gedronken.'

'Miles?'

'Bewusteloos. Hij slaapt de slaap der rechtvaardigen. Kom even langs en laten we samen nog wat roken.'

Ze zat op de veranda, gehuld in een vale kimono en ze had haar nagels nog niet opnieuw gelakt.

'O,' zei ze, toen ze me zag binnenkomen, 'godzijdank ben je gekomen.'

Ze zag er gespannen uit, haar donkere haar zat in de war, haar slanke armen waren wit en pezig, versierd met talloze blauwe aderen.

'Wat is er aan de hand?'

'Eigenlijk niets. Ik heb net een eindeloze nacht met Miles achter de rug en nu voel ik me behoorlijk uitgeput. Ik moest hem troosten omdat hij vond dat hij niet genoeg aandacht aan Iris had besteed, en hij haar voordat ze stierf nooit had verteld hoe fantastisch hij haar vond. Daarna,' verzuchtte ze, 'hebben we geneukt. Hartstochtelijk geneukt.'

'O.'

'Plaatsvervangend geneukt, natuurlijk.'

Volgens mij heeft iedereen geneukt gisteravond, dacht ik. Dat is altijd zo als er iemand is gestorven. Om het verlies te compenseren, om het principe van leven opnieuw te bevestigen. Het is heel natuurlijk, een oerinstinct.

'Maar weet je, ik ben er een beetje ondersteboven van. Hoewel ik heel goed weet waarom het gebeurde. Waarschijnlijk lacht zij om dit alles,' zei Nicole met een grijns.

'Wie, Iris?'

'Vast en zeker. Alle vrouwen in deze stad worden op de avond na haar dood bij volmacht geneukt door haar ex-minnaars.'

Ik was verbijsterd. Had ze Hunters auto op mijn oprit zien staan? Alles was mogelijk in Langata.

'Hunter kwam gisteravond langs,' bekende ik, als een verdachte die bedenkt dat hij beter niets voor de politie verborgen kan houden.

'Aha! Hunter,' zei ze op een Holmes-tegen-Watson-achtige toon. 'En....?'

'Niets. Hij heeft op de bank geslapen, hij wilde niet alleen in zijn huis slapen. Ik denk dat hij aandacht nodig had.'

'En dát kan niemand hem weigeren, is het niet?' zei Nicole droevig. Ze staarde voor zich uit. 'Vooral niet op zo'n avond.'

'We hebben niet... er is niets gebeurd,' voegde ik er haastig aan toe.

'Dat is maar beter ook,' zei ze en toen zuchtte ze, terwijl ze haar eigen vergissingen overdacht. 'Het is veel beter om die grens niet te overschrijden. Het is soms veel moeilijker dan je denkt om je oorspronkelijke plek weer in te nemen.'

'Ja, daar ben ik het helemaal mee eens. Veel te gevaarlijk,' zei ik, net iets te heftig.

Dat schudde haar wakker: ze keek me verbaasd aan. Ik beantwoordde haar blik zonder mijn ogen neer te slaan. Toen wist ze dat ik voor hem gevallen was.

2

Als je goed loopt, laat je geen spoor achter.

GEOFFREY ORYEMA

'Waarom lig je nog in bed?'

Miles kwam mijn kamer binnenstormen en verstoorde mijn dagdromen.

'O, god, Miles, je laat me schrikken. Wat bedoel je met "nóg"? Ik ben al sinds zeven uur op. Ik rust gewoon even wat uit. Ik had een beetje een kater, maar nu gaat het wel weer.'

Ik lig al op bed sinds ik van Kilonzo's garage terug ben en ik staar urenlang naar het plafond, precies zoals ik van plan was. Mijn gedachten draaiden in cirkels rond en brachten verrassende details naar boven, die ik voor altijd verloren waande.

Miles gaat op de rand van mijn bed zitten en bekijkt me aandachtig. Zijn inbreuk op mijn privacy ergert me een beetje.

'Wat heb je met je haar gedaan?'

'Ik heb het laten knippen. Vind je het mooi?'

'Hmm.' Hij kijkt besluiteloos.

'Nou ja, het is nu toch te laat.' Ik vind het vervelend wanneer er iemand op mijn bed zo naar me zit te kijken, alsof ik ziek ben of zo. Daardoor voel ik me zo zwak. Dus ik sta op en loop ongeduldig naar de woonkamer.

'Ik zei niet dat ik het níet mooi vond.'

'Hé, mijn haar is momenteel het laatste waar ik me druk over maak.' Ik schud mijn hoofd. 'Heb je een sigaret voor me?'

'Ja.' Hij steekt er prompt een voor me op. 'Wat dacht je van een kop koffie?'

Ik voel door zijn spanning dat hij niet is langsgekomen – zoals hij gewoonlijk doet – om even te kletsen. Hij moet iets van me en zodra hij het heeft, zal hij weer verdwijnen. Ik schenk twee koppen koffie in uit de kan die Wilson in de keuken heeft achtergelaten. Miles loopt achter me aan en blijft kletsen om te voorkomen dat er stiltes vallen.

'Leuk etentje gisteren, vond je niet? Heb je je nog een beetje vermaakt met die Amerikaanse filmschrijver?'

'Niet echt,' antwoord ik nors terwijl Wilson de koude melk uit de koelkast pakt. 'Bedankt, Wilson. Kom, Miles, laten we op de veranda gaan zitten.'

'O. Het leek me wel een vlotte vent,' zegt Miles, teleurgesteld door mijn slechte humeur.

'Misschien. Maar in ieder geval niet wat ik onder vlot versta.'

'Nou ja, oké.' Hij nipt van zijn koffie en probeert er ontspannen uit te zien. Hij strekt zijn benen op het lage tafeltje.

'Die Amerikaanse fotografe, Linda. Ik vind haar erg leuk.'

'Echt waar?'

'Een lekker ding wel, vind ik.'

'Mmm.'

Ik hoop niet dat hij de hele gastenlijst wil doornemen.

'Ik heb haar werk gezien. Niet slecht, moet ik zeggen.'

Het maakt me woedend dat hij het over haar werk heeft. Ik denk nu aan Iris, en daarom ben ik zo kwaad. Waarom vervangen we mensen, waarom vergeten we ze zo snel?

'Toen ik gisteravond de meisjes thuisbracht... haar en... Claire,' hij schraapt schaapachtig zijn keel voordat hij haar naam uitspreekt, 'liet Linda ons iets van haar meest recente werk zien.'

'O ja? Sleept ze haar portfolio overal mee naar toe?'

'Ach, kom op Esmé,' zegt hij verwijtend, 'ze had gewoon wat oude tijdschriften bij zich waarin haar werk was gepubliceerd. Zodat ze het hier kan laten zien.'

'Kwam dat even goed uit.' Ik geniet ervan om op zijn zenuwen te werken. 'Was het iets bijzonders?'

'Hmm, middelmatig,' moet hij toegeven. 'We hebben nog iets

gedronken en een paar jointjes gerookt in haar hotelkamer.'

'Het klinkt alsof het laat is geworden.'

'Ja. Ze bleven me maar vragen stellen alsof ik een overlevingspakket was. Het zijn zulke stadsmeiden, ze zijn voor het eerst in Afrika en in feite zijn ze gewoon doodsbenauwd.'

'Ik durf te wedden dat ze van iedere minuut genoten hebben.'

Hij laat zich nog steeds niet ontmoedigen door mijn gebrek aan enthousiasme. Hij grijnst.

'Linda probeerde te doen alsof ze iets meer ervaring had, weet je. Alsof ze meer wist over de wildernis en zo. Toen ging ze naar de plee, zag daar een spin, en de hel brak los.' Hij grinnikt. 'Ze bleef er bijna in.'

'En Claire?' vraag ik nonchalant.

'Ik heb haar naar huis gebracht. We hebben in de auto nog wat zitten praten. Ze is heel intelligent, zeer belezen.'

'Is dat zo?' zeg ik, en ik probeer verveeld te kijken.

Wilson verschijnt met een bordje zelfgebakken koekjes. Hij glimlacht als hij het op het tafeltje tussen Miles en mij in zet.

'Dank je Wilson,' zeg ik, 'wat een goed idee.'

Miles begint de koekjes naar binnen te proppen.

'Maar goed, ik neem ze later vandaag allebei mee om op de Ngongheuvels naar de zonsondergang te kijken. Ik vroeg me af of je me een koelbox kon lenen voor de wijn...'

'Weet je, Miles, ik zou het erg leuk vinden dat als je hier op bezoek komt, je de moeite zou nemen, hallo, dankjewel en hoe gaat het met je te zeggen tegen mijn personeel. Het zijn geen díngen, hoor.'

'Wat?' Hij keek me ongelovig aan.

'Zonet bijvoorbeeld. Je hebt Wilson twee keer gezien en je doet net alsof hij er niet is, alsof hij onzichtbaar is of zo.'

'Hé, sorry hoor. Je hoeft je niet zo op te winden...'

'Nee! Je vergist je,' snauw ik. 'Dat moet ik wel. Iemand moet zich eens voor één keer opwinden.'

Ik denk dat ik op het punt sta te gaan schreeuwen. Ik voel dat mijn gezicht warm wordt.

'Ik kan het niet meer úitstaan dat iedereen altijd zo onnadenkend doet. Alsof het er allemaal niets toe doet, alsof het geen enkel verschil maakt! Alsof het niemand verdomme iets kan schelen!'

Ik schreeuw nu echt. Ik zie hoe ik mijn koffiekop oppak en hoe die – in perfecte slowmotion – over het grasveld vliegt en aan stukken valt. Miles is verbijsterd.

'Wat is er in godsnaam met jou aan de hand?' Ik zie paniek in zijn blik.

'Er is helemaal niks met mij aan de hand! Komt het ooit weleens bij je op dat er misschien wel iets mis is met de manier waarop jíj je gedraagt?'

'Ik... ik heb geen flauw idee...'

'Laat ook maar. Ga maar naar de keuken en vraag Wilson of hij je de koelbox mee wil geven, pak snel wat je nodig hebt en maak dan als de sodemieter dat je wegkomt.'

'Esmé, alsjeblieft, wat is er aan de hand? Hoor eens, het spijt me van Wilson. Het was niet mijn bedoeling... Maar vertel me alsjeblíeft wat ik gedaan heb dat...'

'Nee, je hebt helemaal niets gedaan. Niemand doet hier ooit iets fout. Ik verbeeld het me maar. Telkens weer.'

Ik schop tegen een safaristoel, die op de grond valt. Miles staat op – als een echte Engelsman – geschokt door mijn Anna Magnani-achtige gedrag.

'Dag Miles. Veel plezier met de zonsondergang.'

Ik ga het huis binnen en doe mijn slaapkamerdeur achter me dicht. Ik tel tot vijftien, dan hoor ik de motor starten en de auto het pad afrijden.

Adam kwam radeloos van verdriet terug uit Amerika, hij was gespannen en gehard door de pijn en de lichamelijke uitputting. Toen ik naar het vliegveld reed om hem op te halen, minder dan achtenveertig uur na zijn telefoontje, bedacht ik me hoe anders deze thuiskomst zou zijn dan ik het me tien dagen eerder had voorgesteld, toen ik nog steeds in winkels rondrende en keek hoe babyvoedsel eruitzag. In de tussentijd had ik rondgetuimeld in een droogtrommel en was ik in ten minste drie verschillende personen gereïncarneerd, sinds die gelukkige dagen in Singhs wachtkamer. Ik wist niet wie van de drie personen ik op dat moment was, maar zeker niet degene die Adam vijf weken eerder had achtergelaten.

Toen ik hem op het vliegveld ontmoette, zag hij er ook anders uit. Hij was magerder, zijn ogen waren bloeddoorlopen en zijn huid bleker dan ooit. Hij was afwezig, alsof hij er nog niet helemaal bij was.

'Ik heb haar ouders vanuit Boulder gebeld,' zei hij in de auto op weg naar huis. 'Ik wil een paar dagen bij ze op de boerderij logeren. Ze zeiden dat ze... een prachtig plekje onder een boom heeft. Ik wil daar gewoon een poosje zitten.'

'Ja.'

'Ben je klaar om morgenochtend te vertrekken?'

'Ja. Weet je zeker dat je wilt dat ik meega?'

'Ja, waarom niet?'

'Misschien wil je een poosje alleen zijn. En ik denk dat het gemakkelijker is als jij alleen met haar ouders bent. Ze kennen je al sinds je kindertijd, je bent als familie voor hen.'

'Ja, maar...'

'Ik vind dat je alleen moet gaan. Ik heb al afscheid genomen. Echt, ik meen het.'

Hij wist dat ik gelijk had.

Toen we die nacht naast elkaar in bed lagen, kon ik het gewicht van zijn pijn voelen, en ik wist dat het zo diep in hem zat dat ik er niet bij kon. In het donker hield ik zijn hand vast.

'Verdomme,' zei hij, 'ik zal haar echt missen.'

Het is gewoon zo moeilijk om het toe te geven. Het is vernederend. Maar op dát moment kon ik er niets aan doen dat ik het gevoel had dat hij geen ruimte meer had om ook nog over het verlies van ons kind te rouwen. Sinds zijn thuiskomst had hij er nog niets over gezegd. Ik wist dat het voor hem, omdat hij zo ver weg was, allemaal heel abstract was geweest. Een telefoongesprek.

Maar voor mij – het had in me gezeten, het had de vorm van mijn lichaam veranderd. Niets had echter kunnen zijn. Daar zat ik dan, met de dood van Iris te wedijveren om zijn aandacht. Ik maakte een stomme vergissing, want niemand kan zo'n ongepast gevecht winnen.

Nu zie ik het veel duidelijker: alles gebeurde tegelijkertijd, ik had geen slechter moment kunnen kiezen om veeleisend te zijn. Maar in de afgelopen tien dagen had ik ook een kind en een vriendin verloren. De harde kant van Afrika gaf me een klap in het gezicht en ik voelde me diep gekwetst.

Heel vroeg de volgende ochtend stormde ik op blote voeten en slechts gekleed in een van zijn shirts naar de garage waar Adam, voordat hij naar Maralal zou rijden, zijn auto nakeek met een van zijn monteurs.

'Wil je even binnenkomen? Ik wil met je praten,' zei ik kortaf. Hij keek me verbaasd aan en volgde me naar de slaapkamer.

Toen we op het bed zaten, barstte ik in tranen uit.

'O god, Adam, ik heb er genoeg van. Ik weet het niet, maar ik denk dat ik terug wil. Ik ben zo moe van dit alles.'

'Terug naar waar?'

'Naar huis. Naar Italië, weg van hier.'

Ik begon te snikken.

'Hé!' Hij trok me geschrokken tegen zich aan. 'Hé Esmé, wat is er aan de hand? Vertel het me alsjeblieft.'

'Jij... jij doet de hele tijd al die dingen...'

'Hoe bedoel je *ik doe die dingen*... wat dan?'

'Autorijden, iets repareren, hier en daar naar toe rennen... Ik kan er niet meer tegen.'

Hij keek me geschokt aan. Hij wist niet waar ik het over had.

'Weet je,' vervolgde ik, 'waar ik vandaan kom, in mijn familie, gebruiken de mensen woorden om hun gevoelens te omschrijven. En – weet je wat? – dat maakt echt een verschil. Na alles wat er gebeurd is, ga jij gewoon kijken of je radiator niet lek is. Het is zo barbaars, ik word er hartstikke gek van.'

'Het spijt me.' Hij ademde langzaam uit, streek toen een paar keer met zijn vingers door zijn haar en keek me met een intense blik aan. 'Maar ik voel me gewoon zo vreselijk, ik weet niet hoe ik...'

'Je zégt nooit iets,' viel ik hem in de rede.

'Dat is waar. Jij bent in dat opzicht zoveel beter dan ik.'

Hij zweeg.

'Ik wilde dat kind ook, Esmé.'

Ik voelde me plotseling belachelijk dat ik zo'n scène maakte. Snel droogde ik mijn ogen.

'Ja, dat weet ik.'

'Mooi. Denk daar dan aan, ja?'

Ik knikte.

'Ik hou van je,' zei hij.

Ik keek hem met een lege blik aan.

'Ik-hou-van-je, Esmé,' herhaalde hij langzaam, alsof hij bang was dat ik niet langer Engels verstond.

'Dat weet ik.'

'Ik weet niet hoe ik het je op een andere manier duidelijk moet maken. Alsjeblíeft, maak jezelf niet zo vreselijk overstuur.'

Toen Adam een paar dagen later uit Maralal terugkwam, was ik gekalmeerd en zag hij er weer als vanouds uit.

'Ik wil dat je met me mee op safari gaat,' zei hij. 'Je ziet eruit alsof je er nodig eens tussenuit moet.'

Voordat het seizoen begon, wilde hij een nieuwe plek voor zijn kamp vinden. Hij was met veel boekingen teruggekomen en de zaken stonden er goed voor.

'Veel van de klanten van vorig seizoen hebben opnieuw geboekt. Ik wil ze nieuwe plekken laten zien, waar niemand ooit geweest is.'

'Niemand?'

'Je zult versteld staan hoe veel delen van dit land nog nooit door een mens zijn betreden. Je zult het wel zien: we gaan wat behoorlijk desolate paden betreden.'

We maakten ons klaar voor een ruige safari. Een elektrische lier, een professionele gereedschapskist, reserveonderdelen voor de auto, landkaarten, geweren en ammunitie. Ik kocht de meest extravagante voedselvoorraden: oestersaus, Thaise groene curry en gepekeld citroengras, voor het geval we zin hadden in roerbakgerechten, chocoladesiroop en alle geïmporteerde crackers die ik maar te pakken kon krijgen.

Adam was door een vreemde razernij bevangen. Ik kon zien dat vijf weken in de 'bewoonde wereld' hem zo rusteloos hadden gemaakt als een gekooid dier. Maar er was meer, ik had het gevoel dat hij iets kwijt moest raken. Pijn, frustratie, ik weet niet wat het was. Hij wilde vechten, en omdat hij geen vijand had op wie hij zijn woede kon bekoelen, ging hij op safari met de vastberadenheid om ieder obstakel dat op zijn pad kwam, uit de weg te ruimen.

De natuur nam de uitdaging aan en liet ons haar tanden zien.

Op één dag rijden van Nairobi kwamen we bij vlak terrein, dat zich tot in het oneindige leek uit te strekken. Het was rotsachtig, droog en stoffig. Er was geen mens te zien, zelfs geen kind dat geiten hoedde. Het was alsof je in een oven stapte. Ieder pad dat we namen verdween in het niets, maar Adam bleef gewoon verderrijden. Hij reed onverbiddelijk door. We moesten letterlijk met een schep stukjes van de weg aanleggen die door de regen waren weggespoeld. We sleepten de auto uit droge rivierbeddingen, hakten de struiken weg met een panga, als ze te dicht werden om er met de auto doorheen te rijden en duwden stenen en takken onder de banden om de auto uit het zand te trekken. Iedere dag werkten we als slaven om enkele kilometers in maagdelijk gebied door te dringen. En hoe dieper we de wildernis introkken, hoe woester die werd. Het was een dicht doornig struikgewas, ondoordringbaar en verstikkend. De rivier, waar ik zo naar had uitgekeken, was modderig, krioelde van de krokodillen en was vergeven van muskieten.

'Onvoorstelbaar land, vind je niet?' vroeg Adam dan, als we 's avonds eindelijk onder de sterren konden uitrusten.

'Niemand is hier ooit eerder geweest,' placht hij trots te zeggen, 'is het niet prachtig?'

Nee, ik vond het helemaal niet prachtig. Ik vond het woest, griezelig en vijandig. Er was geen plek voor rust of geluk tussen die scherpe doornen. Mijn huid zat vol sneden en schrammen, klopte van de zweren. Ik voelde me uitgeput en vies. Het vlees dat we hadden meegenomen was door de hitte gaan rotten, en het draaide erop uit dat we de krokodillen onze biefstukken voerden.

Op een avond, nadat de duisternis was gevallen en we op zoek waren naar brandhout, stapten we bijna op een enorme slang die langzaam door het gras gleed, vlak bij onze tent. De slang schrok van het licht van de zaklantaarn en bleef doodstil liggen. Hij was gigantisch.

'Niet bewegen,' zei Adam, en hij liet me verstijfd achter om de slang in het lamplicht gevangen te houden.

Hij kwam terugrennen met het geweer.

'Wat een verduiveld monster,' zei hij, en hij schoot hem dood.

Het was een pofadder. De grootste die hij ooit had gezien, zei hij hoofdschuddend. Ik had nog nooit van mijn leven iets gezien wat er ook maar in de verste verte op leek. Hij was minstens anderhalve meter lang, zo dik als een boa-constrictor, en hij woog meer dan tien kilo. Vol dodelijk gif. We hakten met een panga de kop van het beest en gooiden hem in het vuur. Hij spetterde en verspreidde een scherpe geur. Adam liep de struiken in met de koploze slang, die nog steeds spastisch kronkelde.

'Waar ga je heen?' vroeg ik zwakjes.

'Ik wil dit zover mogelijk uit de buurt van het kamp hebben.'

'Waarom, denk je dat de hyena's komen om hem op te eten?'

'Dat is mogelijk, die eten alles. Maar ik wil gewoon niet in de buurt van dit díng slapen.'

Het was de eerste keer dat ik Adam geen angst, maar afkeer voor iets hoorde uiten.

's Nachts hielden de bavianen me wakker met hun griezelige, menselijke geschreeuw.

'Het zijn gewoon bavianen,' zei Adam in de duisternis van de tent. 'Je hebt het al zo vaak gehoord.'

'Nee. Dit klinkt als het gegil van kinderen, het is afschuwelijk.'

Ik wist dat de wildernis deze keer naar ons gromde. Ik kon het vóelen. Maar Adam zou zoiets nooit toegeven. Hij was vastbesloten redding te zoeken in de volmaakte harmonie van de natuur, en hij was niet van plan zich op die manier door de natuur in de steek te laten.

Ik bestudeerde hem terwijl hij zich in de modderige rivier waste. Hij zag er zo sterk en knap uit, naakt in het zachte avondlicht. Hij glimlachte en stak zijn hand uit.

'Kom,' zei hij, 'het is hier zo mooi.'

Maar het water zag er troebel uit, de rivieroevers te glibberig om me enige opluchting te bezorgen. Plotseling dacht ik aan wat Hunter over zichzelf en Iris had gezegd: ik bedacht me dat Adam en ik ook waren begonnen de dingen anders te zien. Toen ik me realiseerde dat dit het begin zou kunnen zijn van een afstand tussen ons, verontrustte mij dit zeer.

Eindelijk lieten we de rivier achter ons en klommen we naar het groenere land van de heuvels. De lucht werd koeler, de palmen verdwenen en maakten plaats voor varens en hoge grassen. We kwamen kuddes impala's, *kongoni* en elanden tegen.

We zagen ze over de heuvelruggen rennen en zich verspreiden over het gras. De koelte van de lucht was zo'n opluchting, maar vooral was het stimulerend om weer open land en lucht te zien, na de bedomptheid van de lager gelegen wildernis. Het kostte ons de hele dag om naar boven te rijden. Het was een ongelooflijk zware rit. Het spoor dat naar de top leidde was zo steil dat we het gevoel hadden dat we in gevecht waren met de zwaartekracht. We klommen schrikwekkend langzaam omhoog, in de laagste versnelling, de banden van de Toyota deden hun uiterste best om hun grip op de rotsen niet te verliezen. We schokten, sprongen en schudden heen en weer. Het werd donker en we reden nog steeds. We praatten niet langer, beiden verzonken in onze eigen stilte en vermoeidheid.

We reden door de nacht, zweefden door de ruimte als een ruimteschip dat zich moest zien te redden in een onbekend sterrenstelsel. We werden ons bewust van onze koplampen die de duisternis doorboorden en van honderden kilometers afstand zichtbaar waren. Nu we de top bijna bereikt hadden, konden we het vage licht van een kampvuur onderscheiden, heel in de verte op de vlakte onder ons – het enige teken van menselijk leven in het enorme land dat zich aan de voet van de heuvels uitstrekte.

Het was waarschijnlijk een kamp van Masai Morans, waar ze een *olpul* hadden gehad, het slachten van een geit. Op dit moment zaten ze waarschijnlijk op hun gemak bij het vuur het hele dier op te eten, nadat ze zijn bloed hadden gedronken. Dit is wat het Moran-zijn voorschreef: uitsluitend in gezelschap van andere Morans eten en slapen, uit de buurt van de blikken van vrouwen en kinderen. Het was bijna alsof ze – nu ze de status van halfgoden hadden bereikt – niet gezien mochten worden bij het bevredigen van menselijke behoeften, zoals je lichaam voedsel geven en het laten uitrusten. Ik dacht aan Lenjo en zijn verhalen. Ik miste zijn zelfverzekerdheid, zijn vriendelijke glimlach. Plotseling verlangde ik ernaar om bij die Morans rond dat vuur op de vlakte te zitten, in hun rokerige geur en me in slaap te laten wiegen door hun stoere taal, die lenig en snel is en die springt en weer neerkomt als een dansende Masai. Ik wist dat de Morans op ditzelfde ogenblik naar onze verre, omhoogschijnende stralen keken. Ze wisten waarschijnlijk wel dat het een idiote wazungu moest zijn. Niemand anders zou 's nachts die kant op rijden.

Maar Adam vond het heerlijk om zo ver mogelijk bij andere mensen uit de buurt te zijn, koste wat het koste.

Toen we in de stilte van de nacht de top naderden, en onze banden sporen als littekens op het koele gras achterlieten, waren we ons allebei zeer bewust van het feit dat we de ongereptheid van de afgelegen heuvels geweld aandeden.

We zetten de tent op, worstelend tegen de felle wind, en doken meteen in bed, te moe om zelfs nog iets te eten.

Toen ik bij zonsopgang wakker werd, had ik het ijskoud en was mijn slaapzak vochtig. Ik zag Adam buiten bij het vuur zitten, een kop hete thee in zijn handen. Ik wachtte tot de zon door de wolken was gedrongen voor ik me aan de buitentemperatuur waagde.

Het uitzicht was adembenemend. Terwijl de vroege ochtendnevel langzaam oploste, zagen we de Kilimanjaro perfect tegen de hemel afgetekend, we zagen de besneeuwde strepen op de top. Onder ons, zacht en vol als een vrouwenborst, rolden de ronde heuvels in elkaar over en ze gingen langzaam over de enorme vlakte, als een groene zee. Het was alsof je op de top van de wereld zat.

'*De groene heuvels van Afrika*. Dat is het!' zei ik. 'Hier heeft Hemingway zijn titel bedacht, denk je niet?'

'Maar hij heeft ze nooit van hieraf gezien, dat weet ik zeker,' zei Adam. 'Niemand heeft ooit eerder van dit uitzicht genoten, dat beloof ik je.'

Hij hield zijn ogen op de vlakte onder ons gericht, dronk van zijn thee, afwezig en triomfantelijk, als een kind dat iets heeft bewezen wat alleen voor hem van belang is.

Maar hij vergiste zich. Er was hier wel iemand geweest, en niet zo lang geleden. Iemand die niet bepaald in het uitzicht was geïnteresseerd.

De volgende morgen maakten we een wandeling. Hij droeg het geweer omdat hier overal buffels rondliepen en de leeuwen die op deze hoogte leefden, stonden bekend om hun slechte humeur. Dus we liepen voorzichtig en zwijgend. Plotseling trof de stank ons, zodra de wind draaide. Het was alsof je een klap in je gezicht kreeg.

'Wat is het? Een leeuwenprooi, denk je?' vroeg ik.

Langzaam liepen we naar een groepje bomen in het grasland. De stank werd ondraaglijk, ik moest mijn shirt voor mijn neus houden. Toen we dichter bij de bomen kwamen, hoorden we het gezoem. Het klonk alsof er een half miljoen bijen en vliegen aan het werk was.

'Shit,' zei Adam, en hij drukte een zakdoek tegen zijn mond. 'Ik denk dat ik weet wat het is.'

Tussen de bosjes lag een gigantisch hoge berg, iets zwarts dat trilde en klopte alsof het nog ademde.

Toen realiseerde ik me dat die bewegingen werden veroorzaakt door een dikke laag maden, wormen, vliegen – miljoenen zwermende insecten – die op het rottende vlees van het karkas zaten. Het was een enorme olifant. De stropers hadden de slagtanden meegenomen en waren ervandoor gegaan.

Het leek een spookachtige totem, als iets uit de ergste *Heer der vliegen*-nachtmerrie. Iets wat mensen niet onder ogen behoorden te krijgen.

Mijn bloed stolde en ik werd overvallen door een irrationele angst – alsof we op een vreselijk voorteken waren gestuit. Ik kon niet anders dan wegrennen, met gebalde vuisten, zonder zelfs maar iets tegen Adam te zeggen. Ik rende helemaal terug naar het kamp, zonder me zorgen te maken over buffels of leeuwen die in het gras verborgen konden zitten.

Toen ik eenmaal in het kamp was, warmde ik een emmer water boven het vuur, vervolgens kleedde ik me helemaal uit in het gras en ik begon met een tinnen beker water over mezelf heen te gieten. Het was nog steeds behoorlijk vroeg, de lucht was fris en de groene heuvels hadden een warmgouden waas. Een familie impala's in de vallei keek stil naar mijn jungledouche. Maar het enige waaraan ik kon denken was die kloppende zwarte gedaante.

Ik zat bij het vuur mijn haar te drogen met een sterke kop instantkoffie. Ik zag Adam vanachter de top van de heuvel verschijnen, hij liep langzaam, met licht gebogen schouders.

'Je moet niet zomaar wegrennen,' zei hij, terwijl hij het geweer op de leuning van een safaristoel legde, 'ik word zenuwachtig als er daarboven geen spoor meer van je te bekennen is, oké?'

Hij zag er inderdaad bezorgd uit.

'De stropers kunnen nog niet ver zijn,' zei hij, en hij keek met zijn verrekijker in het rond. 'Ze hebben hem met machinegeweren neergeschoten.'

'Te gek,' zei ik, 'bedoel je dat we hier alleen kunnen zitten met een stelletje idiote stropers gewapend met AK47's?'

Hij gaf me geen antwoord.

'Bedoel je dat we overvállen zouden kunnen worden?'

Daar gaf hij evenmin antwoord op.

'We moeten naar beneden en verslag uitbrengen bij de KWS-mensen,' zei hij.

'Laten we gaan.' Automatisch stond ik op.

'Wacht even. We kunnen morgenochtend vertrekken en nog één nachtje...'

'Nee,' viel ik hem in de rede, 'ik wil niet langer in de buurt blijven van dat díng. Ik wil weg. Nú.'

Hij zuchtte.

Het maakte me niets uit om de verantwoordelijkheid voor onze nederlaag op me te nemen.

We braken het kamp op en reden over de vlakte naar de dichtstbijzijnde parkingang, en we vertelden de parkwachters van de Kenya Wildlife Service waar ze de olifant konden vinden.

We zaten in de auto bij de parkingang en dronken lauwe Fanta. Adam had een van zijn oude landkaarten over het dashboard uitgespreid en was verzonken in de mysterieuze symbolen die erop stonden. Een naakt kind kwam te voorschijn uit een van de golfplaten hutjes die bestemd waren voor het KWS-personeel. Ik hoorde hem wanhopig huilen toen hij het verblindende licht van de middagzon in strompelde.

'Laten we naar huis gaan,' zei ik. 'Ik wil in mijn eigen bed slapen.'

Adam keek me verbaasd aan.

'Wil je echt terug naar Nairóbi?'

Ik wist dat ik hem teleurstelde. Het kon me niets schelen. Ik had al mijn fysieke en mentale krachten verbruikt.

'Ja, we kunnen er om zes uur zijn. Dan nemen we een warm bad, eten een pepersteak en drinken een glas rode wijn in het Franse restaurant bij de renbaan. Alsjeblieft. Dat klinkt zó goed, zeg ja.'

Hij zuchtte en keek uit het raam. Het kind huilde nog steeds, zijn magere lichaampje was overdekt met rood stof. Adam vouwde de kaart op en stopte hem in het handschoenenvakje. Toen zette hij de auto iets te snel in zijn achteruit en reed naar het noorden.

'Goed. Als je dat het liefste wilt.'

Ik was opgelucht: eenmaal thuis leek het logisch en simpel om de deur te sluiten voor alles wat er sinds zijn thuiskomst op ons drukte. Dat verontrustende gevoel van onheil, die onbegrijpelijke pijn. Wat het ook betekende, het zou gemakkelijker zijn het te verbergen binnen de vier muren van ons huis dan onder dit felle zonlicht.

Achteraf bekeken, kan ik dat moment helder onderscheiden, en begrijp ik dat we ons toen waarschijnlijk van elkaar begonnen te verwijderen, tegen elkaar begonnen te liegen. Vanaf dat moment sloten we liever onze ogen, hoewel het gif naar binnen begon te druppelen – heel langzaam, druppel voor druppel – terwijl wij net deden alsof we langzaam in slaap waren gevallen.

3

Mag ik gaan, in schoonheid
Mag ik gaan, over het pad dat met stuifmeel is gemarkeerd
Mag ik gaan, met sprinkhanen rond mijn voeten
Mag ik gaan, met dauw onder mijn voeten
Mag ik gaan, in schoonheid
Met schoonheid voor me
met schoonheid achter me
met schoonheid boven me
mag ik gaan.

ANONIEM, EEN TEKST VAN DE NAVAHO'S

'Esmé? Met Hunter,' klonk de stem over de telefoon. Het was nog geen acht uur, ik was wakker geworden van de telefoon. Een receptioniste had naar mijn naam gevraagd, die ze met veel verbeelding uitsprak, en vervolgens had ze me in de wacht gezet, zodat ik kon luisteren naar zenuwslopende muzak.

'Húnter?' Mijn hart sloeg over.

Sinds die avond bij mij thuis – bijna twee maanden geleden – had ik niets meer van hem gehoord, hij was verdwenen. Terug naar Rwanda, terug naar Somalië, terug naar Zaïre. Terug naar waar er alleen maar slecht nieuws was.

'Ja, met Hunter Reed,' zei hij, zo formeel alsof we niet meer dan vage kennissen waren. 'Luister, ik ben nu nog in Kinshasa, maar vanavond ben ik in Nairobi.'

'Ja...' zei ik gedwee.

'Ik bel je om te vragen of je me morgen een handje kunt helpen. Heb je morgen tijd?'

'Morgen?' Ik deed alsof ik nadacht. 'Eh... ja, ik denk het wel. Wat moet ik dan doen?'

'Ik moet een verhaaltje schrijven over een Italiaanse priester die in de sloppenwijken woont. Ik heb gehoord dat zijn Engels niet zo goed is, dus ik dacht dat jij misschien, nou ja... dat je me misschien een handje kunt helpen.'

'Vertalen? Ja, natuurlijk. Geen probleem.'

'Mooi zo.'

Het was even stil. Blijkbaar was hij niet in een spraakzame bui. Dus probeerde ik het gesprek snel te beeïndigen.

'Goed dan, wat zullen we... ik bedoel, wat zijn de plannen?'

'Kom morgen maar naar mijn huis. Weet je waar het is?'

'Nee.'

'Colobus Lane? Tweede oprit aan de linkerkant. Er staat een bordje waarop staat Wilkinson, daar woon ik. Ik heb nooit de moeite genomen het te vervangen. Is acht uur te vroeg?' Hij klonk nu echt als een journalist. Aan de slag, en geen tijd voor flauwekul.

'Helemaal niet. Wilkinson. Ik zie je morgen om acht uur.' Ik probeerde net zo efficiënt te klinken.

'Geweldig. Tot morgen dan.'

'Ciao,' zei ik, en ik had er onmiddellijk spijt van.

'Een klús met Hunter Reed?' Adam stond zich te scheren, hij maakte zich klaar om naar zijn kantoor in de stad te gaan. Hij draaide zich verbaasd om. 'Wát voor een klus dan?'

'O, gewoon vertalen. Hij moet een Italiaanse missionaris die geen Engels spreekt interviewen.'

'Bedoel je dat je ervoor betááld wordt?'

'Betaald? Eh, nee... ik denk het niet, hij heeft er in ieder geval niets over gezegd.'

'O, oké.' Hij keek weer naar zijn gezicht in de spiegel en tilde zijn kin op. 'Dan klinkt mij in de oren als een gunst.'

'Ja, ik denk dat je gelijk hebt.'

Ik zweeg, alsof ik me moest verontschuldigen voor mijn enthousiasme: 'Maar ik denk dat het heel boeiend is. Denk je niet?'

Ik keek hoe hij het kraanwater over het scheermes liet lopen.

Ik hield ervan om te kijken naar mannen die zich scheren. De volmaakt identieke volgorde van bewegingen die ze allemaal maken met scheerschuim en mes heeft iets heel aantrekkelijks. De manier waarop ze het hoofd optillen, opzij kijken, hoe ze hun gezicht afspoelen en dan tevreden zuchten. Hoe heerlijk fris ze daarna ruiken.

'Het lijkt me heel interessant om die man te ontmoeten,' ging ik verder, want hij reageerde nauwelijks. 'Hij woont in de sloppenwijken. Heel bijzonder, vind je niet?'

'Ja,' zei Adam, niet erg onder de indruk, en hij droogde zijn gezicht met een handdoek. 'Die missionarissen zijn soms vrij verbazingwekkende kerels.'

Kordaat liep hij langs me heen naar de slaapkamer, hij trok de kast open om een schoon overhemd te pakken.

'O ja, ik vroeg me af of je vandaag even naar het industrieterrein kunt gaan om de verf op te halen die ik voor de auto nodig heb. Wilson heeft de lijst.'

'Ja, natuurlijk,' zei ik schaapachtig.

Maar de enige waarheid was natuurlijk dat het mij in feite interessant leek om een hele dag in het gezelschap van Hunter Reed door te brengen.

Eenzame mannen leven als wolven.

Hun huis is alleen een plek om 's avonds naar terug te keren, om op een onopgemaakt bed neer te vallen en het bewustzijn te verliezen. Overdag hebben ze niets te doen in die kamers: er ligt nooit iets te eten in de koelkast, er is zelfs geen verse melk of een kop koffie, er staat geen gemakkelijke bank, er schijnt geen zacht licht door de lampenkappen, er is geen hout voor een vuur.

Alleen de geur van beschimmeld voedsel en ongewassen sokken.

De badkamer is kaal: een piepklein stukje zeep ligt te vergelen op de wastafel, een oude tandenborstel, de haren allemaal krom, en een halfvol flesje shampoo. Wat heeft een man verder nodig om zich op te knappen?

De kale leegte van zo'n huis achtervolgt hen soms. Het is niet duidelijk hoe of op welke geheime manier, maar de dingen om hen heen kunnen ze door een andere inrichting enig comfort geven. Ze weten hoe het moet voelen – ze zien het altijd bij andere mensen thuis. De reuk van een haardvuur, het vlees dat in de oven knappert, zachte muziek op de achtergrond, kinderen die rondrennen voordat ze naar bed gaan. Je kunt het hele huishouden voelen ademen, warmte zien uitstralen. Het is gewoon een kwestie – denken ze soms – van de koelkast volgooien, de lamp vervangen door een nieuwe, het bed verschonen. Trouwens, zo nu en dan proberen ze dezelfde warmte te creëren die ze ergens anders hebben gezien en die ze heimelijk willen bereiken door kleine dingen te veranderen, maar het resultaat is altijd koud, bijna levenloos. Geen enkel object wil zich aanpassen aan iets anders en dezelfde geheime harmonie bewerkstelligen, de lampenkap niet aan het kussen, noch het boek aan de boekenplank, of het tapijt aan de vloer. Zelfs de melk wil zich niet naar de koffie voegen. Elke molecuul van deze afzonderlijke eenheden verstijft obstinaat en wijst de rest af. Niets wil samenkomen en ook maar in de verste verte de suggestie geven dat er een innerlijk ritme is, een sprankje leven.

Het is maar een kwestie van dagen: dan hopen de vuile kleren zich weer op in een berg op de vloer, samen met modderige laarzen, de lege glazen en overvolle asbakken. Het zal weer even koud en oncomfortabel als tevoren zijn. Alles is gesmeten, gegooid of gekreukeld, alsof niets, absoluut niets enige zorg heeft verdiend.

Zo zag Hunters huis er in mijn ogen uit, toen ik het voor het eerst zag. Het lege hol van een wolf.

Daar stond ik dan, precies om acht uur, in gedachten aantekeningen makend als een ijverige detective, om erachter te komen wat zijn huis verder nog over hem kon vertellen.

De soberheid ervan schrikte me niet af, eigenlijk zag het er vertrouwd uit. Ik herkende hetzelfde wantrouwen dat Ferdinando had voor de verleidingen van comfort, en dezelfde opwinding voor de dingen die hem de straat op lokten.

Maar wat ik nu begon te herkennen als een patroon in het gedrag van Hunter Reed – en wat ik niet alleen raadselachtig vond, maar waar ik ook een hekel aan begon te krijgen – was dat hij onvermijdelijk alles wat er onze vorige ontmoetingen was gebeurd, scheen te hebben uitgewist. Telkens als ik hem weer zag, deed hij alsof we elkaar voor het eerst ontmoetten. Hij liet absoluut niets blijken van een herinnering aan onze vorige ontmoetingen.

Ik verwachtte geen liefdesverklaring, maar niet zo heel lang geleden hadden we een aantal, naar mijn mening, zeer emotionele uren met elkaar doorgebracht. Hij had me opgezadeld met een aantal hartverscheurende, aangrijpende verhalen, terwijl ik snikkend in zijn armen had gelegen. Hij was op mijn bank in slaap gevallen met mij in zijn armen en had volgens mij een nogal heftig briefje voor me achtergelaten. Dat is naar mijn idee toch allemaal behoorlijk intiem.

Maar tot mijn grote verbazing bleek er niets van die herinnering uit zijn gedrag, toen hij naar me toe kwam lopen en me een kop lauwe Nescafé aanbood.

'Ben je er klaar voor?' zei hij met dezelfde warmte die een cameraman zijn nieuwe assistent zou hebben betoond.

'Helemaal.' Ik zette meteen de koffiekop neer die hij me net had gegeven.

Hij bekeek mijn kleding nauwkeurig, ik droeg een soepele gebloemde jurk die ik met pijnlijke zorg had uitgekozen voor de spiegel toen Adam nog sliep. Ik had mijn best gedaan om er sexy uit te zien, zonder de indruk te wekken dat ik ergens op uit was.

'Ik had je misschien moeten waarschuwen iets minder...'

'Minder wat?' vroeg ik afwerend.

'Nou, iets minder stíjlvols.'

'O, het maakt niet uit.' Ik streek de zoom van mijn belachelijk dure Belgische merkjurk glad. 'Dit is gewoon een oud ding.'

'We gaan naar de grootste vuilnisbelt van de stad. Ik bedoel, het is daar écht weerzinwekkend.'

'O. Ik dacht dat we naar de slóppenwijken gingen,' zei ik, alsof het een chique woord was.

'Dat is waar de sloppenwijken zijn. Aan de rand van de vuilnisbelt,' specificeerde hij een tikkeltje ongeduldig. 'We zullen na afloop allebei vreselijk stinken, dat kan ik je wel vertellen.'

'Oké, leen me dan maar een spijkerbroek en een shirt,' zei ik, mezelf uit mijn volgzaamheid schuddend door een resolutere toon aan te slaan. Ik had er genoeg van me in zijn nabijheid altijd zo slap op te stellen.

'En een riem,' voegde ik er vastberaden aan toe, ik stak een sigaret op en schuifelde met mijn voeten.

Vijftien minuten later zat ik naast hem in de auto en zag ik eruit als een loodgieter in een te grote overall. Maar ik vond het prettig om zijn kleren te dragen; het voelde intiem en ondeugend.

'Nou, wat heb je de laatste tijd allemaal uitgevoerd?' vroeg ik terloops, als iemand die beleefd een praatje wil maken.

'O, dat wil je niet weten.'

'Nee, dat wil ik wél weten.'

'Ik was voornamelijk in Rwanda. Om nog meer lijken te zien rotten en meer journalisten hun verstand te zien verliezen. Daarom heeft de krant ermee ingestemd dat ik dit iets optimistischere verhaal in Nairobi doe, zodat ik een paar dagen terug kon. Ze moeten ons zo nu en dan wel een adempauze geven, anders zouden we nooit meer goed kunnen functioneren. Vertel me maar eens wat jij hebt uitgevoerd, daar luister ik liever naar.'

Ik voelde dat hij er dit keer echt niet over wilde praten en mij op een veilige emotionele afstand hield. Ik was teleurgesteld, ik had het gevoel alsof ik terrein had verloren. Maar ik probeerde zijn reserves te doorbreken door hem over mijn safari met Adam te vertellen, hoe we eigenhandig stukken van de weg hadden gerepareerd die lang geleden waren weggespoeld. Ik wilde niets liever dan zijn aandacht trekken en mijn leven interessant en avontuurlijk laten klinken.

'We kampeerden op plekken waar heel lang niemand is geweest, het was absoluut ongelooflijk. Vanaf de top van de berg kon je een kampvuur op honderden kilometers afstand zien. En dat maakte voor je gevoel een heel verschil. Plotseling weet je dat je niet alleen bent.'

'Het is verbazingwekkend,' zei hij, en hij schudde glimlachend zijn hoofd.

'Ja, zó bijzonder.' Ik wilde hem dolgraag over de olifant vertellen, ik dacht dat hij daar wel van onder de indruk zou zijn.

'Ik bedoel dat het verbazingwekkend is hoe voor de meerderheid van de mensen hier, de blánken bedoel ik dan,' benadrukte hij, 'de hele zin van het wonen in dit land draait om de aanblik van andere menselijke wezens te vermijden.'

'Hoe bedoel je?'

'Ik bedoel dat als we op een knop konden drukken om de mensen die toevallig ons uitzicht bedierven te verpulveren, we dat meteen zouden doen. Dat is het doel van safari's, of niet? Om geen levende ziel tegen te komen.'

'Nou, eh, ja,' gaf ik voorzichtig toe. 'Ik denk dat dat een van de redenen is waarom men er zo veel moeite voor doet. Om gebieden te vinden die heel afgelegen zijn en...'

'Zelfs geen Masai-herder, god verhoede het. Ik durf te wedden dat jij het zelfs vréselijk vindt als er een Masai met zijn kudde bij je kamp opduikt. Overbegrazing van het land en vernietiging van de wildernis. Heb ik gelijk of niet?'

Hij refereerde aan Adam. Ik hoorde het aan zijn stem.

'Hetgeen een fantastische paradox is, als je bedenkt dat dit land toevallig een van de snelst groeiende landen van de wereld is. Kenia heeft een van de hoogste geboortecijfers, en waar het in dit land éigenlijk om gaat, is niet het wild, maar de overbevolking.'

'Ja, maar...'

'Maar iedereen,' viel hij me in de rede, 'absoluut íedereen bejubelt en beschrijft Oost-Afrika als een maagdelijk paradijs, een soort paradijselijke tuin. Iedere boekwinkel in de eerste wereld wordt overspoeld met mooie boeken over Kenia, verhalen over mens en wildernis en al die flauwekul. Ik denk dat niemand de moeite neemt om cijfers te bestuderen of plekken te gaan zien zoals de plek waar wij nu naar toe gaan.'

Nou, ik had geen cijfers bestudeerd, noch was ik eerder in de sloppenwijken geweest, dus ik kon er zoals gewoonlijk niets tegen inbrengen. Dat gevoel gaf Hunter Reed mij nou altijd: dat ik met mijn rug tegen de muur stond, zonder me te kunnen verdedigen.

'Ik denk dat je gelijk hebt,' gaf ik toe, alleen maar om wat ademruimte te creëren. 'Maar aan de andere kant verkoopt Kenia daarom zo goed in het Westen.'

'Natuurlijk. Maar wat mij zo verbaast, zijn de mensen die hier wónen. Niemand, absoluut níemand hier geeft ene reet om de Afrikanen, dat kan ik je wel vertellen.' Hij schudde zijn hoofd en tastte in zijn zak, op zoek naar een sigaret. Hij stak hem op en ging door met me de les te lezen.

'De enige reden waarom de blanken hier kwamen wonen, behalve dat ze geld aan het land en de goedkope Afrikaanse werkkrachten konden verdienen, is het landschap en de wilde dieren. En tot op de dag van vandaag is het enige waar zij zich zorgen om maken, hoe ze de wildernis en het wild kunnen behouden. Ik bedoel, je hebt hen toch gehoord: bij ieder etentje in deze stad klaagt er wel iemand dat precies op de plek waar hun vaders vroeger altijd gingen jagen, alles nu is veranderd in eindeloze *shambas*. Ze raken buiten zichzelf als iemand een aardappelplant durft te planten om zijn gezin te voeden. Ik bedoel, waar verwachten we in 's hemelsnaam dat deze mensen hun éten vandaan halen?'

Ik wou dat ik nooit over mijn safari en het verre kampvuur was begonnen. Ik wou dat ik nooit die malle jurk had uitgekozen en ik wou dat ik iets zinnigs had gelezen over overbevolking versus wildernis in Oost-Afrika.

'Ik weet het niet,' was het enige wat ik wist te zeggen en ik voelde me verslagen.

Ik was nu al moe, voordat we zelfs maar begonnen waren. Ik leunde achterover in mijn stoel en keek naar hem terwijl hij zijn ogen op de weg had gericht. Zijn profiel deed me denken aan de koppen die je op Romeinse munten ziet. Een jonge consul. Ik moest mijn ogen sluiten. Waarom was Hunter Reed altijd zó'n harde noot om te kraken?

Pater Marco, de Italiaanse priester-missionaris, stond op ons te wachten voor de kerk in Kariobangi, aan de rand van de stad. Hij was een aantrekkelijke man van begin vijftig, klein en gespierd, met de energieke houding die kenmerkend is voor de meeste Italiaanse bergbeklimmers. Donkerblauwe ogen in een benig gezicht, een bril met ronde glazen, een golvende, grijze baard en lang haar. Hij droeg een oud vaal T-shirt en een katoenen broek, en hij had een rugzakje op zijn rug waardoor hij er als een grappige schooljongen uitzag.

'Marco,' zei hij, hij stak zijn hand uit en keek vanachter zijn brillenglazen naar me met de verlegen blik van een man die niet aan vrouwen is gewend. Maar toch zag hij er helemaal niet als een priester uit. Eerder als een bejaarde hippie. Zijn vingernagels waren vuil, evenals zijn voeten. Hij rook ook niet al te fris.

Zijn Engels was eenvoudig maar tamelijk vloeiend, dus uiteindelijk hoefde ik niet veel te vertalen. Marco woonde al vijfentwintig jaar in Oost-Afrika en sprak vloeiend Kiswahili.

'Dat is de enige taal die je moet spreken als je dicht bij de mensen hier wilt staan,' zei hij schouderophalend, 'en natuurlijk om de mis in hun taal te kunnen opdragen.'

De sloppenwijk, Korokocho, begon meteen na de kerk van Kariobangi en liep helemaal tot aan de vuilnisbelt, een berg van gevaarlijk afval met giftige dampen. Marco zei dat het veiliger zou zijn ernaar toe te rijden dan verder te lopen, zelfs al was het maar een klein stukje van de kerk. Toen hij in de auto stapte, voegde hij er verlegen glimlachend aan toe: 'Je kunt de portieren maar beter op slot doen, je weet maar nooit.'

'Hoezo?' vroeg ik.

'Er komen niet zo veel auto's in Korokocho. Niet veel blanken,' zei hij, alsof hij zich verontschuldigde voor het risico dat we liepen. Toen we langzaam over de weg de sloppenwijk inreden, kreeg ik koude voeten. Ik voelde iedere blik die onze blanke huid registreerde. We reden zwijgend verder, in gedachten onderhandeldend over ons recht op doorgang met de mensen die de weg bevolkten. De gezichten die onze auto inspecteerden, waren niet de gezichten die je in het centrum van Nairobi zag. Deze gezichten zeiden: wat doe je in onze buurt? Hoeveel geld heb je bij je? Terwijl we doorreden, voelde ik me steeds verder verwijderd van wat ik over de stad dacht te weten. Deze plek voelde zo anders, vijandig en oncontroleerbaar.

Terwijl we vaart minderden bij een gat in het wegdek sloeg er iemand op de motorkap. Plotseling werden we omringd door een menigte. Gezichten en handen werden tegen de ramen geduwd, gegrijns en spotlachjes, er werd tegen de zijkant van de auto geslagen. Hunter en ik vertrokken geen spier. Ik was verlamd en baadde in het koude zweet. Marco hield zich rustig, alsof er niets bijzonders gebeurde, tot iemand in de menigte hem herkende en zwaaide. We werden weer vrijgelaten. Ik hield mijn adem in tot we bij Marco's huis aankwamen en ik eindelijk uit de auto stapte. Mijn benen waren slap.

Marco woonde in een schuurtje, gebouwd van mabati en triplex, net zoals de rest van de sloppenwijk. Er was geen elektriciteit of stromend water, en overal lagen open riolen. De lucht was vervuld van een scherpe rook die afkomstig was van de voortdurende brandjes op de vuilnisbelt. Kinderen in smerige vodden en magere vrouwen in gescheurde kleren kwamen van overal om de wazungus te zien die bij de pater op bezoek waren. Alles zag er zo droevig uit, alsof iemand een dunne grijze laag over de heldere kleuren van Afrika had geschilderd. In het schuurtje stond alleen een klein bed, keukengerei hing aan de wanden, een paar potten en pannen, veel stapels boeken op de vloer en op de enige tafel. De paar kledingstukken van Marco hingen aan de deur. Ik denk dat hij niet veel meer bezat. Hij trok een klapstoel voor Hunter bij, hijzelf ging op een laag krukje zitten en ik zat op de rand van het bed.

Hunter haalde zijn sigaretten te voorschijn en bood hem er een aan.

'Nee, dank je,' zei Marco, en hij legde zijn hand tegen zijn borst. 'Ik moest stoppen toen ik hier kwam wonen. Je weet wel, de dampen... we hebben hier allemaal last van longinfecties.'

Hij hoestte vreselijk. Net als de kinderen die binnen waren geglipt en nu in het donker zaten te giechelen. En de vrouwen die buiten stonden. Heel Korokocho hoestte elkaar de meest afschuwelijke virussen in het gezicht door dat brandende afval.

Marco woonde al vijf jaar in het schuurtje. Hij had besloten de missiepost in het stedelijke gebied nabij Mount Meru te verlaten om het leven van de echte armen te delen.

'Want kijk,' zei hij beleefd met zijn zware Italiaanse accent, 'dit is de toekomst, zo zal Afrika er helaas over enkele jaren uitzien. Niet het dorpsleven, niet de toverdokter en het grazende vee. De verstedelijking zal het grote probleem zijn. Al die mensen komen naar de grote stad in de hoop een baan te vinden, rijk te worden. Maar er is geen baan, er is geen geld. Zelfs niet om weer terug te kunnen gaan naar het dorp. Dus ze belanden hier omdat ze nergens anders naar toe kunnen. En hier verliezen ze hun identiteit, hun stamgevoel. Ze worden vuilnismannen. God is hier harder nodig dan in de dorpen. God is meer nodig op plaatsen waar minder hoop is, nietwaar?'

Ik knikte. Hij had een stralende glimlach.

'Dus de mannen worden misdadigers, de vrouwen prostituees. De meesten van hen hebben aids. Dit is wat er met hen allemaal zal gebeuren,' hij wees in de richting van de vuilnisbelt in de vallei, 'als ze helemaal geen geld meer hebben, gaan ze naar de vuilnis. Daar zoeken ze naar voedsel en vechten erom met de aasgieren. Verder kunnen ze echt niet zinken. Soms verzamelen ze schroot, of papier dat gerecycled kan worden, en ik help hen om het te verkopen. Zoals je weet hebben we een kleine coöperatie.'

Hunter maakte aantekeningen. Hij wilde meer over de coöperatie weten, hoeveel geld er werd omgezet, hoeveel mensen ervan konden leven. De cijfers waren het vermelden niet waard.

'Maar het zal beter worden,' zei Marco. 'De mensen beginnen nu pas te begrijpen wat het betekent om voor de gemeenschap te werken, om hun krachten te bundelen. Kijk, deze mensen zijn allemaal getraumatiseerd, zoals ik al zei zijn ze allemaal hun identiteit kwijtgeraakt. Deze kinderen,' hij wees naar de in vodden geklede kinderen die in de donkere kamer zaten te giechelen, 'hebben nooit een familie gehad. Hoe kun je hun principes aanleren, niet alleen religieuze principes, maar ethische basisprincipes, als er zo veel ellende is, zo veel trauma?'

We zwegen. We wisten niet hoe we zo'n simpele vraag moesten beantwoorden.

Marco stond op.

'Kom, jullie moeten zien waar we werken om te begrijpen wat ik bedoel.'

We volgden hem naar buiten, de smerige steegjes in die naar de vallei leidden. De dampen die van de brandende berg afkomstig waren hingen verstikkend in de lucht, grijs as brandde in mijn ogen. De kleverige stank van dood en verrotting doordrenkte mijn kleren en brandde in mijn longen en mijn keel. We waadden naar beneden door de steile berg van vuilnis, onze voeten zakten diep in het vuil weg. De maraboe-ooievaars vlogen laag over, klapperend met hun grote vleugels, en verzamelden zich in groepjes op de afvalbergjes.

In de verte zag men, als personages uit Dantes *Inferno*, mannen die zich kromden onder het gewicht van enorme zakken. Dat waren de vuilverzamelaars.

We stonden stil en keken naar een van de mannen die langzaam naar ons toe kwam. Hij herkende Marco en ze wisselden enkele woorden. De man hief zijn hoofd op onder de zware last en we zagen zijn ogen. Er lag een krankzinnige blik in, de blik van iemand die het onvoorstelbare heeft meegemaakt en daar nooit meer overheen zal komen.

'Als je de hele dag tussen het afval zit, is het moeilijk om je waardigheid te behouden,' zei Marco, toen de man verderliep, dubbelgebogen onder het gewicht. 'Op dit moment zijn deze mensen de echte outcasts, dieper kunnen ze niet zinken. Maar weet je, heel langzaam kunnen ze weer een beetje op de ladder stijgen. Het vuilverzamelen kan een manier worden om eerlijk geld te verdienen. Het is een vies werkje om schroot te verzamelen, maar het is een begin.'

We liepen langzaam terug naar zijn schuurtje. Hunter vroeg Marco hoe lang hij van plan was in Korokocho te blijven wonen.

'Zolang ik het volhoud. Mijn longen zijn erg slecht. En zolang mij wordt toegestaan te blijven. De regering is niet erg blij met wat ik doe. Ze sturen spionnen naar de kerk als ik de mis opdraag. Ze beweren dat ik een revolutie probeer te veroorzaken in het getto.'

'Is dat zo?' vroeg Hunter voor de grap.

'Natuurlijk niet. Ik probeer deze mensen alleen de eenvoudigste politieke principes uit te leggen. Bijvoorbeeld dat de regering ons de hutjes waarin we wonen moet toekennen. We bevinden ons hier namelijk op land van de regering. Ze blijven dreigen ons te verwijderen. Maar zelfs in de favela's van Brazilië, of in Soweto, bezitten de mensen hun eigen hutjes. Nairobi is de enige plek ter wereld waar...'

'Aha, maar dan probeer je het getto wél op te stoken!' viel Hunter hem in de rede en hij lachte. 'Ze hebben verdorie gelijk dat ze van je af willen!'

Marco glimlachte geamuseerd.

'Spreek je goed Kiswahili?'

'Goed genoeg,' zei Hunter. 'Hoezo?'

'Kom dan zondag naar de mis en luister naar mijn preek. Ik ga het over het uitzettingsprobleem hebben.'

'Dat klinkt voor mij meer als een partijbijeenkomst dan een religieus samenzijn.'

'Ja. Behalve dat ik uit naam van de partij van God spreek,' grinnikte Marco.

We schudden elkaar de hand en beloofden terug te komen. Hunter zei dat hij hem een kopie van zijn verhaal zou sturen.

Marco hield mijn hand tussen de zijne geklemd en glimlachte.

'Torna presto, e compartati bene. Ci vuole coraggio, sai, per capire.'

'Lo so. Grazie davvero.'

We stapten weer in de auto en reden zwijgend Korokocho uit, waarbij we nauwkeurig de uitdrukking op ieder zwart gezicht dat zich naar de auto boog in de gaten hielden, en we onze adem inhielden tot we bij de kerk en de rotonde kwamen en plotseling weer in de vertrouwde straten van Nairobi waren, bij een benzinestation waar de zwarte pompbediende beleefd glimlachte en zijn hand ophield voor de sleutels. Terug in de wereld van memsahab en bwana.

'Wat zei hij tegen je in het Italiaans?' vroeg Hunter me.

'Hij zei: "Gedraag je." En toen zei hij dat men moedig moest zijn om alles onder ogen te durven zien.'

Hunter bleef even stil. Toen schudde hij zijn hoofd.

'Afrika is de enige plek ter wereld waar je in God wilt geloven. Ik denk dat het de enige manier is om zo veel wanhoop te kunnen accepteren.' Hij keek me flauw glimlachend aan. 'Maar helaas is het geen enkel lid van de westerse pers toegestaan om Gods wraak te vrezen. Het zou ons talent voor liegen ondermijnen.'

Ik rook mijn kleren, mijn haar. De zoete geur van verrotting had zich aan me gehecht en maakte me misselijk.

'Laten we naar jouw huis gaan om te douchen,' zei ik. 'Ik wil zo snel mogelijk deze kleren uittrekken.'

'Je raakt de lucht niet gemakkelijk kwijt, ik heb je gewaarschuwd. Ik ben er zo langzamerhand al aan gewend. Overal in Rwanda stinkt het tien keer erger.'

De rottende slachtoffers van de Hutu-waanzin, het rottende

karkas van de olifant, de rottende berg van afval en wanhoop. Dezelfde geur van de dood, hetzelfde gezoem van vliegen.

'Waarom heb je me meegenomen?' hoorde ik mezelf op agressieve toon vragen. 'Hij sprak vloeiend Engels, je had mijn hulp helemaal niet nodig.'

Ik was plotseling kwaad. Waarom moest hij me meeslepen in die hopeloosheid? Verhalen schrijven was zíjn werk, hij zou ervoor beloond worden. Maar ik, wat had ik eraan, behalve dat ik een klap in mijn gezicht kreeg? En waarom uitgerekend ik?

'Omdat ik je terug wilde zien,' antwoordde hij, en hij hield zijn ogen op het stoplicht gericht, volkomen rustig, bijna alsof mijn irritatie hem ergerde. Alsof het het enige logische antwoord was.

'Nou, je had me ook gewoon mee uit lunchen kunnen vragen,' zei ik, en ik probeerde niet te laten merken dat ik onder de indruk was van zijn onthulling. Ik probeerde te scoren terwijl mijn hart oversloeg. 'Ik bedoel... je had kunnen zeggen...'

'Ik wilde helemaal niets zéggen,' viel hij me in de rede, me nog steeds niet aankijkend. 'Ik wilde je gewoon zíen. En ik wilde ook Korokocho zien. Ik vond dat jij het ook maar moest zien.'

'Waarom?'

'Wat bedoel je, waaróm? Omdat je hier nu woont. Om wat Marco net tegen je zei: je moet moedig zijn om het *niet uit de weg te gaan*. Misschien denk ik wel dat jij er moedig genoeg voor bent.'

'Het lijkt er meer op alsof je al deze pijn met iemand wilt delen.'

'Ja, misschien.'

Hij haalde zijn schouders op, alsof hij zijn geduld begon te verliezen. Hij streek zijn haar achter zijn oren. Het zag er zo dik en glanzend uit dat ik zin had om het aan te raken.

'Ik weet het niet, het maakt niet zo veel verschil, waaróm...' Toen keek hij op zijn horloge. 'Hoor eens, ik moet nu echt iets eten, wat dacht je ervan?'

'Ik... ik...'

'Ik moet iets eten, anders kan ik niet meer nadenken,' zei hij nors en hij hield zijn ogen nog steeds op de weg gericht. Toen draaide hij zich naar me om, er lag een bezorgde uitdrukking op zijn gezicht. Zijn ogen waren donkergrijs.

'Jezus. Je bent véél mooier dan ik me herinner.'

Hunter zei dat de krant voor de lunch zou betalen en we waren het erover eens dat we wel een beloning verdiend hadden. We zaten tegenover elkaar aan een tafeltje op het perfect onderhouden gazon van het Safari Park Hotel, omringd door het rustgevende geluid van de waterval die zachtjes over de rotsen van de Japanse tuin naar beneden druppelde. Overal om ons heen zag je de geruststellende aanwezigheid van obers in witte uniformen, toeristen in hun kinderlijk kleurige kledij die elkaar op de foto zetten terwijl ze hamburgers aten. Geen van ons beiden maakte een opmerking over het contrast met Korokocho, slechts zeven kilometer verderop. Het was overduidelijk. We bestelden van alles. De ober bleef op veilige afstand terwijl hij onze bestelling opnam. Ik zag hem iets tegen een van zijn collega's fluisteren. Ze keken naar ons.

'Ik durf te wedden dat hij hem net heeft verteld dat we stinken,' zei ik.

Hunter gaf geen antwoord. Ik was bang dat hij voor de zoveelste keer van stemming was veranderd en niet verder zou gaan op waarover hij in de auto begonnen was. Wat nou juist het enige was waarover ik iets wilde horen. Had hij echt aan me gedacht, zoals hij in zijn briefje had geschreven? Of zei hij zo maar wat, zei hij die verrassende woorden alleen maar om mij van mijn stuk te brengen?

Zat er een lijn in, was er een weloverwogen plan, een reden om zich zo te gedragen? Wat had zijn wispelturige gedrag te betekenen? Was hij verlegen of speelde hij een spelletje met me?

Met een afwezige blik keek hij om zich heen, zonder aandacht aan mij te schenken. Ik moest mijn toevlucht nemen tot een eeuwenoud cliché.

'Waar denk je aan?'

Ik moest hem door elkaar rammelen en hem terughalen van die verre plek waarin hij weg leek te zakken.

'Het is grappig, wat jij daarnet in de auto zei,' antwoordde hij, 'dat ik *mijn pijn wilde delen met iemand*. Dat is waarschijnlijk een heel goede manier om het te stellen. Ik denk dat ik me altijd heel eenzaam heb gevoeld in de manier waarop ik dit land ervaar.'

'Hoe komt dat?'

'Omdat ik altijd een totaal andere positie heb ingenomen dan de rest, ik hoor eigenlijk nergens echt bij. Er was nooit iemand die in dezelfde situatie verkeerde als ik, en nu ik erop terugkijk, denk ik dat ik dat heel onrechtvaardig vond. Vooral toen ik jonger was.'

'Wat bedoel je met dat je in een andere situatie verkeerde?'

'Dat is een lang verhaal.'

'Vertel maar.'

Ik wilde dolgraag dat hij een tipje van de sluier zou oplichten. Waarom bleef hij altijd zo'n onontcijferbaar mysterie?

Hij stak een sigaret op en leunde achterover in de stoel, zijn grijze ogen op mij gevestigd. Hij begon zijn verhaal te vertellen op dezelfde geduldige toon die je tegen een kind zou aanslaan.

'Toen we in Zuid-Afrika gingen wonen, was ik een jaar of tien, mijn ouders waren gescheiden. Mijn moeder was verliefd geworden op een andere man. In de jaren zestig was dat op zich al erg genoeg, maar wat mijn moeder deed, was nog veel erger. Want ze was verliefd geworden op een zwarte man. En alsof dát nog niet genoeg was, was hij niet alleen zwart, maar ook nog een militante activist in Black Consciousness, de partij van Steve Biko, die alle blanken zonder uitzondering als vijanden zag. Dus je begrijpt dat mijn moeder het ergste deed wat een blanke vrouw in die tijd had kunnen doen.'

'O. Wat vond jij ervan?'

Ik moest doen alsof ik verbaasd was. Ik wilde niet dat hij wist dat ik deze informatie al eerder had gehoord.

'Mijn broer en ik hoorden het pas veel later. Op het moment van de scheiding hadden we het nog niet door. We wisten dat ze veel met Afrikanen omging, dat was haar werk. Ze werkte voor de BBC-radio – allebei mijn ouders werkten voor de pers en waren altijd heel liberaal geweest. Maar in die tijd was het in Zuid-Afrika natuurlijk illegaal voor een zwarte man om seks te hebben met een blanke vrouw, je kon daarvoor de gevangenis indraaien, dus ze moesten het geheim houden. Zelfs voor ons. Het gekke was dat hij het geheim moest houden voor zijn eigen volk. Het druiste volledig tegen het geloof van Biko in dat een zwarte man iets te maken zou willen hebben met een blanke vrouw. In hun ogen deugde geen enkele blanke, hoe liberaal hij ook beweerde te zijn. Veel liberalen noemden de partijgenoten van Biko zwarte racisten. Dus eigenlijk werden ze, door verliefd te worden op elkaar, beiden verworpen uit de maatschappij.'

'Maar wat vond jij ervan toen je erachter kwam?' drong ik aan.

'Eigenlijk had ik het altijd geweten. Het was gewoon iets waar je nooit over sprak. Toen werd Simon, de man op wie zij verliefd was, op een dag gearresteerd. Mijn moeder werd helemaal gek, ze dacht dat ze hem nooit meer levend terug zou zien. Dus vertelde ze me alles. Ik denk dat ze een soort morele steun nodig had, en ze had het gevoel dat ik volwassen genoeg was om die haar te geven.'

'Was dat zo?'

Hunter zweeg, hij dacht na over mijn vraag. Toen knikte hij.

'Ja, ik denk het wel. Ik werd treurig toen ik haar zo zag. Verworpen door haar eigen volk, verworpen door zíjn volk, alleen een jongetje zoals ik om troost bij te zoeken. Maar het was niet gemakkelijk. Ik herinner me dat de geheime politie bij ons thuis kwam met een huiszoekingsbevel, in de papieren van mijn moeder snuffelde. Tegen die tijd wisten mijn jongere broers en ik precies wat er gaande was, we waren altijd bang dat ze haar ook in de gevangenis zouden stoppen. We haatten de geheime politie. We wisten dat ze ook achter ons aanzaten. Ons leven was in één klap veranderd. Onze blanke buren keken minachtend naar ons, we werden midden in de nacht telefonisch bedreigd, vervolgens kregen we dreigbrieven. Dus ik denk dat ik het mijn moeder kwalijk nam dat ze ons leven in gevaar bracht. Uiteindelijk wil je als kind net zoals alle anderen zijn, hetzelfde leven leiden als je klasgenoten. Je wilde geen kind zijn van dat gekke verliefde mens dat in de revolutie geloofde, vooral niet als je in Johannesburg woonde. Overal waar we kwamen was er een ongelooflijke haat. De blanken haatten de zwarten, en ook mijn moeder; de zwarten haatten mijn moeder en ook Simon. We leden er allemaal onder, in naam van de líefde. Eigenlijk was het heel ironisch. Dus ik groeide op met gemengde gevoelens van schuld en vijandigheid, van liefde en angst. Het was allemaal onlosmakelijk met elkaar verbonden, het was zo moeilijk om het één van het ander te scheiden.'

'En je vader? Waar was hij toen dit allemaal gebeurde?'

'Mijn vader hertrouwde na verloop van tijd in Engeland. Hij respecteerde mijn moeder en hij was altijd heel lovend over haar. Weet je, toen zij in Zuid-Afrika gingen wonen, waren ze heel jong en idealistisch. Vooral mijn vader, denk ik, hij was verliefd op het zwarte verzet, met zijn idealen van vrijheid en rechtvaardigheid...'

Hij glimlachte spottend en nam een slok van zijn koude bier.

'Hij vond het fantastisch om een blanke liberale democraat te zijn die echt van Afrikanen hield. Daardoor voelde hij zich een held.'

'En je moeder? Was zij ook niet...'

Hij viel me in de rede, zich bijna niet bewust van mijn lichamelijke aanwezigheid, alsof op dit moment de logische opeenvolging van zijn verhaal belangrijker voor hem was geworden dan het feit dat ik luisterde.

'Maar wat er in feite gebeurde, is dat mijn moeder hem volledig overvleugelde: zij hield fysíek van een Afrikaan. Ze néukte zelfs met hem.'

Hij rekte het woord, alsof hij het nodig vond de vreemdheid

van haar daad te benadrukken. Alsof hij het nodig vond het obsceen te laten klinken, onplezierig om te horen. Ik bleef doodstil zitten onder zijn intensiteit, terwijl de ober voorzichtig de avocado-garnalencocktail voor ons neerzette. Hunter praatte verder, zich niet van het voedsel bewust.

'Het ging niet langer meer om de zaak, het was persoonlijk geworden, zie je. Dat is veel concreter, het gaat nu om een wérkelijk feit. Ze had een grens overschreden, en mijn vader kon haar niet langer bereiken. Ik denk dat hij wist dat hij haar niet meer terug kon winnen. Dus vertrok hij, verslagen. Ik neem aan dat hij zich realiseerde dat mijn moeder de kracht had die hij nooit had bezeten. De kracht om zich echt te geven, niet alleen maar een rol te spelen die het thuis goed zou doen.'

'En de kracht om de gevolgen onder ogen te zien,' voegde ik er zachtjes aan toe, om hem te laten weten dat ik het begrepen had, dat ik niet geschokt was.

'Zeker. Ik bedoel, daar heb ik haar altijd om bewonderd. Ze deed het gewoon, niemand kon haar tegenhouden. Geen apartheid, zelfs haar eigen kinderen niet. Ze was bezeten.'

Ik kon horen dat hij edelmoedig wilde klinken. Om het principe bewonderde hij haar, ja, maar als kind moet het moeilijk voor hem zijn geweest.

'En wat gebeurde er met haar en Simon?'

'Na verloop van tijd werd Simon vrijgelaten, maar het was duidelijk dat ze hem nooit meer met rust zouden laten. Hij zou net als zijn kameraden talloze malen gevangengenomen en gemarteld worden. Dat was het lot van alle zwarte militanten. Bovendien was Biko vermoord. Dus mijn moeder wist hem eindelijk over te halen met haar naar Engeland te gaan. Ze slaagde erin hem uit Zuid-Afrika weg te krijgen. Ik denk dat hij zich altijd heeft afgevraagd of hij er goed aan heeft gedaan. Om zijn land te verlaten, zijn broeders, en voor altijd in ballingschap te gaan voor zijn blanke vrouw.'

Ik bleef zwijgen. Er viel zo weinig te zeggen. Het enige wat ik wist, was dat hoe meer Hunter van zichzelf aan mij liet zien, hoe meer hij mij beangstigde. Hij leek afkomstig uit een wereld van extremen.

Ik probeerde te eten, maar het voedsel bleef in mijn keel steken. Hunter keek me aan alsof hij me niet kende, alsof ik was veranderd in een vreemdeling die toevallig zijn gesprek in de trein afluisterde. Hij bleef doorpraten alsof hij het tegen een denkbeeldige vriend had.

'Nu zijn ze een bejaard echtpaar dat op het platteland van Engeland woont. Zo nu en dan gaan ze naar Johannesburg, en iedere keer drinken ze thee met Mandela en dat soort dingen. Ze worden als beroemdheden behandeld,' grinnikte hij. 'Romeo en Julia die dertig jaar later uit hun slaap ontwaken. Op dit moment doen ze het goed in de Zuid-Afrikaanse pers.'

Hij glimlachte met een zekere droefheid en keek naar zijn bord. Uiteindelijk besloot hij toch maar zijn avocado-salade op te eten.

'Zouden ze nu terug willen?' vroeg ik.

'Nee. Waarom? Ze hebben een perfect georganiseerd leven in Engeland. Allebei vinden ze Johannesburg veel te gevaarlijk. Als je hen op een zaterdagmorgen in de plaatselijke supermarkt zou zien, zo achter hun karretje, zou je echt niet denken dat zij dezelfden zijn. Het is grappig wat ouderdom met je doet, alles verwatert erdoor.'

'Ik denk dat je moe wordt van het strijden. En het lijkt erop dat ze hun deel gehad hebben.'

'Ja, ik denk dat ze moe zijn. Je kunt je politieke opvattingen veranderen, of van echtgenoot wisselen, je kunt in een ander land gaan wonen en een andere godsdienst belijden, maar je kunt niet van rás veranderen. Klassenstrijd, boeddhisme, socialisme, katholicisme, er is nog niets uitgevonden om dát probleem op te lossen, of wel? Het enige wat je kunt doen is zover mogelijk bij de bron ervan weggaan.'

Toen richtte hij zijn ogen van zijn bord op en keek me met een vreemde lege blik aan, alsof hij net wakker was geworden.

'Heb je geen honger?' vroeg hij vriendelijk, en hij keek naar mijn bord.

Ik vond dat hij er op dat moment zo fantastisch uitzag, met dat lange zwarte haar dat over zijn ogen viel. Zijn kwikkleurige ogen.

En ik was verliefd op hem. Eén, twee, drie. Het gebeurde zomaar.

'Nee... ja... ik luisterde naar je en toen vergat ik te eten.'

'Wil je dat ik mijn mond houd, zodat je kunt eten?'

Ik voelde de tederheid in zijn stem. Ja, hij kon ook teder en warm zijn, niet alleen angstaanjagend en kortaf. En toen ik die tederheid in hem bespeurde, wilde ik niets liever dan er meer over ontdekken, die uit hem trekken en hopen dat hij hem me niet zou onthouden. Ik wilde zeker weten dat ik diep in zijn binnenste warmte en tederheid zou vinden. Ik wilde zo graag weten dat het er was, nu ik te voorschijn was gekomen en het beangstigende kruispunt waar de winden elkaar ontmoeten had bereikt – nu ik eindelijk aan mezelf toegaf dat ik gek op hem was – en ik wist dat er geen weg terug meer was.

'Nee. Praat alsjeblieft met me. Ik ben veel meer in jou geïnteresseerd dan in het eten. Ik zou het zelfs niet kunnen verdrágen als je zweeg,' zei ik impulsief, en hij schrok op van de intensiteit in mijn stem.

Hij duwde zijn bord weg.

'Eigenlijk heb ik ook geen honger meer.'

Het was even stil. Toen zei hij: 'Zullen we gaan?'

'Ja, laten we gaan.'

Dus we vertrokken, zwijgend. En we reden zwijgend naar zijn huis, alsof er plotseling een stilte over ons was neergedaald, als sneeuw die de aarde afkoelde en bedekte, als om onze spanning te bedekken en onze gedachten te smoren.

Ik nam het niet lichtzinnig op. Ik wist dat dit het begin was van iets wat ik maar met moeite terug kon draaien. Maar ik kon niet anders: ik was eveneens bezeten.

We gingen terug naar zijn huis en namen om de beurt een lange douche. Ik schrobde en boende mezelf onder het warme water, maar de stank bleef aan mijn huid en in mijn haar kleven, als een kleverige laag die niet te verwijderen was. Maar het kon me niet langer meer schelen. In plaats daarvan baarde de aanblik van mijn naakte lichaam onder de douche me zorgen, want ik wist dat hij het weldra, misschien was het slechts een kwestie van minuten, zou zien en aanraken.

Ik kwam de woonkamer in met drijfnatte haren, die op mijn jurk drupten. Hij zat aan zijn bureau, zijn haar was nat en zo zwart als ebbenhout. Het huis was in stilte gehuld.

Ik ging tegenover hem zitten. We keken elkaar een minuut of wat aan. Toen tilde hij zijn hand op en raakte zachtjes met zijn vingertop mijn jukbeen aan. Zijn vingers gleden zachtjes over mijn gezicht.

'Wat ben je nu van plan?' vroeg hij.

'Wat wil jij dat ik doe?'

'Je wéét best wat ik zou willen dat je deed.'

Ik verroerde me niet. Ik sloot mijn ogen en ik voelde dat hij van me wegliep. Hij zou me nergens toe proberen over te halen, het was duidelijk dat hij wilde dat ik me volledig bewust was van waar ik aan begon. Ik haatte het moment dat hij zijn hand van mijn gezicht weghaalde.

'Waarom doe je zo?' zei ik, bijna weer kwaad.

'Hoe?'

'Je sluit je altijd af, als een slak in zijn huisje. De ene minuut voel ik je zó dichtbij, dat het ongelooflijk is, maar een minuut later lijkt het wel alsof je zo snel mogelijk van me af wilt.'

'Het enige wat ik eigenlijk zo snel mogelijk met je zou willen doen, is met je vrijen,' zei hij snel, zo nonchalant mogelijk.

Ik kon er gewoon niet tegen om hem die woorden te horen zeggen. Hij leek nooit bang voor wat hij zei. Niet zoals ik, die altijd doodmoe werd van mijn eigen wachten en uitstellen. Het was tijd geworden om me te laten gaan.

'Doe dat dan.'

Ik besterf het bijna als ik aan die middag denk.

Het lijkt nu wel alsof ik onmogelijk die persoon geweest kan zijn.

Nu er absoluut niets meer van over is, niets meer valt te claimen, lijkt het me ongelooflijk dat ik eens – niet zo lang geleden – zo veel liefde en hartstocht van Hunter kreeg.

Ik herinner me hoe gulzig we waren, die eerste keer. En terwijl we elkaar vasthielden en aanraakten en kusten en elkaars lichaam streelden, leek het onmogelijk dat we zó lang hadden kunnen wachten, dat we zelfs gewoon hadden kunnen slapen en eten, en praten en lachen met andere mensen, en we al die tijd in staat waren geweest die begeerte te onderdrukken. Ik realiseerde me meteen dat die begeerte vanaf dat moment onmogelijk meer te negeren viel.

Ik kuste hem steeds weer: hij was zo vreemd, een volslagen onbekende, toen zijn gezicht eenmaal dicht bij het mijne was. Zijn magere lichaam verbaasde me: het sprak de taal van kleine onvolmaaktheden, het was uniek door zijn gebreken. Ik was verbijsterd door de nieuwheid ervan.

Maar op de een of andere manier waren er geen remmingen meer tussen ons nadat we de liefde hadden bedreven: die waren voor altijd verdwenen en ik kon hem eindelijk zonder angst aanraken. Dus ik legde mijn vingers over zijn ogen, zijn neus, zijn lippen, zijn nek, zoals een blinde zou doen. Ik wilde me hem herinneren, hem begrijpelijk maken, vertrouwd. Ik wilde hem in mijn handen kunnen voelen, zo snel mogelijk. De gedachte hem te moeten verlaten deed me nu al pijn.

We vreeën, wanhopig, intens, en we bleven elkaar daarbij steeds aankijken. We keken en keken en keken elkaar recht in de ogen. Bijna zonder te knipperen. Maar we zeiden geen woord. We zwegen, en spraken nooit de gevaarlijke woorden uit die minnaars in het donker fluisteren. Woorden die je binden en alles kapotmaken wat er daarvoor bestond, woorden die je optillen en vervolgens in de golven smijten, waarin je ieder moment kunt verdrinken.

Terwijl het de eerste keer dat ik vree met Adam voelde alsof ik eindelijk ergens was aangekomen – ik was thúisgekomen in zijn armen – had ik zodra Hunter mij aanraakte, het gevoel alsof ik voor altijd was weggerukt van waar ik dacht te horen. Hij had me weggerukt van alles wat er daarvoor bestond, zelfs van het eenvoudige concept tijd. Ik wist het meteen: van nu af aan zou mijn hele leven uit wachten bestaan, nostalgie om zijn mogelijke afwezigheid, eindeloze dagen gevuld met verlangen.

Ik was uit mijn veilige wereldje weggerukt, langs de gebieden gesneld die ik net zo vaardig begon te beheersen. Wat een dwaze stap. Wat een krankzinnige actie.

'Je bent zo mooi,' fluisterde hij glimlachend. Zijn hand gleed over mijn heup, terwijl hij me langzaam ontdekte en me in zich opnam. Er was geen angst meer in hem te bekennen. Hij was bevredigd, tevreden.

Ik zei niets, verdoofd door zijn lichamelijke aanwezigheid was ik niet in staat om iets te zeggen. Ik zag hoe zijn lichaam zich ontspande, tot hij naast me in slaap viel. Ik vond het vreselijk hoe hij zomaar een andere wereld binnen kon glijden, zo ver bij mij vandaan, terwijl ik in deze nieuwe duisternis was geworpen, waarover ik niets wist. Ik was jaloers op zijn vermogen om te dromen, te ademen als een kind. Boos op hem – woedend zelfs – omdat hij in slaap viel en zo ver weg gleed.

We zullen nooit samen zijn. Die woorden schoten als een flits door me heen toen ik hem zag slapen. Het deed pijn om dat toe te geven – we zouden nooit samen zijn, zelfs niet als we dicht bij elkaar waren, zelfs niet als we de liefde bedreven.

Maar misschien was het juist de erkenning van die pijnlijke waarheid die me verlokte en verleidde. Je moest leren om zonder illusie te leven. Niemand zou ooit één worden met een ander. Er bestond géén thuiskomen. Er waren geen wortels, geen boom om je aan vast te houden.

Je moest leren liefhebben zonder je veilig te voelen, en accepteren om in het duister geworpen te worden, daar waar niemand wist hoe het zou zijn, op dat gevaarlijke kruispunt, waar de winden elkaar ontmoeten.

4

Het meisje dat een dwaasheid deed, en dat,
Alleen, weer rondloopt in haar eigen flat,
Strijkt nu werktuigelijk haar haren glad,
Als zij de grammofoon heeft aangezet.

T.S. ELIOT

De schaduwen onder de bomen worden langer, het is vast al laat.

Ik moet in slaap zijn gevallen: ik weet dat ik weer heb gedroomd. Mijn slaap is van zo veel woede vervuld, dat ik wakker moet worden om tot rust te komen.

Ik loop door het lege huis, ik ruik de kleverige geur van mijn eigen slaap terwijl de houten planken zachtjes onder mijn blote voeten kraken.

Wilson doet waarschijnlijk ook zijn middagdutje in het personeelsverblijf. Is dat geen vreselijke uitdrukking? Hoe belachelijk, hoe 'dokter-Livingstone-neem-ik-aan'.

Het is tenslotte weekend en er staat absoluut niets te gebeuren. Het voelt verdomme als een zondag, bloedige zondag. Dezelfde suïcidale neigingen. Behalve dat je hier niet eens in de krant kunt kijken om een goeie film uit te zoeken. Of goeie drugs kunt kopen die je weg laten zweven terwijl je voor de tv zit te zappen. Of naar een tentoonstelling in het Nationaal Museum kunt gaan, of schaatsen of een pizza eten. Of gewoon op straat lopen in een stad en je mengen met een nog suïcidalere menigte dan jijzelf, of je pijn verbergen in de metro.

Hier, op een plek waar mensen een 'personeelsverblijf' hebben op hun terrein, wordt niet eens nagedacht over de vervreemding van één enkel menselijk wezen. Hier word je verondersteld een familie te vormen, een geheel, een of andere vereniging. Iedereen hier is een pionier, en pioniers hebben geen tijd om na te denken over levensvraagstukken. Wat haat ik die vreselijk optimistische houding van de blanke stam in Oost-Afrika, hun idiote pragmatisme, hun absolute gebrek aan zelfverachting! Ik zou zo graag willen dat ik Ferdinando kon opbellen om een praatje met hem te maken. Wat zou hij ervan hebben gevonden om te horen hoe ongelukkig ik me voelde en hoe ik walgde, dit weekend aan de andere kant van de evenaar! Hij zou vreselijk hebben gelachen om mijn kleine huis op de prairie, mijn blinde vertrouwen in de geneeskracht van de natuur, het feit dat ik me aangetrokken voelde tot het primitieve. Hij zou het zo ontzettend naïef gevonden hebben. Zo méisjesachtig.

In plaats daarvan liep ik naar mijn auto en ging naar Nicole, de enige persoon bij wie ik mezelf kon zijn. Een alleenstaande vrouw in Afrika. Uniek.

Ze is op de veranda bezig, ze maakt haar kwasten schoon, gekleed in een voddige oude Indonesische sarong die ze om haar smalle middel heeft geslagen en een heel kort lichtgroen truitje. Op tafel staan cake en thee. Ik kan er niets aan doen dat ik Nicoles middag veel acceptabeler vind dan de mijne.

Ik benijd haar vermogen om zo veel tijd in haar eentje te kunnen doorbrengen. Ik denk dat dat alleen mogelijk is als je een passie hebt, zoals zij. Een doel, zou ik moeten zeggen, iets waardoor ze zich altijd tevreden kan voelen, zichzelf kan ontplooien zonder daarbij de hulp van anderen nodig te hebben. Dat heb ik nooit gehad: mijn hartstochten hebben er altijd alleen maar voor gezorgd dat ik me eenzaam en volslagen nutteloos voel.

Op de ezel staat een groot, onafgemaakt portret van een meisje. Het ziet er vreemd surrealistisch uit, alsof het van een foto is nageschilderd.

'Wie is dat?' vraag ik.

'Vind je het lelijk?'

'Nee, ik vind het niet lélijk. Maar het is ook niet bepaald mijn smaak.'

Ze zucht en kijkt ernaar terwijl ze op haar onderlip bijt.

'O, het is zo afschuwelijk. Ik kan er nauwelijks naar kijken. Weet je, ik heb een opdracht gekregen de hele De Vere-dynastie te schilderen. Die enorm rijke familie die op een ranch bij Nanyuki woont. Dit is een van de dochters.' Ze trekt een gek gezicht. 'Edwína.'

'Ja, ik heb weleens over hen gehoord.'

'De moeder is volslagen schatrijk en ik bedoel dan ook echt schátrijk. Een Amerikaanse. Ze is in de jaren zestig met De Vere getrouwd, toen William Holden hier ook was en het heel erg Hollywood-achtig was om in Kenia te wonen...'

'Hoeveel portretten moet je maken?'

'Tot nu toe vijf. Moeder, vader en drie dochters.'

Ze laat zich in een stoel vallen en steekt een sigaret op.

'Edwina, Imogen en Venetia. Is het niet vreselijk belachelijk?' Ze zucht en schudt haar hoofd. 'Maar ze betalen me er een vermogen voor.'

'Geweldig. Wat is dan het probleem?'

'Ze willen er mooi uitzien. Koninklijk. Ze willen dat ik hen precies zo schilder als zij er graag uit willen zien. Als adembenemende blonde prinsessen. De moeder belt me iedere dag, om me op afstand aanwijzingen te geven. Als ze hier zou wonen zou ze iedere dag bij me op de veranda staan om persoonlijk de kleuren te mengen. Ze denkt zeker dat ik de make-upartieste van de familie ben. Het is gewoon niet te geloven.'

Ze imiteert een lijzige neusklank.

'Schat, wees alsjeblieft voorzichtig met Venetia's neus, die is wat opgezet rond haar neusvleugels, kijk maar wat je eraan kunt doen. Ik bedoel, ze praat over haar eigen dochters zoals een dierenarts over páárden spreekt. Wil je een kopje thee?'

'Nee, bedankt.'

Ik kijk weer naar het portret. Het is saai, leeg. Het is absoluut nietszeggend. Het is zo anders dan de andere schilderijen van Nicole.

Ze haalt een klein vierkant doek uit een stapel die tegen de muur staat. Het is een schilderij van een heel mager meisje dat met gekruiste benen op een Turks tapijt zit. Ze draagt een mouwloze jurk met zwarte en oranje strepen, tegen een heldere appelgroene achtergrond. Haar haar is naar achteren getrokken en laat haar lange hals zien. Op het tapijt staat een bordje waarop een sigaret ligt te branden. De dunne blauwachtige rook is het enige bewegende element in de onbeweeglijkheid van het schilderij. Het meisje ziet er ziekelijk uit, mysterieus, bijna beangstigend.

'Dit is Imogen,' zegt Nicole, 'of in ieder geval, zo heb ik haar geschilderd.'

'O ja! Dit is prachtig!'

'De moeder vond het afschúwelijk en stuurde het doek onmiddellijk terug. Ze kreeg bijna een flauwte toen ze het zag.' Nicole giechelt. 'Ik raakte bijna de opdracht kwijt door die arme Imogen.'

'Ze lijkt op een van die magere prostituees in Wenen, je weet wel, een beetje een Egon Schiele-model, in plaats van een erfgename uit Nanyuki.'

'Absoluut. Maar daar gaat het nu juist om! Imogen is volslágen verknipt. Ze is verslaafd aan heroïne, heeft een erg decadente Indiase vriend, maar ze heeft me verteld dat ze eigenlijk van meisjes houdt. Ze is mooi, veel interessanter dan de andere twee, maar ze is suïcidáál. Dat kan ik je wel vertellen.'

Nicole kijkt naar het schilderij en glimlacht.

'Het is heel goed, vind je niet? Ik vind het eigenlijk heel mooi. Moet je die dunne armen zien. De armen van een junkie, zo wit, zo breekbaar, zo mishandeld.'

Ze zette het boven op haar werktafel tegen de muur geleund zodat we het allebei beter konden bekijken.

'Kun je je voorstellen dat haar moeder wil dat ik haar opnieuw schilder, in rijbroek en een spijkeroverhemd, met op de achtergrond acacia's? Ze beslist nu zelfs over de kléding. Sommige mensen hebben die verbijsterende arrogantie: ze gaan er zelfs van uit dat de realiteit steeds maar opnieuw overgeschilderd kan worden, totdat die naar hun zin is, alleen maar omdat ze geld genoeg hebben om ervoor te betalen.'

We zwijgen. De zon is achter de Ngongs verdwenen, het zal weldra donker zijn. Ik hoor hoe iemand binnen houtblokken in de haard legt.

'Kom,' zegt Nicole, 'laten we naar binnen gaan om iets te drinken.'

Haar huis is klein en gezellig, en het ruikt er naar meubelwas en wierook. Ze mixt twee wodka-tonics op het blad met haar drankvoorraad.

'Weet je, Esmé,' ze staat nu met haar rug naar me toe, 'vlak na de dood van Iris besloot ik dat ik portretten zou gaan maken van blanken die hier wonen. Maar mijn idee was...'

Ze geeft me het drankje en kruipt rillend op de bank.

'... mijn idee was om alleen mensen te schilderen die beschadigd waren. Blanken die beschadigd of gekwetst waren. Je weet toch hoe iedereen hier altijd een snee, een houw of een klap oploopt? Mensen botsen met hun auto's, krijgen een motorongeluk, worden door bandieten neergestoken of vertrapt door wilde dieren. Mijn concept was: blanke mensen in Afrika worden voortdurend fysiek gekwetst. Begrijp je een beetje wat ik bedoel?'

'Ja, natuurlijk, helemaal. Gekwetste blanken.'

'Wat dat idiote mens niet begrijpt als ze me opbelt en schreeuwt dat ik haar dochters mooier moet maken, is dat de enige werkelijk mogelijke schoonheid in Afrika de schoonheid van de destructie is. Alle andere schoonheid hier is vals, kleinburgerlijk en truttig. Een blanke leugen.'

We zitten zwijgend in het vuur te staren.

'Je zou terug moeten gaan naar Europa, Nicole,' zeg ik.

Ze verstijft. Ik weet dat ze het vervelend vindt om dit te horen.

'Je talent wordt hier zo verspild.'

'Ik ben niet goed genoeg voor Europa.'

'Dat ben je wel.'

'Nou, zelfs als dat zo zou zijn, er zijn daar veel te veel goede schilders, ik zou me bij zo'n grote groep moeten aansluiten.' Ongeduldig schudt ze de ijsblokjes in haar drankje. 'Ik ben te verwend.'

'Ja, maar wat heeft het voor zin om zo te moeten werken? Niemand wil hier iets horen van "de schoonheid der verwoesting". Ze willen portretten om boven de haard te hangen en net te kunnen doen alsof ze in een kasteel wonen. Je zult de hofschilder van de landeigenaren van Kenia worden.'

Nicole lacht.

'De hofschilder van de Keniase landeigenaren, mijn god! Dat klinkt pas echt vernietigend en volledig hopeloos.'

Ik heb onmiddellijk spijt van mijn woorden en ik wou dat ik ze terug kon nemen. Wie ben ik om haar te zeggen wat ze zou moeten doen? Heb ik soms meer lef getoond, werk van betekenis gedaan, ook maar íets voortgebracht wat ergens toe heeft bijgedragen, sinds ik hier ben? Niet echt. Nicole daarentegen is altijd zelfstandig geweest, heeft haar brood verdiend en is nooit door een man geholpen. Ze is veel moediger dan ik.

'Wat heb je trouwens met Miles gedaan?' vraagt Nicole, ze verandert snel van onderwerp en geeft geen blijk van afkeuring vanwege mijn agressieve gedrag. Wat dat betreft is ze echt geweldig. 'Hij kwam daarnet even langs en zei dat je hem had bekogeld met koffiebekers en stoelen.'

'Ja, dat klopt. Ik hoop dat je hem jouw koelbox niet hebt meegegeven.'

'Eigenlijk heb ik dat wel gedaan. Was dat niet de bedoeling?'

'Hij zou met Claire en die Amerikaanse fotografe naar de zonsondergang op de Ngongs gaan kijken. Hij wilde niets liever dan opscheppen over zijn safari-vaardigheden en koude drankjes serveren op de berg.'

Nicole trekt haar wenkbrauwen op. Ik zie dat Miles haar nog steeds kan ergeren.

'Nee maar... wat een klootzak. Hij vertelde me niet waarvoor hij hem nodig had.'

Ze kijkt even in haar glas, dan schudt ze haar hoofd en forceert een wrange lach.

'Zonsondergang op de Ngongs! Kom op, dát heb ik eerder gehoord. Je wilt me toch niet vertellen dat hij Linda nu wil versieren.'

'Jawel. Hij zou Claire ook wel willen versieren, maar dat kan niet.'

'O, alsjeblíeft, wat is dit allemaal? *Happy Valley*? *White Mischief*? Is er iemand in dit land die níet uit is op onmiddellijke seksuele bevrediging? Ik bedoel,' ze giechelt even, 'ik zou ook een stoel naar zijn hoofd hebben moeten gooien, plús de theepot.'

De telefoon rinkelt en ze springt op. Ik zoek in haar cd-verzameling en zet een oud nummer van Van Morrison op, dat me aan Hunter doet denken, alleen maar om nog eens te proberen hoe onverdraaglijk het is om er weer naar te luisteren. Ik word overspoeld door heimwee. Gelukkig komt Nicole weer terug en ze zet onmiddellijk de muziek zachter. Ze ziet er opgetogen uit.

'Dat was Kevin.'

'Welke Kevin?'

'Kevin Steinberg.'

Ik kijk haar met een lege blik aan. Ongeduldig probeert ze het nog eens.

'De scenarioschrijver die je gisteren bij Nena hebt ontmoet?'

'O god, ja. Vreselijke kerel.'

'Doe niet zo kinderachtig, Esmé,' glimlacht Nicole ondeugend. 'Ik vond hem nogal leuk.'

'Echt waar?'

Het verbaast me nog steeds hoe mensen in deze stad iedere keer weer in andere combinaties te voorschijn komen, als kaarten die opnieuw geschud zijn.

'Ja, ik vind hem sexy en ik hou wel van zijn humor. Ik ben er gék op,' voegt ze eraan toe.

Kevin Steinberg komt te voorschijn als de Hartenkoning.

'Trouwens,' zegt Nicole schouderophalend, 'hij heeft ons

vanavond voor een dineetje uitgenodigd.'

'Wat bedoel je met óns?'

'Ik vertelde hem dat jij hier was en hij zei: "Prima, ik vind het leuk om haar te zien, ze is zo interessant, zo slim." Hij realiseerde zich blijkbaar niet dat jij hem zo onverdraaglijk vond, dus probeer je alsjeblieft van je beste kant te laten zien. Helaas zei hij erbij dat hij Afrikaans wil eten.'

'Afrikaans? Maar wáár dan?'

'Joost mag het weten. Je wordt toch helemaal gek van die mensen die hierheen komen en dan op de inheemse toer willen. Net als wanneer je naar New York gaat en de mensen daar aan hun hoofd zeurt om je mee te nemen naar Harlem. Er valt absoluut niets lekkers te eten in een Afrikaans restaurant, behalve patat en geitenstoofpot. Maar je wilt niet Afrikaans-onvriendelijk klinken in de oren van een Amerikaan, of wel dan? Misschien denkt hij dan wel dat we van die afschuwelijke rechtse kolonialisten zijn.'

'Nou en? Zullen we dan naar een *nyama choma*-tent in Dagoretti Road gaan?'

'Dat is goed, dan krijgt hij zijn zin. Hij eet waarschijnlijk geen vlees en zal gemakkelijk over te halen zijn om ons ergens anders mee naar toe te nemen op zijn creditcard.'

'Laten we het hopen. Ik heb wel zin in Thais.'

'Wat een goed idee! Ik kan me dan maar beter gaan voorbereiden.' Nicole haast zich naar haar badkamer en laat het bad vollopen.

Ik wilde dat ik me weer zo licht kon voelen, me kon interesseren voor nieuwe mensen. Ik mis het ontzettend om me met een gevoel van vage verwachting voor te bereiden op een avond, de kastdeur open te gooien en het gevoel te hebben dat de afloop van de avond helemaal afhankelijk is van de jurk die ik aantrek. Het lijkt me nu gewoon onvoorstelbaar dat dit ooit nog eens zal gebeuren. Dat het me iets uitmaakt of ik de ene of de andere jurk draag.

Drie nummers van de cd later komt Nicole weer te voorschijn, perfect opgemaakt en verzorgd. Ze draagt de mouwloze zwart-oranje gestreepte jurk van Imogens schilderij. Ze had hem blijkbaar uitgeleend voor het poseren. De jurk is echt iets voor Nicole, eentje die niemand op een markt zou durven pakken, maar die haar absoluut perfect staat.

'Ik moet je wel waarschuwen dat Kevin ons mee uitneemt omdat hij wat onderzoek wil doen,' zegt ze, terwijl ze voor de spiegel haar haren opsteekt.

'Ik vraag me af of hij óóit ophoudt met onderzoeken.'

'Hij is net op de boeken van Iris gestuit en nu is hij vreselijk opgetogen. Hij belde me zelfs om me te vragen of ik haar toevallig kende. Hij denkt dat er over haar een schitterend Hollywood-verhaal te maken valt.'

'O god, Nicole. Ik denk echt dat we dit niet moeten doen.'

'Rustig nou maar, oké? Laten we eerst eens horen wat hij van plan is. Bovendien, als hij het echt van plan is, doet hij het toch wel. De boeken en de foto's zijn in de winkel verkrijgbaar, we zouden hem toch niet kunnen tegenhouden.'

'Ik heb echt geen zin om over Iris te praten als een Hollywood-scenario, en ik kan me niet voorstellen dat jij...'

'Esmé, je bent schijnheiliger en moralistischer dan Hunter Reed ooit is geweest. Hou nou eens je mond, doe wat lippenstift op en relax, oké?'

Ik gehoorzaamde zonder een kik te geven. Ik weet niet meer wat ik moet denken. Ik heb het gevoel alsof ik echt de kluts kwijtraak.

Terwijl ik de donkerste lippenstift van Nicole op mijn lippen smeer, hoor ik haar stem achter me. Ik weet dat de poppetjes in haar ogen dansen.

'Iris als Hollywood-scenario. Daar heeft ze haar héle leven voor gewerkt, het was zo'n volmaakt gerepeteerde film. Eindelijk komt de succesvolle schrijver langs, hij ziet toevallig haar boek in de hotelwinkel, leest het en droomt ervan haar de Karen Blixen van het jaar 2000 te maken en *jij wilt daar niet aan meehelpen?* Waarschijnlijk vervloekt ze je vanuit het graf, liefje.'

5

Ik wilde alles voor een tijdje.
Waarom ook niet?
Ik wilde weten hoe het was.

EVERYTHING BUT THE GIRL

Ja, iedereen probeert hier geschiedenis te schrijven.

Misschien komt het omdat we zo ver weg zijn van waar het allemaal gebeurt, dat we ons leven hier alleen de moeite waard kunnen maken door het als een monument te verkopen aan de eerste wereld.

Zelfs al bestaat de wildernis als zodanig nergens ter wereld meer – behalve misschien op de twee polen – ons prestige leunt op de veronderstelling dat dit de laatste buitenpost van de wildernis ís en wij het laatste stel Romantische Helden. De meesten van ons hebben onze carrière op die veronderstelling gebouwd, en nu zijn hele gezinnen ervan afhankelijk.

Ja, het is waar, de jachtluipaarden in de Masai Mara hebben hun jachtgewoonten veranderd: nu jagen ze midden op de dag op hun prooi, als de toeristen zijn teruggekeerd naar hun verblijven om te lunchen en ze met rust gelaten worden, in plaats van door hordes paparazzi achternagezeten te worden. Grote stukken grond in Tsavo en Amboseli zijn zodanig vernield door autobanden, dat ze afgesloten moesten worden om weer te herstellen. Kuddes vee van de Masai en de Samburu zijn gestorven omdat de enige betrouwbare waterbron in het droge seizoen nu wordt gebruikt om de zwembaden van de vakantieverblijven in de parken te vullen, waar de koeien niet langer mogen grazen. Veel Morans gaan naar de kust om een baan te vinden om te overleven, ze vinden werk als portier in de goedkope jongerenhotels, en eindigen zelfs als escorte van oudere vrouwen uit Frankfurt of Milaan, en leren daarbij hoe ze merkspijkerbroeken en zonnebrillen met spiegelglazen moeten dragen.

Ik ontdekte dat veel mensen uit Nairobi Hunter wantrouwden, omdat hij geobsedeerd leek door het verwoesten van onze kostbare veronderstelling dat we in het paradijs woonden, en dat hij daar nog plezier in had ook. Hij was goed op de hoogte van feiten en cijfers, zodat het altijd moeilijk was hem tegen te spreken tenzij je natuurlijk kennis van zaken had. Hij was een soort onheilsprofeet geworden, en niet iedereen vond het leuk om het toekomstbeeld door hem verstoord te zien worden.

'Waarom gaat hij eigenlijk niet terug naar Zuid-Afrika?' vroeg Peter, de Olifantman, op een keer. 'Hij is een politiek dier, hij heeft een hartstocht voor humaniteit op het niveau van *Oorlog en vrede*. Zeeschildpadden en neushoorns zijn voor hem gewoon de moeite niet waard.'

Het hart zonk me in de schoenen iedere keer dat iemand zijn naam uitsprak.

Hij had me niet gebeld nadat we samen die dag hadden doorgebracht. Eerst was ik opgelucht geweest, omdat ik te geschrokken was van wat er was gebeurd. Die dag was ik naar huis gegaan en ik trof daar Adam, glimlachend en vrolijk, die graag iets met me wilde drinken bij het vuur. Maar ik was langs hem heen gezoefd, terwijl ik iets mompelde over de ellende en hopeloosheid van de sloppenwijk, als excuus voor mijn afstandelijkheid en gebrek aan concentratie. Ik zei dat ik eerst absoluut een bad moest nemen. Ik wilde alleen zijn om na te denken over wat er net was gebeurd en mezelf te vermannen. Ik lag een uur in bad en hoopte dat deze nieuwe waanzin zou verdwijnen met de damp die van het badwater kwam.

Maar dat gebeurde niet.

Al snel begon Hunters zwijgen me dwars te zitten. Zoals ik al had voorzien, hield ik op mijn eigen leven te leiden en begon het leven vol wachten. Ik verzon de gekste excuses om zoveel mogelijk thuis te blijven in de ijdele hoop dat de telefoon zou gaan, ik doorzocht als een waanzinnige mijn postbus en nam Wilson een derdegraadsverhoor af of er iemand een boodschap had achtergelaten terwijl ik uit was. Ik dacht gewoon onophoudelijk aan Hunter: hij had me volledig in bezit genomen, zijn leven was mijn leven geworden. Voortdurend vroeg ik me af waar hij kon zijn en wat hij zou doen, alsof ik een parallellopend horloge droeg. Ik wist dat hij nog steeds in de stad was, via Miles of Nicole bleef ik op de hoogte van zijn doen en laten, maar ik wist dat hij niet veel langer meer zou blijven. Rwanda stond op het punt hem weer op te slokken.

Ik zei tegen mezelf dat zijn stilte kon betekenen dat ik de volgende stap moest nemen, of dat ik gewoon weer uit zijn gedachten was verdwenen. Ik kwam er niet uit welke van de twee mogelijkheden mij het meeste angst aanjoeg.

Op een ochtend zag ik zijn auto voor het Horseman's Restaurant staan. De gedachte dat hij dáár was, net achter het hek en de varens, bracht me in een roes en het koude zweet brak me uit, alsof ik een ex-junkie was die net zijn oude drugsdealer terugzag.

Ik moet hem nu zien, gewoon even met hem praten, verder niets, zei ik bij mezelf.

Ik liep over het door weelderige planten omzoomde pad langs het vijvertje en stapte onder het rieten dak van het buitenrestaurant. Het was vroeg, bijna alle tafeltjes waren nog vrij. De moed zonk me in de schoenen toen ik Hunter ontdekte, hij zat tegenover een vrouw die met haar rug naar me toe zat. Hij ging zoals gewoonlijk volledig in het gesprek op, druk gesticulerend. Ik kon niet zien wie de vrouw was, maar voor ik me om kon draaien om ervandoor te gaan, zag hij me en riep me.

Het bleek dat zijn afspraakje een vijftigjarige Duitse verslaggeefster was, een oude kennis. Ze stonden er alle twee op dat ik bij hen zou komen zitten. De vrouw leek aardig en vriendelijk.

'Ulla,' legde hij me uit, 'schrijft een verhaal over het Goldenberg-schandaal.'

'O ja?' Ik probeerde geïnteresseerd te klinken, maar ik had geen flauw idee wat het Goldenberg-schandaal inhield. Ik hoef niet uit te leggen dat Hunter daarentegen tot in de kleinste details op de hoogte was. Met een bevroren glimlach op mijn gezicht ging ik zitten en deed net alsof ik het gesprek volgde.

Ik had geen eigen wil meer, geen verlangens behalve zijn bewegingen aan de overkant van het tafeltje in de gaten te houden en te proberen die te onderscheppen, gewoon om de kans te grijpen zijn knie aan te raken, zijn hand te strelen en zijn haar te ruiken, terwijl we elkaar de aansteker, sigaretten en het menu aangaven. Ik kon me alleen maar concentreren op het op peil houden van onze seksuele spanning door het constante stimuleren ervan door middel van mijn lichaamstaal. Steeds als Ulla een veelbetekenende opmerking maakte, of hij iets zei waarvan ik dacht dat het om goedkeuring vroeg, knikte ik als een bezetene.

Aan het eind van de maaltijd was ik woedend op mezelf. Ik wist niet dat ik dit in me had: de aanblik van mijn eigen passiviteit – een dierlijke onderwerping bijna – beangstigde me. Nee, ik had nooit gedacht dat ik zo kon worden, zo naakt en kwetsbaar, zo onbewust, alsof niets anders ertoe deed, niets en niemand. Het enige wat ik kon voelen, het enige wat ik was gewórden, was een soort pulserende seksuele energie – te vleselijk, te rauw – die zo'n macht over me had gekregen dat ik moest zorgen dat ik fysiek maakte dat ik wegkwam. Ik moest letterlijk de houten trap oplopen die naar de toiletten leidde en mezelf in de spiegel bekijken.

'Hou hiermee op. Dit is gewoon zíelig,' beval ik mijn spiegelbeeld.

Ik liep weer naar beneden, vastbesloten om mijn zelfbeheersing te hervinden. Al die tijd leek Hunter volmaakt ontspannen, absoluut niet emotioneel veranderd door mijn aanblik. Waarom leverde ik altijd in mijn eentje van die gigantische gevechten als ik bij hem in de buurt was?

Het hele gedoe was hopeloos en ik gedroeg me te veel als een neuroot. *Dit moet onmiddellijk ophouden*, beval ik mezelf. Wat ik het vervelendste van de hele situatie vond, was zijn onvermurwbare concentratie op de Goldenberg-zaak voor het verhaal van Ulla, alsof niets ter wereld belangrijker voor hem was dan het bewijzen van zijn theorie: wie er corrupter was en wie het meeste geld had verdiend ten koste van wie.

Ik begon een hekel te krijgen aan zijn zelfingenomenheid. Hij zei steeds maar weer dezelfde dingen, met dezelfde vurige overtuiging, tegen iedereen die het maar wilde horen. Alleen maar om zichzelf ergens verontwaardigd of hartstochtelijk over te horen zijn. Slechts een paar dagen geleden had hij tegen mij met dezelfde intensiteit gesproken over zijn jeugd, zijn vader en moeder, hij had mij het gevoel gegeven alsof hij mij had gekozen omdat ik zo bijzónder was. En nu zat hij hier, met wapperende handen, naar Ulla te kijken alsof niets anders in zijn leven zo belangrijk was als dat Goldenberg-schandaal. Plotseling merkte ik dat ik alles aan hem verafschuwde, de vreselijk afgekloven nagels van zijn vingers, de manier waarop zijn sigaret in zijn mondhoek hing, zelfs de kleur van zijn overhemd. Ik had vanaf het begin af aan gelijk gehad: hij had een bepaald pedanterig narcisme dat eigenlijk onuitstaanbaar was.

Ik keek op mijn horloge.

'Hunter... ik denk dat ik er maar eens vandoor ga.'

'Nee, wacht even,' zei hij snel en zijn hand omvatte mijn pols als een handboei. 'Over een minuutje gaan we samen weg, ik moet Ulla alleen nog wat contactadressen geven.'

Hij begon telefoonnummers op te krabbelen van mensen die nog meer te vertellen hadden over het Goldenberg-schandaal, en onder tafel hield hij mijn enkel stevig tussen zijn voeten geklemd.

Al mijn haat smolt onmiddellijk als sneeuw voor de zon. Ik leunde achterover en keek met een verliefde grijns op mijn gezicht toe hoe hij zijn aantekeningen aan Ulla gaf.

Hij wilde mij. Hij was niet van plan me te laten gaan.

En op dat moment was ik weer de gelukkigste vrouw van heel Karen.

Later in zijn huis, nadat we de liefde hadden bedreven, zei hij: 'Ik heb je gemist. Ik droomde steeds over je.'

'Ik heb jou ook gemist.'

'Ik hoopte dat je naar me toe zou komen. Ik heb op je gewacht.'

'O ja?'

'Natuurlijk.'

'Ik durfde niet terug te komen.'

'Waarom niet?'

'O. Nou...' Ik keek hem met grote ogen aan. 'Weet je...'

We zeiden niets meer. Er was niets wat een van ons beiden daarna nog kon zeggen. Geen van beiden wilden we in te veel detail treden, en daardoor de trivialiteit van onze situatie onthullen. Geen van beiden wilden we onder ogen zien wat onvermijdelijk was. Maar ik wist dat ik dat wel moest doen, ik was degene die met een andere man samenwoonde. Ik was degene die zou moeten liegen en bedriegen. En het was aan mij om te zeggen waartoe ik bereid was.

Maar ik wilde niets zeggen, nog niet. Ik was er nog niet aan toe om te zeggen dat wat we deden verkeerd was, en dat we er meteen mee moesten stoppen. Maar ik wilde ook niet toegeven dat ik dit het allerliefste wilde en dat ik geen dag meer zonder hem kon leven.

In plaats daarvan draaide ik me naar hem toe en kuste hem langzaam. Ik voelde de warmte van zijn lichaam. Ik liet mijn vingers onder zijn overhemd glijden en streelde zijn magere zijden. Ik bedroog mezelf door te denken dat ik tevreden en gelukkig zou zijn als ik nog één keer de liefde met hem kon bedrijven.

Ik wist dat ik me op verboden terrein had begeven, maar de junkie in me zei: je kunt ermee ophouden zodra je maar wilt. Nog één keer scoren, en dan denk je er nooit meer aan. Alles komt goed, je zult niet verslaafd raken door dat ene keertje.

De junk in mij is zó'n verdomde leugenaar. Tegen de tijd dat ik weer in mijn auto zat, wist ik al dat ik hopeloos verslaafd was. Maar ik realiseerde me dat ik die verslaving kon overleven als ik maar deed alsof het puur iets lichamelijks was. Zolang het maar geen liefde werd.

Dus op die manier uitgerust met al die kant-en-klare leugens, helemaal toegespitst op mijn situatie, geloofde ik dat ik die situatie weer meester was. Ik ging naar huis, trots en opgetogen, alsof ik net een fantastisch kunstje had geleerd.

6

Wat moest zij met een wezen als haar wezen?
Vond zij een ander Troje om te verbranden?

W.B. YEATS

Cassandra lag in de tempel te slapen.

Apollo verscheen en bood haar de gave der profetie aan, in ruil voor de liefde. Eerst accepteerde ze, maar toen kwam ze op haar toezegging terug. Apollo smeekte haar om een laatste kus. Toen ze daarmee instemde, spuugde hij uit wraak in haar mond, zodat niemand haar voorspellingen ooit nog zou geloven en iedereen bij haar uit de buurt zou blijven. Niemand zat verlegen om het gezelschap van een onheilsprofeet.

Ik heb altijd sympathie gevoeld voor Cassandra. Vooral sinds ik door Hunter in mijn mond ben gespuugd.

Eens even kijken. Ik lees en herlees het verhaal, in de hoop ergens op zijn minst één verzachtende omstandigheid te vinden. Misschien lijkt mijn vertelkunst op het zeven van rivierzand, waarbij je hoopt op zijn minst één handvol goud in het stof te vinden. Maar tot nu toe ben ik er alleen in geslaagd te zien hoe we het punt hebben bereikt waarop het paradijs sneller vergaat dan onze decadente gedachten.

Wij, die dachten dat Afrika betere mensen van ons zou maken, gezonder en meer in balans met onze instincten, geven in plaats daarvan in toenemende mate blijk van onze slechtste karaktereigenschappen. Maar eigenlijk ben ik ervan overtuigd dat wij, die hier leven, alleen maar genadelozer, narcistischer en bedrieglijker lijken omdat er hier minder afleiding en vermaak is. Er kan hier maar heel weinig verbloemd worden. Dus uiteindelijk blijkt Afrika gewoon een hogere uitkijkpost te zijn, waar het mogelijk is een bredere blik op de menselijke natuur te werpen.

Ik wist precies wat er was gebeurd: ik had zo veel tijd om te piekeren en te tobben. Het analyseren van waarom ik me zo wanhopig tot Hunter aangetrokken voelde en absoluut niet in staat was om Adam te verlaten, was mijn favoriete tijdsbesteding geworden.

Maar iedere naam heeft zijn lot, en nu pas zie ik hoe Hunter me vanaf het begin heeft opgejaagd, alsof hij de genen van Ferdinando in me kon ruiken. Hij wist meteen dat ik een ontsnapte gevangene was, een afvallige die haar toevlucht zocht in de rijkdom van een puur sensueel leven, die was weggelopen van de kilheid van het intellectuele gezag. Hij pikte me zo uit de menigte en zei: 'Hou op jezelf voor de gek te houden, ik weet waar je vandaan komt, *jij bent niet een van hen.*' Toen hij dat zei, herkende ook ik meteen de trekken van mijn eigen stam in hem. En ik volgde hem.

Het ironische is dat het tussen Adam en mij precies andersom ging.

Het was de afstandelijkheid die ik in hem voelde, waardoor ik hem vertrouwde. Ik wist dat, zelfs wanneer ik mij naakt aan Adam zou vertonen, hij niet in staat zou zijn mij echt te zien. Bovendien was zo'n diep begrip niet eens noodzakelijk omdat de aard van onze aantrekkingskracht gefundeerd was op een totaal ander principe: die kwam voort uit instinct, de chemie ervan had een dierlijke kwaliteit. Maar kijk, ik heb destijds gefaald in de logische consequentie van die veronderstelling: ik had gefaald een alfavrouw te zijn en zijn kind te baren.

Dus toen Hunter in beeld kwam, was ik onmiddellijk gevleid door zijn belangstelling – wat de reden ervoor ook was, hij wilde mij vanwege mijn geest, hij was niet in het minst geïnteresseerd in het fokdier in mij – maar ik wist dat, zodra ik mij eenmaal naakt had laten zien, hij me tot in de kleinste details zou ontleden. En dat beangstigde me.

En daarom moest ik snel leren om te liegen, niet alleen tegen Adam, maar ook tegen mezelf, door te doen alsof we niets meer dan een vluggertje wilden en daar snel genoeg van zouden krijgen.

Ik zag Hunter wanneer ik maar kon, terwijl Adam gewoon iedere morgen om acht uur van huis vertrok – geurend naar scheerschuim – nadat hij weer een lijstje had gemaakt met voorraden die gekocht moesten worden voor het kamp en dingen die gerepareerd moesten worden.

Het volgende is wat minnaars doen wanneer ze uitrusten nadat ze de liefde hebben bedreven.

Ze zeggen: *Ik ben gek op dit stukje van je lichaam.*

Welk stukje?

De achterkant van je nek.

En ik ben hier gek op, op dit hier.

Waarom?

Omdat het zo zacht is, zo kwetsbaar.

Wat nog meer?

Je schouders. Ik zal nooit vergeten dat ik je blote schouders voor het eerst zag.

Wat is er dan mee?

Hunter raakt de ronding van de spier aan, dan de holte van de oksel. Ik voel zijn koele vinger over mijn sleutelbeen glijden.

Ik begrijp niet wat hij bedoelt, het kan me ook niet schelen. Hij kust lachend mijn botten. Ik wil dat er nooit een einde aan komt.

'Ik wil dit met me meenemen,' zegt hij, en hij drukt mijn schouder in zijn handpalm.

'Wat een saai deel van mijn lichaam om mee op reis te nemen.'

'Je hebt geen verbeeldingskracht. Anatomie heeft veel meer aspecten dan je denkt. Ik zal het je laten zien.'

Terwijl ik in de schemering naar huis rijd, zit je in mijn hoofd: het beeld van je ogen – zo'n vreemde kleur grijs – als je me aankijkt terwijl we de liefde bedrijven. Ik heb nooit gedacht dat het mogelijk zou zijn om zo lang en zo standvastig één enkel beeld in je gedachten te bewaren. Het geluid van je stem als je fluistert: 'Jij. Jij.'

Je durft mijn naam niet eens uit te spreken.

Met deze gedachten ga ik nu bijna iedere dag naar huis.

De eerste paar weken vond ik het bijna dapper van mezelf dat ik zo tegen Adam kon liegen. Het was gemakkelijker het als onbelangrijk af te doen, dan me ervoor te schamen. Maar het duurde niet lang.

De ochtenden waren het moeilijkst. Dan zat Hunter het levendigst in mijn gedachten, in verwarde droomfragmenten. Het was alsof ik uit de zee naar boven kwam, gehuld in zijn geur, deeltjes van hem die als zeewier aan mijn natte huid kleefden. Het was zo moeilijk om mezelf daarvan los te maken, en op zo'n moment voelde ik me het kwetsbaarst onder Adams blikken.

'Waarom kom je dit seizoen niet mee naar het kamp?' vroeg hij me op een morgen onverwacht, toen we aan het ontbijt zaten.

'Wat? Het héle seizoen?' Zijn vraag had me volledig verrast. Hij had het er nooit eerder over gehad.

Ik voelde dat ik bloosde. Hij keek me onderzoekend aan.

'Ja. Je zou kunnen helpen het kamp te runnen.'

'Ik zou niet... ik bedoel, ik denk niet dat ik het kan, echt niet. Ik ben vreselijk slecht in het bijhouden van de boekhouding en dat soort dingen.'

'Kom op, Esmé, je hoeft alleen maar gastvrouw te zijn bij het diner, en een beetje met de mensen praten. Je hoeft geen boekhouding bij te houden, of zo. Ik denk dat het je juist heel goed zou afgaan.'

Er lag een dringende klank in zijn stem die me verontrustte.

'Zou je denken? Ik weet het niet,' zei ik zwakjes.

Hij schonk zichzelf koffie in en roerde veel te lang. Ik voelde de spanning over mijn rug naar boven kruipen.

'Het is een echte baan. Ik bedoel, je zou ervoor betaald worden,' zei hij, zonder zijn ogen van het kopje af te wenden.

'Kom op zeg, het gaat me niet om het geld. Het is...'

'Anders zijn we veel te lang uit elkaar,' gaf hij uiteindelijk toe. En hij keek me recht in mijn ogen, met zo'n open blik, een blik die veel meer betekende dan hij wilde toegeven.

Ik zweeg. Ik begon mijn vingernagels te inspecteren en deed net alsof ik over zijn aanbod nadacht. Ik wist dat Adam me eigenlijk vroeg om de stad te verlaten, datgene te verlaten wat mij bij hem weghield.

'Het is daar nu zo mooi, zo groen en weelderig, vol wild...'

Ik wíst dat het mooi zou zijn. Maar ik was niet langer geïnteresseerd in schoonheid. Ik was een andere wereld binnengetreden, waar die schoonheid me juist gek gemaakt zou hebben.

'Ik weet het niet,' zei ik. 'Ik wil er graag nog even over nadenken. Het is nogal een verplichting.'

Hij keek me aan en plotseling had ik het gevoel dat hij alles wist. Hij moest het wel weten, dacht ik, hoe was het mogelijk dat hij het níet zag?

'Ja, dat is zo,' zei hij, 'het is een hele verplichting.'

Oost-Afrika is de onmogelijkste plek op aarde om een geheime affaire te hebben. Er zijn geen afgelegen restaurants, geen bioscopen, geen romantische hotels of knusse cafeetjes waar niemand weet wie jij en je minnaar zijn.

Daarom probeerden Hunter en ik ons niet eens te verbergen, maar we deden gewoon alsof we goed bevriend waren geraakt, en dat gaf ons de gelegenheid om vaak samen gezien te worden als we lunchten of gewoon uitgingen, zonder dat het verdacht was. Dat we zulke dikke vrienden waren geworden leek eigenlijk niemand te verbazen.

'Jullie twee,' zei Nena eens tegen me, 'zijn allebei zo verstándelijk.'

'Wat bedoel je?' zei ik, geschrokken van het simpele feit dat ze ons als een paar beschouwde.

'Nou, je weet wel. Hunter heeft altijd lopen klagen dat er niemand was met wie hij leuk kon praten. Ik denk dat hij dol is op jouw gezelschap, de manier waarop jullie altijd meningen uitwisselen, je weet wel, hoe jullie urenlang kunnen doorkletsen over *ideeën*. Dat vind je hier niet veel.'

'Kom nou, jij houdt er ook altijd een eigen mening op na. Je leest veel.'

'Tegenwoordig lees ik alleen wat er op potjes cosmetica staat,' zei ze schouderophalend. 'Al het andere lijkt me te veel inspanning kosten.'

Het was verbazingwekkend dat niemand zag wat zo voor de hand lag.

Het was zonneklaar dat we voor elkaar gemaakt waren. Het zou niet onmogelijk zijn geweest om géén minnaars te zijn. Op dat moment zag ik het zelf trouwens ook niet zo duidelijk. Waarschijnlijk omdat ik, zoals alle junkies, in de ontkenningsfase zat.

Ondertussen kwam Hunter iedere keer zorgelijker uit Rwanda terug. Terwijl de tijd verstreek, merkte ik dat hij op het punt stond in te storten. Het was alsof er iets in hem langzaam kapot was gegaan en nu niet meer gerepareerd kon worden.

Die middagen, nadat we hadden gevreeën, begon hij altijd te praten op die speciale manier van hem, zich niet bewust van mijn aanwezigheid. We waren in zijn slaapkamer, hij lag op zijn zij op bed, zijn hoofd op zijn arm, terwijl ik me langzaam aankleedde en aanstalten maakte om te vertrekken.

'Het ongelooflijke is, dat als je daar bent en je die gruwelijkheden ziet, je jezelf ervan overtuigd dat zodra jij registreert wat je gezien hebt, de hele wereld stilstaat en iedereen ophoudt met wat hij doet, om in een vliegtuig te springen en de slachtpartijen tegen te houden.'

Hij keek de andere kant op, alsof hij niet wilde zien dat ik me klaarmaakte om te vertrekken.

'Maar in plaats daarvan kan het niemand iets schelen. Er is

zelfs niemand die het een genocide wil noemen.'

Hij stond op en liep snel spiernaakt door de kamer. Hij sloeg een kikoy om zijn middel, ging met zijn rug naar me toe aan zijn bureau zitten, en begon een joint te draaien.

'Het is zo verdomde hopeloos. De mensen verpakken hun aardewerk in mijn verhalen, en tachtig procent van de mensen die het buitenlandse nieuws lezen weet nog steeds niet wie wie is. Je weet wel.' Hij begon met een Amerikaans accent te praten. 'Wie zijn nou de boosdoeners, de Hutu's of de Tutsi's? Ik kan nooit wijs uit die Afrikaanse namen.'

Ik zat op de rand van het bed en voelde me plotseling ongelooflijk droevig.

'Je zult wel vinden dat ik heel ver weg sta van al die dingen.'

Ik zag hem het randje van het vloeipapier likken. Maar hij draaide zich niet om om naar me te kijken.

'Dat is ook zo. Maar niet op de manier waarop jij denkt.'

Het was even stil in de kamer.

'Weet je,' zijn stem klonk zachter, 'eigenlijk lieg ik. We denken nooit aan de lezers als we daar zijn.'

Hij stak de joint op en draaide zich in een dikke rookwolk naar me toe.

'We gaan naar zulke plekken, hè? Miles. Ruben. Bernard. Ik. We zien van alles. De reden waarom we ernaar toe willen is niet eens de opwinding, of het gevaar.'

'Wat dan?'

'Ik weet het niet. Is het niet eigenaardig?' Met een zwakke glimlach schudde hij zijn hoofd. 'Het is alsof... wie zal het zeggen, of we allemaal een gehéim delen.'

'Ik begrijp het niet.'

Hij inhaleerde diep en gaf me de joint. Toen keek hij weer de andere kant op.

'Waar het op neerkomt, denk ik, is dat we naar die plekken gaan omdat we eenzaam zijn.'

'Eenzaam?'

'Ja. Ik denk dat dat het geheim is: we gaan omdat we de oorlog van anderen beleven, we zijn betrokken bij de pijn van anderen. Op die manier kunnen we onze eigen pijn vergeten.'

We rookten in stilte. Ik wilde iets zeggen, maar ik kon het niet. Ik zat daar gewoon en voelde me machteloos. En schuldig vanwege die machteloosheid.

Ik keek op de klok. Het werd al laat. Ik stond op om te gaan.

Ik liep naar zijn stoel en we keken elkaar zonder iets te zeggen aan. Ik weet nog dat ik dacht: *ook ik ben jouw eenzaamheid, je wilt mij ook vergeten, nietwaar?*

Maar het lukte me niet om het te zeggen.

Hij raakte mijn blouse even aan, heel licht. En langzaam maakte hij één voor één de knopen los, terwijl hij me strak aan bleef kijken.

'Hunter... ik moet nu echt weg,' fluisterde ik smekend.

Mijn blouse gleed zachtjes op de grond.

'Nee.' Zijn vingertoppen gleden over mijn naakte schouders. 'Ik moet echt met je vrijen. Nu.'

Ik wist dat hij er een hekel aan had dat ik altijd op mijn horloge keek.

Maar ik had een even grote hekel aan de manier waarop hij van de ene op de andere minuut verdween, zomaar. Dat hij nooit zei dat hij me zou missen. Dat hij nooit zei wanneer hij weer terug zou komen.

Misschien hoopten we allebei wel stilletjes dat we van elkaar verlost zouden worden, zodat we die boosheid niet meer hoefden te voelen.

'Waarom hebben de mensen om mij heen toch altijd belangrijkere dingen te doen dan tobben en kwijnen zoals ik?' vroeg ik aan Nicole.

We dronken een cappuccino in het French Café, in een splinternieuw winkelcentrum in Westlands. Een waar paradijs voor de huisvrouwen: de beste slager in Nairobi, de Duitse bakker en een winkel met gezondheidsvoeding, allemaal onder één dak.

'Omdat je iets moet gaan doen wat voor jezelf belangrijk is, jij sukkel,' zei ze. 'Een affaire erop nahouden noem ik niet bepaald een echte bezigheid.'

'Ik weet het. En bovendien kost het me ook nog eens al mijn energie.'

Ik had haar alles over mezelf en Hunter verteld en ze had me gesmeekt voorzichtig te zijn. Ze wilde niet dat er iemand gekwetst zou worden.

'Ik denk dat ik misschien de baan in het kamp moet aannemen en met Adam gaan werken, of niet?' zei ik somber. 'Ik kan echt niet zo doorgaan, het is te gek voor woorden.'

'Eigenlijk weet ik het niet zo zeker van het kamp,' zei Nicole aarzelend. 'Zie je jezelf al met die gasten in de weer en zo?'

'Nee. Ik zou het alleen doen omdat ik me nu over zo veel dingen schuldig voel.' Ik zuchtte. 'Eigenlijk zou ik veel liever iets voor mezelf doen, iets wat helemaal losstaat van de mannen met wie ik een relatie heb.'

'Dat ben ik met je eens. Dat zou veel zinniger zijn.'

Nicole blies in haar hete cappuccino, verzonken in haar eigen gedachten. Soms was ik bang dat al die onzin van mij haar op de zenuwen ging werken. Maar zo zat ze niet in elkaar.

'In de stad zit zo'n postproductiebedrijf, Right Track,' zei ze na een poosje. 'Ze doen het nieuws voor KTN, allerlei freelancewerk, en reclamecampagnes. Ik weet dat ze iemand zoeken om het bedrijf te leiden. Misschien moet je eens met ze gaan praten. Ik denk dat je een behoorlijk goed salaris kunt krijgen. Jason Winters, die filmmaker die vanuit Londen naar hier is verhuisd, werkt soms met hen. Voor de verandering weer eens een echte stadsjongen.'

'Het klinkt goed,' zei ik, en ik probeerde enthousiast te klinken.

Maar door het gesprek was ik weer in een slecht humeur geraakt. Ik knabbelde aan een croissantje en legde het weer neer. Ik kon niet meer eten.

Ik bleef veel te lang zwijgen. Plotseling verbrak ze de stilte.

'Wat ga je doen?' vroeg ze me. 'Je kunt zo niet langer doorgaan, of wel dan?'

'Ik moet er een eind aan maken. Het is afschuwelijk om tegen Adam te liegen.'

'Maar waarom vertel je hem dan niet de waarheid? Jullie zijn niet getrouwd, hebben geen kinderen. Ik bedoel, niemand zal...'

'Nee,' viel ik haar iets te heftig in de rede, 'je begrijpt het niet. Ik hóu van Adam. Tussen Hunter en mij is er alleen sprake van... van...' Ik deed mijn uiterste best om een woord te vinden, '... een waanzinnige aantrekkingskracht. Ik zou nooit met hem kunnen leven.'

'Maar waarom niet?'

'Omdat hij me pijn zou doen,' zei ik zonder erbij na te denken. En toen ik de woorden eenmaal had gezegd, wilde ik dat ik ze terug kon nemen.

'Wat bedoel je met píjn doen?' Nicole schudde haar hoofd. 'Mijn god, soms ben je zo moeilijk te volgen!'

'Nee, het is gewoon... O, ik weet niet hoe ik het moet uitleggen.'

Ik zuchtte en keek door het raam van de Uchumi Supermarkt naar de mensen die in de rij voor de kassa stonden.

'Op de een of andere manier maakt Hunter... me bang. Hij doet iets met me. Ik weet niet wat het is, ik denk dat hij het ook met Iris deed. Hij geeft me het gevoel alsof ik verdrink. Alsof we nooit gelukkig kunnen zijn.'

Nicole trok haar wenkbrauwen op.

'Ik denk dat je hem geen recht doet.'

'Waarom?'

'Hij zou je alleen pijn doen als hij je niet kan kríjgen. En dan doe je hetzelfde met hem.'

'Geweldig,' zei ik ongeduldig, 'dat betekent dat we vanaf het begin al verkeerd bezig zijn. Het komt gewoon nooit meer goed. Nu is het te laat.'

Ik had Jason Winters nog niet ontmoet. Hij was twee maanden geleden impulsief naar Kenia verhuisd. Het was een echte Londenaar, een snelle jongen uit Notting Hill Gate, die pas kortgeleden zijn status van een strijd om het bestaan voerende directeur in de videoclipindustrie van Engeland had opgegeven, om de meeste trendy directeur te worden die men in Kenia ooit had gezien. Hij had vuurrood haar dat hij in een staart had samengebonden, hij droeg uitsluitend linnen overhemden van Agnès B, extravagante pakken van Jean Paul Gaultier, en rode of smaragdgroene cowboylaarzen. Alle reclamebureaus in Nairobi vochten om hem.

De volgende dag vroeg Nicole hem om met ons te lunchen bij Leone's, een Italiaans delicatessenzaakje in de stad. Ze dacht dat hij de juiste persoon was om me aan een baan te helpen. Jason kwam te voorschijn uit een zilverkleurige Amerikaanse auto uit 1960, met staartvinnen en een ingewikkelde verzameling achterlichten. Hij droeg een zonnebril en een zwarte baret.

'Het spijt me dat ik laat ben, meiden, maar ik ging pas om zes uur slapen,' excuseerde hij zich. 'Ik heb de hele nacht zitten werken.'

Hij keek Nicole met een ondeugende grijns aan.

'Godzijdank heeft onze vriend Boniface net inkopen gedaan in Lagos.'

Dezelfde cokedealer, ik nam aan dat ze elkaar zo ontmoet hadden.

Jason bestelde de duurste witte wijn van de kaart, maakte stampei tot hij een fles had gekregen die hij koud genoeg vond, en had ons volledig dronken gevoerd tegen de tijd dat de antipasto arriveerde.

'Die baan is voor jou, geen probleem, Esmé,' zei hij terwijl hij een zongedroogd tomaatje aan zijn vork prikte. 'Eigenlijk ben je zelfs overgekwalificeerd.'

'Om eerlijk te zijn, ik heb nooit eerder iets met film te maken gehad.'

'Daar gaat het niet om,' zei hij, wild met de tomaat door de lucht zwaaiend en olie op mijn blouse spattend. 'Je hebt stijl, en dat is iets wat de filmindustrie altijd kan gebruiken.'

Dankzij hem kreeg ik uiteindelijk de baan bij Right Track,

ondanks het feit dat ik geen idee had wat postproductie nou precies betekende.

'Wat maakt het uit,' zei Jason. 'Je bent geen technicus. Ze betalen je om de zaak te runnen, een goede gastvrouw te zijn en om iedereen een tikkeltje Hollywood-gevoel mee te geven.'

Right Track Productions was niet meer dan een piepkleine studio op de tiende verdieping van een glazen torenflat in het centrum. Twee kamers, neonlampen en een linoleumvloer. Een poster van *Casablanca* was de enige concessie aan Hollywood. Hun grootste attractie was een splinternieuwe Avid-machine: wat voor Kenia de modernste installatie was die veel klanten trok: correspondenten van buitenlandse tv-stations, plaatselijke reclamebureaus en dat soort bedrijven. Zo nu en dan kwam er een journalist binnenvallen om haastig filmmateriaal over Rwanda of Soedan te knippen, soms was het een mzungu-directeur zoals Jason, die net een plaatselijke reclamespot had gemaakt voor deodorant of aspirine. Ik zat achter een bureau in de receptie, deed de boekingen, kletste wat met klanten en zorgde ervoor dat alles volgens schema verliep. Al snel leerde ik zelfs hoe de machine werkte.

Eigenlijk was het absurd: in Kenia wonen en de hele dag in een donkere kamer opgesloten zitten, luisterend naar het gekmakende deuntje van cornflake-jingles, of het hypnotiserende geluid van de officiële speech van de president bij de inwijding van een kunstmestfabriek.

Ik vond het prachtig als Jason de Avid boekte voor een van zijn dwaze reclames. Dan lieten we gepocheerde eieren en bloody mary's uit de Norfolk Bar aanrukken. De verfijnde Europese charme van Jason maakte het gebrek aan glamour van de baan weer goed, maar bovendien gaf het me de kans mijn buitengewoon gepolariseerde leven te ontvluchten. Ik had er geen idee van wat er allemaal in de rimboe of in Rwanda gebeurde, en het kon me ook niet bijzonder veel schelen. Het was zo verfrissend om met Jason om te gaan. Hij smaakte naar Londen, filmfestivals, kunstgaleries, echt goede restaurants, nieuwe boeken en

Europese roddel. Elke keer als ik een poosje met hem doorbracht, werd Nairobi onmiddellijk een heel simpele plek om te wonen.

Adam stond op het punt met de eerste toeristen van het seizoen te vertrekken. Hij was verbaasd geweest over mijn besluit om te blijven en liever een nieuwe carrière op te bouwen in een kantoor dan hem te volgen naar de vrijheid van de wildernis.

'Mensen betalen duizenden guldens om op safari te gaan en te ontsnappen aan een baan zoals jij net hebt gekregen,' zei hij hoofdschuddend.

'Precies. Ik wil niet dat mijn leven één dure vakantie is.'

'Het kamp is geen vakantie. Het is je thúis,' zei hij en toen draaide hij zijn hoofd om en keek uit het raam.

Een thuis? Was het kamp ook míjn thuis? Ik vond het een raar idee. Zo had ik het nooit bekeken, maar op de een of andere manier wist ik dat het fout was om me altijd zo ver van hem verwijderd te voelen en nooit helemaal te accepteren wat hij me te bieden had.

'Adam.'

Hij keek me aan. Er was een afstand tussen ons te lezen in zijn ogen.

'Begrijp me alsjeblieft niet verkeerd,' zei ik. 'Ik wil gewoon iets doen wat helemaal van mij is. Het doet er niet toe wat. Ik wil gewoon trots op mezelf kunnen zijn vanwege het feit dat ik zelf iets voor elkaar heb gekregen.'

En toen ik dat zei, realiseerde ik me pas hoe waar dat was. Mijn absurde baan in het centrum had me niet alleen bevrijd van mijn gevoel van afhankelijkheid, maar het had een ruimte gecreëerd – hoe klein en onbetekenend ook – waar ik me niet alleen maar passief aan mijn emoties overgaf.

'Ik weet het,' zei Adam en hij forceerde een glimlach. 'Maar ik zal je missen, misschien denk ik een beetje te veel aan mezelf.'

'Maar ik kom je opzoeken wanneer ik maar kan,' zei ik. 'Ik zal jou ook missen.'

We kusten elkaar alsof we een nieuw pact bezegelden. Maar ik maakte me iets te snel van hem los en ik denk dat hij merkte dat ik een beetje ongeduldig was, en het allemaal snel achter de rug wilde hebben, zodat ik verder kon met mijn leven en alle nieuwe dingen, zonder er ooit nog met hem over te hoeven praten.

Ik denk dat Adam op dat moment besefte dat hij me was kwijtgeraakt. Hij wist nog niet aan wie of wat, maar hij was zich ervan bewust dat ik me van hem had teruggetrokken. Hij was niet van plan iets te forceren, want dat was niets voor hem, en dat wist ik maar al te goed. Zijn onvermogen om zich met woorden uit te drukken werkte nu in mijn voordeel.

Ik zocht hem elk weekend als een trouwe echtgenote op. Elke vrijdagmiddag stapte ik in een zespersoonsvliegtuigje en vloog ik naar het kamp. Alle piloten waren vrienden van Adam, dus ik stapte in alsof het een bus was en vloog de vijfenveertig minuten gratis naar de landingsbaan waar Adam of een van zijn chauffeurs me al op stond te wachten.

Het werkte op zich prima, hoor. Tegen de tijd dat het vrijdag was, had ik altijd zin om Adam te zien. We hadden altijd een leuke tijd samen: ik schonk hem al mijn aandacht, ik had een stralend humeur en mijn schuldgevoel was zodanig dat ons seksleven zelfs opleefde onder mijn verraad. Maar ik hield nog altijd van hem.

Zelfs meer dan eerst, omdat ik mijn verlies had aanvaard zonder ook maar iets te willen. Nu weet ik dat hij zich niet zomaar passíef gewonnen gaf. Hij wachtte alleen maar af: hij wist dat hij me uiteindelijk alleen terug kon winnen door sterk en geduldig te zijn. En nu zie ik zo duidelijk dat ik ook wilde dat hij daarin slaagde. Omdat ik niet langer zelf de weg naar hem terug kon vinden, moest hij degene zijn die de betovering verbrak. Eigenlijk zijn we al die tijd stilzwijgende handlangers geweest.

We deden alle twee alsof er absoluut niets aan de hand was. We dachten dat het net zo gemakkelijk zou verdwijnen als het was gekomen, als we er maar niet over spraken.

Onze verstandhouding werd zowel psychologisch als financieel beloond.

Als de toeristen uit het kamp vertrokken, zeiden ze altijd hoezeer ze onze levenswijze benijdden. Voor hen waren Adam en ik de incarnatie van het volmaakte filmpaar; zo'n romantisch, avontuurlijk en aantrekkelijk stel. Zij waren voor ons het perfecte publiek. Altijd met plezier willen betalen, onveranderlijk opgetogen na het zien van de show. En altijd vragen om een vervolg.

Niemand wil het einde zien van zo'n goed verhaal.

7

Raak me aan,
raak mijn lichaam met je handpalm aan
als ik langskom,
vrees mijn lichaam niet.

WALT WHITMAN

Ik herinner me het volgende.

Een mooie dag in september, een zondagse lunch op de boerderij van Dawson bij het Naisvashameer. Kinderen die op het grasveld rondrennen, volwassenen die langzaam dronken worden aan de grote tafel die is versierd met hibiscusbloemen.

Nena heeft er een in haar haar gestoken en ziet eruit als een Spaanse danseres.

Ik betrap Hunter erop dat hij me over de tafel aankijkt. Ik draag een jurk zonder mouwen en Adams hand ligt enkele seconden op mijn schouders als hij na de koffie een sigaret rookt. De naakte schouder waarvan Hunter eens zei dat hij die met zich mee wilde nemen. De schouder die hij zo graag kust.

Zíjn deel van mijn lichaam.

Als ik Hunters blik voel, moet ik onmiddellijk opstaan en van de tafel weglopen. Ik sta met zo veel overbodige heftigheid op dat mijn stoel omvalt.

'Sorry. O, sorry.'

Adam pakt hem op en kijkt me aan.

'Gaat het?' Hij is verbaasd over mijn plotselinge beweging.

'Ja. Ik wilde gewoon even wat gaan lopen.'

Dit zijn de momenten waarop ons – altijd tegen onze wil – een afschuwelijke pantomime wordt opgedrongen. Dit zijn de momenten dat ik me realiseer hoe onmogelijk het is om er geen hekel aan te hebben.

Heather Dawson had Nicole en mij voor de lunch meegenomen op een wandeling rond de boerderij, en ons de zeldzame vogelsoorten laten zien, de uitwerpselen van de gazelles aangewezen en haar giraffes. Dat is wat er in Afrika gebeurt: de mensen laten je niet hun huis zien. Je hoeft geen zucht van bewondering te slaken iedere keer dat de gastvrouw een deur opengooit en verwacht dat je haar zult feliciteren met haar kleurencombinaties. Hier laten je gastheren hun dieren zien.

Míjn giraffen, míjn buffels. En we hébben ook een luipaard. Hij was hier vannacht, vlak bij de deur. Kom eens hier, zie je die sporen?

O, god, is het niet fantastisch?

Toen we terugkwamen van de wandeling zag ik Hunter bij de anderen aan tafel zitten. Hij was onverwacht komen opdagen.

'Hunter, wat een verrassing!' Heather Dawson omhelsde hem. 'Deze mooie man komt hier nooit meer langs. Een paar jaar geleden zagen we hem zo vaak. Jij en Iris, weet je nog?'

Iedereen herinnert zich Hunter en Iris. Overal in dit land staan ze als paar bekend.

De geschiedenis van Hunter en Esmé daarentegen – die al twee maanden duurt – is nog steeds verzegeld in een slaapkamer. Niemand zal zich ons als paar herinneren, niemand zal ons ooit gezien hebben.

Plotseling voelde het zó verkeerd dat we dit geheim deelden. Dat we het voor iedereen verborgen hielden. Dat het verborgen moest blijven en nooit het daglicht zou zien.

Plotseling had ik zin om te schreeuwen: *we zijn minnaars, we zijn gek op elkaar, ik maak hem heel erg gelukkig.*

In plaats daarvan gaf ik hem een kuise kus op zijn wang.

'Hallo Hunter, leuk je weer te zien.'

Tijdens de lunch werd Hunter snel en onaangenaam dronken. Hij begon een heftige woordenwisseling met Peter de Olifantman over het opheffen van het verbod op jagen. Adam zat als een sfinx aan het eind van de tafel en hield zijn blik strak op Hunter gericht. Hij had al duidelijk gemaakt dat hij niet bijzonder veel zin had om in het gesprek betrokken te worden. Hij voelde dat Hunters woede tegen hem was gericht.

'De boeren zijn toch altijd al bezig geweest het wild te selecteren, dus je hoeft het alleen maar jagen te noemen en de trekker over te laten halen door een toerist. Op dit moment verdienen ze zo'n vierduizend shilling per zebra als ze het vlees en de huid verkopen. Als je hetzelfde dier door een toerist laat afschieten verdien je minstens zes of zeven keer zoveel.'

'Het zou het begin van het einde zijn, je hebt gewoon geen idee,' zei Peter geïrriteerd.

'Het zou voor de Afrikaanse landbezitters een manier zijn om eindelijk iets aan het wild te verdienen. Het zou hun juist een reden geven er goed voor te zorgen. Het is allemaal zo hypocriet.'

Hij wendde zich tot mij, een grijns op zijn gezicht.

'Kom, laat ons eens horen wat een vrouw hierover te zeggen heeft.'

Ik haalde ongemakkelijk mijn schouders op.

'Ik heb eigenlijk geen mening. Ik bedoel, ik begrijp wat je bedoelt, maar...'

Ik zuchtte, alsof ik hem smeekte zijn woede niet op mij te bekoelen.

'Ik denk niet dat ik er genoeg over weet.'

'Oké. Je hoeft ook niet overál een mening over te hebben,' zei hij kortaf. 'Je kunt uiteindelijk ook niet overal de verantwoordelijkheid voor nemen.'

'Prima. Want ik kan niet...' mijn stem werd nu vinniger.

'Oké.'

Hij nam nog een slok uit zijn glas en keek voor zich uit, staarde langs me heen.

'Dat verwacht ik ook niet van je.'

Later die middag lag ik in de zon en keek hoe de kinderen met pijl en boog speelden. Ik was uitgeput door het voortdurend bewustzijn van Hunters lichaam om me heen, het was alsof ik een soort interne radar had die voortdurend mat hoe groot de afstand tussen ons was. Ik lag op het grasveld, zocht afleiding in het nietige insectenleven, mijn hoofd drukte het gras plat en ik luisterde naar het ijverige gezoem.

Peters stem deed me opschrikken.

'Zo, Toby, probeer hem recht te houden, ja, zo gaat-ie goed!'

Hij deed kleine Toby voor hoe je een boog moest maken. Ze gingen volledig in het experiment op, gehurkt in het gras en met hun hoofden dicht bij elkaar. Ik keek een poosje naar hen. Ze leken zo op elkaar, dezelfde tint, dezelfde ernst, net twee kinderen van totaal verschillende grootte.

'Goed zo, Tobbs! Mooi gedaan!'

Toby rende weg om de andere kinderen zijn nieuwe speeltje te laten zien. Peter zag mij kijken en kwam naast me op het gras zitten.

'Gaat het wel goed met je, hier zo in je eentje?' vroeg hij.

'Ja. Ik geniet even van de zon.'

Hij keek me strak aan.

'Weet je het zeker?'

'Absoluut, hoezo?' vroeg ik afwerend.

'Ik weet het niet. Je leek een beetje verdrietig tijdens de lunch.'

'O... nee... ik was gewoon...' Plotseling begon ik te blozen. '... een beetje stil, denk ik.'

Door zijn aandacht voelde ik me ongemakkelijk. Ik werd plotseling overvallen door paranoia. Zou Nena hem verteld hebben over haar vermoeden dat er iets gaande is tussen Hunter en mij? Vrouwen voelen dat soort dingen gewoonlijk aan.

'Ja. Ik heb gemerkt dat je soms heel stil kunt zijn,' zei hij zachtjes en zijn stem klonk vriendelijk.

Heather kwam naar ons toe rennen.

'Kom op, ik neem een groepsfoto, iedereen moet zich op de

veranda opstellen. We mogen dit licht niet missen!'

We stonden allemaal gehoorzaam in het licht van halfzes 's middags, als figuranten op een filmset, terwijl Heather ons steeds weer in een andere positie opstelde.

'Peter, je moet Natasha op schoot nemen, zo. Adam, kom eens hier, jij moet zitten, ja, perfect. Esmé kom een beetje naar voren, ik kan je nauwelijks zien. Tjee, wat ben je mager, mijn kind! Niemand glimlachen, ik wil dat jullie er ernstig uitzien, dit wordt een Victoriaans groepsportret.'

Hunters schouder raakte de mijne. Toen de camera klikte, voelde ik zijn vingers hard tegen de onderkant van mijn ruggengraat drukken. Ze voelden boos, die vingers op mijn rug.

'Mooi. Dus nu ligt onze dubbelhartigheid vast,' hoorde ik hem fluisteren toen we allemaal bij de camera wegliepen. En hij klonk bitter.

'Waarom haat je me zo?' De volgende dag stormde ik zijn huis binnen.

'Waar heb je het over?' Hij zat aan zijn bureau en zijn wijsvingers vlogen over de toetsen van zijn laptop. Hij sloeg nauwelijks zijn ogen op om me aan te kijken.

'Je deed zo vijandig. Dat vind ik vreselijk.'

'Ik zou nooit gekomen zijn als ik had geweten dat jij daar ook was met Adam.'

'Ja, maar we kunnen het echt niet voorkomen, of wel? Dit is zo'n klein wereldje, we zullen elkaar onherroepelijk tegen blijven komen.'

'Maar toch vind ik het vervelend.'

'Je wist dat dit zou gebeuren toen we ermee begonnen.'

'Daarom vind ik het nog vervelender.'

'Kun je even ophouden met werken?'

'Eigenlijk niet, ik heb veel te doen.'

'Alsjeblíeft.'

Hij hield niet op.

'Oké, dan ga ik weer,' zei ik.

'Esmé.'

'Ja?'

'Ga niet weg. Kom hier. Ga zitten.'

'Waarom doe je zo?'

'Omdat ik hier woon, omdat dit mijn huis is. En jij maakt het onmogelijk voor me om ergens naar toe te gaan zonder dat ik me íllegaal voel.'

'Ik denk dat je een hekel aan me begint te krijgen.'

'Ja. Soms.'

Het maakte me woedend dat hij dat zei. Alsof het allemaal mijn schuld was en ik zijn leven had verwoest.

'Laten we elkaar dan niet meer zien,' zei ik. 'Dit wordt toch niks.'

'Nee. Helemaal niks.'

Het bleef lang stil.

Ik vraag me af waarom we dit telkens weer deden. We zorgden er altijd voor dat de hele verhouding volslagen onmogelijk klonk. We leken te genieten van het gevoel vast te zitten in een situatie zonder te kunnen ontsnappen. Het was alsof we gevangenen waren, die ontdekten dat de cipiers waren verdronken terwijl ze de sleutel op zak hadden. Ik denk dat we het deden omdat, wanneer je dat punt eenmaal bereikt hebt, je moet ophouden rationeel te zijn en alleen nog ten koste van alles kunt proberen te overleven. Op een bepaalde manier is het een moment van totale bevrijding, omdat er geen regels meer zijn.

'Kom hier,' zei hij.

Als alle rationale ontsnappingsmogelijkheden uitgeput zijn, kun je alleen nog maar ontsnappen met je lichaam.

Ik sloot mijn ogen toen ik mijn jurk van mijn lichaam voelde glijden. Zijn handen streelden mijn rug. Zijn mond.

Alleen als we ophielden met praten konden we weer dicht bij elkaar zijn. We vonden de weg naar elkaar terug door de zwijgende taal van seks.

Het was de taal die we onveranderlijk begonnen te spreken, wanneer we geen andere optie meer hadden.

Wat heeft het voor zin om het je te herinneren? Als iets voor altijd verloren is, maakt de herinnering eraan alleen maar dat je je nog eenzamer voelt.

Hoewel ik mezelf had beloofd het te vermijden, heb ik sinds Claire in Nairobi is gearriveerd de verleiding niet kunnen weerstaan om ieder stukje van het verhaal weer uit zijn hokje te pakken en het opnieuw te bekijken.

Nu weet ik waarom ik haar wilde ophalen.

Ze moest werkelijkheid worden. Ik wilde haar huid en haren ruiken, ik wilde zien hoe haar mond, haar benen en haar borsten eruitzagen. Zodat haar echtheid eindelijk tot me door zou dringen en ik werd gedwongen alle herinneringen voorgoed te begraven.

Zodat ik eindelijk een kleine begrafenis kan organiseren.

Ondertussen slaagde ik er goed in te doen alsof: Nicole, Kevin Steinberg en ik hebben net heerlijk Thais gegeten in Westlands en ik denk dat ik erin geslaagd ben mijn angstgevoel redelijk te verbergen. We zijn nog wat tequila's gaan drinken in de bar van het Mayfair Casino en hebben gekeken hoe rijke Aziaten fortuinen verliezen bij Black Jack en roulette, en nu drinken we nog wat in de bar van de Mud Club. Vanavond zit het er stampvol Keniase cowboys en jonge Sikhs die high zijn van de xtc, dronken meisjes van de Hillcrest School, en een paar marihuana rokende Rasta's, die allemaal op technomuziek dansen.

Onder het eten is Kevin er steeds meer van overtuigd geraakt dat Iris fantastisch materiaal zou zijn voor Hollywood.

'We hebben een eigentijdse heldin nodig. Kostuumfilms zijn duur, en wat kun je na *Out of Africa* nog doen? Vergeet het maar. Het zou zijn alsof je probeert na *Gone with the Wind* nog een grote film over het Zuiden te maken. Dáár kun je nooit tegenop.'

Nicole en ik knikken vol medeleven.

'Ja, is het niet ironisch?' zegt Nicole. 'Dat de blanken in dit land een film nodig hebben om zich weer écht te voelen.'

Kevin lacht en kijkt naar Nicole. Hij is gek op haar, het ligt er zo dik bovenop. Hij moet haar wel heel anders vinden dan alle andere vrouwen die hij ooit heeft ontmoet. Het moet voor hem onvoorstelbaar zijn dat een meisje zoals zij zo leeft, helemaal alleen en geïsoleerd, in een land dat alleen maar meetelt als filmset. Hij voelt zich door haar verslagen en heel even betrap ik hem erop dat hij vol ontzag naar haar kijkt. Dan krijgt hij op slag zijn zelfvertrouwen terug.

'Alleen kan ze onmogelijk omkomen bij een auto-ongeluk in het centrum van de stad. Het moet epischer zijn dan dat. Willen jullie er nog één?'

We knikken en hij gebaart de barkeeper nog een paar tequila's in te schenken. Ik zie waarom Nicole hem aantrekkelijk vindt. Rimpeltjes rond zijn ogen, peper-en-zoutkleurig haar, een goedgetraind lichaam, en zelfvertrouwen en humor uitstralend. Maar bovenal bezit hij een tederheid die ik gisteravond bij Nena niet zag, omdat ik het te druk had met iedereen die ik zag te haten en medelijden met mezelf te hebben.

'Vergeet de citroen niet, meiden,' waarschuwt Kevin.

We likken het zout op en bijten in het schijfje citroen voordat we ons hoofd achterovergooien en onze borrel naar binnen gieten.

En plotseling bedenk ik: ongelóóflijk, wat gebeurt er eigenlijk veel hier ver vandaan, zo veel mensen, zo veel zaken, ideeën en gesprekken. Mijn hersenen zijn anorectisch geworden, ze zijn gekrompen tot iets nietigs en oninteressants. Zou het niet heerlijk zijn om in een donkere bioscoop te zitten, door de ogen van een ander te kijken en me langzaam te laten meeslepen tot ik bevredigd was en tjokvol tranen en emoties zat, die – voor de verandering! – eens niets met míj te maken hadden? Zou het niet hemels zijn om geïnspireerd te worden door de ideeën van een ander, in plaats van geobsedeerd te zijn door het líchaam van een ander? De grofheid van mijn louter sensuele leven heeft me hard gemaakt, als uitgedroogde aarde.

'Kijk eens wie we daar hebben,' zegt Nicole, terwijl we tegen de bar leunen. Miles danst met Linda en Claire. We zwaaien nonchalant.

Weer zo'n kaartcombinatie: Miles en de meisjes.

Het heeft hen slechts vierentwintig uur gekost om dit dwaze trio te vormen. We gaan altijd een overeenkomst aan, voor het geval we ervan kunnen profiteren. Wij en de Scenarioschrijver uit Hollywood, hij en de Blondjes. Onbetekenende manoeuvres in een klein stadje.

'Kijk,' ik wijs Kevin een aantal lichamen aan die tegen de muur geleund staan of in het duister dansen, 'dat is Jason, de regisseur met wie ik soms werk, zij in het rood is mijn kapper, ze heeft me vanmorgen geknipt, het Afrikaanse meisje met de vlechten heeft vorige week mijn benen geharst en de man met de rode tulband die met het meisje in het groen praat, dat is dokter Singh, mijn gynaecoloog. Ze zouden met zijn vieren een quiz kunnen winnen als die over mijn lichaam ging.'

'Je kunt geen kant op in dit stadje, hè?' vraagt hij.

'Nee. We zitten dodelijk dicht op elkaar. Onze levens kruisen elkaar meedogenloos. En zie je dat meisje in het zwart, Claire, die nu met Miles danst, je hebt haar gisteravond bij Nena ontmoet, die vrijt nu met de man op wie ik waanzinnig verliefd ben.'

Ik ben nu zo dronken dat ik het gevoel heb alles te kunnen doen of zeggen. Ik zie er nu vast gevaarlijk en wild uit. Maar Kevin Steinberg glimlacht naar me. Een beetje ongelovig.

'Zo leuk om te horen.'

'Wat?'

'*Waanzinnig verliefd.*'

'Hoezo?'

'Niemand zegt dat nog.'

'*Waanzinnig.* Ik zweer het. Ik ben zo gek op hem dat het absurd is.'

'Weet hij het?'

'Niet echt. Het is nu trouwens toch te laat. Ik heb het helemaal verpest.'

Kevin geeft me nog een tequila en een snufje zout. Hij schudt zijn hoofd en kijkt naar Nicole, die in een donker hoekje met Miles staat te praten.

'Jullie boffen maar, meiden. Je zou niet zo praten als je op een feestje in Londen of New York stond. Je zou dan waarschijnlijk nergens echt gek op zijn. Eigenlijk benijd ik dat wel een beetje.'

Ik kijk in de richting van Nicole, en Kevin doet hetzelfde. We zien hoe ze levendig gebaart terwijl ze met Miles praat. Het is een heftig gesprek en het ziet er nogal vastberaden uit.

'Breng haar naar huis,' zeg ik tegen Kevin. 'Blijf hier niet rondhangen. Zeg haar gewoon dat je gek op haar bent.'

Kevin grijnst.

'Dat zou ik eigenlijk best willen.'

'Doe het dan. Ze is absoluut fantastisch.' Ik neem nog een slok. 'Ga achter haar aan, alsjeblieft, doe je dat?'

Hij kijkt me uitdagend aan en stapt inderdaad van zijn kruk af, met de geamuseerde gezichtsuitdrukking van een kind dat een opdracht uitvoert bij een spelletje. Hij beweegt zich snel door de menigte, steekt met vlugge stappen de dansvloer over en komt elegant naast Nicole terecht. Hij glimlacht en voelt zich helemaal zeker van zichzelf. Miles kijkt op naar die aantrekkelijke, oudere man, enigszins geërgerd door de onderbreking. Ik kijk hoe Kevin zachtjes tegen Nicoles elleboog tikt en iets in haar oor fluistert, ik vang de verbazing en de glimlach op van haar gezicht. En weg zijn ze. Het heeft slechts dertig seconden geduurd. Dit is een van de vele manieren waarop je je leven kunt veranderen.

Als je wilt.

Miles komt langzaam naar me toe lopen. Hij springt met een glimlach op de kruk naast mij.

'Ik denk dat je vanavond je lift naar huis kwijt bent.'

'Ik vind wel een andere.'

'Zal ik je dan maar naar huis brengen?'

'Nee.'

'Waarom niet?'

'Jij hebt al een auto vol groupies.'

'Esmé, luister. Ik weet wat je denkt.'

'Wat denk ik dan?'

'Dat ik ongevoelig ben, ijdel en dat ik hopeloos achter ieder nieuw meisje aan loop te hijgen, alleen maar om mijn ego te strelen.'

'Grappig dat je dat zegt. Dat is toevallig precies wat ik denk.'

Miles schudt zijn hoofd en grinnikt. Ik weet dat hij het leuk vindt als ik grof ben.

Ik vang een glimp op van Claire. Ze kijkt naar ons vanaf de andere kant van de dansvloer. We kijken elkaar strak aan, onbeweeglijk. Ik weet dat zij het weet. En, erger nog, ik weet dat ze niet bang voor me is.

Miles volgt mijn blik. Hij zucht.

'Hoor eens, ik wil niet vervelend klinken, maar ik denk dat ik weet waarom je zo overstuur bent.'

Ik verstijf.

'Het moet wel het best bewaarde geheim van de stad zijn,' zeg ik bitter.

'Je hoeft niet altijd zo trots te zijn.' Hij geeft een kneepje in mijn arm. 'Ik ben je vriend en ik geef om je, oké?'

'Oké. Geef me dan nog maar iets te drinken.'

Hij springt blij van de kruk af. Ik blijf naar Claire kijken als ze de dansvloer weer opgaat. Ik kijk hoe ze onder het licht stapt, als een acteur op een toneel. Een show opvoert voor mij.

Ze heeft geen gevoel voor ritme, ze is te stijf om zich te laten gaan. Het is grappig dat ik Hunter moet verliezen aan zo'n doodgewone vrouw. Maar zij heeft iets wat ik nooit heb gehad, die blinde vastberadenheid die haar zegt zich aan het reddingsvlot vast te klampen en nooit meer los te laten. Ze heeft haar lesje geleerd: geen scène maken als je de liefdesbrief van iemand anders in een laatje vindt, niets vragen, nooit twijfelen. Hoe minder je spartelt, hoe groter de kans dat je niet verdrinkt. Klamp je gewoon vast.

Ik heb dat lesje nooit geleerd. Ik ben lang geleden verdronken, mijn longen vol water.

8

En ik zing dit
voor het hart zonder metgezel
voor de ziel zonder koning
voor de prima ballerina die nergens op kan dansen.

LEONARD COHEN

Toen kwam Goma. De Goddelijke Vergelding.

Hunter was daar vanaf het begin geweest en hij was nog niet teruggekomen.

Het punt was dat het lot van al die mensen me helemaal niets kon schelen. Ik wilde gewoon dat dat hele Rwanda-gedoe voorbij was, zodat ik een paar dagen met Hunter kon doorbrengen, ver weg van al het slechte nieuws. Ik droomde ervan met hem naar het eiland Lamu te ontsnappen en wakker te worden in een prachtige kamer met uitzicht op de Indische Oceaan. Ik droomde ervan bij zonsondergang de zeilen van de dhows terug te zien komen, de liefde met hem te bedrijven zonder over oorlog en dood te moeten praten. Ik droomde ervan zorgeloos en egoïstisch te zijn, zoals alle minnaars.

Ik had van die dwaze dromen. Ik had natuurlijk geen flauw benul.

In Kigali daarentegen had de aanstelling van een nieuwe regering in slechts 36 uur een miljoen Hutu-vluchtelingen naar Zaïre verdreven, naar Goma. Na de genocide had nu zelfs de exodus van de moordenaars bijbelse afmetingen aangenomen, alsof niets in Rwanda minder kon zijn dan apocalyptisch. De mensenmassa die in deze in verval geraakte, ex-Franse kolonie was neergestreken, had overal gebrek aan. De vegetatie was in één nacht verdwenen omdat een miljoen mensen brandhout nodig hadden. Er was geen schoon water, geen eten, er waren geen latrines, er was geen onderdak. Bijna meteen brak er een cholera-epidemie uit. Na een week stierven er zeshonderd mensen per dag en na twee weken drieduizend.

Hunter had gelijk: toen ze de omslagverhalen in *Newsweek* zagen, moeten de lezers hebben gedacht dat ze die Afrikaanse namen nooit uit elkaar konden houden. De Hutu's waren toch de slechten? Wat gebeurde er in 's hemelsnaam? Hoe konden de moordenaars zomaar ineens zijn veranderd in slachtoffers?

De pers was er gek op. Het was zo'n onverwachte wending in het verhaal, het leek wel een geniale inval van Kevin Steinberg tijdens een vergadering in Hollywood. Kranten- en tv-journalisten doken verrukt op deze nieuwe slachting af. En toen de vulkaan die tot dan toe slapende was geweest plotseling ontwaakte, lava begon te spugen en de hemel oranje kleurde, dachten ze: geweldig, wat nu? De zondvloed? Niemand had betere krantenkoppen kunnen voorzien.

Wat mij betreft, ik vond het vreselijk om hun verslagen te lezen en bleef het als mijn persoonlijke tijdrekening beschouwen, ik overwoog altijd hoe groot de kans was dat Hunter eerder terug zou komen als de Hutu's ophielden met zo snel te sterven, zodat we ten minste één middag samen konden zijn.

Toen, zomaar ineens, verdween hij.

Op een avond, ik denk dat het in november was, kwam ik van mijn werk thuis en ik trof hem op de bank aan met een biertje in zijn hand. Ongemakkelijk had hij op me zitten wachten. Zijn tassen stonden op de grond, hij zag er vreselijk afgemat uit, alsof hij van heel ver was gekomen.

'Hunter. Wanneer ben je aangekomen?'

'Een uur geleden. Ik ben meteen van het vliegveld hiernaar toe gekomen. Ik heb maar weinig tijd.'

'Moet je er weer heen?' Ik voelde dat er iets mis was.

'Nee. Ik ga wég.'

'Weg van wat?'

'Van Afrika. Van mijn baan.' Hij begon bijna te grinniken. *'Van jou.'*

Ik ging tegenover hem zitten, mijn knieën knikten en mijn handpalmen waren klam.

'Wat bedoel je? Wanneer, wat? Wat is er aan de hand?'

'Ik heb het opgegeven. Ik kan niet meer tegen Goma, ik moest er weg. Dus sturen ze me dinsdag naar Afghanistan.'

'Afghánistan?'

'Ja. Ze dachten dat ik daar wel tegen zou kunnen.' Hij keek me met een vreemd glimlachje aan, als een kind dat betrapt wordt op kattenkwaad. 'Morgen vlieg ik naar Londen en dan door naar Kabul.'

'Maar waaróm?' Ik voelde een brok in mijn keel. Hij mocht niet vertrekken. Alsjeblieft. Niet zomaar.

'Omdat ik geen woord meer over de Hutu-vluchtelingen wil schrijven. Wat daar op dit moment gebeurt, die verdomde mediagekte, is klinkklare rampenpornografie. Ik wil daar absoluut niets aan bijdragen. Die mensen die op alle voorpagina's van de kranten staan zijn degenen die een genocide hebben begaan, zij zijn *geen arme slachtoffers.*'

'Ja, maar... wat moet je dan, wil je dat ze allemaal sterven?'

'Hoor eens, jij bent daar niet geweest. Je hebt hen niet aan het werk gezien. Ik wel. Nu het moorden voorbij is, schijnt het niet langer belangrijk te zijn. Nou, voor mij wel, en voor die paar anderen die drie maanden geleden in Kigali waren. Ik háát die mensen. Ik wil níet dat ze gered worden, ik wil de wereld níet vertellen dat ze voedsel nodig hebben. Dit is waar ik ophou journalist te zijn, oké. Ik ben er doodziek van, ziek van wat ik heb gezien, ik heb geen medelijden meer over. Ik ben móe.'

'Dat weet ik.'

Ik pakte zijn hand en hield hem vast. Zo zaten we een paar minuten zwijgend bij elkaar.

'Het is een totale gekte. Het is net een eeuwigdurende cocktailparty in dat hotel: iedere avond komen er vanuit de hele wereld nieuwe verslaggevers aan, ze kennen elkaar allemaal, ze zijn opgetogen elkaar weer te zien in Goma. In de eetzaal hoor je niets anders dan het getinkel van glazen en het knallen van kurken. En ik kan je vertellen dat je géén van die lui eerder in Rwanda hebt gezien. Drie maanden geleden waren ze waarschijnlijk bij het Filmfestival in Cannes. Dus nu zijn ze allemaal in de zevende hemel, ze maken er een lekker verhaal van omdat Goma zo'n makkie is, je loopt niet het risico gedood te worden en je hebt Pulitzermateriaal vlak voor je deur.'

'Ja, maar zo gaat het toch altijd? Ik bedoel, waarom ben je nu zo verontwaardigd, alsof je niet wist hoe de pers werkt...'

'Omdat ze met al die camera's en satellieten de feiten verdraaien op een manier waaraan ik niet wil meewerken. Weet je, we hadden geen beelden van de moordenaars in Kigali toen ze daar mensen doodknuppelden, er draaiden geen camera's toen ze duizenden mensen in kerken afslachtten. We hebben de genocide niet op film, dus eigenlijk is het nooit wérkelijkheid geworden. De mensen geloven pas dat iets echt gebeurd is als ze het onder het eten op tv kunnen zien. De stervende Hutu's worden nu de werkelijke tragedie van Rwanda, alleen maar omdat de media er zo onwijs veel aandacht aan besteedt. Plotseling maakt iedereen zich druk over zijn humanitaire plicht, hulporganisaties drommen binnen, er wordt gemakkelijk een miljoen gulden per minuut bijeengeschraapt, terwijl de moorden en de genocide langzaam uit het beeld verdwijnen. Het is nu al in een dichte mist gehuld.' Hij schudde zijn hoofd. 'Ik doe het niet. Niet na wat ik gezien heb. Dus ik vertrek.'

Ik wist niet wat ik moest zeggen, ik wist niet wat ik voelde. Ik stond op het punt in paniek te raken, en ik vocht uit alle macht om dat tegen te houden. Ik kon niet geloven dat hij zomaar zou vertrekken.

'Wanneer kom je weer terug?'

'Terúg? Esmé, je begrijpt het niet. Ik ben in een enorm conflict gewikkeld met de krant. Ze vinden het maar niks als iemand zich zomaar ineens van een opdracht terugtrekt en ik denk niet dat ze me binnen afzienbare tijd weer naar Afrika sturen. Ik vervang hun correspondent in Kabul tot eind december en dan zien we wel weer.' Hij haalde zijn schouders op en keek uit het raam. 'Ze kunnen me wel naar Londen sturen, voor zover ik weet. Als ik tenminste mijn baan niet kwijtraak.'

Toen keek hij op zijn horloge, ongeduldig en zorgelijk.

'Hoor eens, ik moet iets eten en ik moet in bad. Ik heb maar heel weinig tijd en ik moet nog duizenden dingen doen.'

Hij was al heel ver weg, zijn gedachten gericht op de logistiek van vliegtickets en bagage.

'Ik laat een bad voor je vollopen en dan kijk ik of er iets te eten in huis is.'

We werden heel stil en speelden een huiselijkheid na die we nooit hadden gehad. Ik zat op mijn bed en luisterde door de badkamerdeur in mijn slaapkamer naar de geluiden van zijn lichaam in het water. Ik durfde niet naar binnen te gaan. Het zou me verontrusten om hem in het dampende bad te zien liggen, zoals ik Adam zo vaak had gezien. Nee, het was ons nooit vergund om ons zo intiem en rustig te voelen, en het voelde als heiligschennis om dat nu wel te laten gebeuren. Ik zat op mijn bed en wachtte.

Eindelijk realiseerde ik me wat me altijd had beangstigd in Hunter: uit naam van zijn principes zou hij zonder mij verder kunnen. Niets en niemand zou hem nu tegen kunnen houden. Hij was klaar om te vertrekken, als een eenzame wolf. Afrika betekende iets voor hem. Zijn leven was erdoor gevormd, net zoals het leven van zijn moeder, en hij wilde het land liever verlaten dan het verraden.

Dat had ik niet in me. Ik was een zwak, egoïstisch en door mezelf in beslag genomen wezen dat een enorme Afrikaanse tragedie ondergeschikt maakte aan haar eigen onbetekenende behoeften. Het ontbrak mij aan zijn kracht, zijn hardheid, en uiteindelijk geloofde ik juist om die reden niet dat iemand als hij mij ooit kon liefhebben, vertrouwen of nodig hebben.

Hij kwam de slaapkamer in lopen, een handdoek rond zijn heupen geslagen, en ging naast me op het bed zitten. Zijn natte haar druppelde op de lakens. De nabijheid van zijn lichaam in mijn huis bedreigde me. Ik wilde dat hij zich zo snel mogelijk aankleedde.

'Ga met me mee,' zei hij.

Ik keek hem ongelovig aan.

'Waarnaar toe?'

'Naar Kabul, naar Londen. Waar dan ook.'

'Ben je gék geworden?'

'Je hóeft niet in Afrika te wonen.'

'Hunter, dat kan niet.'

'Waarom niet? Het kan heel goed, als je het maar wilt.'

'Waarom denk je dat ik zómaar weg kan gaan?'

'Ik weet het niet. Ik denk dat het in de eerste plaats door mijn ego komt,' zei hij glimlachend. Maar ik kon zien dat hij zich kwetsbaar voelde.

'En ten tweede denk ik dat Afrika voor jou gewoon een uitvlucht is. Maar jij bent niet zoals de anderen hier, Esmé.'

'Hoe ben ik dan wel?'

'Dit zal nooit genoeg voor je zijn. Je bent veel gecompliceerder.'

'Wat probeer je me te zeggen?'

'Adam zal nooit genoeg zijn.'

Ik verstijfde, het stond me niet aan dat hij Adams naam binnen de muren van onze eigen slaapkamer uitsprak. Het stond me niet aan dat hij halfnaakt in mijn huis zat en mij een etiket opplakte.

'Wat bedoel je met genóeg?' Ik was plotseling kwaad. Kwaad op hem dat hij me zomaar in de steek liet, kwaad op mezelf dat ik dit had laten gebeuren zonder over de gevolgen na te denken.

'Je kunt mensen niet zo beoordelen. En wat weet jij trouwens van mijn relatie met Adam?'

Ik dacht dat hij het onderwerp hierna wel zou laten vallen. Maar hij leek niet bang om te verliezen nu alles op het spel stond.

'Ik denk dat hij je een veilig en begeerd gevoel geeft. Maar ik denk niet dat je verlíefd op hem bent.'

Ik stond op en sprong van hem weg. Hij maakte me gek door zo over Adam en mij te praten, zittend op ons bed, alsof hij de boel officieel kwam overnemen.

Zijn plotselinge besluit beangstigde me. Alles wat we tot nu toe in stilte hadden besloten te negeren en verbergen, alle woorden die nooit waren uitgesproken, riep hij nu één voor één op en hij gaf ze allemaal een naam. Ik wist dat dit een gevaarlijk spel was. Als je de dingen eenmaal benoemd hebt, weigeren ze weer terug te gaan in de doos van Pandora.

De woorden vlogen als wanhopige, blinde rukwinden uit mijn mond.

'Dus,' vroeg ik op bittere toon, 'jij denkt dat ik verliefd ben op jóu?'

Hij stond op en begon langzaam zijn overhemd aan te trekken. Hij zag er uitgeput uit.

'Je bent een echte acrobate, Esmé. Je maakt allerlei pirouettes en salto's om niets te hoeven zeggen en je kaatst vragen terug als een jongleur. Je had Engels moeten zijn, dat zou beter bij je gepast hebben.' Hij keek me verslagen aan. 'Ik ben niet degene die je dáár antwoord op kan geven. Dat ben jíj.'

Ik had mijn leven in dertig seconden kunnen veranderen. Ik had kunnen zeggen: 'Ja, ik hou van je. Ik hou van je vanaf het moment dat ik je zag. En zelfs al vraag je zoveel van me, zelfs al maakt het me doodsbang om je zo blindelings te volgen, ik ga met je mee, omdat ik het anders de rest van mijn leven zal betreuren. Hier ben ik, Hunter Reed, zo eenvoudig is het.'

Maar natuurlijk deed ik dat niet.

Ik stond sprakeloos bij de deur en keek hoe hij zijn kleren weer aantrok, ik was verlamd door de angst hem te verliezen, volledig gehypnotiseerd, als iemand die over de reling van het Empire State Building leunt, aangelokt door de diepte. Als hij nu verdween, zou het net zijn alsof mijn been werd geamputeerd. Maar dan zou het achter de rug zijn. Misschien zou ik, als ik eenmaal weer alleen was, gemakkelijker met de pijn kunnen omgaan.

9

Dit is mijn zwarte vlek. Alleen ik
ben de autoriteit, en ik weet niet wat er verder is
dan waar ik gekomen ben, als dat al ergens is.
Ik heb geen kaarten geërfd.

U.A. FANTHORPE

De volgende dag vertrok ik na vijven van het Wilsonvliegveld.

Ik zat op de plek van de co-piloot naast Peter, de Olifantman, in zijn Cessna. Peter zat midden in zijn olifantentelling en de laatste drie weken was ik met hem naar het kamp van Adam gevlogen. We zeiden niet veel tegen elkaar tijdens die vluchten, maar door de reisjes die we samen maakten, was er een soort intimiteit tussen ons ontstaan die we nooit eerder hadden gekend. Het was plezierig om met zijn tweeën in het vliegtuigje te zitten. Soms raakte hij zachtjes mijn elleboog aan en wees naar het wild onder ons, en dan gleed hij boven de vlakte en kantelde zijn vleugels in de wind als een ballerina. Meestal luisterde hij naar opera's als hij laag over het lange gras vloog en ik kon het gewoon niet laten om in een armzalig crescendo mee te zingen als hij naar Verdi luisterde en we pirouettes maakten boven de springende kudde zebra's en gnoes. Ik vond het heerlijk zoals hij van onze vlucht altijd een opwindende reis maakte.

Maar die middag was ik niet gewoon stilletjes, ik was helemaal stom, leeg, uitgeput. Dóód. Ik denk dat Peter voelde dat mijn stilte nu een holle klank had, en hij probeerde niet eens mijn aandacht te trekken toen we het gouden licht tegemoet vlogen.

Ik richtte mijn ogen op de schaduw van ons vliegtuigje toen

het opsteeg, tot er geen oppervlakte meer over was waarop het zijn schaduw kon werpen en het silhouet gewoon in de wolken verdween.

Wat een bevrijdend gevoel om je los te maken en in staat te zijn te vertrekken, gewichtsloos, zonder dat zelfs je eigen schaduw aan je vastzit. Ik adem diep uit, alsof ik de lucht die zwaar op mijn longen drukte moest zien kwijt te raken.

Het was heerlijk om de lucht in te gaan. Ik had behoefte om op te stijgen, de wolken te doorboren en alles van bovenaf te bekijken. Het was voor mij noodzakelijk om vanaf hier te zien, zodat ik kon leren om alles opnieuw lief te hebben.

Ja, het was goed dat Hunter zo moest vertrekken. Dat we zonder pardon tot de wreedheid van deze onverwachte scheiding werden gedwongen. We waren er tegelijk in geslaagd om elkaar te laten zien hoe akelig het tussen ons kon worden, en dat had geholpen de pijn van de scheiding te verzachten.

De avond daarvoor had hij me gebeld vanaf het Kenyattavliegveld, waar hij op het punt stond aan boord te gaan van een vliegtuig van British Airways.

'Omdat ik betwijfel dat ik je ooit nog zal zien, wilde ik je laten weten wat ik heb geleerd van ons laatste kleine rendez-vous, Esmé.'

Hij had gedronken, zijn stem klonk scherp, dreigend. Hij was wild en gevaarlijk, zoals iedereen die niets te verliezen had.

'Hunter, hou op. Het is niet nodig dit nog moeilijker te maken dan het al is.'

'Hoezo moeilijk? Je hebt het gewoon briljant opgelost. Eigenlijk wil ik je even feliciteren.'

'Alsjeblieft, o, alsjeblieft...'

'Moet je horen wat ik heb geleerd,' begon hij. 'Sommige mannen kunnen nooit echtgenoten worden. Ze zullen altijd minnaars zijn.'

'...'

'Ben je er nog?'

'Ja.'

'Het is heel bijzonder, weet je. Dat je jezelf als een romantisch, hartstochtelijk persoon ziet...' Ik hoorde zijn bittere, schorre lach. 'De Dochter van de Dichter.'

'Hunter wil je even naar me luisteren...'

'Als je bedenkt dat je in plaats daarvan de aard van een verzekeringsagent hebt, zal dit wel een enorme teleurstelling voor je zijn. Weet je, de manier waarop jij alle risico's inschat, de kosten, de gevolgen. Ik bedoel, je zou polissen moeten verkopen, Esmé. Niemand zou jouw talent kunnen weerstaan.'

'Je bent dronken.'

'Ja. Maar ik zie alles nu heel duidelijk door mijn wodkanevel.'

Hij hoestte en schraapte zijn keel.

'Luister. Even serieus. Het zal allemaal heel goed voor je uitpakken. Adam is je vriend. Waarschijnlijk wordt hij je echtgenoot. Jullie zullen samen viskoekjes en patat eten voor de tv. Terwijl ik, Esmé...' Hij zweeg, nadrukkelijk. 'Misschien zal ik nooit je vriend worden, maar ik ben in ieder geval je minnaar geweest.'

Zijn stem verviel in gemompel.

'Wattatooktebetekenehad.'

'Goed dan,' vroeg ik kwaad, 'wat denk je dat dat te betekenen had?'

'Dat weet ik nog niet. Dat het alleen de bedoeling was dat we elkaar neukten en uiteindelijk verneukt werden? Kweenie. Ik moet nu gaan.'

'Wacht! Je kunt niet zomaar ophangen.'

'Natuurlijk wel. *Ik moet wel.* Mijn vlucht wordt omgeroepen.'

Ik raakte buiten zinnen.

'Dit is zo verdomde oneerlijk! Om me te bellen en gemeen te doen, terwijl je op het punt staat in een vliegtuig te stappen, zodat ik niet eens...'

'Ik ben bang dat ik te bezopen ben om de gevolgen van dit telefoontje te kunnen overzien, liefje.'

'Hunter, wacht!'

'Ciao bella.'

Hij hing op.

Hunters vermogen om de dingen helemaal te verpesten bleek een opluchting: in ieder geval gaf het mij de gelegenheid om kwaad op hem te zijn.

De arrogantie om op die manier te verdwijnen en mij met zijn sarcasme te ontleden. En ik had die kwaadheid hard nodig om hem te kunnen afschrijven.

Het land strekte zich onder mijn ogen uit, warmrood en oneindig. Toen we over de Rift Valley vlogen, voelde ik het verlangen om weer samen met Adam te zijn zoals vroeger. Ik had genoeg van de hopeloosheid en de wanhoop waarmee Hunter mij had geïnfecteerd. Tot nu toe had verliefd zijn op hem alleen onzekerheid, heimwee en angst om hem te verliezen betekend. Al mijn gevoelens voor hem hadden gedraaid om dat wat we *niet konden* hebben.

Plotseling was het allemaal zo helder en duidelijk. Liefde had heel weinig te maken met angst en emotionele sabotage, liefde had te maken met vertrouwen.

Ik wilde niets liever dan terug zijn bij Adam in de schoonheid van Afrika, omdat ik daar weer in moest geloven. Er zit tenslotte net zo veel waarheid in schoonheid als in wanhoop. En misschien zou ik dat eindelijk kunnen leren.

In het kamp was het weer een echte jongens-en-auto's-wereld, ik was het bijna vergeten. Toen ik aankwam, lag Adam onder een van zijn trucks, omringd door vettige moersleutels en gereedschap dat keurig geordend op een groen stuk canvas lag. Om hem heen de gebruikelijke kring jongens in overalls, de magere Turkana en Samburu die al jaren bij hem waren, met wie hij in de onbegrijpelijkste talen sprak en mysterieuze monteursgrapjes maakte. Ik zag alleen zijn benen en een stuk van zijn blote rug dat vol zwarte smeer en stof onder de auto uitstak. Zijn lichaam zag er fit en koel uit, zijn huid zacht en lichtgebruind. Zelfs als hij vuil en zweterig werd, rook hij nog steeds zo fris als een hoentje.

Hij keek op vanonder de auto. Een glimp van zijn groene ogen. Hij wurmde zich eronderuit en wreef met de rug van zijn vettige hand over zijn voorhoofd. Ik voelde zijn warme, kleverige huid door mijn blouse heen. Zijn lippen raakten vluchtig de mijne.

'Hoi. Je bent vroeg.'

'Ik ben met Peter meegekomen.'

'Ik ben hier bijna klaar. Ga maar vast theedrinken, ik kom zo bij je.' Hij glimlachte geamuseerd. 'Gisternacht brulde er een enorme leeuwin, midden in het kamp. Het was fantastisch. De toeristen werden helemaal gék. Ik moest een van die vrouwen een paar valiums geven.'

Het was alsof ik hem voor het eerst zag, zoals die avond lang geleden, ik in de rol van de Eenzame Krankzinnige Surfer en hij in die van de Knappe Vreemdeling.

Ik keek naar zijn kleren die in de tent verspreid lagen. Zijn versleten kaki broek die bijna uit elkaar viel, zijn oude verstelde overhemden, zijn versleten laarzen. Alles had zijn vorm aangenomen en vertelde iets over zijn lichaam, zijn heerlijke geur, zijn mannelijkheid. Ik bestudeerde zijn handschrift op een blocnote, pakte een boek van het nachtkastje en rommelde in zijn muziek. Hij had naar de sonates van Chopin geluisterd. Ik controleerde zijn tandenborstel, zijn scheercrème en de jointpeukjes in de asbak.

Ik nam de kleinste details die iets over zijn leven zonder mij in die tent vertelden, in me op. Ik was hem zo sporadisch komen opzoeken, we hadden de laatste maanden zo weinig tijd samen doorgebracht, dat ik nu nauwelijks wist wat hij de hele dag deed. En plotseling leek het zo'n verspilling dat we van elkaar gescheiden waren geweest, maar vooral dat ik was opgehouden hem met de aandacht die ik eens had gehad en die mijn leven zo had vervuld te bekijken. Ik had het gevoel alsof ik dat geluk weer kwam opeisen, als een kostbaar bezit dat ik in een winkel had laten liggen.

Hij kwam de tent binnen toen het begon te schemeren. Hij kleedde zich snel uit en kletste over de leeuwin en de toeristen terwijl hij onder de douche achter de tent stond.

Ik luisterde niet echt. Ik volgde zijn bewegingen toen hij zijn hoofd en huid stevig schoonboende. Zijn sterke handen waren veel bruiner en gespierder dan zijn magere witte lendenen. Die geheime stukjes zachtere huid van zijn lichaam die ik zo goed placht te kennen, millimeter voor millimeter, die ik zo vaak langzaam in het donker kuste.

De binnenkant van zijn polsen. Zijn nek. Zijn handpalmen.

Ik aanbad elke centimeter van zijn huid en zijn spieren, elke ronding, elk botje en elke zenuw. Ik kende het zoals je in het stikdonker de weg naar huis kent. Stukje voor stukje, stap voor stap.

Adams lichaam, dat zo'n onvergetelijke ouverture was geweest – zijn zingende lichaam – had de laatste tijd zijn aria's en verborgen melodieën verloren en was stil geworden. Was ik de dwaas geweest die langzaam het geluid had uitgezet? Waarschijnlijk wel. Ik verlangde er wanhopig naar het allemaal weer te horen.

Hij stak zijn arm uit en ik gaf hem een handdoek die hij om zijn middel sloeg, snel liep hij langs me heen. Ik liep naar hem toe om hem te kussen, want ik wilde het koele water op zijn lippen ruiken, maar hij zocht een schoon overhemd en duwde me zachtjes opzij.

'Je zult de toeristen aardig vinden, ze komen uit New York, het is een gaaf stel. De echtgenoot handelt in kunst, organiseert grote veilingen of zo. Als je vertelt dat je een Rembrandt of een Velasquez hebt, verpatst hij die voor je. Het is zo'n bijzonder wereldje, materiaal voor een spionageverhaal. Zijn vrouw is veel jonger, heel aantrekkelijk, ik denk dat ze iets bij een uitgeverij doet, en ze hebben twee ongelooflijk slimme kinderen van begin twintig. Ik wou dat we altijd zulke mensen mee hadden, het zou alles zoveel leuker maken.'

Ik keek naar buiten. Het was heel rustig in het kamp.

'Waar zijn ze nu?'

'O, ik heb ze met Morag op een safari gestuurd, ze kunnen ieder moment terugkomen.'

'Wie is Mórag?'

Adam keek me aan, aarzelde en maakte toen een vaag gebaar. 'Morag is de jager uit Tanzania die is ingehuurd om zebra's af te schieten op de boerderij van Copeland.'

'O, oké. Ik heb nooit van hem gehoord.'

'Ze is er nog maar twee maanden. Ze is elke dag aan het schieten.'

'Zé?'

'Ja. Morag is Schots voor Mary. Ze is een jageres, om precies te zijn. Ze heeft een verbazingwekkend goed schot, trouwens.'

Ik keek naar hem terwijl hij met zijn vingers door zijn haar streek en zijn oude leren riem om zijn heupen gespte. Ik was gealarmeerd.

'En hoe komt het dat Morag met jouw klanten op safari gaat?'

'Omdat ze vaak naar het kamp komt als ze klaar is met haar dagelijkse zebra-telling en ze is absoluut perfect voor de toeristen, ze vinden het prachtig als zo'n meisje hen meeneemt.'

'Bedoel je dat ze voor je werkt?'

'Nee. Ze doet het omdat ze het leuk vindt. Ze schiet en zit de hele dag in een enorme vrachtwagen vol stinkende, bloederige dieren en vliegen. Ik kan je wel vertellen dat dat geen lolletje is. Hier kan ze zich ontspannen, een borrel drinken, naar goede muziek luisteren en een enigszins interessant gesprek voeren. Ze neemt hen 's avonds mee op een ritje, ze schijnen veel plezier te hebben samen, en dat geeft mij de kans om dingen te doen die zijn blijven liggen.'

'O.'

Het leek een prima regeling. En toch baarde deze Morag met haar geweldige schot mij zorgen.

'Het is een hele kunst om tien zebra's per dag te schieten, en daar voor de thee mee klaar te zijn, neem dat maar van mij aan,' zei Adam. Hij probeerde mij haar aardig te laten vinden en oogstte het tegenovergestelde resultaat.

'Ja, dat zal best.'

De stilte die volgde, duurde net iets te lang. Toen hoorden we godzijdank een auto de heuvel afkomen. Vrouwelijk gegiechel en mannelijk gelach, remmen op een ruwe grond en de sax-solo uit 'Take a Walk on the Wild Side' die uit de stereo knetterde.

'Ik dacht dat je het nooit goed vond dat je toeristen naar harde muziek luisterden in de rimboe.'

'Heb ik dat ooit gezegd?' Adam grijnsde ondeugend en pakte mijn hand. 'Ik had zeker een heel slecht humeur toen ik die wet uitvaardigde. Kom mee iets drinken, stadsmeisje.'

Morag was absoluut verbazingwekkend. Schrikbarend aantrekkelijk, om te beginnen. Ze zag eruit als een fotomodel, Botticelli-achtige blonde krullen en een marmerblanke huid, een lange witte rijbroek die doorweekt was met bloed, en zware zwarte laarzen. Ze had geen ogen, maar enorme blauwe zwembaden zonder één enkel golfje. De ogen van een verdronken Ophelia. Of een dode vis, als je er niet zo romantisch over wilde doen.

Ze gaf me een slap handje en een lege blik. Dit meisje was niet geïnteresseerd in andere vrouwen, en om eerlijk te zijn, in dit geval was ik dat evenmin. Morag de jageres was wel zo ongeveer de laatste persoon op aarde die ik die avond tussen Adam en mij in het kamp wilde hebben zitten.

Ik had zin om haar tegen haar bebloede rijbroek te trappen en haar een oplichter te noemen, om vervolgens de Copelands op te roepen om haar voorgoed op te halen. Zozeer voelde ik me onmiddellijk door haar bedreigd.

De toeristen waren overduidelijk gek op haar. Ze hadden drie dagen met haar doorgebracht en konden zich geen vrouw voorstellen die cooler was dan deze twintigste-eeuwse versie van een Griekse godin, die met een gouden pijl en boog antilopen schoot in de bossen. Zuivere mythologie, zomaar voor het oprapen. Je had hen moeten horen, de New-Yorkse Upper West Side Intellectuele Familie: Morag zei dit, dat en zus en zo. Blablablablabla.

Adam had gelijk, ze zagen er interessant en slim uit, ze droegen geen stomme kleren en hadden een te gek gevoel voor humor. Ik wilde dat ze mij ook aardig vonden, maar toen ze me vroegen wat ik deed en ik vertelde dat ik bij een postproductiebedrijfje werkte in Nairobi, keken ze me met evenveel verlegenheid als medelijden aan, alsof ik net had verteld dat ik een chronische maar dodelijke ziekte had.

Morag ging douchen in het personeelskwartier en verscheen even later weer, prachtig in het zwart gekleed en met een dikke sigaar in haar borstzakje, waardoor ik zin had om te schreeuwen van woede en haar een klap in het gezicht te geven.

Waarom kon je je in dit land nooit eens ontspannen? Waarom was het altijd net een krankzinnige film zonder einde, waarin steeds weer nieuwe figuren opdoken, terwijl je net dacht dat het hoogtepunt was bereikt en je nog slechts wachtte op de grote finale? De twee helden die eindelijk verenigd waren tegen de achtergrond van de Afrikaanse zonsondergang, elkaar hartstochtelijk kussend, en met fantastische muziek die je deed zweven terwijl de tranen net zo rijkelijk rolden als de kas zich vulde.

Maar nee.

Die verdomde langbenige Artemis verschijnt, die haar hele leven al buffels schiet in Zimbabwe. Eerlijk gezegd krijg je zin om bij de pakken neer te gaan zitten.

Adam was druk bezig om een lekker sfeertje te scheppen, hij maakte voor iedereen gevaarlijk lekkere drankjes, zocht de muziek uit en stak kaarsen aan. Het was lang geleden dat ik hem zo vol energie met zijn klanten bezig had gezien. Maar bovenal had ik Adam sinds hij mij kende niet zo op een vrouw gericht gezien.

Onder het eten zat ik naast Brian, de kunsthandelaar, en tegenover zijn jongere vrouw Anjelica. Morag zat tussen Brian en Adam, tussen de twee slimme jongens die haar duidelijk aanbaden.

Brian begon me te vertellen hoe buitengewoon hij Morag vond.

'Ze is zo ongelooflijk moedig, als je bedenkt hoe chauvinistisch de jagerswereld is. Het lijkt nogal moeilijk voor Morag te zijn om echte professionele klanten te krijgen.'

'Nou, dat verbaast me niets. Ik denk dat een kerel die duizenden guldens per dag betaalt om een buffel te schieten, geen zin heeft om te luisteren naar een vijfentwintigjarige engel die hem vertelt wanneer hij de trekker moet overhalen. Dat is te vernederend,' zei ik. 'Je wilt een stoere knaap als je goeroe voor de jacht, iemand die op Clint Eastwood lijkt en je het gevoel geeft dat je cool bent, denk je ook niet?'

Anjelica knikte, terwijl Brian probeerde Morags standpunt te verdedigen over de discriminatie in dat mannenwereldje.

'Ik zou het helemaal niet erg vinden om met een vrouw te jagen. Ik zou het helemaal niet vernederend vinden.'

'Ja schat,' zei Anjelica met een grijns, 'maar jij bent een vegetariër en je weet niet eens hoe je een vogel moet doodschieten, dus jij telt niet mee als potentiële klant.'

Morag deed net of ze niet luisterde; ze sprak met Adam over munitie. Ik hoorde hoe ze hem uitnodigde met haar op zebrajacht te gaan, volgende week op de boerderij, nadat de toeristen waren vertrokken. Hij zei dat hij dat zeker zou doen, dat hij het een geweldig idee vond om eens te gaan jagen.

'Ze is volslagen belachelijk,' zei ik tegen Adam, nadat Morag tamelijk laat die avond eindelijk was teruggegaan naar de boerderij van Copeland, met haar geweer keurig achter haar autostoel. De Intellectuele Familie was al veel eerder naar bed gegaan, en ik had me doodverveeld bij de vreselijk saaie conversatie over schiettechnieken en kogels, het voordeel van dum-dum-kogels versus massieve kogels, Remington-geweren versus die van Holland.

'Waarom zeg je dat? Ze gaat er gewoon helemaal in op, het is haar grote hartstocht.'

'Ze is bezeten.'

'Ja, dat ben ik met je eens. Maar ik hou wel van zo'n bezetenheid in een meisje. Ik vind het aantrekkelijk.'

Ik voelde me bloeddorstig. Ik moest letterlijk stilzitten en diep ademhalen om te kalmeren. Ik had het gevoel alsof ik alles met een ongelooflijke snelheid aan het verliezen was, als een Zwarte Vrijdag-nachtmerrie op Wall Street wanneer je je aandelen op het scherm ziet kelderen en je niets anders kunt doen dan kijken naar het verdwijnen van je fortuin.

Ja, liefde draaide om vertrouwen. Niet om angst. Niet om emotionele sabotage. Liefde had te maken met dingen die mensen samen konden dóen, niet met wat ze níet konden doen.

Maar hoe lang was het geleden dat Adam het gevoel had gehad dat hij mij kon vertrouwen, hoe lang dat hij zich eenzaam had gevoeld zonder mij, hoe lang dat we iets samen hadden gedaan? Waarom verwachtte ik dat hij altijd zo van mij zou blijven houden als in het begin? Waarom zou het oneerlijk zijn als Adam eindelijk een maatje vond in de wildernis, om samen naar Chopin te luisteren en over jongensdingen te praten, iemand die er bovendien ook nog eens uitzag als een fotomodel?

Morag moet wel gestuurd zijn door een godin die een bijzondere hekel aan mij had.

We hoorden in de verte de leeuwin grommen.

'Echt waar, ze was afgelopen nacht rond drie uur hier in het kamp. Ze maakte iedereen wakker, het was even een compleet gekkenhuis. Fantastisch. Ik wou dat je erbij was geweest.'

'Echt waar?'

'Wat?'

'Dat ik erbij was geweest?'

'Ja.' Hij keek me strak aan. 'Ik wil áltijd dat jij hier bent.'

Ik beantwoordde zijn blik en zo bleven we elkaar een poosje aankijken. Geen van beiden zei iets, maar langzaam begonnen er van die dwaze tranen uit mijn ogen te druppelen. Hij veegde ze met de rug van zijn hand weg.

'Niet doen,' zei hij, 'je hoeft niet te huilen. Alles is goed.'

'Dáár ben ik niet meer zo zeker van.'

'Kom nou, Esmé. Dat wéét je toch wel. Jij bent degene die weg is geweest. Ik ben altijd op dezelfde plek gebleven.' Hij maakte een armgebaar in het donker. 'Hier.'

Het beangstigde me dat hij zoiets zei met zo'n melancholieke blik in zijn ogen. Nu was het niet langer mogelijk mijn ogen te sluiten voor de heimwee, de eenzaamheid die ik hem had bezorgd, en ik was zo bang voor de littekens die mijn zorgeloosheid misschien had veroorzaakt.

Ik begon zijn overhemd los te knopen.

'Ik wil met je vrijen.'

Hij pakte mijn hand en we gingen onze tent in. Langzaam kleedden we elkaar uit in het warme gele schijnsel van de petroleumlamp. Ik voelde een zekere ruwheid in de manier waarop zijn handen me nu aanraakten, hoe ze mij onder hem trokken. We bedreven de liefde met een ongeduldige hartstocht, alsof we het allebei snel achter de rug wilden hebben, om onszelf ervan te verzekeren dat we elkaar nog steeds op precies dezelfde manier bezaten en dat er in de tussentijd niets was veranderd. We vonden het niet belangrijk om ervan te genieten, om te treuzelen, te wachten, naar elkaar te glimlachen terwijl we bezig waren. We vonden het niet belangrijk om het uit te stellen. We wilden het zo snel mogelijk achter de rug en bevestigd hebben.

We lagen zwijgend in het donker. Ik streelde met mijn vinger over zijn ribben, ik kuste de binnenkant van zijn bovenarm. Nee, niets zou ooit meer hetzelfde zijn na Hunter. Het was waanzin geweest om te denken dat Adam en ik er zonder kleerscheuren vanaf zouden komen. We waren niet langer dezelfde twee mensen, dat wisten we nu allebei. Het betekende niet per se dat dit het einde was, maar het was zinloos om net te doen alsof er niets beschadigd was. En ik realiseerde me dat het aan mij was om te redden wat er te redden viel.

'Adam.'

'Ja?'

'Misschien kan ik mijn werk parttime doen, met maar een paar klanten, zoals bijvoorbeeld Jason. Dan zou ik veel meer tijd hebben om hiernaar toe te komen. Zou je het fijn vinden als ik dat deed?'

'Ja. Natuurlijk zou ik dat fijn vinden. Maar ik wil alleen dat je het doet als je het zelf wilt, niet omdat je het gevoel hebt dat je het voor mij doet.'

'Dat weet ik. Maar ik wil het echt. Ik wil hier zijn, bij jou. Ik heb er zo genoeg van om bij je weg te zijn. *Weg van hier.*'

De leeuwin gromde weer. Ze was dichterbij gekomen.

'Misschien komt ze weer terug,' zei Adam. En hij draaide zich naar me om, zijn ogen glinsterden in het donker met een kinderlijke vreugde.

'Laten we het hopen.'

We vielen in slaap en het schorre gegrom van de leeuwin maakte me wakker voordat het licht werd. Adam stond door het gaas van de tent naar haar te kijken. Die enorme zwarte gedaante, die wilde bedwelmende geur. Ik kon gewoon niet geloven dat ze zo dicht bij onze tent was. We stonden doodstil met zijn tweeën bij het gaas tot de hemel grijs werd en we haar helemaal konden zien. Ze lag onder een boom, snuffelde met haar neus in de lucht en zwiepte met haar staart heen en weer. Toen stond ze op en verdween langzaam in de struiken. Ik voelde me gezegend, opnieuw verwelkomd. Zachtjes trok ik Adam mee naar het bed en we bleven een poosje naast elkaar liggen, zonder iets te zeggen. We voelden de warmte van elkaars lichaam en lieten alle gedachten als zwaluwen ronddartelen, om vervolgens op te lossen in het vroege licht van de ochtend.

Ik zei mijn kantoorbaan op en werkte op freelance-basis met Jason Winters aan de postproductie van zijn reclames. Hij betaalde me niet veel, maar verwende me en zorgde ervoor dat ik mijn goede humeur behield. We zaten samen urenlang voor de Avid-machine, gingen vervolgens naar de Mud Club en dansten tot we niet meer op onze benen konden staan.

De rest van de tijd was ik bij Adam in het kamp, ik vermaakte de toeristen tijdens het diner en werd er tamelijk goed in, ik beklom de hellingen met Lenjo en kreeg eindelijk de namen van planten en vogels onder de knie. De kerstvakantie ging voorbij en we hadden nog boekingen tot Pasen. Adam zei dat hij nog nooit zo'n goed seizoen had gehad.

Mijn instinct zei me dat de tijd was aangebroken om mijn territorium opnieuw af te bakenen, het me weer toe te eigenen, voordat ik mijn houvast zou verliezen. Daarom concentreerde ik me erop Morag op een afstandje te houden en me niet te veel aan haar te ergeren. Haar werk met de zebra's was voorbij, maar blijkbaar vonden de Copelands haar gezelschap plezierig, want ze woonde nog steeds bij hen op de boerderij. Ik wist dat ze heel wat vaker naar het kamp kwam wanneer ik in Nairobi was, en het maakte me woedend dat ze zich blijkbaar niet in het minst door mij liet afschrikken.

Eerlijk gezegd dacht ik dat Adam en zij een relatie hadden. Waarom zou ze anders niet weggaan? Ik kon me er niet toe zetten het hem te vragen, ik had zelf nog steeds te veel voor hem te verbergen.

'Waarom gaat ze niet terug naar Tanzania, daar kun je tenminste legaal jagen? Ze blijft maar in een land hangen waar men een hekel heeft aan jagers, waar het een taboe is om dieren te doden en ze doet niets anders dan daarover zeuren. Begrijp jij dat nou?' vroeg ik Adam.

'Ik denk dat ze bij mij wil werken,' zei hij, alsof hij iets toegaf, 'daarom blijft ze hier rondhangen. Ze is helemaal blut.'

Eerlijk gezegd had ik absoluut geen medelijden met haar armzalige financiële staat.

'Nou, er zijn genoeg safari-organisatoren die haar graag willen inhuren. Ze *zit achter jou aan*, dat is waar ze mee bezig is.'

Hij lachte, alsof ik iets geks had gezegd.

'Kom op, Esmé, wat is er aan de hand? Ik kan me niet voorstellen dat je jalóers bent.'

Hij was verdiept in een van zijn klusjes. Onschuldig ging hij verder met iets van de radio los te schroeven. Ik bestudeerde hem nauwkeurig. Plotseling zag ik zijn schaamte. Ja, ze hadden samen geslapen, ik voelde het gewoon.

'Helemaal niet. Ik vind haar alleen ongelooflijk irritant. En ze is zo stóm,' zei ik om hem te ergeren.

Nu voelde ik een steek van jaloezie. Het deed pijn, maar tegelijkertijd voelde ik me opgelucht: als Adam een avontuurtje met Morag had gehad, dan was het evenwicht weer hersteld. Niet alleen voelde ik me er minder schuldig door, het gaf me ook een reden om hem terug te willen.

Die reden had ik nodig, ik had discipline nodig. Want het zit zo, ik had me heel streng aan de regels moeten houden sinds Hunter Afrika had verlaten.

Ik zorgde dat ik nooit aan hem dacht. Nooit.

Niet aan zijn stem, niet aan zijn ogen, niet aan zijn geur. Ik opende nooit de schoenendoos waarin ik zijn spaarzame brieven bewaarde, ik durfde zelfs nooit te kijken naar zijn nietige handschrift of naar de enige foto die ik van hem bezat – waar ik zo van hield omdat hij daarop glimlachte – zwartwit en een tikkeltje onscherp.

Dat waren strenge regels. Je moest nu eenmaal vergeten.

Onverwacht had ik een interne delete-knop gevonden. Ik moest oppassen er nooit mee te spelen, anders zou alles in één keer terug kunnen komen. Een enorme verpletterende golf van begeerte voor Hunter zou me ter plekke hebben kunnen verdrinken. En ik kon het me niet permitteren suïcidaal te zijn.

Maar het was niet gemakkelijk.

Zelfs als je niet wilde weten waar iemand was, leek het onmogelijk om zijn spoor helemaal te verliezen als je in Afrika woonde.

Je zou denken dat het juist het tegenovergestelde was, dat als iemand hier eenmaal weg is, zij of hij oplost en in het niets verdwijnt. In plaats daarvan is het praktisch onmogelijk in dit enorme en woeste land uit het zicht te verdwijnen – je auto wordt altijd gezien, zelfs in de Chalbiwoestijn, door de een of andere safarigids van Ker en Downey die louter om het plezier van het spoorzoeken je exacte positie zal doorgeven – maar het lijkt zelfs nog onmogelijker om te verdwijnen als je het land eenmaal fysiek hebt verlaten. Er is een zeer goed overzees netwerk dat ervoor zorgt dat ieder stukje informatie aangaande inwoners van Kenia dagelijks wordt doorgegeven.

Ik vroeg nooit iets, maar soms ontmoette ik Ruben of Miles en dan zeiden ze op nonchalante toon: 'Hunter doet goed werk in Kabul, ze willen dat hij er blijft. Hij zegt dat hij het fantastisch vindt.'

'Heb je iets van hem gehoord?' vroeg ik dan met trillende stem.

'Ik heb laatst een fax gekregen. Het lijkt er nogal wild aan toe te gaan, daar.'

'O,' zei ik, en dan draaide ik me om om iets anders te vragen terwijl ik probeerde het misselijke gevoel te overwinnen dat ik altijd kreeg als zijn naam viel.

Kabul klonk veilig ver weg en onwerkelijk genoeg. Vervolgens werd ik op een dag met nieuwe informatie bestookt.

'Hunter is voor een paar weken terug in Londen. Misschien gaat hij hierna wel naar Moskou.'

'Móskou?' Ik deed net alsof ik het grappig vond. 'Denk je dat hij dat leuk zal vinden?'

En de moed zonk me weer in de schoenen als ik zijn aanwezigheid zo dichtbij voelde, zijn stem binnen gehoorsafstand. Londen.

Technisch gezien kon je er in acht uur zijn en hem binnen twee minuten opsporen. Alleen al de gedachte maakte dat ik me tegelijkertijd opgetogen en doodsbang voelde.

De junkie in mij was weer opgestaan: ze had in een streng afkickprogramma gezeten, maar je weet hoe het gaat, je kunt zó weer opnieuw beginnen en dan ben je weer terug bij af. Met al het schuldgevoel en alle hartstocht, de verrukking en de slechtheid, midden in de beangstigende chaos en herrie.

Terwijl je nu zo'n zwaar verdoofde patiënt was, die driemaal daags werd gevoed, sliep door middel van pillen en die geen fatsoenlijke mop meer kon vertellen.

Ja, het schuldgevoel en de slechtheid waren uit je gestroomd, maar ook het leven.

10

Omdat er niets aan te doen is, kom, laten wij elkaar kussen en scheiden –
Nee, het is voorbij: ik kan je niets meer geven:
En ik ben blij, ja, met mijn hele hart
Dat ik op deze manier mijzelf zo volledig kan bevrijden.

MICHAEL DRAYTON

Jason had een prachtig oud huis in Karen gehuurd.

'Gewoon voor de lol,' zei hij, toen hij me trots de eetkamer met de lambrisering van donker hout liet zien, de indrukwekkende haard in de zitkamer en de enorme veranda die helemaal om het huis heen liep, waarvan de oude stenen pilaren overwoekerd waren met klimplanten.

'Dat moet dan wel een duur lolletje zijn,' zei ik, nadat ik vier slaapkamers, drie badkamers, een enorme salon, een zitkamer en een eetkamer had geteld.

'Wat kan mij het schelen. Volgende week doen we Omo, begin volgende maand Tampax en waarschijnlijk ook nog Smirnoff.'

Jason en ik waren een uitstekend team geworden. Ik was zijn assistente bij het filmen en tegenwoordig hielp ik ook af en toe bij het aankleden van de sets door dingen van huis mee te nemen. Mijn theepot was onsterfelijk geworden in een reclame voor cornflakes, de leren leunstoel uit mijn slaapkamer was het pièce de résistance van een bijzonder sfeervolle reclame voor cognac. Hij haalde zijn schouders op toen hij me de enorme keuken liet zien.

'Bovendien komt mijn vriendin in juni. Ik moet indruk op haar maken om haar over te halen te blijven.'

'Heb je een vriendin in Londen?' Ik weet niet waarom, maar ik was er altijd van uitgegaan dat hij een verstokte vrijgezel was die lol had in zijn eentje.

'Daisy. Ze is kostuumontwerpster. Ik mis haar wel een beetje.'

'Waarom is ze niet tegelijk met jou hiernaar toe gekomen?'

'O nee, ze heeft ontzettend veel werk in Londen,' zei hij, alsof hij moest rechtvaardigen dat Daisy op dit moment niet naast de haard zat te breien. 'Eigenlijk vindt ze het waanzin dat ik hiernaar toe ben gegaan. Vanuit een carrière-standpunt bekeken.'

We zaten naast de haard in de enorme zitkamer en Jason stopte de *Out of Africa*-band in de video.

'O, alsjeblieft,' zei ik. 'Laten we ergens anders naar kijken.'

'Ik wil alleen wat ideetjes opdoen voor sets en kostuums, voor het geval we die Smirnoff-klus krijgen.'

'Goed dan.' Ik ging naast hem zitten met pen en papier in de aanslag.

Ik probeerde met een professionele blik naar de film te kijken, maar tegen de tijd dat Meryl het gedicht voorleest op het graf van Finch Hutton in de Ngongheuvels, en met een lege blik fluistert '*Hij was niet van mij*' om vervolgens door het lange gras weg te lopen, hadden Jason en ik – de verlaten zielen – er een halve rol toiletpapier doorheen gejaagd om onze tranen te drogen.

'Ik vraag me af wat het wil zeggen als je het gevoel hebt dat de plot van een sentimentele film op de plot van je eigen leven lijkt,' zei ik, terwijl ik mijn tranen droogde en opstond om naar huis te gaan.

'Ik weet het niet,' zei Jason, hij schudde zijn vlammend rode haar en snoot zijn neus. 'Maar wat het ook wil zeggen, het is vast niet veel goeds.'

Maart kwam, de regen stond op het punt los te barsten. Elke morgen ontwaakten we door het verre gerommel van de donder en we konden de mist in de lucht ruiken. Adam sloot het kamp weer af en reed met al zijn spullen in zijn vrachtwagen naar Nairobi.

De dag van de eerste stortregen zat ik op de veranda, mijn handen om een beker warme thee geklemd, ik keek naar de modderige poelen in de tuin en realiseerde me dat mijn hersenen deze keer zeker zouden beginnen te rotten. Ik kon de gedachte niet verdragen dat ik de komende maanden weer zo veel water op mijn kop zou krijgen. Ik was in twee jaar niet thuis geweest, het was niet leuk meer. Ik moest eruit.

Ik belde Teo.

'Kom hierheen liefje,' zei hij, 'jij bent de enige ter wereld met wie ik de rest van mijn leven samen wil zijn.'

O, dat fantastische, betoverende kleine broertje van me.

'Zeg dat nog eens,' smeekte ik hem lachend. 'Ik kan me niet voorstellen dat ik zo lang zonder je heb gekund.'

'Kom dan gewoon. Maar ik waarschuw je, dit is een vreselijk land. Je moet geen kranten lezen, of televisie kijken, nóóit. Anders ga je er meteen weer vandoor. Je moet me beloven dat je alleen doet wat ik je zeg.'

'O, ik heb je zo gemist,' zei ik en plotseling realiseerde ik me hoe idioot en wreed het was om hem zo lang niet te hebben gezien.

Het begon te hozen. Daken lekten, auto's bleven steken in de modder, telefoondraden raakten buiten werking, de elektriciteit viel uit, het was de ene rode-emmerdag na de andere, maar het kon me niets schelen. Ik had mijn ticket: het enige waar ik nog van droomde was een koele Europese lente, weg van de duisternis, de slakken en de kikkers.

Ik had Adam niet gevraagd met me mee te gaan om mijn broer te ontmoeten, zoals we de zomer daarvoor hadden gepland. Ik moest alleen gaan. Ik wilde geen getuigen.

Hij bracht me naar het vliegveld. Ik bespeurde een tikkeltje bezorgdheid bij hem toen hij me bij de balie zag inchecken: hij kon zich slechts vaag voorstellen hoe Italië eruitzag, laat staan Teo, mijn andere vrienden en mijn hele leven daar. Toen hij me met het personeel van Alitalia in het Italiaans zag kletsen, moet hij plotseling zijn geschrokken van mijn vreemdheid.

'Blijf niet te lang weg,' zei Adam toen hij met een kus afscheid van me nam.

Pas toen, bij de paspoortcontrole, realiseerde ik me hoelang het geleden was dat er iets in mij was kapotgegaan. Hoe graag ik weg wilde, hoezeer ik aan genezing toe was.

'Ik wil dat je snel weer terugkomt, oké?' fluisterde hij.

En ja, het was vreemd, maar toen hij dat zei, had ik het gevoel dat ik heel gemakkelijk gewoon kon verdwijnen, weggaan uit dat leven en nooit meer terugkomen.

Het vliegtuig zal vol toeristen die dolgraag hun bruine huid wilden laten zien de volgende maandag op kantoor, die verder niets aan Afrika te danken hadden.

Het was de meest banale groep die je je kunt voorstellen om de plek waarvan je hield mee te verlaten. Niets voelde goed: hun accenten niet, en evenmin hun kleding en de emoties die ze tentoonspreidden. Het was alsof je met een stel criminelen op pad was.

Als je Afrika verlaat, en het vliegtuig opstijgt, heb je niet alleen het gevoel dat je een continent verlaat, je verlaat een gemóedstoestand. Wat je ook wacht aan het eind van de reis, het zal van een andere orde zijn.

De Italiaanse toeristen hadden geen greintje heimwee naar wat ze achterlieten. Dat was het voordeel van reizen met criminelen: hun harteloosheid bereidde je voor op het gebrek aan emoties dat in het verschiet lag.

Aan het andere einde van de tunnel – godzijdank – stond Teo, in een gekreukeld wit overhemd, als een net ontwaakte aartsengel. Hij leunde met slaperige ogen op een reling in de aankomsthal tussen de wachtende menigte en zag er zo anders uit dan alle andere wachtenden daar. Hij had een lange stengel blauweregen in zijn hand, die hij vast onderweg uit een tuin had gepikt. Er kleefde nog een blaadje op zijn overhemd. Ik plukte het er automatisch af terwijl hij me omarmde en ik zijn vertrouwde geur opsnoof: wat was het? Vochtig hout, varens, regen?

'Je bent veranderd,' zei hij glimlachend toen we in zijn kleine oude kever stapte.

'Hoezo?'

'Je bent slanker geworden. Maar het is meer alsof je een laag bent kwijtgeraakt. Je bent nu je ware zelf.'

'En hoe ziet dat eruit?'

'Het is beangstigend. Je ziet er woest uit, alsof je gek bent of zo. Maar het is ook prachtig.'

Ik lachte en gaf hem een kneepje in zijn arm. Het was prettig weer bij hem te zijn, met onze geheime taal. Hij was ook veranderd, of misschien herinnerde ik me gewoon niet meer hoezeer hij me altijd aan Ferdinando deed denken. Plotseling leek het me onverdraaglijk om dit feit onder ogen te zien: ik was thuis, maar ik zou mijn vader niet zien of zijn schorre rokerslach horen.

We reden naar het centrum van Rome, naar zijn flatje aan de Via Giulia, tussen de marmeren palazzi en de fonteinen met tritons en koepels met duiven, over de groene rivier en de drukke bloemenmarkt, de barokke piazza's over en scherend langs de terrassen van de cafés. En ik zag mooie meisjes op de fiets die net bloemen hadden gekocht, en sexy jongens op hun scooter die kruidenierswaren rondbrachten, oudere echtparen die hun hond uitlieten, en nonnen van de Santa Brigida-orde die snel het plein overstaken, kinderen die voetbalden op de binnenplaats van een oud gebouw dat begroeid was met klimop, en timmerlieden en carabinieri en dieven en bedelaars. En ik rook de bloesem van de citroenbomen en mos en versgebakken brood en de rottende geur van de rivier. En het was allemaal heerlijk rustig en elegant. Het leek ongelooflijk dat het hier allemaal gewoon was doorgegaan terwijl ik onder dat felle licht had gewoond, de stegen en de spuitende fonteinen en de mooie meisjes op hun fiets en de nonnen en de dieven, al die parallelle levens waren zo'n ongelooflijk concept, bijna sciencefiction.

Zou er nu een plek voor mij zijn, voor mijn bijna dierlijke gekte, zou mijn lichaam zich weer kunnen aanpassen aan die volmaakt gebeeldhouwde hoeken en ingewikkelde labyrinten? Het zag er fantastisch uit, maar ook overvol.

En het was zo kléin.

De eerste paar weken voelde ik me als een gekooid dier. Alles leek zo versnipperd: de manier waarop gesprekken verliepen, in stukjes en beetjes, steeds onderbroken, telefoons die voortdurend rinkelden, geluiden die elkaar overstemden, alles en iedereen kwam elkaar eindeloos tegen en botste tegen elkaar op.

Ik zwierf rond in de straten en de winkels. Er was zoveel van alles, ik wist niet waar ik moest beginnen. Ik kon urenlang doorbrengen met het kijken naar verschillende kleuren lippenstift, of het snuffelen tussen honderden cd's of boeken. Elke titel klonk weer beter dan de vorige. Ik kon niet beslissen wat ik nodig had. Ik had alles nodig, want ik was met helemaal niets teruggekomen, maar de mogelijkheden brachten me eerder in de war dan dat ze me aantrokken, dus ik ging onveranderlijk met lege handen de winkel uit.

Ik paste massa's blouses, jurken en schoenen. Iedere keer trof mijn beeltenis in de spiegel me als nieuw. Ja, ik was veranderd; onder de heldere lampen van de paskamer, heel anders dan in een spiegel in Afrika, zag ik ten slotte hoe licht mijn haar was geworden, hoe donker mijn huid, er zaten kleine rimpeltjes rond mijn ogen. Ik was te lang in de zon geweest.

De dure blouse met de prachtige snit paste niet bij mijn nieuwe ik. Hij stak af, in al zijn nieuwheid en evenwichtigheid.

Steevast gaf ik de kleren weer terug aan de verkoopster.

Ja, het was heerlijk om weer terug te zijn bij Teo, alsof ik een infuus met een magische substantie kreeg. Iedere dag injecteerde zijn aanwezigheid mij met het gevoel ergens thuis te horen, niet op een plek, maar bij een manier van leven. Het was alsof ik door hem Ferdinando terugvond.

Iedere morgen maakte hij me wakker met een kopje thee en ging op de rand van mijn bed zitten.

'Opstaan, Esmeralda,' zei hij dan plagerig. 'Laten we mooie dingen gaan bekijken.'

We gluurden in kerkjes en hij liet me beeldhouwwerken zien waar ik zelfs nog nooit van had gehoord.

'Heb je nooit de *Extaze* van Santa Teresa gezien? Je maakt vast een grapje! Kom op, schiet op, straks is het licht niet meer goed.'

Hij nam me mee naar een museum om dat ene schilderij te zien. Een bepaalde Judith uit de school van Caravaggio, die het hoofd van Holofernes vasthield, haar gezicht zijdelings bestraald door dat onmiskenbare licht.

'De rest kun je overslaan, dat is een saaie boel.' En uit de prachtige schaduwen van de Galleria Corsini glipten we weer de zon in.

'Dat is de therapie,' zei hij, 'je mag alleen naar de schoonheid kijken, nou ja, wat ervan over is, en de rest moet je negeren.'

Ik belde Adam een paar keer op. Ik probeerde te beschrijven wat ik deed, hoe Rome eruitzag, maar ik wist dat ik er niet in slaagde mijn werkelijke gevoelens met hem te delen. Het was alsof ik ervan uitging dat hij niet zou begrijpen waar ik het over had.

'Hoe gaat het in Nairobi?' vroeg ik dan.

'We hebben in vijfentwintig jaar niet zo veel regen gehad. Het is een zondvloed. In het binnenland zijn alle velden overstroomd. Alle bruggen zijn weggespoeld. Je kunt niet eens meer in Nanyuki komen. Het is verbijsterend.'

De velden, de rivier, de bruggen. We spraken met elkaar als landeigenaren.

'Verder nog iets?' vroeg ik dan.

'Ik mis je.'

'Ik jou ook.'

Ik wist niet zeker of het waar was, maar het was prettig om te zeggen.

Na ongeveer een week reden Teo en ik naar de kust van Amalfi, in een kinderlijke kleurenfotostemming. We luisterden in de auto naar muziek uit oude James Bond-films en scheurden op de melodie van 'Goldfinger' over de bochtige weg met rotsen langs de zee. We hadden het oude huis gehuurd waar Ferdinando ons als kind altijd mee naar toe nam in de zomer.

We zaten op het achttiende-eeuwse terras op het klif en keken uit over zee. Alles kwam terug, de geuren en kleuren van mijn jeugd. De geur van vocht wasemde uit de dikke muren, de gewelfde plafonds van de schaduwrijke kamers, het vervallen pleisterwerk, de gebarsten blauwe tegels. De jasmijngeur 's nachts. De wilde venkel die tussen de scheuren van de terrasvloer door groeide.

'Het is zo volkomen *Settecento Napoletano*,' zei ik tegen Teo, toen we na zonsondergang op het terras zaten. Hij leek geamuseerd door mijn ontdekking.

'Maar natuurlijk,' zei hij met een glimlach.

'Vreemd. Ik groeide hier op en heb dat nooit gezien.'

Ik keek naar beneden naar de koepel van de kerk die bedekt was met oude tegels, die mij, als kind, hadden doen denken aan de groene schubben van een slang.

Nu ik was teruggekomen met de gretige ogen van een banneling, werd ik geroerd en verscheurd door alles wat ik zag.

'Ik voel me zo ver van alles verwijderd,' fluisterde ik.

Teo kwam dichterbij. Het maakte hem droevig dat ik zoiets zei.

'Maar waarom?'

'Ik weet het niet. Misschien komt het door het gevoel dat je terugkomt op een plek waar je thuishoort en die nu niet langer de jouwe is. Hoe meer je er weer van ontdekt, hoe zekerder je weet dat je hem verloren hebt.'

Hij zei niets. Zo zaten we een poosje in het zachte schemerlicht dat in Italië, in tegenstelling tot in Afrika, heel lang duurt.

'Misschien is het uiteindelijk toch niet goed voor mensen om op meer dan één plek tegelijk te wonen,' zei Teo. 'Ik denk dat we gemaakt zijn om aan één plek gebonden te zijn.'

'Ja. Misschien moet je nooit meer dan één thuis hebben.' Ik

zweeg en iets maakte dat ik vermoeid glimlachte. 'In ieder geval moet je nooit meer dan één liefde hebben.'

Eenmaal terug in Rome gingen we vaak naar de oude trattoria waar we de rekening nooit hoefden te betalen en dronken daar met de oude vrienden van Ferdinando. Als ze me over Afrika vroegen wist ik nooit wat ik moest zeggen. Ik kon hun absoluut niets beschrijven. Het was alsof Afrika uit mijn spraak was verdwenen, het was onvertaalbaar geworden en te privé om met vreemden te delen.

Ik praatte er wel met Teo over: ik wist dat hij me zou begrijpen.

'Het staat op je gezicht te lezen,' zei hij dan, 'al die ruimte. Die heeft je volledig uit je evenwicht gebracht.'

'Maar wat is het dan?' En dan keek ik naar mezelf in de spiegel. Het enige wat ik kon zien waren mijn ogen, dezelfde wilde blik als die van Judith die het hoofd van Holofernus dreigend bij het haar vasthield.

'Ferdinando zou het prachtig hebben gevonden je zo te zien.'

'Ik weet niet of hij begrepen zou hebben waarom ik hier weer wil zijn. Hij zou vinden dat ik melodramatisch was of zoiets stoms.' Ik imiteerde zijn sarcastische lijzige stem. 'Hij zou zeggen: "Hou onmíddelijk op met te doen alsof je in een Russische roman zit!"'

'Nee, dat zou hij niet doen. Je probeert tenslotte alleen maar te doen wat hij altijd deed, denk ik.'

'En dat is?'

'Groter te zijn dan het leven. Behalve dat jij in staat bent geweest het op een zuiver geografische manier te doen. Hij had andere manieren nodig. Ik bedoel, hij wás verdomme een Russische roman. Hij deed alleen maar net alsof hij cynisch was.'

Een poosje zei ik niets.

'En hoe slaag jíj erin hier groter dan het leven te zijn?'

'O, dat doe ik niet,' verzuchtte hij. 'Ik word alleen maar verliefd.'

Teo had een minnaar, Pascal, een slanke danser met donkere ogen. Het was een Fransman, maar oorspronkelijk kwam hij uit Algiers. Ze hadden elkaar een jaar geleden op een muziekfestival ontmoet, na mijn vertrek.

Pascal ging soms met ons mee, en dan was hij heel rustig, je zou bijna vergeten dat hij er ook nog was. Maar hoewel ze bijna nooit in mijn bijzijn met elkaar spraken, wist ik dat het tussen hen niet alleen maar een kwestie van seks was, ze hadden een diepe stilzwijgende band die te maken had met tederheid en liefde. Het was iets heel eenvoudigs, heel mooi om te zien. Ik benijdde ze om wat zij hadden.

'Ik wilde dat ik zo kon zijn,' zei ik op een avond tegen Teo, nadat Pascal was vertrokken. We lagen op de bank, onze benen gestrekt onder het gele schijnsel van de lamp, en we probeerden allebei een boek te lezen.

'Hoe?'

'Zoals jullie. Ik wou dat ik van iemand kon houden zonder zijn hoofd met een blikopener te willen openen om steeds weer de boel te bekijken.'

'Wat een akelig idee.'

'Maar weet je, dat is wat ik met Adam wilde. Ik dacht dat ik voor één keer verliefd kon zijn zonder mijn hoofd erbij te betrekken. Het was zo'n opluchting. Alleen de fysieke dingen.'

'Het is nooit alleen fysiek. Dat is zo'n cliché. Het is altijd veel gecompliceerder dan dat, voor iedereen. Zelfs voor mij en Pascal.'

'Oké. Misschien bedoel ik dat ik zie hoe liefde in feite eenvóudig kan zijn. En ik wou dat ik...'

'Maar jij hebt nooit van eenvóudig gehouden, Esmé,' viel hij me in de rede. 'Waarom hou je niet eens op met die poging altijd iemand anders te willen zijn? En dan,' hij kwam steunend op zijn ellebogen overeind en duwde met zijn tenen mijn boek weg, 'moet je eens iets aan dat ongelukkige liefdesleven van je gaan dóen, in plaats van erover te lopen jammeren. Je bent zo'n zeurpiet geworden.'

Aan het eind van de dag begon alles weer uit te zetten, omdat ik altijd over Afrika droomde. Iedere nacht kwam het: de ruimte, de stilte, de hemel, de frisse ochtendlucht. Als ik sliep, greep het gevoel om alles uit het leven te willen halen mij weer bij de keel, vulde mijn longen tot de rand en pompte het bloed door mijn aderen. Iedere morgen was ik enkele minuten geschokt, dat ik niet in Afrika was, niet wakker werd onder het zachte witte licht dat door het muskietengaas rond mijn bed filterde.

Maar naarmate de dag verstreek, vervaagden mijn dromen, als een herinnering die langzaam wegzakt, en het maakte me droevig om zonder die beelden in de stad te lopen, alsof ik samen met de dromen ook de glans zou verliezen.

Maar toen tikte Teo mij op een nacht zachtjes op mijn schouder om me wakker te maken.

'Telefoon. Voor jou.'

'Wie is het? Hoe laat is het?'

'Laat. Ongeveer twee uur.'

'O god. Wie...'

'Hunter. Het is Hunter Reed.'

Mijn hart stond stil. Ik sprong als een wilde kat uit bed en greep de telefoon.

'Hunter?'

'Heb ik je wakker gemaakt?'

'Ja... nee, het maakt niet uit. Waar...'

'Hoor eens, ik kom morgen naar Rome, als je het goedvindt kunnen we elkaar misschien even ontmoeten.'

'...'

'Esmé?'

'Ja.'

'Is dat goed?'

'Ja.'

'Weet je het zeker?'

'Hunter.'

'Ja.'

'Ik kan bijna niet geloven dat jij het bent.'

'Toch is het zo. Geef me even je adres.'

'Nee. Ik kom je van het vliegveld halen.'

'Nee, geef me het adres.'

'Het is zo moeilijk te spellen, je zult verdwalen, laat me je gewoon afhalen.' Plotseling werd ik door paniek overmand.

Stel je voor dat hij het huis niet kon vinden?

'Néé.' Hij ergerde zich nu al aan me. 'Spel het gewoon voor me, dan kom ik er wel.'

'Hoe laat kom je ongeveer? Waar ben je trouwens?'

'In Moskou.'

'Móskou?'

'Waarom geef je me niet gewoon het adres en hou op me al die vragen te stellen?'

Dat deed ik. Ik spelde Via degli Orti d'Alibert drie keer.

'Hunter.'

'Ja.'

'Ik kan nauwelijks wachten om je te zien.'

'Dat is mooi.'

Biep. Toen was hij verdwenen.

Ik jankte, ik schreeuwde, ik sprong, ik rookte een pakje sigaretten leeg en ik lachte hysterisch totdat Teo mij een slaappil moest geven.

'Je bent verdomme hartstikke gék.'

'Nee, je begrijpt het niet! Ik dacht dat ik hem nooit meer zou zien.' Ik greep zijn arm vast met een ongelooflijke energie. 'Ik dacht dat hij me haatte, dat hij me nooit meer wilde zien, en nu geven de goden mij een kans. Het is alsof je een loterij wint, één kans op miljoenen.'

'Nou, dan kun je het deze keer beter niet verpesten,' zei Teo terwijl hij zich uit mijn greep losmaakte.

De hele volgende dag zat ik te bellen met ieder duister vliegtuigmaatschappijtje dat maar vanuit Moskou naar Rome kon vliegen, in een poging om Hunter via een passagierslijst op te sporen. Ik kon me er niet toe zetten iets anders te doen dan naar de telefoon of de deur te staren, wachtend tot er gebeld werd. Ik bleef hardop zinnen repeteren, keek dan in de spiegel terwijl ik ze uitsprak, probeerde verschillende kledingstukken, zuchtte, rookte, en maakte mijn broer gek tot hij er schoon genoeg van had.

'Ik laat je alleen. Je hebt het hele huis voor jezelf,' en weg was hij.

Toen Hunter achttien uur later eindelijk door de deur kwam lopen – tegen die tijd was ik gek van angst, had ik zijn vliegtuig zien neerstorten of gekaapt worden door terroristen – was ik geschokt door zijn aanblik. Het was alsof ik hem voor het eerst zag: zijn donkere haar was nu kortgeknipt, waardoor zijn ogen meer schitterden, zijn lange magere benen in de oude kaki broek die slobberig om zijn heupen hing, zijn zachte volle lippen, zijn oude soldatenkistjes. Hij gooide de tassen op de grond en trok me toen even tegen zich aan. We voelden nu allebei een lichamelijke verlegenheid. Er moesten nieuwe regels worden vastgesteld, er waren nieuwe grenzen afgebakend. We wisten niet langer hoe we ons ten opzichte van elkaar mochten gedragen.

'Wil je wat drinken?' vroeg ik hem. Ik dacht dat we ons door wat alcohol een beetje konden ontspannen.

'Ja, graag.' Ik betrapte hem erop dat hij me stond aan te staren. 'Ik was vergeten hoe je eruitzag, Esmé.'

'O,' zei ik glimlachend, 'dat is vreselijk.'

We bleven elkaar lang aankijken en onze ogen glansden.

Ik was bang dat hij me aan de bittere woorden zou herinneren waarmee we uit elkaar waren gegaan. Maar – typisch Hunter – hij leek alles te zijn vergeten. En waarschijnlijk was dat ook het geval, als je nagaat hoe dronken hij die keer had geklonken.

We gingen op het terras zitten, en we keken uit over de Gianicoloheuvel. Het was een van die Romeinse avonden die gezegend was met dat rijke gouden licht: allemaal Pompeïsche rode gevels, zwaluwen die door de lucht kliefden en in de verte het geluid van kerkklokken. Hunter wees naar de weelderige tuinen onder ons.

'Wat is dat? De Villa Borghese?'

'Nee. Dat waren de tuinen van Christina van Zweden. Ze woonde in dat palazzo daar.' Ik wees naar de lichtroze gevel van een indrukwekkend zeventiende-eeuws gebouw. 'Ze was een beschermheilige van de kunst en ondersteunde Michelangelo en Raffaello. Men zegt dat ze lesbisch was. Nu is haar park de Botanische Tuin geworden, en haar palazzo is een... hoe zeg je *pinacoteca*?'

Hij knikte, geamuseerd.

'Het is interessant om je hier te zien. Ik begrijp veel meer van je,' hij wees naar het uitzicht, 'in dit decor.'

'O ja?' Ik glimlachte en probeerde raadselachtig te kijken. 'Maar weet je, ik wil niets liever dan teruggaan naar Afrika. Ik mis het.'

'Wanneer ga je dan terug?'

'Gauw, misschien volgende maand al.'

We zwegen. Ik was bang om nog iets te zeggen. Ik nipte langzaam van mijn drankje en dwong mezelf af te wachten.

'Ik ben nu op weg naar Afrika,' zei hij.

'Echt waar?' Alles viel op zijn plaats. 'Ik dacht dat je nooit meer...'

'Ik ben tenslotte een Afrikaanse jongen, weet je,' glimlachte hij. 'Uiteindelijk krijg ik altijd heimwee, wat ik ook verder van plan ben.'

'Ik ben zo blij dat je terugkomt.' Ik raakte even zachtjes zijn elleboog aan. 'Ik heb je gemist.'

'De krant stationeert me weer in Nairobi.' Hij kneep even in mijn vingers en liet me toen los.

'Ze besloten dat ik tenslotte toch de beste Afrikaanse correspondent ben die ze ooit zullen krijgen, nadat ik dat stuk over de Rwandese gedenkdag had geschreven.'

'Wanneer was dat?'

'Meteen na jouw vertrek, in april. De krant vroeg me terug te gaan om een verhaal te schrijven over Kigali, een jaar na de genocide. Ik ben toen een dag in Nairobi geweest. Je was net vertrokken, we zijn elkaar misgelopen.'

'O, ik had geen idee. Ik hoorde dat je naar Rusland zou gaan. Ik dacht dat ik je nooit meer zou tegenkomen.'

'Nou ja, ik hoop dat je dáár een beetje verdrietig van werd.'

'Dat was ik ook.'

Ik keek hem met grote ogen aan, trots op wat ik zojuist had gezegd. Hij glimlachte, sloeg toen zijn ogen neer en begon met zijn aansteker te spelen.

'Tja, het was op het nippertje, ik was de enige die tijdens de massamoorden in Rwanda was geweest, dus stuurden ze mij er bliksemsnel heen toen ze zich realiseerden dat elk netwerk en elk tijdschrift een verhaal over de gedenkdag zou doen. Dus binnen vierentwintig uur was ik terug in Kigali.'

'Vond je het erg om terug te gaan?'

'Ja en nee. Ik moest het weer zien, om een aantal van die herinneringen kwijt te raken. We waren allemaal weer terug, in hetzelfde hotel, maar dan een jaar later. De laatste keer dat ik daar was, was de eigenaar gevlucht en had hij Ruben, Miles en mij, en honderden vluchtelingen, zonder water en voedsel achtergelaten. We zaten in dat verlaten gebouw als in een loopgraaf. Het rook er naar bloed en urine. En het ruikt er nog steeds zo. Ik herkende de geur onmiddellijk, de muren en het tapijt zijn ermee doordrenkt. Het is angst. Ik kon niet geloven dat ze ons deze keer lieten betálen om er te mogen slapen. Compleet met creditcardmachines.'

'Verbazingwekkend,' zei ik, terwijl ik in mijn halflege glas staarde.

Ik realiseerde me dat ik er niet klaar voor was hier weer naar te luisteren. Het enige wat ik wilde horen was dat hij me net zo gemist had als ik hem.

'Nu zijn de gazons gemaaid, de kapper is weer terug in de hotellobby en de tuinmannen met shellshock zijn weer aan het werk. Je zou niet denken dat er ooit iets is gebeurd. Het was alsof je hersenen een totaal nieuw beeld kregen voorgeschoteld. Bijvoorbeeld toen ik naar het zwembad liep en ik daar een groepje vrolijke welzijnswerkers zag rondspetteren en een kleurtje krijgen. Ik kon het beeld niet kwijtraken van die honderden vluchtelingen die nog maar een jaar geleden vochten om het water uit dat zwembad te kunnen drínken.'

'Het moet inspirerend zijn geweest voor je verhaal.'

'Ja, dat was het ook. En op een wrede manier was het ook therapeutisch. Hoe alles uiteindelijk uitgewist kan worden en in het niets kan verdwijnen.'

Hij keek me met een droevige blik aan.

'Hoe je in feite álles kunt vergeten.'

'Maar is dat zo?'

'Ja, natuurlijk. Dat kunnen we allemaal. Hoe pijnlijker de herinnering, hoe sneller je die wilt vergeten. Je beleeft de situatie gewoon opnieuw, je geeft hem een nieuw gezicht.'

'Heb je het over ons?' Ik weet niet hoe ik daar opkwam. De woorden vlogen gewoon uit mijn mond.

'Ik heb het over heel veel dingen tegelijk.'

Ik voelde zijn blik op me rusten. Ik keek niet op, ik wist dat mijn vraag hem had geërgerd. Maar ik kon er niets aan doen. Waarom was hij hier zomaar ineens opgedoken, uit het niets? Was het iets wat hij al die tijd had gepland, teruggaan naar Afrika en mij op de terugweg opsporen? Of was het gewoon een toevallige stop tussen twee vluchten? Het was altijd hetzelfde met Hunter: hij overviel me in sneltreinvaart, en trof me onvoorbereid, nooit uitgerust met de juiste strategie.

'Blijf je vannacht bij me?' vroeg ik abrupt.

'Ja.'

We lieten die woorden een poosje in de lucht hangen. Het was geruststellend om enkele minuten vaste grond onder mijn voeten te voelen. Nu wisten we tenminste dat we de hele nacht hadden. En als je eenmaal één nacht hebt, kun je – in theorie – nog veel meer krijgen.

'Maar ik moet morgenochtend heel vroeg weg, tegen zessen,' voegde hij eraan toe, een tikkeltje afwerend. 'Ik neem de eerste vlucht naar Londen.'

'Prima, dan zorg ik dat er een taxi voor je klaarstaat.'

Ik boog me voorover, dichter naar hem toe. Langzaam liet ik mijn vingertop over zijn sleutelbeen glijden en ik volgde het spoor naar het kuiltje in zijn hals. Ik keek hem aan, rustig nu, en voelde zijn hartslag. Het werd donker. Ik wilde niet te veel tijd verspillen.

Eindelijk kusten we elkaar. Langzaam, alsof we alle tijd van de wereld hadden. Ik voelde een warme blos in mijn nek opstijgen, die zich vervolgens soepel door mijn bloedsomloop verspreidde. Het was alsof ik ontdooide na een winterslaap.

Meer weet ik niet, het is onmogelijk het me te herinneren. We bleven elkaar gewoon aankijken, bijna alsof we bang waren dat als we niet bleven kijken, de ander zou wegglippen om opnieuw te verdwijnen. We knipperden niet eens met onze ogen terwijl we elkaar kusten en de liefde bedreven. En we deden het langzaam, in de wetenschap dat we weer opnieuw zouden beginnen zodra we klaar zouden zijn, we bleven glimlachen en fluisterden woordjes die niets betekenden, we noemden elkaars naam steeds opnieuw, en schudden ons hoofd omdat het zo ongelooflijk was om weer samen te zijn, zo wonderbaarlijk om elkaar weer te kunnen aanraken, kussen, omhelzen, en dat we, nee, *o nee*, onder geen enkele voorwaarde meer zo lang gescheiden konden zijn.

Ik keek hoe hij naast me lag in het donker. Ik denk niet dat ik me ooit in mijn leven zo gelukkig heb gevoeld. Pure gelukzaligheid steeg uit me op, rees naar de hemel als een magische nevel, ik verdronk erin.

'Hunter,' fluisterde ik, 'hou je van me?'

'Ja,' zei hij.

'Mooi. Want ik ben stapelgek op jou. En ik hou van je.'

Het was zo heerlijk om het eindelijk te zeggen. En het was zo eenvoudig, zo'n geschenk. Ik wilde dat hem nooit meer onthouden.

Het bleef even stil. Ik streelde zijn haar met mijn vingertoppen, toen zijn voorhoofd en zijn lippen.

Eindelijk hadden we samen iets bereikt. Voor de allereerste

keer. Nu zouden we de praktische gevolgen moeten bespreken, maar die kant van de dingen beangstigde me niet langer. Ik zou bij Adam weggaan en...

Zachtjes duwde hij mijn vingers weg.

'Esmé. Ik ga met iemand samenwonen in Nairobi. Ze heet Claire. Je kent haar niet.'

Plotseling was de kamer leeg, we zaten in een vacuüm. Alsof iemand alle zoete lucht had weggezogen, de magische nevel, en de kamer in een holle grot was veranderd. Koud en leeg.

Het was alsof er een kristal ontplofte. Het was in een seconde gebeurd. Pijnlijk, alsof duizenden scherfjes je hart doorboorden. Ik word misselijk als ik eraan terugdenk.

'Ik heb haar een paar maanden geleden in Londen ontmoet. Ik heb haar gevraagd om met me mee te gaan en bij me te komen wonen. Zij is iemand om wie ik echt geef.'

Ieder woord dat hij zei, viel in de kamer als een kiezelsteen op een marmeren vloer. Het had gewicht, het maakte geluid, je kon onmogelijk iets verkeerd begrijpen of je in de betekenis vergissen. Het was het onmiskenbare, afschuwelijke geluid van de waarheid. Onherroepelijk, pragmatisch, eerlijk. Hárd.

Claire.

De lettergreep die mijn leven vernietigde.

Ik zat in het donker, bevroren. Wat doe je dan, wat zeg je? Is het toegestaan te huilen, te schreeuwen?

'Maar waarom ben je dan gekomen?' kon ik nog net fluisteren. Ik moest mijn stem uit mijn verdroogde longen persen.

'Ik kwam omdat ik je terug moest zien voordat ik...'

'Omdat je er zeker van wilde zijn dat je me had uitgewist,' viel ik hem in de rede. 'Zoals Rwanda. Je kwam op de gedenkdag.'

'Praat niet zo. Wees niet zo bitter.'

Ik keerde me van hem af.

'Ik ben niet bitter. Ik ben verníetigd.'

Daar was hij stil van. Toen stak hij een sigaret op, met een zucht blies hij de rook uit.

'Waarom nu pas? Waarom kun je nu pas zeggen wat je werkelijk voor me voelt?' vroeg hij.

'Waarom heb je *op die manier* de liefde met me bedreven?'

Hij gaf geen antwoord. Hij staarde naar het plafond. Ik wist dat in zijn ogen nu een vreselijke droefheid te lezen was.

'Waarom denk je dat er altijd een antwoord is op de vraag waarom iemand iets doet?' zei hij langzaam. 'We zijn geen volmaakte machines die alleen maar rationele dingen doen.'

'Maar hoe kun je zeggen dat je van míj houdt en dan je leven met iemand anders plannen?'

Zijn stem klonk nu hard en zijn ogen werden koud.

'Hoe kun jij zeggen dat je van míj houdt, terwijl je met een andere man samenwoont? Je vergeet dat jij al in die situatie zit vanaf het moment dat we elkaar ontmoetten.'

Maar het leek zo dwaas, zo absurd, dat hij nu dezelfde fout zou maken.

'Wat is dit dan? Wraak?' vroeg ik en mijn stem klonk nu ook hard.

'Ik zal je zeggen wat het is. Het is heel simpel, misschien te simpel voor jou. Maar ik wil gewoon een eigen leven hebben. Net zoals jij. Ik wil thuiskomen van al die vreselijke oorden waar ze me naar toe sturen en daar dan iemand glimlachend op me zien wachten, iemand die blij is me te zien. Ik wil bij iemand zijn die zich niet gekweld of schuldig voelt omdat ze van me houdt, die niet op haar horloge kijkt. Die niet hoeft te liegen. Klinkt het vreselijk prozaïsch? Is het te alledaags voor jou, niet werelds genoeg?'

Ik legde een hand over zijn mond.

'Niet doen. Alsjeblieft, zeg niets meer om me te kwetsen.'

We zwegen geruime tijd. Ik hield op met denken en zette mijn hersenen op neutraal.

Ik wist dat het gauw licht zou worden, ik kon de vogels in de bomen horen zingen en ik hoorde de vuilniswagen door het steegje aankomen. Hij zou dus weggaan – bij het krieken van de dag – als een personage uit een negentiende-eeuwse roman. Ik kon altijd naar het station rennen en mijn Anna Karenina-act opvoeren bij de rails. Maar die gedachte stond me niet aan. Ik voelde me te uitgeput om energie te steken in een poging mezelf aan het lachen te maken.

Ik moest iets zeggen om er een eind aan te maken, iets wat ons in staat stelde onze eigen weg te gaan. Het deed er nu niet toe of het weer een leugen was. Ik wilde gewoon kunnen ademhalen na zijn vertrek. Ik had wanhopig een leugen nodig om weer lucht in mijn longen te krijgen en mezelf wijs te maken dat ik zijn verlies kon accepteren. Het bestaan van Claire.

'Misschien is dat wel het beste. Het zou waarschijnlijk toch nooit iets zijn geworden tussen ons,' zei ik. 'Ik moet er gewoon aan wennen.'

Hij zei niets.

'Ik ben niet kwaad op je of zo,' ging ik verder. 'Het spijt me alleen dat we elkaar zo ongelukkig hebben gemaakt. Ik wilde het heel graag anders. Maar onze timing is altijd helemaal verkeerd geweest. Meteen vanaf het begin.'

'Ja. *Timing*,' zei hij met een enigszins sarcastische intonatie. 'Die onderschat men altijd.'

Ik stond op en liep weg van het bed. Weg van hem. Voor het eerst had ik het gevoel dat het ons niet langer was toegestaan intiem te zijn, dat we er geen recht meer op hadden. Ik zette de douche aan en liet het hete water de pijn wegspoelen.

Het roze licht sijpelde door de luiken, verspreidde zich door de kamer en verwarmde onze bevroren gezichten.

Hij stond op en ik keek hoe hij zich aankleedde. Hij zag er in het zachte licht zo adembenemend uit dat ik de aanblik niet kon verdragen.

We hoorden de taxi beneden en hij drukte me een snelle kus op mijn lippen.

'Ik zie je in Afrika.'

En hij was weg. Ik voelde me breekbaar. En toen stortte ik in elkaar.

II

De kracht die de bloem door de groene buis stuwt,
stuwt mijn jeugdige leeftijd; hetgeen de wortels van de bomen opblaast, vernietigt mij.
En ik ben dwaas om de geknakte roos te vertellen
dat mijn jeugd door dezelfde winterse koorts is geknakt.

DYLAN THOMAS

Ik denk nu dat ik het lesje van de junk heb geleerd.

Waar het om draait bij afkicken, is dat je lichaam zo'n schok te verwerken krijgt dat de stomme junk in je nog wel eerst goed nadenkt voor hij zich die moeilijkheden weer op de hals haalt.

Je kunt die pijn gewoon niet vaker dan één keer verdragen. Ik was vast een hopeloos geval, want ik doorstond het tweemaal met Hunter. De tweede keer – in het appartement in Rome – toen hij de deur achter zich dichttrok, had ik het gevoel alsof mijn hart voor altijd in een vrieskist was gestopt. Ik herinner me nog altijd het geluid van de zware metalen deur.

Door de plotselinge temperatuursverandering brak mijn hart.

Ik stortte niet helemaal in, uiteindelijk hield ik dit zeer smalle litteken eraan over.

Ik leerde ermee leven en na verloop van tijd vond ik het zelfs nogal aangenaam. De barst maakte zelfs dat ik me sterker voelde, het gaf me een ongebruikelijke vastberadenheid. Ik voelde me als een oud Japans kopje dat vastbesloten was de nieuwe kopjes te overleven, dat juist meer waarde had door zijn unieke barst.

'Weet je het zeker?' vroeg Teo mij, toen ik hem vertelde dat ik klaar was om terug te gaan naar Afrika. 'Als je wat langer blijft kunnen we naar Stromboli, in juni is het water heerlijk. We zouden een oud huis van een visser kunnen huren, iedere morgen met de boot kunnen uitvaren en dan veel gekoelde muskaatwijn drinken. We zouden bij volle maan op de vulkaankrater kunnen klimmen. We zouden zo veel plezier hebben.'

Het was verleidelijk om weer eens een milde mediterrane zomer mee te maken. Als ik langer bleef, zou ik er misschien na verloop van tijd in slagen mijn vroegere ik weer tot leven te brengen, en dat martelende gevoel van verlies dat ik had kwijt te raken. Mijn vroegere leven leek zo rustig, zo heerlijk, zo smaakvol. En er leek geen risico te bestaan dat ik ooit in zou storten.

Toen belde Nicole op een avond uit Nairobi.

'Nena, Miles en ik zijn het weekend naar Laikipia geweest, we bleven in de modder vastzitten, we kregen twee keer een lekke band en het kostte ons twaalf uur om er te komen. We werden door een buffel aangevallen toen we een band probeerden te verwisselen, ik kan je vertellen dat we verdomme bijna dood waren, we moesten op het dak van de landrover klimmen en daar drie uur in de regen zitten wachten – we werden dronken van de wodka – voordat dat monster ons met rust liet. Het was een helse safari, maar we hebben hartstikke veel lol gehad. In Nairobi plenst het nog steeds en het wordt nu echt koud. Je zou hier niet willen zijn, het weer is afschuwelijk en iedereen heeft een slecht humeur.'

Het klonk geweldig.

Plotseling verlangde ik naar de geur van een houtvuur in de regen – schroeiende acaciaschors die je alleen in Afrika ruikt – naar de enorme hemel die laag en uitgestrekt boven je hoofd hangt en naar dat gevoel van gevaar en ruimte. Ik wilde die angst weer voelen, de angst om in de golven ten onder te gaan.

'Nee. Ik wil niet in de Middellandse Zee zwemmen,' zei ik tegen Teo, 'die is te rustig.'

Een week later zat ik weer in een overvol vliegtuig, ingeklemd tussen een stel woeste vakantiegangers die waren uitgedost met luipaardprintjes en strooien hoeden. Ze waren luidruchtig en uitgelaten, vastbesloten om het uiterste uit hun twee weken Malindi Beach te halen. Dit keer stoorde hun aanwezigheid me niet: hun kinderlijke verwachtingen vulden het vliegtuig met een vrolijke energie.

In het eerste ochtendlicht opende ik mijn ogen en zag dat ik boven Ethiopië vloog. Het licht verbrak de betovering van de nachtvlucht, waarin het onmogelijk lijkt om ooit op een bestemming aan te komen en je bent ingekapseld in een ruimteloze dimensie, omringd door buitenaardse wezens. Een geurloze en tijdloze overgang. Toen, plotseling, toen ik uit de duisternis kwam en zag dat ik boven Afrika vloog, durfde ik te zweren dat ik het kon ruiken.

Toen we over het Turkanameer vlogen en ik de vorm ervan in de woestijn kon zien, was ik vreselijk ontroerd. Ik wist nu precies waar we waren als ik naar de getekende aardbodem keek. Het land onder ons was opgehouden een abstractie te zijn.

Loyangalani, South-Horr, Baragoi, Barsaloi, Wamba, Archers's Post.

Ik fluisterde de namen één voor één. Daar gaan we dan, dacht ik, nu kan ik ook mijn stukje Afrika zingen. Het was absurd dat ik het gevoel had thuis te komen. Deze plek kon onmogelijk mijn thuis zijn. Maar waarom werd ik er dan zo huilerig van?

De geblondeerde vrouw in luipaardlegging naast me probeerde zich te concentreren op haar opgewarmde geklutste eieren, maar ze bleef steeds naar me kijken. 'Ga je in je eentje op vakantie?' vroeg ze me wantrouwig.

'Nee, om precies te zijn woon ik hier.'

'Wóón je hier?' Wat excentriek. Voor haar was Afrika slechts een brochure. Blanken wóónden hier niet, ze gingen hier alleen op vakantie.

'Werk je hier?'

'Soms.'

'Ben je getrouwd?'

'Nee.'

Ze dacht er even over na en schudde toen haar hoofd.

'Waaróm woon je hier dan?'

Ik gaf haar geen antwoord, ik hou er niet van mijn leven met vreemden te bespreken.

Maar ik zal jóu vertellen waarom.

Het is om de liefde.

Dat is de enige rede waarom iemand in Afrika gaat wonen. Het hoeft niet om een vrouw of een man te gaan. Het gaat om de liefde zelf. Maar dit weet ik ook nog maar net. Dit antwoord is het geschenk waarmee ik zojuist bent gezegend. Die dag in het vliegtuig, toen die vrouw met het luipaardprintje het mij vroeg, wist ik het antwoord ook nog niet.

Dus ik kwam terug en Adam stond achter de glazen deur van het Jomo Kenyattavliegveld, gekleed in een bruine, mottige trui. Zijn onmiskenbare vertrouwen in mij, dat ik ondanks alles naar hem terug zou komen, deed me bijna in tranen uitbarsten.

En toen werd ik buiten begroet door de rokerige geur van houtvuurtjes, koeienmest en regen. Ja, dit is precies zoals ik had gedacht dat het zou zijn om in Afrika terug te komen, ik had gelijk.

Ik ben stil en geduldig geweest sinds mijn terugkomst.

Ik ben die vrouw met dat heel smalle litteken. Het is een geheim litteken dat niemand kan zien. Ik kijk ernaar als ik naakt ben en ik heb geleerd ervan te houden.

Het geeft me macht.

Ik ben gewond geraakt en de wond heeft mij gesterkt.

Dit is ook iets wat ik in Afrika heb geleerd: de enige blanken die zullen genezen zijn degenen die zich zullen laten verwonden.

Nu is het weer juli, de koudste maand van de Afrikaanse winter.

Nicole heeft gelijk, het weer is nog altijd vreselijk en iedereen is in een tamelijk slecht humeur. Het was ook juli toen ik hier twee jaar geleden voor het eerst aankwam, als Napoleon die zijn legers verplaatste voor een nieuwe veldtocht. Ik was toen zo opgewonden dat ik me niet kan herinneren dat ik het zo koud had als nu.

Adam is terug in het kamp. Morag kreeg uiteindelijk een baan bij hem en de toeristen zijn blijkbaar gek op haar.

Adam ook, denk ik.

Als ik in het kamp ben, kijk ik naar hen en ik kan het niet helpen, maar ik vind dat ze voor elkaar gemaakt zijn. Die gedachte maakt me niet al te verdrietig of kwaad meer. Haar rimpelloze zwembadogen ergeren me nog steeds, ze is een hardere uitvoering van Iris, zonder de bevalligheid en zonder enige warmte. Maar ze zal hem trouw zijn zoals ik dat niet ben geweest.

Adam en ik houden nog steeds van elkaar, op de manier van minnaars die elkaar zijn kwijtgeraakt. Gekweld door heimwee: we weten allebei dat we nu ieder moment – ieder moment – uit elkaar zullen moeten gaan.

Hunter is in de stad geweest, het ene na het andere vliegtuig met onplezierige bestemming nemend, en we hebben elkaar sinds mijn terugkeer verschillende keren ontmoet. We komen elkaar tegen in de dukas van Karen, we zien elkaar bij dineetjes, of staan naast elkaar bij onze auto op het parkeerterrein van de bank met onze autosleutels te spelen. Het is vreemd hoe we eraan gewend zijn geraakt elkaar zo te ontmoeten, als twee buren die elkaar haastig groeten.

Nu we de herinnering aan ons samen hebben weggeborgen, durven onze handen elkaar niet te raken, we komen nooit zo dicht bij elkaar dat we elkaar kunnen ruiken. We vermijden het elkaar langer dan een paar seconden aan te kijken. Onze lichamen zijn verboden terrein, en we proberen ons aan die zeer strenge regel te houden.

Maar ik weet dat hij in deze stad rondloopt met net zo'n litteken als ik onder zijn kleren. Ik wil het niet zien. Het is mij niet toegestaan hem ooit nog naakt te zien.

'Claire komt volgende week vrijdag.'

We stonden voor het benzinestation. Hunter en ik. Nauwelijks een week geleden.

'O.'

We zwegen, ik was heel nerveus. Ik had een bos lichtoranje rozen in mijn hand die ik net had gekocht. Met die bloemen voelde ik me op een vreemde manier kwetsbaar. Alsof het een geschenk voor hem was geweest, iets wat hij had geweigerd aan te nemen.

'Ik ben dan in Kampala. Overmorgen ga ik weg.'

'Bedoel je dat jij er niet bent als ze aankomt?'

'Nee. Ik kan er niet veel aan doen.'

'Ik haal haar wel af.'

'Dat hoef jíj niet te doen.'

'Dat weet ik. Maar ik kan het best.'

'Waarom uitgerekend jij?'

'Het is goed, Hunter. Ik denk dat het deel uitmaakt van het proces.'

'Welk proces?'

'Ik bedoel... Ik moet aan heel veel nieuwe dingen hier wennen. En omdat ik haar toch een keer moet ontmoeten, kan ik net zo goed meteen iets nuttigs doen.'

Hij zei niets. Hij keek naar de rozen die ik in mijn hand hield, alsof hij door mij terug te zien al zijn energie was kwijtgeraakt. Ik pulkte nerveus aan de bloemen en trok er onbewust één uit de bos, alsof ik hem die wilde aanbieden.

'Kom op. Ik zal haar echt niet bíjten. Ik breng haar gewoon naar jouw huis en zorg ervoor dat ze iets te eten vindt in de koelkast.'

'Ze weet niets van jou.'

'Ze zal niets horen. Maak je daar geen zorgen over.'

Hij keek me met grote ogen aan. Plotseling was ik me bewust van zijn lichaamswarmte. Te dichtbij. Mijn interne alarm begon rood te flikkeren.

'Goed dan,' zei hij, en hij pakte de oranje roos uit mijn hand.

'Het is de ochtendvlucht van British Airways. Aanstaande vrijdag. Ik zal haar vertellen hoe je eruitziet.'

Ik glimlachte.

'Goed. Maar je kunt haar maar beter niet vertellen dat je me zo mooi vindt.'

En ik liep snel weg, een regen van bloemblaadjes viel uit mijn armen.

Dus ik heb een grote omweg met je gemaakt en nu zijn we weer terug bij het begin.

Het is bijna vijf uur 's ochtends in Nairobi, ik kom thuis uit de Mud Club, nogal aangeschoten van de tequila. Peter de Olifantman brengt me thuis. Hij heeft de hele nacht met allerlei meisjes gedanst en heeft ook nogal wat gedronken. Ik denk niet dat ik hem ooit zo onbeheerst heb gezien. Hij is niet slordig of zo, hij is gewoon wat losjes, jongensachtiger dan ooit, alsof de alcohol het laagje vernis dat hem gewoonlijk beschermd heeft opgelost.

'Waarom is Nena vanavond niet meegekomen?' vraag ik.

'We hebben een vreselijke ruzie gehad.'

Peter rijdt met een glimlach op zijn gezicht, hij zigzagt een beetje. Hij heeft nooit eerder zoiets persoonlijks tegen me gezegd.

'O ja? Ik hoop dat het niet al te erg is.'

'Tja, ik neem aan dat ik nu moet zeggen dat het wel meevalt. Maar de waarheid is dat het behoorlijk ernstig is.'

Het is even stil, dan voegt hij eraan toe: 'Ik vind het vervelend om het te zeggen, maar ik denk dat we misschien uit elkaar gaan.'

'Wát? Shit Peter. Ik dacht altijd dat jij en Nena... rustig aan, schat, straks belanden we in de greppel.'

'Maak je geen zorgen. Ik ben heel goed in staat om te rijden. Ja, ik denk echt dat we uit elkaar gaan. Schrik je daarvan?'

Ik kan niet geloven dat hij om vijf uur 's morgens zijn huwelijk met mij wil bespreken. Maar blijkbaar is het zo. Dus ik vat de stier bij de horens.

'Is er iemand anders?'

'Waarom vraag je dat?'

'Omdat mensen met kinderen gewoonlijk alleen uit elkaar gaan als ze verliefd zijn op iemand anders.'

'Bedoel je dat je het niet de moeite waard vindt om uit elkaar te gaan als je alleen maar gelukkiger wilt zijn en je weer beter wilt voelen?'

'Nee, wacht even, dat vind ik wel. Maar de meeste mensen doen het niet. Ze vinden dat zij in hun eentje al die moeilijkheden niet waard zijn.'

'Hmm, dat is een interessante theorie. Je beweert dat veel mensen in een ongelukkig huwelijk blijven hangen door, wat de psychiater zou noemen, een lage eigendunk.'

'Zoiets. En uit angst natuurlijk. Angst voor de sprong in het duister. Maar als je iemand hebt om van te houden, tja, dan heb je íets, is het niet? Dat maakt alles veel gemakkelijker.'

Hij knikt nadenkend. Dan kijkt hij me aan, nuchter en wakker.

'Hoor eens, heb je echt zin om nu naar huis te gaan?'

'Wat wou je dan gaan doen? Ik bedoel, het is al bijna ochtend, Peter.'

'Waarom gaan we niet naar een prachtig plekje om er een kop koffie te drinken?'

'Prima. Een prachtig plekje. Behalve dat ik geen prachtig plekje kan bedenken waar we nu een kop koffie kunnen drinken.'

'Ik wel. Maar we moeten ons wel haasten, anders is het licht.'

Met gierende banden rijdt hij Langata Road op, door het hek van het Wilsonvliegveld.

'Ik vlíeg ons naar een prachtige plek waar we de zon kunnen zien opkomen.'

'O, Peter, dat klinkt fantastisch. Weet je zeker dat je niet te dronken bent om te vliegen?'

'Hou nu eens even op je zorgen te maken over mijn alcoholgebruik.'

Hij parkeert de auto voor de hangar van Africair. Het is nog donker. Er zitten enkele Afrikanen in overalls achter het glazen raam van een kantoortje. Peter claxonneert even en zwaait naar hen.

Ik weet niet wat het precies is met Wilson, het moet wel de combinatie van hangars, vliegtuigjes en die lange mannen in ouderwetse overalls zijn, maar het brengt me onmiddellijk in een zwartwitfilm-stemming.

Peter rommelt wat op de achterbank van de auto en komt weer te voorschijn met een fles in zijn handen.

'Ga binnen even vragen of die jongens deze willen volgooien met Nescafé. Ik heb koekjes en suiker in het vliegtuig. Hou je van Hobnobs?'

'Ik ben gek op Hobnobs. Daar heb ik nu net zin in.'

De zon komt bij de evenaar altijd om zes uur op. Wat er ook gebeurt.

Peter en ik zijn met het eerste daglicht over de Riftvallei gevlogen, op het geluid van de Brandenburger Concerten.

Plotseling zijn de tequiladampen opgelost, en met de alcohol is ook mijn verdriet verdwenen. We zijn laag over het Naivashameer gevlogen, we raakten het water met onze vleugels en streelden even langs de toppen van de koortsbomen op het moment dat de eerste zonnestralen hun bast raakten en ze in goud veranderden.

Plotseling voel ik me waanzinnig gelukkig.

Hoe kan ik dit uitleggen? Hoe komt het dat je niet durft te hopen dat je de emotie die Afrika in je oproept kunt beschrijven? Je wordt opgetild. Uit elk gat waarin je maar zou kunnen zitten, losgemaakt van iedere band, bevrijd van elke angst. Je wordt opgetild en je kijkt op alles neer. Op je gat, je banden, je angst. Je wordt opgetild en langzaam als een heteluchtballon stijg je op, en het enige wat je ziet is de ruimte en de eindeloze mogelijkheden om jezelf daarin te verliezen.

'Dit land is gemaakt om vanuit de lucht gezien te worden,' schreeuw ik naar Peter, 'iedereen zou hier vleugels moeten hebben.'

'Waarom niet?' lacht hij. 'We zouden allemaal het recht moeten hebben een engel te zijn, want we leven in het paradijs.'

Peter is erin geslaagd een sierlijke landing in het gras te maken, zonder te veel geschok, en we zijn boven op een rotsblok geklommen met ons ontbijt en een deken. Nu zitten we op een groot plat rotsblok, honderden kilometers van Nairobi verwijderd, en we kijken naar de zonsopgang en drinken onze Nescafé. Je kunt helemaal tot in een ander land kijken: Tanzania ligt links, achter die donkerpaarse bergen. Mount Kenya komt langzaam uit de wolken te voorschijn, weldra zullen we de top kunnen zien.

Het vliegtuig staat vlak onder ons, het lijkt net een libel. Iets uit een kinderboek. Betoverd speelgoed uit een sprookje.

'Weet je, heel Manhattan zou minstens twee keer tussen hier en die bergen passen,' zegt Peter. 'Het hele eiland, met alle auto's, kantoren en telefoonkabels, faxen en elektrische bedrading.'

'Met alle mensen, al het lawaai dat ze maken, alle problemen, seks, misdaad, zaken.'

'En banken, boeken, kunst, winkels, meubels, kleding, prullaria.'

'Stel je voor. De hoeveelheid.'

'Ongelooflijk. De dichtheid per vierkante meter.'

'En in plaats daarvan is er van hier tot daar absoluut niets.'

'Wij tweeën, en een paar dieren.'

'Verdomd verbijsterend.'

De zon staat nog laag en straalt met een oranje licht over de vlakte. Impala's en gazelles grazen in de verte. Weldra zullen ze naar de waterpoel komen die zich vlak onder ons bevindt. De oppervlakte ervan is nu nog zo glad als een spiegel, en weerspiegelt de hemel boven ons met een verrassende scherpte.

'Dank je, Peter, ik had geen beter plekje kunnen bedenken om koffie te drinken. Alles valt weer op zijn plaats.'

Hij knikt en neemt een slokje koffie. Hij steekt twee sigaretten op en geeft mij er een.

'Ik zal je eens vertellen wat het met dit plekje is,' zegt hij. 'Het veroordeelt je tot vrijheid.'

'Ja. Het is misschien eerder een straf dan een bevrijding, is het niet?'

'Zeker. Veel mensen kunnen er niet tegen, ze zijn er bang voor. Daarom zijn er in Afrika zo veel mensen die drinken, het is een manier om de desoriëntatie tegen te gaan. Maar weet je, ik denk dat degenen die boven op de golf durven te zitten er voortdurend aan herinnerd worden hoe het is om vrij te zijn en te leven. En dan wordt het heel moeilijk om met minder genoegen te nemen. Je wilt voortdurend met dat bewustzijn leven. Je wilt bij zonsopgang op deze rots zitten en je steeds weer opnieuw zó gelukkig voelen.'

Diep in gedachten verzonken zit hij een poosje te peinzen.

'Daarom moet ik hier soms naar toe om van hieruit een aantal dingen te bekijken. Op de een of andere manier krijgt alles dan weer het juiste perspectief. Dit bedoel ik, moet je dit eens zien. Eerlijk gezegd zou ik het heel moeilijk vinden om me op zo'n plek níet gelukkig te voelen.'

'Ja. Maar het kan hier ook heel wreed zijn. Ik ben hier ongelooflijk wanhopig geweest. Ik voelde me kwetsbaarder dan ooit tevoren.'

We zwegen enkele seconden en voelden de warmte van de eerste zonnestralen op onze huid. Peter vult mijn kop met dampende koffie.

'Weet je, Esmé, toen ik je voor het eerst zag,' zegt hij op vriendelijke toon, 'dacht ik: *zij zal een pak rammel krijgen.'*

'Is dat zo?' Het verbaast me dat hij dat zegt.

Hij knikt.

'Kom op, Peter. Zag ik er zó naïef uit?'

'Nee. Je zag er gewoon uit als iemand die zich niet zou verweren. Iemand die met opzet ongewapend was gekomen. Maar ik wist dat je er aan de andere kant van de tunnel weer uit zou komen.'

'Is dat zo?'

'Ja, ik denk het wel. Het moeilijke gedeelte is voorbij.'

Hij weet alles over me. Maar weet iedereen dat hier niet? Hij is aardig geweest, hij heeft me zorgvuldig in de gaten gehouden. Ik ben geroerd door zijn aandacht.

Ik til mijn hoofd op, ongeduldig, alsof ik word gedreven door een restje woede.

'Soms denk ik dat ik weg moet gaan. Soms denk ik dat ik dit allemaal niet kan verdragen.' Ik wijs naar de vlakte onder ons. Naar het gras dat zachtjes in de wind wiegt. 'In mijn eentje.'

Ik wil dat hij me geruststelt.

'Het komt wel goed met je. Je hoeft niet weg te gaan.'

Maar ik hou nog even vol.

'Ik heb het gevoel alsof ik nu alles kwijt ben.'

Hij schudt zijn hoofd. Hij glimlacht.

'Nee, dat is niet zo. Dat probeer ik je nu juist te vertellen. Je dénkt dat je hier bent omdat je van iemand houdt en vervolgens misschien omdat je verliefd wordt op iemand anders. Maar wat je niet begrijpt is dat je hier al die tijd om een andere reden bent geweest. Het heeft niets te maken met de mensen in je leven, maar met je vermogen om te voelen.'

Hij kijkt me aan en wacht tot ik iets zal zeggen, maar ik kan het niet. Ik sla mijn ogen zelfs neer omdat zijn blik me nu ongemakkelijk maakt.

'Hou je niet meer van Nena?' vraag ik hem snel, fluisterend, alsof we door het antwoord voor altijd verbonden zullen zijn door een geheim, en het jaagt mij angst aan dat met hem te delen.

'Liefde,' hij spreekt het woord uit alsof hij het van de rots waarop wij zitten laat vallen, om te zien hoe het in de stilte zal glijden. 'Natuurlijk hou ik nog steeds van haar en dat zal ik altijd doen. Maar Nena en ik zijn opgehouden voor elkaar te vóelen. We hebben elkaar langzaamaan vleugellam gemaakt, zou je kunnen zeggen. Het gebeurt vaak, met mensen die zo veel jaar samen zijn. Je *holt elkaar uit*.'

Ik neem nog een slok koffie. Het is ongelooflijk dat ik nooit enige aandacht aan Peter heb besteed. Dat ik hem altijd vanzelfsprekend heb gevonden, alsof hij niet verder bekeken hoefde te worden na mijn eerste vluchtige blik op zijn persoonlijkheid. De Olifantman, Ideale Echtgenoot en Ideale Vader, Geen Verdere Wensen. Nogal arrogant van me.

'Weet je, Peter, het is nogal egoïstisch van me, maar het geeft me een prettig gevoel dat Nena en jij ook al niet het ideale stel zijn, dat jullie leven ook nog verandert. Weet je, dat jullie ook...'

Ik kan het juiste woord niet vinden.

'Wórstelen,' zegt hij. 'Hé, dat doen we toch allemaal?'

We zwijgen en luisteren naar de wind die het gras doet trillen.

Dan komen de vogels eraan, in een perfecte v-vorm, en ze glijden soepeltjes over het water van de poel. Het wateroppervlak reflecteert hen als een spiegel, en heel even is het onmogelijk om te zien hoeveel het er zijn. Ze zweven heel laag, als een choreografie van dansers, en in de volmaakte stilte kunnen we hun vleugels horen klapperen. Je hart blijft stilstaan als je dat geluid bij dit licht hoort.

'Moet je kijken,' zegt Peter als we onze adem inhouden en voelen hoe nu ieder moment een van hen het water kan raken om de stilte van het oppervlak te verbreken.

En daar is het, het geluid van veren op water, de rimpels, en de hemel die nu begint te wervelen in zachtpaarse en roze bewegingen die elkaar overlappen.

'Verbazingwekkend, vind je niet?' zegt hij. 'En het is altijd alsof het voor het eerst gebeurt.'

Nu zie ik het en ik denk dat ik het nooit meer zal vergeten.

Eigenlijk gebeurt alles hier altijd voor de eerste keer.

Hoe de vogels vliegen, waar de wolken naar toe drijven, de manier waarop de zon opkomt. Telkens weer is het alsof je een wonder aanschouwt.

Je raakt er nooit aan gewend.

Het zal altijd nieuw zijn.

Woord van dank

Er zijn veel mensen die ik wil bedanken voor hun hulp tijdens het schrijven van dit boek. Ik ben hen allen veel verschuldigd voor hun steun en de inspiratie die ze me gegeven hebben.

Dominic Cunningham-Reid, Anna en Tonio Trzebinski, Emma Marrian, Judy Walgren, Mark Huband, Carlos Mavroleon, Sue Fusco, Saba Douglas-Hamilton, Stefania Miscetti, Pasquale Plastino, Claire en Bernardo Bertolucci, en Melissa North, die allemaal, op hun eigen manier, hebben bijgedragen aan dit boek.

Simon Evans en Kerry Glen, voor de perfecte plek voor schrijvers om zich terug te trekken: Ol Laro Camp. Mevrouw Nancy Camm, voor haar prachtige huis in Naro Moru. Mijn speciale dank gaat uit naar Ali Masumbuko, Ali Mwyini en Mzee Salimu, omdat ze het met me hebben uitgehouden en mijn leven altijd gemakkelijker maakten.

Mijn agent, Toby Eady, omdat hij vanaf de eerste dag in het boek geloofde, en Robin Desser, mijn redacteur bij Pantheon, wier onverwoestbare geestigheid en hartstochtelijk enthousiasme me erdoor gesleept hebben.

Verantwoording*

John Banville, *Athena*, Londen: Minerva, 1996

Vikram Chandra, *Stromende regen en rode grond*, Amsterdam: Uitgeverij Anthos, 1996 (vertaling Marijke Emeis)

Leonard Cohen, 'The Heart with No Companion', Sony Music

Emily Dickinson, nummer 273, 'He put the belt around my life', *The Complete Poems of Emily Dickinson*, Boston: Little Brown and Company (vertaling Louise van Santen)

Michael Drayton, *Selected Poems*, Manchester, 1977

T.S. Eliot, *Het barre land*, Leuven: Kritak, 1986 (vertaling Jan Venderickx)

Everything But The Girl, 'Wrong', *Walking Wounded*, Virgin Records

Ursula Fanthorpe, *Neck Verses*, Calstock: Peterloo Poets, 1992

Gerald Hanley, *Warriors and Strangers*, Londen: Hamilton, 1987

Seamus Heaney en Ted Hughes (samenstelling), Navaho-gezegde, *The Rattlebag*, Londen: Faber and Faber, 1982

*Citaten uit literaire werken en liedjes zijn vertaald door Marga van den Herik, tenzij anders aangegeven.

Henry James, *Portret van een dame*, Amsterdam: Uitgeverij Bert Bakker, 1995 (vertaling Inge de Heer en Johannes Jonkers)

Sven Lindquist, *Exterminate all the Brutes*, New York: New Press, 1996

Rian Malan, *My Traitor's Heart*, New York: Atlantic Monthly Press, 1990

Geoffrey Oryama, 'Nomad', *Best the Border*, Real World Ltd. Records/Virgin

Dylan Thomas, 'The Force that Through the Green Fuse Drives the Flower', *Selected Poems*, Londen: Denth, 1993

The Waterboys, 'This is the Sea', *This is the Sea*, Gold Rush Records Co.

Walt Whitman, 'As Adam Early in the Morning', *The Complete Poems*, Harmondsworth: Penquin, 1986

W.B. Yeats, 'Geen tweede Troje', *Geef nooit het hele hart*, Utrecht: Kwadraat, 1993 (vertaling A. Roland Holst)